我要活下去

韓國MERS風暴裡的人們

金琸桓——著
胡椒筒——譯

살아야겠다

給二十九年後的雨嵐

目錄

「啊，你來了，在我倒下以前。」

——喬凡尼・薄伽丘《十日談》

序幕

大意

五月二十日上午十一點，三名流行病學調查員抵達位於京畿道W醫院八樓的準備室。他們穿戴好C級防護裝備[1]，經由護士站依序走進病房。曾經擁擠喧嘩的走廊看不到任何病人或醫護人員，原定在此時的專家診療及各種檢查、病人和家屬，都被轉移到其他樓層。流行病調查這件事被視爲機密，所以八樓外的其他樓層仍照常運作。雖然他們收到了院長一切準備就緒的通知，卻還是跟野貓一樣躡手躡腳的打開第四間病房的門走進去。他們停留在走廊的時間，沒有超過五秒。

調查員一邊呼吸著PAPR過濾的乾淨空氣，一邊打量病房。首先看到的是一隻倒過來的拖鞋和掉在地上的枕頭，這是醫院接到電話後立刻轉移病人的痕跡。這間病房的病人和家屬被分別隔離起來，醫院不允許他們帶走任何一件物品，也不必打掃。直到今天早上，病人、家屬和醫護人員還在這間病房進進出出，現在卻像久未使用的停屍間般，失去了生氣。

這是間典型的雙人病房，病房裡並排擺放著兩張床和兩個置物櫃，窗戶旁的角落有一臺冰箱，兩張床對面的牆上掛著電視。調查員戴著內外雙層手套，仔細檢查窗框、窗簾、病床和安置在地上的家屬陪伴床。他們不僅跪在地上用手電筒查看床底，還踩在床上檢查天花板，拍下一些若有似無的汙漬、成團的灰塵和零食碎渣，就連一根毛髮也沒有放過，所有東西都放進塑膠袋密封起來。

三個人輪番輕咳了幾下，過濾的空氣雖然乾淨，也很乾燥。爲了減輕窒悶感，三人輕輕搖了搖頭。不能用手去抓或拉扯頭罩，會有感染病毒的風險，所以連扶正歪掉的頭罩和手套都不行。這時，剛好一縷陽光照了進來，讓白色頭罩、黃色防護衣和藍色圍裙映襯得更加鮮明。在這個行星上，這身裝扮在任何地方都不受歡迎。

＊＊＊

他們無可避免遭受遲了一步才進行流行病學調查的責難。

展開調查兩天前，也就是五月十八日早上十點，首爾F醫院向管轄保健所[2]通報醫院出現疑似中東呼吸症候群，又稱MERS[3]的個案。這位於中東往來從事貿易的患者，曾在四月二十四日至五月三日去過巴林等地，五月四日返國。因出現高燒、嚴重咳嗽，前後曾在三家醫院看過門診和接受住院治療，但病情始終未見好轉。於是他在五月十八日來到F醫院急診室。值班醫師吳甲洙注意到他在發病的十四天內曾到過中東地區，因此向保健所通報疑似MERS患者，保健所隨即向疾病管理本部申請診斷檢查。

本應根據手冊迅速應變，卻受到疾病管理本部阻撓，理由是個案待過的巴林不是MERS發病國。但他們忽略了一點——與單峰駱駝接觸後爆發首例MERS的沙烏地阿拉伯，與巴林接壤。保健所向F醫院傳達了疾病管理本部的拒絕通知。

1：防護裝備分為A、B、C、D四個等級。C級防護使用時機為有汙染物存在於空氣中，能經由液體飛濺接觸。裝備包括動力濾淨式呼吸防護具（PAPR）、呼吸防護頭罩、圍裙、酒精消毒液、袖套、防護衣、長筒防護鞋、長筒鞋套、口罩、抗化學外層手套、廣用型內層手套。

2：地區的醫療行政機構，類似臺灣的衛生局。

3：Middle East Respiratory Syndrome。

吳甲洙無法接受這個結論。五月十八日下午兩點，他親自打電話到疾病管理本部重新申請診斷檢查，但疾病管理本部不但沒有展開檢查和流行病學調查，還聲稱檢查出的其他呼吸道病毒不會造成問題，後續再考慮對疑似個案進行MERS檢查。

隔天的五月十九日下午一點三十分，疑似個案的流感檢查結果爲陰性。這時，疾病管理本部才對疑似個案進行MERS檢查。晚上七點採取檢體後，五月二十日上午六點，檢驗結果爲陽性。

「1號」MERS病人出現了。

只因疾病管理本部拒絕了檢查申請，處理被動，在最初通報後過了三十三小時才採取檢體，四十四小時後才得出結果。若疾病管理本部一開始就批准保健所的申請，那就不會是在五月二十日，而會在十九日、說不定十八日就會有結論。在這需要分秒必爭去防止傳染病擴散的體系下，很明顯的，三十三小時是一段相當漫長的時間。

五月二十日凌晨，疾病管理本部派出流行病學調查員，前往「1號」就診過的醫院。在前往「1號」從五月十五日到十七日住過的京畿道W醫院路上，他們用三明治簡單解決早餐，午餐也延到調查結束後。沒有比在病房裡調查到一半，脫去頭罩、防護衣、圍裙和手套，吃完午餐後再把這些防護裝備穿戴回去更麻煩的事了。

＊＊＊

調查結束後，走進院長室的三人聞到撲鼻而來的咖啡和蛋糕香氣，不自覺地吞了吞口水。

「辛苦了。聽說你們連飯都沒吃？先吃點東西塡塡肚子吧。」院長的笑容充滿善意。

調查員入座後，互相交換了一下眼神。不能在進行調查的醫院接受任何款待和禮物，是他們的原則，但咖啡和蛋糕應該不成問題。有十五年資歷的前輩剛拿起杯子，另外兩人也跟著喝起咖啡。

院長等他們吃了兩三口蛋糕後，這才難以啓齒的問道：「聽說這是致死率極高的傳染病，我們該不會被區域隔離吧？」

區域隔離（Cohort isolation）是指出現傳染病患的醫院整體都要被隔離，必須在規定時間內停止診療，這對醫院而言是極大損失。

資深調查員放下杯子，「沒必要區域隔離，但還是先把密切接觸者隔離起來吧。」

「那密切接觸者的範圍是？」

距離院長最遠的年輕調查員回答：「與確診或疑似個案有過身體接觸的人，還有在出現MERS症狀的病人周圍兩公尺內，停留超過一小時的人。簡單來講，就是爲患者治療的醫師、護士和家屬，以及住在同一間病房的病人和家屬，都屬於密切接觸者。」

「那你們的意思是，只要把密切接觸者隔離起來，醫院還是可以照常看診了？」院長再次確認。

資深調查員回答：「是的。」

坐在前輩和新人之間、有十年資歷的調查員取出文件，那是他們抵達醫院、展開調查前從院方那獲得的，是爲MERS確診個案進行治療的醫護人員、家屬，及同房病人和家屬名單，文件還附上同一區、不同病房的病人和醫護人員名單。前者有一頁，後者則有五頁。

調查員連第二頁都沒翻，只盯著第一頁說：「二十九名醫護人員和醫院員工，一名同房病人，加上兩名家屬，總共三十二人。我們會向疾病管理本部這樣報告的。」

「明白了，那我現在立即進行隔離。」

清空了咖啡和蛋糕，資深調查員起身，他與院長握手時，告誡似的說：「你也清楚，如果MERS

病人在這裡住過院的消息一傳開，怕是不會再有人敢來看病了。我們的原則是不公開醫院實名，盡快控制住情況。」

「這是當然的，我一定會做好保密工作，不讓ＭＥＲＳ這個詞傳出去。」

「事態很快就會得到控制的。」

「等這件事過去後，你們一定要再來一趟醫院，到時我請吃飯。」

「聽你這麼說，我們就很感謝了。我們暫時不會再來了。」

五月二十日，政府根據「傳染病危機管理標準手冊」，將傳染病危機警報等級從「關心」上調到「注意」，這表示官方確認了國外新型傳染病ＭＥＲＳ傳入境內。

五月二十一日，與資深調查員擔保的正好相反，流行病學調查員對該醫院又進行了追加調查。院長很擔心會增加隔離人數，否則怎麼可能不到一天又來了呢？但調查員看過醫務記錄、確認完醫院的監控畫面後，將二十九名醫院員工中的十三名從隔離名單中刪除，意味著他們又縮小了隔離範圍。對於缺少人手的醫院而言，簡直是不幸中的大幸。沒有人擔心因爲縮減了密切接觸人數，日後會造成更多人被隔離。

調查員第三次突然到訪Ｗ醫院是在五月二十八日。五月二十七日之前，疾病管理本部指定的密切接觸者中，已有四名確診ＭＥＲＳ。雖然出現確診個案令人遺憾，但均出自指定名單，所以大家並不十分驚慌。但在五月二十八日確診爲ＭＥＲＳ的病人，並沒有跟「1號」住同間病房，他成爲首例超出密切接觸者範圍的ＭＥＲＳ個案。

疾病管理本部又晚了一步，才擴大追蹤整個病房區的病人、家屬。於此同時，Ｗ醫院仍不斷接收住院病人，同時也有很多人出院。院方開始打電話聯絡出院的人，直到隔天、再隔天，追蹤調查仍然沒有結束。確診個案不斷增加，已經遠遠超過疾病管理本部指定的密切接觸範圍。

沒有人出來解釋為何不斷出現MERS個案。漁網鬆了，大海廣闊無邊，越是拖延時間，大海越是無限的擴大。

反覆的偶然是必然嗎？

就在京畿道W醫院擴大調查範圍的前一天，五月二十七日，一輛救護車抵達首爾F醫院急診室。救護車上的男子是從首爾南部客運站移送過來，他咳嗽嚴重，在五月十五日到十七日曾住過W醫院，但他並不知道自己與「1號」同一時間住在同一家醫院，因爲他們的病房不同，所以該名男子被排除在首批密切接觸者名單。該名男子於五月十七日從W醫院出院，待在家中休養，五月二十五日再次住進C醫院接受治療，但高燒和咳嗽反而更加嚴重。朋友勸他到首爾的大型綜合醫院就診，於是他搭上開往首爾的巴士。

被抬到急診推床上的病人難以忍受不停襲來的痛苦，連自己的症狀都說不清楚。

「喘、喘不上氣……頭、頭，呃啊！」

還有一個驚人的偶然是他不知道的。救護車抵達的F醫院急診室，「1號」MERS病人在九天前的五月十八日也來過。

同一家醫院的急診室，雖然發現了第一名病人，卻疏忽了第二名病人，因爲曾治療並通報「1號」爲疑似個案的醫師和護士正在隔離，這就是院方的辯解。當然還有各種藉口，但他們之所以疏忽的最大原因只有一個——

怎麼可能還有MERS病人過來？

在多次的疏忽大意和反覆的偶然之間，MERS冠狀病毒正從大韓民國的首都首爾往外擴散。就在疾病管理本部擴大防禦網的前一天，MERS再次傳入首爾。前夜，沒有任何防備。

第一部 感染

希望

南映亞手記

2015年5月26日（星期五）

二〇一六年十一月十一日，結婚十週年

補辦婚禮with雨嵐

我三十八歲，丈夫三十七歲，雨嵐五歲

三人為何去急診室？

「請您在急診室等候。」

病人在醫院應具備的五德之一，就是耐心等候。

五月二十七日，金石柱沒有追問醫師和護士自己要等到什麼時候，他直接搭電梯從血液腫瘤科門診來到一樓急診室。石柱明白，因爲自己也對病人說過很多次同樣的話。要等到有病房爲止！根據出院人數，在急診室等待的時間也是流動性的。

石柱既是醫師，也是病人。去年春天，他剛從牙醫學研究所畢業不到一個月，在私人牙醫診所做領月薪的牙醫。就像剛從醫時一樣，怎麼可能想到自己會罹患這種病，住進綜合醫院。雖然去年的每一天都是惡夢，但造血幹細胞移植非常成功，至今恢復得也算不錯。半個月前，石柱重新回診所上班了。今天他原打算在綜合醫院的門診看完病，下午馬上趕回診所工作。雖然石柱這次是因高燒不退和胸口發悶住院，但他的目的不在治療，而是檢查。

急診室分爲五區，每一區都設有幾張床和椅子。當聽到請在急診室等候時，石柱聯想到連成排的椅子。床位想都不要想，如果運氣差連椅子都是滿的，那就得靠窗邊站著，或在走廊徘徊，再不然就到家屬等候區找張椅子坐，然後時不時跑到內科區跟值班護士打探病房情況。

走到內科區，首先看到的是右側靠牆擺放的幾十張床。正如他所預料，沒有半個空位。中央通道的左右兩側排列著兩張一組的椅子，也都坐滿了人。坐在門口的男人剛好起身離開，石柱快步上前占領空位。他拿出手機，打給妻子南映亞，但直到自動答覆響起前都沒有接聽。在製藥公司上班的映亞說公司太忙，搞不好要連加三天班，不能陪石柱一起去醫院，她很過意不去。但就算映亞能跟來，石柱也會阻止她。只是門診而已，他一個人可以的。

石柱傳訊息給映亞：在急診室等，要住院檢查，妳不用擔心。

石柱又打到工作的診所，所長聽完事由後，要他這週好好在家休息，不用來上班了。原本從六月開始復職就可以了，但石柱想趕快適應工作環境，才提早了幾天。

石柱翻看著手機裡兒子雨嵐的照片。五月第一週，全家一起去了馬來西亞旅行。四歲的雨嵐不管是在機場、渡假村、戶外游泳池還是餐廳，都笑得很開心。石柱答應雨嵐和映亞，每年一家三口都要去海外旅遊。這約定是多麼珍貴，如今石柱深有體會，打算跟家人一起做的事，不要一延再延，必須當下付諸行動。

「不好意思，可以借我打個電話嗎？」

石柱抬頭，只見一個看起來五十多歲的女人，大汗淋漓的站在面前。她燙過的頭髮已經沒什麼鬈度，短粗的鼻頭和下垂的眼角周圍布滿皺紋，兩道彎眉和寬臉頰，讓面相顯得和藹可親。石柱關掉相簿，遞出手機。

＊＊＊

「請再開快點！不知道是胃破洞還是腸子穿透了，她快疼死了！」

吉冬華不是話多的女人。平時去教會除了在唱詩班獨唱，幾乎很少聽到她說話，所以大家都叫她「湖水勸師[4]」。但在救護車上，看著眼前抱著肚子不停嘔吐的妹妹吉冬心，她忍不住大喊起來。冬心肚子痛得整夜沒睡，到了凌晨居然吐血，昏了過去。

石杜來醫院看門診時，載著冬華和冬心的救護車也抵達了綜合醫院急診室。冬心躺在推床被送進急診室時，哀號也未停歇，直到診察結束開始打點滴，呻吟才漸漸變小。冬華趕快去了趟廁所，從家裡出來時就憋到現在。上完廁所，她摸了摸牛仔褲左側口袋，總是放手機的口袋是空的，可能是急著送冬心上救護車忘記帶了。冬華走進內科區，看到坐在第一排的男人，他笑容滿面的盯著手機，就連冬華都能感受到他那與急診室不搭軋的幸福感。冬華向男人借了手機，打給獨生子趙藝碩。

「嗯？阿姨？」兒子的反問像斷奏一樣傳了過來。

藝碩正在便利商店打工，沒有時間講電話。

「吊了點滴，剛剛睡著了，還要再做幾項檢查，但胃潰瘍的可能性很大。今天不會太晚下班吧？累不累？要是累的話……」

「媽，等等再說！歡迎光臨。」藝碩打斷冬華，掛斷了電話。

平常藝碩就跟女兒似的，經常沒完沒了的跟冬華講電話，看來他現在很忙。

「不好意思……我能再打一個電話嗎？」

「請便。」男人深邃的眼睛很溫柔。

冬華在物流倉庫工作了三十年。她一開始在永永出版社的大型倉庫上班，十年前換到出版綜合物流公司「冊塔」。雖然換了公司，但工作還是在倉庫搬運書。冬華總是穿著牛仔褲，在大家眼裡是個女強人。女員工多半都待辦公室，只有冬華堅持要留在倉庫，而且到現在也對搬運書很有自信，能比年輕力

4：勸師為基督教對女性長老的稱呼；湖水則比喻冬華如湖水般寧靜。

壯的男員工搬得更快更多。她不僅要負責五個大型倉庫和一個中型退貨倉庫，還要處理銷毀退書的工作。這些年來，經由她那雙厚實的手送進書店的書，加起來可能比南、北韓的人口還多。

冬華聽到了很耳熟的噪音，那是退貨倉的碎紙機發出的聲響。退貨的書每天要銷毀一定數量。當然，要銷毀什麼書不是冬華決定，而是依租借倉庫的出版社要求。與其把退書放在倉庫交租金，很多出版社都會選擇賣給回收廠換點錢，或乾脆銷毀。放在後門的碎紙機由冬華負責管理，正門的碎紙機則交給林組長。退貨倉的碎紙機比辦公室用碎紙機大上四、五倍，不管多厚的書，只要先除去書背，整本書瞬間就會變成碎紙片。若用燒毀的，書在化成灰前還能綻放出最後的花火，但送進碎紙機的書連掙扎一下都沒有，就直接消失了，連作者和編輯傾注的心血也絲毫不留痕跡，冰冷、斷然得可怕。如果兩臺碎紙機同時運作，聲音大得連耳朵都會嗡嗡作響，根本無法講電話。

「妳等一下！」一起共事了十五年的林羅雄喊道。

冬華和林羅雄在前公司就是同事，冬華換到這家公司後，特地引薦了林羅雄。冬華靜靜聽著話筒那端傳來的噪音，嘴角露出神祕的微笑。從噪音的大小、震動和間隔，她就能知道碎紙機的狀態。她等林組長走到倉庫前、停有堆高機和貨車的停車場。

「妳跑去哪？不來上班怎麼連聲招呼也不打……不用擔心出貨，我又不是做這個才一、兩天，要是接到出版社要求銷毀書的電話，我會看著咚咚的。」

「咚咚」是冬華給碎紙機取的綽號。

「尚哲呢？」

文尚哲進公司七年，一直跟在冬華身邊學做事，關於倉庫管理和流通的事已經沒有他不知道的了。冬華忙碌時，尚哲會代替她用咚咚銷毀書。

林組長順便吹噓了一下自己。「妳不用擔心，我會好好看著的。」

冬華解釋了缺勤的理由。

「我在醫院急診室，昨天夜裡冬心肚子很痛。事情那麼多我又不在，眞對不起，等這邊處理好我就趕過去。你應付得來嗎？……不是我不相信你，最近要出貨的種類和數量那麼多。我會再打給社長的，那就辛苦你了，謝謝。」

冬華雖然稱讚和鼓勵了林組長，但掛上電話後，表情還是沉了下來。林組長雖說為人豪爽，做起事卻漏洞百出。出貨一千本，要是少了一本或封面折損，會被客戶投訴的。冬華想處理完醫院的事後盡快趕回倉庫，對一下帳本上的數字和倉庫中的數量，確認出貨情況。她正準備走回去把手機還給男人，只見坐在男人旁邊用手帕擦眼淚的女生忽然站了起來。

「我都說不用來了，姨丈！我晚點再打給你，拜託！」

起初冬華以為她在跟自己說話，所以停住腳步。但聽到「姨丈」二字，才發現她戴著耳機在講電話。

「謝謝你。」

冬華把手機遞給男人，然後坐在他旁邊的椅子上長嘆了一口氣。緊張過後，睡意這才像蟻兵一樣襲來。

＊＊＊

「姨丈！我要帶我爸到這個國家最好的醫院診治，我不能就這麼送走他。」

從京畿道開往首爾的救護車上，李一花一路上都在跟住在巨濟玉浦港、經營海鮮乾貨店的姨丈姜銀斗講電話。一花戴著耳機，右手快速搜尋著新聞。包括她在內的民國電視臺實習記者，都被別家電視臺報的獨家新聞給擊垮。那個警察常向實習記者透露獨家，一花不僅認識，去年尾牙還一起唱過

ＫＴＶ。那人是重案組刑警，一花還以爲自己的吸管插對了地方，沒想到卻被其他傢伙先吸走了。要不是因爲父親李炳達執意出院回家等死，一花早就跑去質問那個刑警。不但要問清楚理由，還要纏著他吐出其他獨家新聞。

經歷八次化療，苦熬三年的炳達病情再次復發，面對已經癌症四期的病人，醫生也不敢保證這次出院後能否再住進來。這意味著炳達已經處在病危狀態。

六個月的實習進入最後一個月，大家會根據實習期間的工作表現評分，決定被分配到報導局的哪個部門。四名實習記者中，有三名會留在首爾，一名會分配到地方城市。一花可不想在評比上輸給大家，分配到鄉下上班。

父親被診斷爲肺癌四期，來日不多，這件事一花沒有告訴公司。十年前，母親甘淑子因膽囊癌去世後，只剩下他們父女相依爲命。炳達住院後，一花爲了請人照顧父親，不僅拿出所有存款，還向銀行貸了款。

實習記者得守在警察局的記者室熬夜，這已經是不成文的潛規則。實習記者們每天跑警察局和消防局取材，然後在指定時間內向社會二部、專門負責教育實習生的副組長報告。他們要寫實習日記，還要準備隔天的採訪，一天二十四小時根本不夠用。所以一花大概半個月或一個月才能有一天空檔，但她沒有回家，而是直接去醫院，坐在陪伴床，把筆電放在膝蓋上，整理要報告的案件和實習日記。

一花打算清乾淨父親的痰盂後，再打電話向副組長匯報工作狀況。她希望父親再撐一個月，等她實習結束。父親卻突然說要放棄治療，堅持出院回家。

一花同意讓父親出院，但出院後的目的地不是炳達朝思暮想的家，而是首爾前三名的綜合醫院。救護車奔馳的期間，副組長蘇道賢的電話和訊息也不停傳來。獨家新聞被其他電視臺的實習記者搶走了，現在竟然還敢不接電話。但當下一花沒辦法接電話，她打算把父親送到急診室、做完檢查、辦好住院手續後，再回記者室打給蘇記者。到時蘇記者一定會訓斥她，我還是第一次遇到像妳這樣的實習記者，妳以爲當記者是在開玩笑嗎？一花知道，自己所剩無幾的自尊一定會被蘇記者狠狠砸爛在地上。

在這五個月裡，一花爲了完成各種荒誕無稽的任務而努力。到刑事課長那裡挖新聞已經算最普通的任務了；爲了採訪到詐騙案受害者，她一週都沒有闔眼；接連三天旁觀殺人案的驗屍工作，然後寫完密密麻麻的報告。一花忙到早已忘記了誰是自己立志當記者的目標，每天都過著彷彿在下水道匍匐前進的日子。

一花抬起頭，抹去眼淚。如果自己放棄當記者，這半年一直陪在父親身邊，結果就會改變嗎？炳達比任何人都支持女兒，他不想成爲女兒的絆腳石。

「爸！你睜開眼啊，你怎麼了？爸，爸爸！」

剛剛還喘著粗氣的炳達在救護車上突然暈了過去，救護人員立即採取了心肺復甦術。一花腦中瞬間一片空白，緊接著變得像晦日一樣漆黑。

炳達躺在推床上被送進急診室，急救了三十分鐘才脫離險境。這段時間，一花收到了親戚們的訊息。重感情的炳達特別照顧親戚，二十年前他組成「遊山會」，帶著大家看遍全國各地佳景。一花坐在椅子上，好不容易才喘了口氣，然後搖搖晃晃的走出急診室，都不用抬頭就能感受到晚春陽光的耀眼。一花把手背貼在額頭上，一邊揉搓，一邊像要賴的小孩般訴起苦。

「媽，妳一定要現在帶走爸嗎？現在不行！十年，不、就讓我跟爸再多生活一年，求求妳了！」

親戚們的電話打了進來，一花說等辦完住院手續再告訴大家，但親戚們都像說好了似的，已經在趕來的路上了，動作最快的銀斗已經在巨濟古縣客運站搭上開往首爾的巴士。一花有種預感，今天恐怕趕不回電視臺了，要傳給蘇記者的訊息寫了刪、刪了又寫。「對不起」是實習記者最常使用的詞，是蘇記者最討厭的詞，也是一花剛剛刪去的詞。

忍了好久的眼淚終於湧出，落在手機上。

那之後的五天

就像死亡不會按照出生的先後順序一樣，病人也不會依照抵達急診室的順序離開。有的人在急診室接受治療後便回家了，有的人直接住進病房，有的人則在急診室終結了此生。金石柱、吉冬華和李一花，雖然是在同一天差不多的時間抵達急診室，但之後的五天，他們度過了完全不一樣的日子。

最早離開急診室的是在「卌塔」上班的部長吉冬華。妹妹冬心打了點滴、睡一覺後便止血了，腹痛和暈眩症也都消失，在五月二十七日下午六點出院。冬華想搭計程車把冬心送回家，然後趕回物流倉庫。雖然書都已經出庫，但她還是想確認一下當天進出貨的情況。但是當晚冬華沒去物流倉庫，因爲冬心情緒很不穩定，一直纏著要她留在身邊。午夜過後，藝碩才會從便利商店下班回家，所以晚餐只好兩個人解決了。

冬華一邊煮粥，一邊確認牆上鐘錶的時針。冬華、冬玉和冬心三姐妹，唯獨最小的冬心體弱。她不僅是八個月的早產兒，腎臟也不好，在保溫箱裡待了六個月。從出生到現在，冬心的身體一直不好，長期受慢性貧血困擾，幾乎天天都要吃止痛藥。冬華很想帶冬心去大醫院做一次仔細的檢查，但冬心就是不肯。與其說她是在堅稱自己沒病，其實是害怕檢查出更嚴重的問題。

吃晚飯時，冬華坐在對面陪冬心聊天，姐妹倆換好睡衣，並排趴在床上，翻開聖經，平常冬心至少要聽冬華讀上十多分鐘的聖經才能入睡。冬心抄寫過三遍聖經，她唯一的興趣就是背誦聖經，這也算是她的專長了。冬華剛要接著讀昨天讀到的「約翰福音」十七章一節。

冬心更正她：「昨天十六章都讀完了嗎？姐，不是這裡……我昨天是聽到十六章二十四節時睡著的，重新從二十五節開始讀吧。」

昨天冬華不知道她睡著了，多讀了幾小節。

「二十五節？」

「嗯，妳也知道那是我最喜歡的章節吧？」

「當然囉。」

「某些章節不管抄寫多少遍也還是很喜歡，雖然不全都是那樣。」

冬華翻開聖經，書籤夾在「啓示錄」的部分。看來昨天她也很睏，最後隨便把書籤一夾就睡著了。

冬心躺好把被子拉到脖子下，轉過頭看了看冬華，然後閉上眼睛，等待姐姐發出帶有鼻音的低音。冬華雙手托著聖經，找到冬心更正的數字「25」，開始朗讀。

「這些事，我是用比喻對你們說的；時候將到，我不再用比喻對你們說，乃要將父明明的告訴你們……」

聽到冬華的聲音，冬心露出淡淡的微笑，彷彿她回到了充滿夢想的女高時代。

冬華打算讀個十到十五分鐘，等妹妹睡著再去倉庫，沒想到自己先睡著了。前天整夜沒睡的照顧冬心，今天又在急診室緊張了一天。冬華一直酣睡到隔天一早，藝碩搖醒她起來吃早餐。

五月二十八日早上八點三十分，冬華照常去上班。雖然九點上班，但入社三十年來，冬華從沒在八點半之後進公司。每天上班第一件事就是到倉庫清點橫豎排列好的書。「冊塔」有自己的進出貨管理系統，只要坐在辦公室用電腦就可以了解現況，但冬華還是喜歡親自盤點。雖說搬運和堆積這種事要靠堆高機或其他機器幫忙，但書終歸還是要經過人手。

每天忙著搬書，所以每個員工都有肌肉痠痛的毛病，有的人甚至眼睛都會充血。大部分在物流倉庫工作的員工休息或下班後，很少有人會去看書打發時間，但冬華就算只有十分鐘空閒，也會拿本書來看。她會掃一眼放在退貨倉庫後門碎紙機旁的私人書櫃，選出一本喜歡的翻看幾段。

上午的倉庫跟戰場一樣，如果從九點到十點有書店的訂單進來，就要把書找出來，有時還需要打包。員工穿梭在鐵製五層書架間，腳步忙碌，按照出版社分類將書放進手推車，然後移動到以書店分類的托盤上，再用堆高機搬上貨車。經常是一忙起來就到中午了，所以「冊塔」的午餐時間定在下午兩點。

林羅雄組長說昨天的出貨沒有任何問題。有沒有問題雖說還要再確認，但冬華為了慰勞大家，中午請了林組長在內的十名員工一起去吃了豬肉湯飯。

冬華開始咳嗽是在五月二十九日凌晨。冬心說沒胃口，拿著湯匙在粥裡攪了幾下便回房間。藝碩也因為便利商店有換班，沒吃飯就出門了。冬華大口吃完一碗飯後，把剩菜放進冰箱，準備要洗碗，她打開水龍頭的手才剛碰到水，便咳了起來。不是只咳一、兩聲，而是連咳了七、八下，咳得肩膀直抖，喉嚨也發麻。她彎下腰，慢慢嚥了嚥口水。

難道是得了夏天連狗都不會得的感冒？

冬華從國中開始打拳擊，她是拳擊練習場上唯一的女生。從高二開始，冬華就一直保持一百六十五公分高、六十公斤，雖然跟運動量相比體重有些偏重，但肌肉占比很高。冬華可不是五月會感冒的藥罐子。她洗好澡，穿好衣服準備出門，冬心走到玄關，遞給她一副口罩。

「姐，戴上這個！萬一口水濺到新書上就糟了。」

保管著上千、甚至上萬本書的倉庫到處都是灰塵。安全保健團體大力宣導從事出版印刷業的勞動者應配戴防塵口罩，員工休息室的置物櫃裡也放滿口罩。但大家都嫌麻煩、悶熱，幾乎不戴，有時戴了也是隨便掛在下巴。冬華算是常戴口罩的，但妹妹這樣勸說自己，居然莫名產生反抗心理。

她推開冬心的手。「不用。」

「聽我的，別到時候難受……」

「我不難受。照顧好妳自己吧，記得吃藥。」

冬華沒讀大學，高中畢業就直接到永永出版社做倉管。高三那年冬天，在京畿道驪州種了一輩子田的父母在三個月內相繼去世。不僅小自己一歲的妹妹冬玉學費成了問題，相差五歲的冬心的醫藥費也落在了自己的肩上。三姐妹來到首爾租了間小套房，自從冬玉二十歲嫁人後，冬華便和冬心相依爲命。

冬華三十歲結婚時，也把冬心接到自己的新婚家來住，丈夫是個心地善良的貨車司機，他欣然接受了與小姨子一起生活。冬華丈夫的工作主要是運送木材，唯一一次接到從首爾運書到釜山的工作，就這樣在永永出版社的倉庫遇見冬華。

藝碩出生後不到十天，冬華的丈夫就遭遇車禍去世。自那之後，姐妹倆一起撫養藝碩長大，上班賺錢成爲冬華的責任，冬心則在家中負責照顧藝碩和打理家務。每逢換季，冬心就毛病不斷，雖然都不是需要住院的大病，但從今年初春開始，她腹痛變得更加嚴重。急診室診斷是胃潰瘍導致出血，建議冬心做詳細檢查。

「眞是的……」冬心欲言又止，靜靜盯著冬華的眼睛。

冬華有點後悔，想著不如順手接過口罩吧。不管發生什麼事，能夠照顧、守護冬心到最後的人也只有自己了。冬心硬把口罩塞進她手裡，這次冬華沒有拒絕、直接收下了。冬心搖著頭噗哧笑了出來，眼角擠出了皺紋。

五月三十日，冬華因爲一直低燒、咳嗽待在家休息，沒有去上班。五月三十一日上午十一點，她只去教會做了主日禮拜。雖然每天冬華都會參加晚上的禮拜，但那天她喝了冬心煮的粥後，便早早睡了。

＊＊＊

李一花離開急診室是在五月二十八日早上九點，因爲父親李炳達過世了。在得知父親肺癌四期的消息後，一花對這一天想像過無數次，卻沒想到父親會突然在綜合醫院急診室闔上雙眼，還沒住進病房就宣告死亡，這讓一花感到難過又委屈。

要不是昨天趕到急診室、看到炳達病危後一直守在醫院的姜銀斗，可能連後事都處理不了。銀斗預約了殯儀館，還向前一天來探病的「遊山會」親戚們發了喪。忙完這些後，銀斗回到急診室攙扶一花走了出去。病人和家屬、護士和醫生的視線暫時追隨著兩人的背影，但急診室裡沒有人有閒暇去安慰往生者家屬或追思亡者，還沒等他們走出急診室，炳達斷氣的那張病床就躺上了其他在呻吟的病人。醫生、護士和家屬都把精力集中在搶救病人身上，急診室就是這樣的地方。

一花把頭靠在銀斗肩上穿過走廊，她忽然停下腳步。

「都是我不好……如果不來這家醫院，如果讓他回家，今天也不會走了……爸說他想回家，再也不想待在醫院裡，可我硬是……我想要他再多活一天，不想讓他這麼早放棄……都是我太貪心，做什麼實習記者，都沒有好好照顧他，是我把他……」

銀斗輕輕拍了拍一花，打斷她：「哪有，妳不要責怪自己。妳爸那是時候到了，所以走了，不管妳做什麼，結果都是一樣的。我和親戚們都知道妳盡力了，妳爸比我們更心裡有數。一花，從現在開始，妳要打起精神，好好送妳爸最後一程。辛苦的事都交給我，有什麼事儘管跟姨丈講，知道嗎？」

一花點點頭，用手掌抹去淚水。要是沒有銀斗在，她大概連葬禮都辦不成。

一花坐在白色菊花圍繞的遺照下，拿出手機打給蘇記者，但還沒等撥號音響起，又掛斷電話，因為哭聲已經快要衝出喉頭。她乾咳幾下，用拳頭捶了捶胸口，還是無法讓顫抖的聲音鎮定下來。最終，她還是選擇傳訊息告知父親的死訊及殯儀館地址，訊息裡沒有出現「對不起」三個字。

一花背靠著牆，仰望照片，以蔚藍大海為背景，父親一臉燦爛的笑容。三年前，為了慶祝一花大學畢業，父女二人到巨濟玉浦港玩了兩天一夜。銀斗借了艘釣魚船，三人坐船出海了半天。銀斗自詡是專屬攝影師，幫他們父女拍了很多張照片，也各自拍了幾張獨照。遺照就是其中的一張。

五月二十八日到三十日，舉行了三日葬[5]。

從五月二十八日上午開始，親戚們先來弔唁。前一天到醫院探病的「遊山會」親戚又趕來了。但這次不是急診室，而是殯儀館。他們都還沒來得及脫掉鞋子便放聲大哭，禮都沒行完，就一個個跪在地上，額頭貼著地面，涕泗縱橫的痛哭。在急診室時，大家都怕炳達聽見，每個人都憋住哭聲用手帕偷偷擦眼淚。但才過了一天，當看到已成故人的炳達遺照，強忍在心底的難過和惋惜又湧上心頭。和睦相處的日子轉眼也超過了二十年，正如這緣分的重量，誰都無法輕易理清思緒，瞬間翻湧的感情讓每個人的身體顫抖著。看到親戚用各自的方式哭泣，一花這才跟著號啕大哭，她沒有擦眼淚，也沒空整理喪服，被親戚輪流擁在懷裡。雖然大家什麼也沒講，但哭聲、悲鳴、嘆息、搖頭和顫抖的肩膀，以及啪啪拍打地面的聲響，就足以說明一切。

電視臺同事是五月二十八日晚上來的，以民國電視臺代表理事名義訂的花圈送到殯儀館的兩小時後，蘇記者陪報導局長和社會二部長一同趕來，還包括社會二部警察組和法務組的五名記者前輩、三名同屆的實習記者也都跟來了。大家吃完湯飯準備離開時，蘇記者把一花單獨叫到一旁。

「妳一定很傷心吧。要是早點告訴我父親病危的消息，我會另作安排的。妳不用擔心公司的事，好好送老人家最後一程。」

「前輩，對不起！我錯失獨家新聞，還擅離職守，等我……」

蘇記者打斷她。「一花啊，不要說了，妳不用道歉，現在這些都不重要。」

「可是，如果我再努力一點……」

蘇記者環顧一下四周，右手撩了一下自己的劉海。「這裡不是警察局的記者室，是殯儀館，我不是以妳的上司身分來的，妳今天也不是實習記者。妳先辦好父親的葬禮，其他事以後慢慢再說。妳知道報導局最重要的是什麼嗎？」

「嗯？」

或許是一花穿著黑色喪服的關係，她的眼睛看上去顯得更大了。

「是人！如今雖然什麼都講科技，可到頭來新聞還不是報導局記者做的。妳以爲我這個副組長就只是坐在那裡，等你們這些實習記者的報告嗎？觀察你們實習時遇到的困難，妥善處理你們的問題也是我的工作。妳連父親癌末都不跟我講……看來是我這個前輩做得不夠，沒能照顧好妳，都是我的責任，對不起。報導局裡沒有人會怪妳，知道嗎？」

一花他們在五月三十日早上九點離開殯儀館，一小時後抵達火葬場，按照順序於十點三十分開始火化，十一點三十分結束。然後搭乘靈車前往追思園，將骨灰罈安置在追思園三樓的第三個房間左側牆上後，已經過了下午一點。

實地考察、預約火葬場和追思園的人也是銀斗。一花很聽他的，要她站就站，教她走就走，教她坐

5：韓國文化中，會在人往生後的三到七天內（去世當天算第一天），舉行出殯儀式。

就坐。一花控制不住情緒時就哭，思念父親時就看遺照，或看手機裡存的訊息。但凡事都聽銀斗安排的她，對最後的目的地卻提出不同意見。

銀斗希望親戚晚上都到炳達家裡去，還提議有時間的人留下來過夜。他是為了孤單一人的一花著想。但一花堅持只想一個人回家，雖然很感謝來參加葬禮、一路同行到追思園的親戚，但她表示從現在開始不管遇到什麼事，都會一個人堅持下來的。銀斗只勸了她一次，便接受了她的請求。親戚沒有跟一花回家，大家在追思園附近的湯飯店裡吃過午飯後，就各自回家了。

五月三十日下午三點，一花回到家，滿是陽光的客廳令她感到陌生。開始實習記者的生活以來，將近半年都沒有在這個時間回過家。一花坐在地上，望著掛在沙發後方牆上、父母的結婚照，她蜷縮起四肢躺到地上，雖然很想換套衣服，但還是沒能戰勝襲來的睡意，閉上了雙眼。

一花耳邊隱約響起華格納的〈婚禮進行曲〉，雖然她很想再看一眼身穿白色婚紗的新娘甘淑子和一身藏藍色西裝配白色領帶的新郎李炳達，但眼皮怎麼也抬不起來了。熱烈的掌聲夾雜著〈婚禮進行曲〉，逐漸變小。

一花一覺睡到了五月三十一日。五個月來，她在記者室都沒能好好睡，加上辦了三天的葬禮，睡眠明顯不足的她把手機關機，燈和電視也都關了。直到星期天為止，她想與世隔絕。

一花忽然醒來，她習慣性的拿起手機，看到手機關機後又放了回去，接著看向掛在牆上的彗星形狀時鐘。她站起身，低下頭。今天不用去跑警察局和消防局了，彷彿只有自己從馳騁的火車上下來，那輛載著炳達的火車開往永遠不會返程的車站。一花又回到床上躺了一會，忽然覺得很餓，這兩天她連一頓飯也沒吃。

一花走到廚房打開燈，現在是深夜十一點。一花覺得自己耳垂發燙，好像有些低燒，頭也很暈。她找出父親之前服用過的退燒藥吃下後，打開手機。有二十七條訊息，大部分都是親戚傳來的，最新的一條是三十分鐘前傳來，是蘇記者。

——對不起，我無法參加出殯。偏偏跟採訪撞期。妳應該不會明天就想回來上班吧？休息到六月三日好了，加油喔！

＊＊＊

金石柱是三人之中最晚離開急診室的。不管做什麼，石柱都有信心比別人更能堅持到最後。準備醫師國家考試前，石柱整整半個月都是坐著睡覺，還把整本專業書都背了下來。

石柱看完門診，吃過處方藥後，覺得呼吸順暢多了。他想到剛才醫師寫在看診記錄上的英文，是「緩解缺氧症。因呼吸困難、發燒就診。抗生素用藥，住院後待查。」

原本期望不幸只止於去年，看來還尚未趕走病魔。

石柱從去年冬天開始經常消化不良，有時還胃酸嚴重。大家都說準備醫師國考的人裡，十個就有六、七個有胃腸病。石柱原以爲當上醫生、找到私人診所的工作，人生就等於步上軌道了，這也是他辭去汽車公司工程師後選擇的出路。從考入牙醫學研究所到國家考試合格的這四年裡，妻子映亞不僅負擔了家裡的生活費，還有石柱的學費。上班的第一天，石柱就下定決心要比妻子做更多事，賺更多錢。

石柱在診所剛做了一個月，意外就發生了。石柱的高燒和腹痛不見好轉，映亞便帶他來到自己曾做過三年護士的F醫院。

去年三月二十六日的檢查結果是T細胞淋巴癌。如果說他們沒有受到打擊，那是騙人的，但夫妻倆決定專心接受治療。身爲醫師和護士，他們用學到的醫療知識和累積的經驗冷靜面對病情，也讓自己變得更加堅強。從四月十日到七月二十九日，石柱共做了六次CHOP化療。八月檢測骨髓時，發現了殘留癌細胞，於是從八月二十九日到九月二十九日又進行了兩次GDP化療，隨後便診斷爲完全緩解[6]。癌細胞全部消失了。十一月二十七日採集了石柱的造血幹細胞，投入大量抗癌藥後，再移植本人的造血幹細胞。十二月五日確認細胞存活後，石柱便出院了。

至少還要五年時間才能獲得完全痊癒的診斷，在此之前，石柱必須持續追蹤。石柱希望能把淋巴癌這三個字從自己的人生裡徹底抹除，然後以今年作爲全新的開始。他的目標是休息到四月，讓身心恢復健康後，五月重回牙科上班。這樣有條不紊的準備，讓石柱在半個月前實現了目標。

五月二十七日到二十九日，石柱在內科區椅子坐了三天兩夜，還是沒有等到空病房。

五月二十八日的上午一直到子夜，父親金鴻澤一直陪著石柱。映亞下班後也趕過來，但爲了照顧托在娘家的四歲兒子雨嵐，石柱堅持要她回家。五月二十九日一早，映亞又來醫院，打了幾通電話。雖然她換了國外製藥公司的工作，但還有很多以前一起工作的同事在醫院當護士。打聽了一輪病房情況，今天也沒有空房。映亞立刻打去血液腫瘤科，醫護人員都建議她六月一日再來看門診，然後辦住院。因爲五月二十九日是星期五，病人週末都不會辦出院。

映亞開車時，石柱坐在副駕駛座睡著了。到家後，映亞攙扶石柱躺到床上。

「你必須休息，就算是超人，在急診室坐了三天也會精疲力竭。你這人怎麼還跟從前一樣……」

「急診室要搶救的人多，醫護人員也都分秒必爭啊……況且我下禮拜得回去上班呢……」

「你先住院檢查，等結果出來後再去。」

「星期一和星期二都有預約……」

映亞打斷石柱。「現在你的身體比要看牙的人重要。」

「好吧，我等下打個電話給診所。」

石柱往左側躺，閉上眼睛。這兩天他只靠在椅背上，偶爾才能打一下瞌睡。映亞拉上窗簾走到客廳。

五月三十日，石柱不見好轉，高燒不退，咳得也更嚴重了。雨嵐抱著足球走進臥室，看到石柱難受的樣子，把手放在他的額頭上。

「爸爸，你很難過嗎？快點好起來，才能跟我踢足球。」

不用去幼稚園的週末，石柱都會帶雨嵐到樓下的遊樂場踢足球。

石柱感到很對不起滿心期待的兒子，他用手摀著嘴說：「好，下週爸爸一定陪你玩，打勾勾！」

雨嵐勾了勾石柱伸出的小指，轉身走了出去。映亞取來家庭常備藥箱，幫石柱測量體溫和血壓。

「吃了退燒藥怎麼還不退燒，要不要再去一趟急診室？」

石柱回想起那三天急診室的場景，哀號、呻吟和哭喊，不停送進來的患者。有的人躺在床上，有的人坐在椅子上，有的人靠著牆，還有的人蹲在地上。醫護人員忙得不可開交，但哀號和呻吟聲始終沒有停止。

「我還能忍，妳陪雨嵐去遊樂場吧。」

「不知道兒子只黏你嗎？他說跟我玩沒意思，爸爸最好了。你再睡一會吧。想吃什麼嗎？」

「牛排，BBQ，章魚和大螃蟹……」

聽到石柱開玩笑，映亞笑了。接受八次化療期間，石柱也常開玩笑，他越是痛苦，越是常笑。映亞總勸他，難過、辛苦的時候最好都發洩出來，但他就是不肯。

6：治療後，沒有再發現癌細胞的狀態。

五月三十一日，石柱沒有力氣再開玩笑了，儘管蓋了好幾層棉被還是渾身抖個不停。臉和手腳變得蠟黃，這是黃疸。咳嗽太嚴重了，以至於走去上廁所時都會蹲坐在地上三、四次。過了中午，石柱好不容易起身去了趟廁所，可過了半小時都沒出來。

映亞擔心他是不是在裡面暈倒，於是站在門口問：「你沒事吧？」

無人應答。映亞推開半掩的門，馬桶裡尿的顏色進入了視線。

「老公！」

「尿血了……」石柱的聲音顫抖。

映亞決定必須馬上叫救護車去急診室，腦海瞬間閃過去年石柱治療淋巴癌，離家不到五分鐘、自己工作過的綜合醫院。五月二十九日早上，映亞曾在去醫院的路上，與在急診科當護士的大學同學朴京美通過電話。此刻映亞又打給京美。別看京美身材魁梧，做起事來手腳俐落，還有個綽號叫「輕飄飄」。

上次京美說，五月三十一日她值夜班，所以六月一日上午來看門診，應該見不到面。

京美沒接電話。如果急診病人一下子湧入，上班時間根本沒辦法接電話。映亞心想，先傳則訊息，等到了急診室再打給她。

—我現在過去。

映亞只寫了這五個字。如果連講電話的時間都沒有，一定也沒時間看訊息。通常若情況允許，京美會回一個「嗯」，或傳一個豎起大拇指的貼圖，等她回訊息再打過去也不遲。映亞傳完訊息，還沒叫救護車，電話便打來了。

直到高一都在學聲樂的京美有一副好喉嚨，她壓低聲音、語速超快，就像被老虎追趕的兔子似的。可京美的身材跟兔子一點也不搭。

「不要過來。」

「滿了？可是……」

京美打斷映亞。「你們來了也看不了病。」

「出什麼事了？」

「妳不上網嗎？」

「上網？」

京美的問題令人摸不著頭緒，爲了照顧整天纏著自己的兒子和與淋巴癌抗爭的丈夫，從去年春天到現在她就沒閒下來過，根本不會去找新聞看，也不玩推特和臉書。

「F！」

「F？」

「妳自己去查，我也不能說太多，看在妳的份上我才說的。總之，把妳老公送來，急診室也沒人能給他看病，你們去別的醫院吧……但我要是妳，連別的醫院急診室也不會去。現在去哪兒都不安全。映亞，聽懂我的意思了嗎？我知道妳很辛苦，但要撐過今晚，明天一早再來吧。記住，不要到處亂跑。」

京美掛斷電話，再打去已經沒人接了。映亞走到趴在床上、疼得直發抖的石柱身邊。

「叫……救護車了嗎？」

「京美不讓我們過去。」

石柱看了一眼映亞，有氣無力的說：「那……明天再去看門診吧。」

映亞握緊拳頭。「你撐得住嗎？」

「嗯，好一點了。今天妳陪雨嵐睡吧。」

昨晚，映亞在對面房間把雨嵐哄睡後，回到臥室徹夜照顧石柱。她用毛巾幫石柱擦汗，不停餵他喝水，每隔兩個小時幫他測量一次體溫和血壓。雖然石柱中間稍稍睡了一下，映亞卻熬了一整夜，而且即便睡意來襲，聽到石柱的咳嗽聲還是會驚醒。

「你別擔心這些。」

「我明天自己去醫院……」

「我跟公司請了一天假，不要麻煩爸爸了。明天無論如何都要住院檢查，還是我陪你去比較好。」

「話雖如此……可是爲了我，妨礙妳工作……」

「工作的事我自己會處理。金石柱先生，請你擔心自己的身體吧！」這五個月來憋在心裡的話，終於脫口而出：「雖然不會發生這種事，但萬一又復發了，你也不要洩氣，我們再繼續治療。」

石柱像確認答案的醫大學生一樣，從容不迫的回答：「幸好我們知道T細胞淋巴癌是復發率很高的病。別擔心，我不是被診斷過完全緩解嘛，還有成功移植造血幹細胞的經驗。就像妳說的，我這麼年輕有活力，絕對可以重新治療的。」

石柱像迎風展翅的獵鷹一樣張開雙臂，映亞撲進他懷裡，喃喃道：「我們什麼事都能挺過去的，沒有面對不了的事。」

F

有些重要的瞬間是可以決定人生的，我們卻很少有機會提早知道那些瞬間，那些瞬間就跟往常一樣，似水般迅速流逝。

事情進展到了五月三十一日，但我們再回到五月二十七日一下。正如前面提到，金石柱、吉冬華和李一花五月二十七日都待在急診室內科區。跟他們三人一樣，於那天抵達急診室的病人有數百名，一個被稱爲「0號」的男人就在這些人當中。就在疾病管理本部展開追蹤的前一天，那個人來到首爾F醫院的急診室，傳染給這三人。

直到MERS宣告終止，國家賦予病人的數字裡都沒有「0」。數學裡，「0」是一個意味深長的數字，但在計算人數時，「0」卻不具任何意義。疾病管理本部將首例個案定爲「1號」，之後確診MERS的依序編號排列。人們卻一直將那個男人稱爲「0號」。「0」這個數字，包含了未能抓住最後機會阻止MERS大亂的遺憾。

不同的是，雖然像標籤般貼在病人身上的數字是根據確診的先後順序，賦予醫院的字母代號卻是隨機的，因爲擔心若按照字母順序，會依據病人確診順序與行蹤，比對出醫院的實名，因此，醫院一直使用國家賦予的代號。

五月二十七日，「0號」與金石柱、吉冬華和李一花前往的綜合醫院代號是「F」。在四人抵達急診室的前一週，這家醫院就被稱爲「F」了。所有媒體幾乎都報導過「1號」從京畿道W醫院出院後，到過首爾F醫院。網友開始推理F醫院的實名，雖然範圍縮小到可能性最大的三家醫院，但保健福祉部和疾病管理本部都沒有公開F醫院的實名。

五月二十七日上午十二點四十分，「0號」抵達首爾南部客運站，該男子搭乘市外巴士前往首爾的一個多小時裡，高燒和呼吸困難變得更加嚴重，連搭計程車的力氣也沒有，只好打一一九求助。救護車載著他抵達F醫院急診室時間是一點十分左右。從這時開始，「0號」一直待在急診室的內科區。他雖然躺在床上，但也去了便利商店，還去了廁所。搭市外巴士過來時他戴著口罩，但當呼吸困難、胸口發悶時，爲了大口深呼吸，他又把口罩摘了下來。

「0號」接到疾病管理本部的電話是在五月二十九日，他已經在急診室住了兩天。不只吉冬華和李一花，就連金石柱也離開了急診室。因爲是陌生的號碼，起初他沒有接，但同一個號碼連續打了三次，「0號」不耐煩的按下通話鍵，直接發起脾氣。

「你是誰啊？」

對方清清楚楚道出「0號」的姓名、年齡和在C醫院住院的日期。

「沒錯。我是五月二十五日住院，二十七日早上出院的。」

接著，男人又提到W醫院。

「你是誰啊？怎麼知道我住過哪家醫院，你跟蹤我嗎？」

男人沒有表明身分，又重新問了他一次，是不是從五月十五日到十七日住在W醫院。

「是沒錯啦……」

男人打斷他：「那你必須接受檢查。」

「什麼檢查？檢查我在這裡都做了啊。」

男人的聲音變得急促。「那裡是哪裡？」

「急診室，可以了吧？」

五月二十日出現「1號」病人後，疾病管理本部對到過京畿道W醫院的病人展開追蹤調查。最初設定的密切接觸者範圍過小，當五月二十八日出現範圍外的確診個案後，才通知了「0號」。出現「1號」後的九天之間，「0號」從W醫院出院回家，隨後又住進C醫院，但病情仍未好轉，於是出院後又來到首爾。

「中東呼吸……那是啥？」「0號」拿著手機，問來換點滴藥袋的護士。

「嗯？」

他把手機貼近耳朵。「你再講一次，中東什麼？」他把對方的話重複給護士。「妳知道……M、E、R、S嗎？」

護士立刻臉色變得鐵青。「啊！……知道。」

「這人突然打來，說我必須接受什麼MERS檢查。那檢查在這裡也能做吧？搞什麼，我吃了藥，好不容易才舒服一點，又要做什麼檢查？MERS？那是什麼？」

「0號」正打算下床。護士瞪大眼睛問：「你要去哪？」

「我口渴，去便利商店買點喝的。」

護士著急大喊：「不可以！躺下，請你躺下。我現在就去找值班醫師過來，你絕對不可以動，知道了嗎？」

五月三十日，「0號」確診爲MERS。從五月二十九日晚上開始，急診室進行了隔離和部分關閉作業。醫院將「0號」轉移到空病房，隨後把與他接觸過的醫護人員全部隔離。在緊急展開隔離與關閉作業的五月三十一日，映亞傳了訊息給京美。

映亞掛斷電話後打開筆電，把京美像用暗號告訴自己的「F」輸入網頁搜尋欄。搜索結果超過七十億個，她又把石柱去過的醫院名和「F」一起輸入，搜索結果縮減至八十五個。映亞移動滑鼠，忽然停了下來。

「首例MERS病人住過的F醫院在哪裡？」這個問題下方出現了醫院的名字。十個回答裡有九個是相同的名字，她怎麼可能不知道這家醫院。腦中響起巨大的警鈴，映亞瞪大雙眼。

你一定會！

南映亞手記

2015年5月31日（星期日）

復發？
再接受治療就好。
我一定會讓你痊癒的。

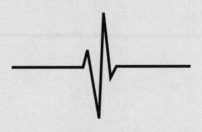

兩公尺、一小時

五月二十七日，在急診室的三人中，最早返回醫院的是金石柱。

六月一日早上八點十五分，石柱和映亞把雨嵐送到幼稚園後，就直接前往醫院。映亞在停車場停好車，看了一眼時間，八點半，還有大概半個小時。

「你還好嗎？」

石柱像祈禱似的雙手合十。「希望今天能住院。」

映亞幫石柱扶正口罩，小心翼翼的攙扶他邁開步伐。映亞看到遠處的急診室，原本讓救護車直接運送患者的急診入口被封住了，身著黃色防護衣、戴N95口罩的醫護人員出現在眼前。

F。

映亞用上牙輕輕咬住下唇。

九點整，兩人走進血液腫瘤科門診診間。盧忠泰教授用手帕擦了擦眼鏡後戴上，他是去年負責治療石柱淋巴癌的主治醫師。因為鼻梁矮，盧教授不停用食指推眼鏡，要是自然鬈的頭髮再長一點，就會像貝多芬那樣蓬鬆的炸開。中年發福的身材讓椅子不停發出咯吱咯吱的呼喊。他總是勸高血脂病人多吃蔬菜，自己卻每天至少要吃一餐肉。

「週末情況怎麼樣？」盧教授用擦過眼鏡的手帕，又擦了擦額頭上的汗。

「咳得更厲害了，胸口也很悶，昨天晚上尿血了，還發燒……」

映亞接著報上準確數值。「三十九度上下。我給他吃了退燒藥，但沒什麼用。教授，今天請一定要讓他住院啊。」

盧教授跳過映亞的問題，問石柱：「之前也尿過血嗎？」

「這是第一次。」

這時映亞插嘴：「淋巴癌復發的可能性有多大？」

盧教授的視線從石柱轉向映亞。「這要等腹部和盆骨CT[7]、PET－CT[8]的報告出來後才能判斷。」

「是溶血性貧血[9]嗎？」石柱問。

「很快就會有結果的。」

兩人來到走廊，坐在椅子上等候。沒有像五月二十七日那樣坐在急診室乾等病房已經很幸運了。映亞去了趟廁所，她走到走廊盡頭的緊急出口樓梯旁，打電話給京美。

「你們來了？」京美軟綿綿的聲音夾雜睏意。

映亞單刀直入的問：「F醫院就是這裡吧？」

「……噓！不要告訴別人，要是被知道是我說出去的，工作可就難保了。」

7：電腦斷層掃描（Computed Tomography）。

8：正子斷層造影（Positron Emission Tomography-Computed Tomography）。

9：溶血性貧血（Hemolytic Anemia）指血液中的紅血球不足，無法運送足夠的氧氣到各重要器官，心臟代償性的增加收縮的次數及力量，加速血液循環，使各內臟維持足夠的氧氣進行新陳代謝。紅血球所含的血紅素新陳代謝後生成膽黃素，因肝臟無法及時處理而產生黃膽。

「我過來時看到急診室被封鎖了，這一定不是因爲二十號出現的『1號』病人，難不成又出現MERS個案？」

京美的聲音由大轉小，她壓低聲音：「南映亞！妳是在開偵探事務所嗎？」

「快回答我是不是？」

「……不愧是名偵探！」

映亞握著手機的手開始顫抖。「什麼時候？」

「五月二十七到二十九日，三天兩夜。」

與石柱在急診室內科區的時間完全吻合。

「那怎麼沒有人聯繫我們去做MERS檢查呢？醫院不是在通知檢查對象嗎？」

「妳不說，我也已經在檢查對象名單上找過妳老公了。放心吧，名單上沒有他的名字，他不是疑似感染的密切接觸者。」

「不是密切接觸者？標準是什麼？」

「兩公尺內，一小時以上，與MERS病人接觸的都是密切接觸者。石柱不是坐在急診室內科區的椅子等病房，然後就回去了嗎？那個MERS病人躺在最角落的病床，距離椅子遠超過兩公尺，少說也有十公尺。所以說，石柱不是密切接觸者，也沒有感染的可能性。該隔離的人都被隔離了，該通知的人也通知了，沒接到通知的就不是檢查對象，這麼說妳明白了吧？所以啊，你們就專心去治療淋巴癌吧。等結果出來後記得告訴我，我再睡兩個小時就要去上班了，等會醫院見啊。」

幸好移植病房的六人房有空床了。在那裡住一天，隔天就能換到血液腫瘤科病房。映亞打給公公鴻澤說明情況。下午五點去幼稚園接雨嵐的事，落在了鴻澤身上。

「我會照顧雨嵐的，妳放心吧。」

去年石柱接受治療時，雨嵐就一直託付給他老人家照顧。公公一個人住，能有孫子作伴開心極了，所以從沒拒絕過兒子和媳婦，也從不抱怨。石柱總是能認真處理別人託付的事，這種人品是繼承了誰，不用說也能看出來。

石柱到了病房，換好病患服後正式開始檢查。之前已經做過十幾次檢查了，所以他說無需陪同，要映亞待在病房休息。但映亞搖搖頭，還是跟了出來。雖然映亞堅持要跟，但也只能在走廊等待。

待在走廊的家屬多半都在滑手機，映亞摸著脖子上的鋯石項鍊，那是結婚時收到的禮物。她點開臉書，看起五月初去馬來西亞旅行的照片；接著點開網頁，在搜尋欄輸入「F」和所在醫院的名字。網頁上多出二十幾則昨晚沒看過的內容。

映亞逐一點開閱讀，大部分內容都在揭露F醫院的實名和MERS病人停留在急診室的時間。就算政府用字母隱瞞醫院的名字，醫院也下了封口令，但都未能阻止MERS不斷擴散的消息。其中引起映亞注意的，是民國電視臺的醫療記者鮮于秉昊專欄下的一則留言，留言者是「我不相信」。

> 政府自信滿滿的聲稱，已經徹底隔離了W醫院裡所有與「1號」接觸過的醫師、護士及家屬。但F醫院又出現MERS病人，可以確定的是，那個人並沒有出現在政府指定的密切接觸者名單中。
>
> 由此可見，重要的應該是隔離的標準，政府把兩公尺內、接觸一小時以上的人列為隔離對象，但他們是根據什麼制定「兩公尺內、一小時以上」的感染範圍標準呢？如果出現在F醫院的病人是在政府制定的隔離範圍以外，那他本身就證明了「兩公尺內、一小時以上」是一個錯誤的標準。

石杜和映亞住進移植病房的六人房，但他們仍輾轉反側。晚間新聞結束後，其他五位等做移植手術的病人和家屬就睡了，醒著的只有石杜和映亞。石杜因爲咳嗽睡不著，也因爲想起不過七個月前住進這間正壓病房[10]時，他成功接受造血幹細胞移植。石杜不想再住進這裡，要在這個記憶仍歷歷在目的地方過夜，難免胡思亂想。石杜凌晨上完廁所回來，摸了摸靠在家屬陪伴床的映亞的頭。映亞睜開眼睛，石杜把手放在她的頭上，溫柔的問。

「今天要去上班吧？」

「等你換好病房。我可以請半天假，你不用擔心。我說……」

「我覺得很對不起妳和雨嵐。」在淋巴癌的檢查結果出來前，石杜終於說出憋在心底的話。

如果淋巴癌復發，做一個稱職的丈夫和父親的機會就又要延後了。映亞本想說些安慰的話，但她皺了皺眉，道出從昨夜開始一直掛在心上、難以放下的疑慮。

「我始終覺得不放心，我們再多做一個檢查吧。」

「嗯？漏掉哪項了嗎？」

石杜腦中浮現各種淋巴癌檢查，可是沒有需要做的檢查了。映亞平時會隨身帶著一個筆記本，不管什麼事都詳細的記下來。尤其與石杜和雨嵐有關的，更會反覆再三的確認。

「不是淋巴癌……」

石杜這時乾咳了一聲，映亞撫著他的背，石杜抬起頭，那雙疲累與好奇參半的眼眶陷得更深了。

映亞怕吵到其他人，於是問石杜：「能去一下休息室嗎？」

「好啊。」

映亞和石杜悄悄走出病房，來到走廊盡頭的休息室，那裡空無一人，他們面對面坐下。

映亞開門見山的說：「五月二十七日到二十九日，MERS病人曾在這家醫院的急診室停留，所以京美才告訴我，三十一日急診室無法看診。」

「MERS？上上星期報紙不是有登，說傳染已經控制住了嗎？」

「我也不清楚原委，但可以確定的是，你在急診室時，那名MERS病人就躺在內科區的病床上。」

石柱的表情變得嚴肅。「那有收到疾病管理本部或醫院要我檢查的通知嗎？」

「沒有，他們只聯絡了在疑似感染範圍內的密切接觸者，你只待在椅子那邊，不在範圍內。」

「謝天謝地。如果是在範圍外，那就沒有檢查的必要了。保健當局和醫院一定會妥善處理的。」石柱鬆了口氣，握住映亞的手。

映亞開始勸說他。「我四處打聽了一下，密切接觸者的標準太模糊了。」

「模糊？不是有明確的規則嗎？再說，這裡可是大醫院啊。」

依據標準決定人生死的地方，就是醫院。

「是距離兩公尺內，接觸一小時以上的人。」

「那很明確啊。」

「可那只限於病人躺在床上不動的情況，無論在急診室或病房。但病人最討厭什麼？就是整天一動不動的躺在床上啊！只要兩條腿還能走，不、就算腿腳不方便也能坐輪椅到處跑！去抽血室、便利商店、廁所，還有急診室外的X光室，還有人會在走廊走來走去的運動。而且網路上有人說，超出兩公尺

10：正壓病房是提高病房內氣壓，防止外部空氣流入，適合做化療、抵抗力較差的病患使用，降低感染機率；負壓病房則相反，要讓室內空氣無法外流，避免傳染擴散。

外的人也被感染了。」

「就算會來回走動，可在兩公尺內、持續接觸一小時以上也很難吧。」

「他們沒有給出適用於兩公尺、一小時的具體說明。感染MERS的人不是只待在病房裡，公車、汽車或地鐵都有可能啊，這些空間傳染病毒的條件會跟病房一樣嗎？還有讓人疑惑的是，如果範圍是兩公尺內、一小時以上，那一公尺以內、三十分鐘以上呢？或是四公尺以內、兩小時以上呢？這個標準也適用嗎？」

映亞是個凡事都會煩惱的人。去年治療淋巴癌時，她比石柱更憂心忡忡，總在設想會面對最壞的狀況，所以很難閒下來。去年的憂慮映亞都只深埋在心裡，從沒對石柱講過。如今復發的可能性變大，不安與擔心便像氣球一樣迅速的膨脹。

石柱默不作聲，注視著她的眼睛。他知道既然映亞話已出口，不管自己說什麼，她都會要求院方進行MERS檢查。南映亞的行動力在大學時就很出名了，石柱也是因爲這一點而注意到她。

石柱突然話鋒一轉：「MERS病人需要的隔離病房是負壓病房吧？」

映亞以常識爲基礎回答：「當然，如果不想讓病毒傳到外面，病房內部應該是低壓才對。」

「這家醫院有負壓病房嗎？」

「沒有。」

「妳確定？」

「嗯。去年公司調查統計過設有負壓病房的醫院及數量。當時我還奇怪，這麼大一家醫院竟然沒有負壓病房，可能是正壓病房經常有移植病人入住，但負壓病房除了傳染病人，幾乎沒有人會用吧。你問這做什麼？」

石柱的視線望向屋頂，反問：「要是MERS病人住進正壓病房，那會怎樣？」

「絕對不可以，這樣豈不是把病毒全都送到外面去了。你到底在想什麼？你這麼說，好像把自己當成MERS病人似的。」

「只是單純以醫學的好奇心，想像了一下如果MERS病人住在移植病房六人房的話……」

「管它什麼醫不醫學的，你連想像都不要想。你不是MERS病人，也不是密切接觸者。」

「……是啊，醫院一定會採取應變措施吧？」

「一定會的……所以爲了安全起見，我才想要你做檢查。我的心思你懂嗎？」

石柱的嘴角露出笑容。「當然懂！既然都做檢查了，那就順便再做一個。」

「謝謝你。」映亞的表情變得明亮起來。

「跟MERS病人同一天到醫院，我也覺得不放心。就算不考慮他，我在那三天裡也是到處走動，急診室可不是什麼能老實待著的地方，聽到那些哀號和痛哭聲，就會想出去透透氣。那個人又沒在額頭上標記自己是MERS病人，就算他從我旁邊經過，我也不可能知道，說不定他還在我旁邊坐著過呢。妳跟醫院說說看吧，最好能在PET－CT結果出來前消除這個疑慮。」

「明天我就去說，我們先回病房吧。」

翌日早餐後，石柱從移植六人病房換到血液腫瘤科的雙人房，病房沒有其他人。映亞在護士站一見到住院醫師文孔珍，便提出要做MERS檢查的要求。剛過三十歲的孔珍面相有點兇，她屬於那種願意去完成交給自己的工作，卻不喜歡多管閒事的類型。

「妳從哪聽來的？誰說的？」

「從誰那裡聽來的重要嗎？五月二十七日到二十九日，金石柱，我丈夫一直都在急診室內科區，說不定與ＭＥＲＳ病人有過接觸，你們幫他檢查一下吧。」

「請妳先回病房，我確認後再跟妳說。」

「請現在就確認，我就在這裡等。」映亞雙手抱胸，像岩石般立在原地。

孔珍取出手機打電話，一邊朝走廊盡頭走去。她回來後，斷然的說：「沒必要檢查，金石柱患者不在密切接觸名單裡。」

「這我知道，他要是在名單裡，我們早就接到要求他做檢查的電話了。他們說我丈夫坐在等候區，跟病床有一段距離。」

「那不就好了嗎？」

「好什麼好？」

「既然已經確定沒有與ＭＥＲＳ病人在兩公尺內，接觸一小時以上，就沒必要做檢查。」

「一定要滿足這個條件才會感染ＭＥＲＳ嗎？五月二十七日，急診室的病人是什麼時候、在哪裡與『1號』在兩公尺內、接觸一小時以上的呢？場所和時間，你們確認了嗎？」

「這我就不知道了，這是疾病管理本部制定的標準，妳就不要多費唇舌了。況且，ＭＥＲＳ檢查不是妳想得那麼簡單，是很複雜的。」

「管它簡單還是複雜，只要我們申請不就可以做嗎？」

「不是誰都能做，你不是密切接觸者，如果人人都只憑懷疑和不安就來檢查，那還得了？金石柱患者不是因爲ＭＥＲＳ住進來的，我也不是治療ＭＥＲＳ的醫師。淋巴癌由血液腫瘤科負責，ＭＥＲＳ自然歸在感染科。請妳回病房去，我這個血液腫瘤科的住院醫師，現在要去看我的病人了。當然，金石柱也是我的病人。」

映亞忽然伸出手，孔珍俯視她攤開的手掌，問：「妳又要幹麼？」

「給我電話。」

「要我的電話做什麼？」

「我不是要妳的電話，我是要可以諮詢ＭＥＲＳ檢查的電話。」

「我不是說沒有檢查必要嗎？」

「妳不是說自己不是治療ＭＥＲＳ的醫師嗎？雖然我們沒有收到通知，但至少可以主動打聽一下檢查方法吧，難道這也不行嗎？」

「我現在沒有聯絡方式。再說一次，沒有與ＭＥＲＳ病人在兩公尺內、接觸一小時以上，就沒有檢查必要。」

「妳能百分之百確定？」

「嗯？」

「我是在問妳，妳能確定我丈夫沒有感染ＭＥＲＳ？妳能負責嗎？」

孔珍有些不知所措。「我爲什麼要負這個責？我只是告訴妳疾病管理本部制定的標準。你們又沒有接到電話，跑到這裡來要求做檢查，其他病人聽到會很不安的。你們想做ＭＥＲＳ檢查的事，該不會也跟其他人說了吧？」

昨天映亞和石柱睡六人房，今天一早換到雙人房後就立刻來找孔珍了。因爲沒有一起使用雙人房的病人和家屬，所以當然沒有告訴任何人。

「我是先來跟妳商量的。」

「無論是金石柱患者或是您，都完全不用擔心ＭＥＲＳ。」

六月二日和三日，石柱和映亞不停向孔珍和值班護士提出要做MERS檢查，但醫院也只是不斷跳針六月一日的爭論，簡直就像在對著一堵堅不可摧的高牆說話。

整整三天，石柱都感到呼吸困難，至少有四次嚴重咳嗽到嘔吐。石柱和映亞思考著要不要打電話到保健福祉部或疾病管理本部，找負責人打聽消息，但想到政府連醫院實名都不肯公開，自己這樣說不定會自討苦吃。萬一得罪了這家醫院怎麼辦？最終還是放棄。

京美來探望石柱，是在映亞跟孔珍爭執後的六月三日晚上，京美跟石柱打過招呼後，和映亞來到電梯旁的休息室，那裡剛好空無一人。

京美剛坐下便抓起映亞的手，「檢查結果如何？」

「明天早上盧教授巡診時才能知道。如果復發了，也已經做好治療計畫，重新再做一次化療。」

並不是已經罹患過淋巴癌就可以忽略治療，如果淋巴癌復發，就要像最初查出病情時一樣，按照順序進行化療。京美、映亞和石柱對此都一清二楚。

「那MERS檢查呢？」

「還沒做。」

「怎麼會還沒做？」

「醫院說他在兩公尺、一小時的標準以外，而且檢查過程很複雜，不適合給病人做。」

京美看了看四周，悄聲說：「那個標準改了。」

「什麼？」

「妳聽好，五月二十七日到我們醫院急診室的病人，在京畿道W醫院住院時，是在兩公尺、一小時的標準以外。」

映亞想起自己在網路上看到的那些讓人半信半疑的留言，原來那都不是流言蜚語。

「妳再說仔細一點。」

「他和『1號』根本住在不同病房！別說兩公尺了，距離二十公尺都有，更不要說什麼一小時，連與那個人接觸一分鐘的印象都沒有，所以沒有追蹤到他，他才會來首爾、跑到我們醫院來。但他感染了MERS！這就證明了感染的可能性已經遠遠超過疾病管理本部制定的標準，距離更遠、時間更短也會被感染。密切接觸的範圍擴大了，不一定非要在兩公尺內、一小時以上了，所以妳還是趕快讓石柱檢查一下吧。」

「檢查不會很辛苦嗎？如果他淋巴癌復發，馬上就要接受治療了，萬一做MERS檢查，體力撐不住的話……」

「妳聽誰胡說的？檢查非常很簡單，跟檢查淋巴癌相比根本輕而易舉。妳要是擔心他淋巴癌復發，就更應該先檢查MERS。」

六月四日早上九點是盧忠泰教授的巡診時間，他先慢條斯理的解釋了檢查結果。

「我們綜合了一下腹部、骨盆的CT、PET—CT和骨髓檢測數值，很遺憾的是，可以確定淋巴癌復發了，最好盡快開始治療。」

石柱打斷了盧教授。「請先讓我做MERS檢查。」

站在盧教授身後的孔珍插嘴：「我不是告訴你們很多次了嗎？你不在密切接觸者名單裡。」

映亞反駁：「我聽說那個標準不是絕對的。我們也清楚他感染的機率很低，但有句話說小心駛得萬年船，請先給他做一下MERS檢查吧。」

盧教授輪流看了看石柱和映亞。「該不該做MERS檢查，不是我這個血液腫瘤科教授可以決定的。但如果做MERS檢查，就要等到結果出來，也有複查的可能。治療時間延後也沒有關係嗎？」

石杜回答：「接下來還要接受幾個月的淋巴癌治療，就算機率很小，我想最好還是先排除疑慮。拜託你們了。」

盧教授眉頭緊鎖，沒有立刻給出明確答覆。他朝身後的孔珍說：「妳去問問看。」

＊＊＊

六月四日，醫院採集了石杜的痰和唾液進行ＰＣＲ[11]檢查。隔天六月五日中午，檢查結果出爐。

接到通知電話的孔珍先找出口罩戴上，她沒有走進病房，只把頭探了進去。坐在陪伴床上的映亞站起身。

「結果是陽性。」孔珍保持著超過兩公尺的距離，對映亞說。

「陽性……」

背靠枕頭、坐在床上的石杜看著孔珍的眼睛，或許是戴著口罩的關係，孔珍的黑色瞳孔明顯的在顫抖。

孔珍不作任何解釋，自顧自的說：「會立刻再檢查一次，如果還是陽性，就可以確診了。」

「確診？」石杜還沒反應過來「陽性」和「確診」這些詞彙。

「ＭＥＲＳ病人！確診的話，你就會換到別的病房了。」孔珍的語氣斬釘截鐵。

「換去哪裡？」

「隔離病房。」

11：即時聚合酶連鎖反應（Real-time RT-PCR），為常用之病毒檢測方式，從下呼吸道採集檢體後檢驗。

常識

南映亞手記

2015年6月5日（星期五）

太誇張了！
怎麼可能是陽性！

石柱從五月二十七日到二十九日早晨，
一直坐在急診室內科區，
他根本不知道誰是MERS病人，
卻感染了MERS？
簡直是禍不單行！
好恐怖。
好害怕。
不會的……
他不會感染的。

物流倉庫發生的事

六月一日七點半，吉冬華比平時提早一個小時抵達物流倉庫。因爲咳嗽太嚴重，她整晚幾乎每隔半小時就會咳醒一次。清晨六點最後一次醒來，冬華連喝了三杯熱麥茶後，出門上班。

她好不容易走到倉庫二樓的辦公室，坐在自己的位置上。平時比起坐在辦公室，冬華更喜歡待在散發書香的退貨倉庫裡。冬華打開電腦，點擊進入「冊塔」程式，還沒有出貨訂單進來。她摘掉口罩放在桌上，看著晨報時睡著了。不一會，冬華就被自己的咳嗽聲嚇醒，唾液和痰濺得到處都是。

「妳吃藥了嗎？」

不知何時進來的尙哲抽出三、四張衛生紙在擦報紙，他那雙下垂的眼尾看起來一直都像溫順的驢子。性格內向的尙哲至今還沒談過戀愛，這早成了公開的祕密。冬華心想，今年夏天一定要給尙哲介紹相親對象。

「吃什麼藥啊……」冬華用手擦去嘴角的口水，含糊的說。

「林組長都告訴我了，妳妹妹送急診了？」

「竟然老是說那些沒用的……」

尙哲從飲水機接了杯水，小口喝著，坐到對面的椅子上。「吉部長！妳相信我吧？」

論實力的話，尙哲比林組長強很多。除了第一年犯過三次小錯，接下來的六年裡都沒有失誤過。

「幹麼突然問這個？」

尙哲喝了口冰水，似乎感到牙齒痠痛，皺起鼻梁。

「你有按時吃維他命嗎？」

去年冬天，冬華送給尙哲一罐綜合維他命當新年禮物。

「下次再發生這種事，妳就放心請假，倉庫的事交給我就好。」尙哲抓了抓後腦杓。

如果是尙哲，冬華沒有放心不下的事，但她還沒有把業務全都交給尙哲。冬華每個月都會跟出版社的編輯和業務通一次電話，這是物流倉庫的員工不會做的事。雖然物流倉庫有時會因庫存數量誤差和退貨問題，跟出版社負責訂單的員工聯繫，但很少有人會跟編輯和業務走那麼近。就算沒有新入庫的書，冬華也會和出版社的人聊聊他們的心事，聆聽他們的煩惱。在冬心頻繁的腹痛和貧血前，她還常和出版社的人一起吃晚飯或喝一杯。

目前尙哲只負責看守倉庫，他還沒拜訪過出版社，也沒跟編輯或業務打過招呼。冬華心裡打算從七月開始把尙哲介紹給他們，也準備把整理好的編輯和業務的電話，以及寫有特殊事項的筆記本交給尙哲。

兩人走進倉庫，冬華扶正戴在臉上的防塵口罩。上班時間，在倉庫堅持不摘口罩的人只有冬華一人。尙哲捺不住冬華的嘮叨，只好把口罩掛在下巴，但他自己一個人做事或駕駛堆高機時，還是會偷偷摘掉口罩、放在口袋裡。

午餐時間，冬華沒有吃飯，而是去倉庫對面的朴一內科看病，朴一五十歲，跟冬華同齡，他看到冬華臉上的口罩便猜到了。

「喉嚨又不舒服了？」

從秋天開始直到春天，冬華平均會得四、五次支氣管炎或扁桃腺炎。每次咳嗽有痰時，她都會來這裡就醫。通常吃個一、兩天的藥就沒事了，要是拖超過一週沒好，就會打一針抗生素。

冬華坐在對面的椅子上，把口罩拉到下巴。「都四天了也沒好，咳得很嚴重，就跟去年冬天那次，隔五天打了三次針一樣！而且咳出很多痰。」

「有喝酒嗎？」

「上星期喝了一次，下班後去吃馬鈴薯湯時喝了一點，也就半瓶燒酒而已。」

冬華已經不像從前那樣，下班後還能跟男同事喝一、兩瓶燒酒。林組長要是心情好，現在也還能喝上一瓶。但冬華就算狀態再好也無法超過三杯了，她現在大多只喝一杯或一杯半就結束。

「來吧，我看看。」

冬華像是很會玩醫生遊戲的孩子，主動張開嘴巴，戴著頭燈的朴二用壓舌板輕輕壓著冬華的舌頭。燈光照進口腔深處，朴二仔細檢查了一番，然後把壓舌板放回原處，摘掉頭燈放在桌上。

「沒那麼嚴重，喉嚨沒腫，也沒有發炎。」

「那怎麼還一直咳呢？」

在朴二的病人中，冬華算是很能忍的。

朴二反問：「從一到十，現在的難受程度是多少？」

冬華沒有回答，而是趕快戴上口罩、轉過頭去。鼻子一酸，胸口發悶，她又咳了起來，咳得雙肩發抖，椅子顫動。她把被口水浸濕的口罩丟進垃圾桶，取出新的口罩戴上。朴二像是充分得到了答案，開了處方。

「先打一針吧。我會加大藥的劑量，快點止住妳的咳嗽和痰。我先給妳開兩天的藥，如果還沒好，妳再過來。我看十之八九是氣管炎，看妳的體質很快就會好起來的。多喝點溫水，不能喝酒和咖啡，知道了嗎？」

「咖啡也不行？」冬華的語氣像是犯人在向法官求情。

在倉庫工作的這三十年，冬華每天至少會喝三杯以上的咖啡，她從沒買過美式、拿鐵和摩卡，只喜歡喝倉庫停車場角落的自動販賣機賣的那種，放了很多糖和奶精的咖啡。就算林組長說要請喝精選手沖咖啡，冬華也會拒絕。冬華會跟尙哲使眼色，把事情交付給他，然後自己走出倉庫穿過停車場，在自動販賣機買一杯咖啡，她不想錯失這種小確幸。

「戒不掉的話，那就一天喝一杯！」

「謝謝。」

冬華笑著走到注射室打完抗生素。吃了藥後，咳嗽漸漸緩解了。雖然冷汗還是不斷從額頭和後頸往下流，但冬華用手帕擦去冷汗，又撐過一個下午。

事情發生在六月二日下午兩點三十分左右。林組長要去跟出版社開例行月會，午餐時間便離開了倉庫。冬華已經參與崔文樂社長的會議有十個年頭了，但這次實在重咳不止，只好臨時派林組長去。出版社們都喜歡會閱讀每本出版物的冬華，更勝只會講倉庫費用的林組長。比如，跟旅遊書籍出版社見面時，冬華會用之前的出版物做比較，謹愼地指出一些這次出版物的優、缺點，這是林組長這輩子都不會想、也不會做的。無法參加今天的會議，冬華覺得很過意不去。

早上入庫的新書裡，有本研究在醫院臨終的書吸引了冬華。

三十年前，大部分的人都在家裡臨終，而現在有八成以上的人都在醫院結束生命。書裡寫了爲搶救病人，具備專業人力和設備的醫院會根據怎樣的標準終止醫療；爲了讓病人有尊嚴的離開，醫院的管理階層、醫師、護士和家屬會做些什麼。這本書在美國頗受關注，透過各種各樣的故事介紹了這個沉重的主題，內容淺顯易懂、深入淺出。

冬華認爲自己也很有可能會在醫院臨終，在那裡舉辦葬禮[12]。五十多歲的她要是運氣好，三十年後才需要面對這種悲劇。目前除了偶爾扁桃腺發炎，支氣管有問題，冬華的身心都很健康，也從沒住過院。要不是冬心身體弱，搭救護車去醫院的場景就只是會出現在電視上的畫面。

冬華和尙哲輪流吃過午餐後，直到下午三點，倉庫裡就只有冬華一人。她抽出一本新書翻看，身子越來越向前傾斜，眼看鼻子就要貼到書本上了。藍色的曲線圖差不多占了一整頁，冬華的視線越過如同波浪翻滾的橫軸與豎軸交界點，接著出現很多文字。冬華以爲是錯覺，揉了揉眼睛再次確認。就在她打算再確認另一本時，腰一晃，手剛伸出去，忽然又開始咳起來。冬華感到頭暈目眩，世界不是在以橫向旋轉，而是上下顚倒了過來，屋頂成了地面，地面成了屋頂。她的身體快速倒向一旁，右側太陽穴直接撞在鐵製書櫃的邊角，皮膚瞬間撕裂，血液四濺。從冬華發現曲線圖錯誤到血濺到托盤和地面上，不過短短三秒鐘。

冬華用毛巾壓住太陽穴止血，然後打給出版社的責任編輯，她沒講自己受傷的事，只告訴對方曲線圖有問題，需要再確認。有九年編輯資歷、平均一個月出版兩本書的編輯，像是走夜路遇到了連續殺人魔那樣，發出了慘叫。

冬華趕快跑去朴二內科。雖然她用毛巾壓住太陽穴，但血還是不停的流。

朴二一邊爲傷口消毒，咋舌道：「嘖嘖，傷口很深，我看得縫上三、四針。」

「你還會縫傷口？」

「做我們這行的什麼都得會啊。昨天有個十歲的小傢伙溜滑梯摔破了膝蓋，也是我治療的，縫了十三針呢。作爲這一區的診所，得從生存戰略的角度……」

雖然朴二想開開玩笑、轉換氣氛，但冬華依舊一臉嚴肅。

「我不是懷疑你的醫術，只是咳嗽一直不停，萬一縫針時又……」

朴二看出冬華的擔憂。「還是沒有好一點嗎？」

「還是那樣……」冬華原本想說更嚴重了，又覺得這樣對開藥的朴二太失禮。

「既然來了，那就不要等到明天了，再打一針吧。新開的處方藥從今天晚上開始服用，要是吃了藥還是沒好……」說到這，朴二停了下來。他是想說「還是沒好的話，那就去大醫院做一下檢查」，但轉念想到冬華的妹妹長年疾病纏身，她天天忙著上班，還要照顧妹妹。

冬華若無其事的接話：「那我就再來一趟。」

朴二笑了笑，站起身。用手術針線開始縫傷口前，朴二親切的說明：「妳閉上眼睛，做幾次深呼吸。要是想咳嗽就舉起左手，我會停下來的。」

「我知道了。」冬華一直忍耐，直到朴二縫好傷口。

冬華纏著繃帶回到倉庫，尙哲瞪大雙眼跑過來。冬華含糊的解釋，自己不小心踩空撞到了桌角。直到六點下班前，林組長都沒回來。冬華打電話去，林組長可能是白天喝了酒，說話時口齒不清。林組長都醉成這個樣子，可想而知崔社長的情況了，說不定跑到哪家汗蒸幕舒舒服服的睡覺去了。

因爲咳嗽，談話暫時中斷。冬華簡單說明了今天新書無法出貨的原因，但沒提自己受傷縫針的事。繃帶再纏一晚，明天就能跟沒事人一樣來上班了。

林組長滿不在乎的說：「不是我們的問題，那應該沒關係的。」

冬華下班前讓尙哲先回去，自己又檢查了一遍放新書的書櫃四周，她擔心還有沒擦乾淨的血跡。等

12：韓國的醫院大部分都設有舉行葬禮的場地。

確認沒有一絲血跡後，冬華又跪在地上用濕抹布把托盤和地面擦得乾乾淨淨。不知不覺，時間已經過了七點。

六月三日，清晨六點，冬華聽到鬧鐘響便睜開眼睛。早上起來先到廚房喝一杯冰水，已經成了她的習慣。大家都睡床，唯有她覺得後背不貼著地面就睡不著覺。最初姐妹倆加上藝碩，一起睡在套房的地上，等換到擁有兩個房間和廚房的全租[13]房後，他們也沒在臥室裡放床。直到兒子上國中，冬華買了一張床給他當禮物，當時也有考慮另一間臥室要不要也買一張床。但如果臥室裡放一張床，冬華和冬心就不能舒服的坐在地上了。

有時冬心去朋友家回來，看到電視購物上在賣折扣誘人的床，冬華就會在一旁說：「妳想買就買一張吧！」冬心總是拒絕，說還是等搬家後再說。

冬華斜著身子，左手支撐地面彎下腰，她本想坐起來，可是頭暈目眩，只好躺回枕頭上。她想叫冬心，卻怎麼也喊不出聲，只能在原地呻吟。冬心聽到呻吟聲跑來，把手貼在冬華的額頭上，嚇了一跳。

「根本就是個火球啊！」

冬華抬頭，想要起身。「啊，我得準備早飯……」

「姐，躺下吧！妳在生病。」

「醫院說妳得按時吃藥，要吃飯才能吃藥……我怎麼會生病呢……眞是不像話，跟笨蛋一樣。」

「誰說妳不像話、像笨蛋了！哪有人像妳這樣照顧妹妹、撫養兒子的。是我對不起妳，爲了照顧我，送我去急診室累壞了身體。妳今天就在家休息吧，飯和藥我都會自己按時吃的，妳先照顧好自己。知道嗎？」

「可是……」

沒辦法，冬華只能放棄準備早餐，吃完藥又躺下了。每次支氣管發炎時她都會發燒，所以朴二的處方藥裡總是少不了抗生素和退燒藥。昨天晚上也是過了午夜、吃了藥才睡著的，但凌晨開始又燒了起來。

冬華躺著等退燒，看向放在化妝臺上的時鐘。六點半，已經過了三十分鐘。到物流倉庫搭公車差不多需要半小時，但如果搭從來不坐的計程車，只需要十分鐘。問題在於咳嗽和頭暈，昨天睡前冬華覺得悶，早把纏在太陽穴的繃帶拆了。傷口已經止血，但還有些抽痛，而且頭只要一離開枕頭，就會頭暈想吐，咳個不停。

「妳沒事吧？」冬心坐在枕頭邊問。

冬心想讓冬華在家休息，但她知道姐姐這人不管怎樣都會堅持去上班。冬華硬是扶著牆站起來，像學走路的幼兒似的一步步朝浴室走去。她在牙刷上擠好牙膏，看了看鏡子。自從五月二十七日從急診室回來後，自己好像忽然瘦了、老了。

冬華剛把牙刷放進嘴裡，又咳了起來，她拿著牙刷坐在馬桶上。膝蓋已經沒有任何力氣，她爬回臥室躺下。又過了三十分鐘，七點了。現在去上班也不遲，雖然沒時間吃早餐，但還能洗個澡再去上班。

冬心這次堅決反對：「妳這身體沒辦法上班……」

「不行，還有很多事要做……」

冬心拿起冬華的手機走進廚房，手機沒有設密碼，因爲姐妹倆之間沒有任何祕密。冬華很想站起來追過去，但此時的身體比剛才去浴室時更重若千斤。這時間，冬心能找的人也只有一個。

13：韓國特有租屋方式。房客向房東繳付房屋總值約百分之五十至七十的保證金後，無需繳付月租。房東會用這筆保證金進行投資。租屋簽約期滿後，房客可拿回全額保證金。

「林組長，是我，最近好嗎？我？還是老樣子。我姐身體不舒服，今天可能不能去上班了。你也知道，她這個人就是死都不肯缺勤，這次眞的很嚴重。謝謝你。應該是支氣管炎，今天要是還不好，會叫她去大醫院看看……」

十五年前，林組長剛到永永出版社做事時，在考試院住了兩個多月。冬心看他可憐，每逢週末都會邀請他來家裡吃飯。從那時開始，林組長就把冬心當成姐姐看待，只要是她開口拜託的事，從來都不會拒絕。比起公司的直屬上司冬華，林組長更聽冬心的話。

冬華聽冬心跟林組長講電話，聽著聽著就睡著了。藥效發作了。既然已經跟林組長請假，今天就只能在家休息。等到冬華再睜開眼睛，已經十點了。不是上午十點，而是晚上十點！她整整睡了十五個小時。冬華首先想到朴二又圓又寬的臉，他說加大藥劑的用量，終於見效了？但如同海浪蕩漾般的暈眩還是一樣。昨晚每半個小時就會咳醒一次，現在咳嗽倒是停止了。

冬華吃起很晚的晚飯。冬心說自己七點喝了一碗紫蘇子粥，她坐在餐桌對面用手幫冬華撕黃花魚乾。

冬華先開口：「我現在覺得好多了，明天早上我會提早一小時去上班。」

「妳的頭不是還很暈嗎？明天也休息一天吧，我們去大醫院看看。」

「我都說好多了。只是有點頭暈，吃點藥很快就沒事了。以後沒有我的允許，不許妳打去公司啊。」

「林組長是公司的人嗎？我是打給弟弟，拜託他。」

「林羅雄怎麼會是妳弟弟？妳不是吉家三姐妹的老么嗎？」

「就因爲我是老么，才希望這輩子能有個弟弟啊。既然這樣，我就認了他這個弟弟！」

冬華沒再接話。

午夜過後，冬華的病情變得更加嚴重，高燒和頭痛一同襲來。不只臉頰，就連脖子和肩膀都燒得滾燙，太陽穴更像被錘子敲打般劇痛。冬華根本來不及跑去廁所，晚上吃的東西全都吐在被褥上。她擔心會不會是因為撞到頭，有腦震盪。難道是過了一天半後，腦震盪的症狀才出現？睡在對面房間的藝碩趕忙跑來，把冬華的嘔吐物清乾淨，再把被褥放進洗衣機旁的洗衣桶。

「媽，我去叫救護車？」藝碩問冬華。

如果叫救護車去急診室，還要做檢查，六月四日就不能去上班了。冬華心想，今天不管怎樣都要去上班。但不治好高燒和頭痛就直接去倉庫，也沒辦法工作。

「不用，我沒事。止痛藥，止痛藥……」

藝碩取來止痛藥，冬華服用了最大建議劑量。

冬心開口：「姐，妳不要再逞強了，叫救護車吧。吃了朴二開的藥都沒好，我們一起去醫院仔細檢查。這些年來妳一直忙著照顧我，也是時候替自己的身體操心了。上帝會幫助我們的。」

「等等，讓我休息一下，先等藥效發作，到時候再去。」

離天亮還有四個小時，冬華在臥室打了一會瞌睡便出門了。頭還是很痛，但她沒有叫救護車，冬心和藝碩也沒有陪她出來。如果跟他們一起去醫院，那一定沒辦法去上班了。冬華的計畫很簡單，搭計程車去急診室，到那裡拿些退燒藥和止痛藥，服用後在急診室休息一下，就去倉庫上班。

冬華走出小巷，剛走到大馬路就攔到計程車。大清早的街上幾乎沒什麼車。冬華戴著口罩，強忍咳嗽。到醫院原本十分鐘的路程只用了不到七分鐘，但計程車在醫院正門停了下來。通常計程車都會直接經過正門，開到急診室門口。

冬華問道：「你不開到裡面嗎？」因為頭很暈，冬華希望能少走幾步。

「妳不知道嗎？」計程車司機透過後照鏡，看著戴著口罩的冬華。

「嗯？」

「這裡就是那家醫院，F！」

「什麼……F？」

「我已經把車開到最近的地方了，只開到這我都覺得喉嚨有點癢呢。」

冬華還沒來得及問清什麼是F，就付錢下了車。與其在這裡跟司機耗，還不如自己走過去。醫院大樓的燈亮著，停車場也亮著燈。距離醫院大樓五十公尺處卻立著「禁止入內」的告示牌，路也被黃色封鎖線圍住了。封鎖線後面站著一個戴口罩、身著防護衣的護士。

「請留步！」他用命令的口氣喝道。

冬華停下腳步，把口罩拉到下巴，兩人距離不到五公尺。

護士問：「妳有什麼事？妳不能過來！」

「我高燒、頭暈、肚子也很痛……想去看急診。」

「請去別的醫院吧。」

冬華的太陽穴又開始痛起來，她雙手抱著蓬亂的頭哀求：「啊！好痛……急診室不是二十四小時看診的嗎？幾天前我和妹妹也坐救護車來過啊。」

「幾天前？什麼時候？」

「那是……上週三……」

「五月二十七日嗎？」

「嗯……」

「妳確定？」

「是的，沒錯，是二十七日。」

「在這裡待了多久？」

「早上救護車把腹痛的妹妹送來，她吃了藥、吊了點滴，沒那麼難受之後，晚上就回家了。就是這樣……不過，你們問這些做……」冬華還沒問完就又咳了起來。

向冬華提問的護士往後退了三、四步。

「不要動！待在原地不要動！」護士朝手持對講機呼叫：「發現疑似患者！請迅速出動！」

冬華跪在地上，雙手撐著地面，咳了二十幾下。很快的，兩名身著D級防護裝備[14]的健壯男人出現在冬華面前。

冬華抬頭問：「你們是什麼人？」

「請跟我們走，我們懷疑妳感染了MERS，必須在隔離狀態下接受檢查。」

「MERS？那是什麼？懷疑感染什麼？」

男人從左右兩側扶起冬華。

「我等下領完藥還要去上班呢。放開我，我叫你們放開我！」

男人冰冷的說：「檢查結果如果是陰性就會讓妳走的，MERS是致死率很高的傳染病，請協助進行檢查。」

致死率！這三個字冬華聽得清清楚楚！他們身穿防護衣，戴著口罩遮住整張臉，就是爲了不被傳

14：D級防護裝備適用時機，為空氣中無汙染物，或無飛濺、吸入、接觸危害時使用。裝備包括防護衣、長筒靴、長筒鞋套、雙層手套、N95口罩、面罩和圍裙。

染？

「好，我明白了。你們先放開我的手，我會跟你們走，我接受檢查。」

男人沒有放開冬華，只是沒那麼用力了。冬華被帶到急診室旁的空病房，身穿防護衣的醫生在那裡等著。醫生遞給她一個透明的塑膠檢體桶。

「有痰請吐在這個桶子裡。」冬華接過檢體桶，剛要轉身。醫生又說：「請在我面前吐痰。」

冬華輕咳一下，吐了口痰。醫生確認了痰的量後，把桶子密封。醫生又遞給冬華另一個檢體桶和棉花棒。

「這次請用棉花棒輕輕刮一下口腔，然後把棉花棒放進桶裡。」

冬華按照醫生的指示，用棉花棒刮了一下上顎。她強忍咳嗽，將棉花棒放進檢體桶。醫生拿著兩個檢體桶走出房間，冬華起身也想跟出去。

「請在這裡等。」守在門口的男人用命令的語氣說。

「要等到什麼時候？」

「等到ＭＥＲＳ檢查結果出來爲止。」

「我現在發高燒，頭也很痛，能不能先幫我看病？」冬華感覺頭皮越來越緊繃。

「我去報告一聲，妳先坐在那裡等一下。睡一覺也好，那裡有幾本雜誌，妳也可以看，只要不出這個房間就可以。」

「沒有聖經嗎？」

「沒有。」

「我能打電話回家嗎？」

「可以，家裡有什麼人？」

「妹妹和兒子。」

「開始咳嗽、高燒後，你們的接觸有在兩公尺內，一小時以上嗎？」

眞是可笑的問題。

「當然了，我們是一家人。我們一起坐在客廳看電視，也在廚房一起吃飯……」

男人的聲音變得急促。「請趕快打電話，教他們不要出門，待在家裡！」

冬華顫抖的問：「有可能傳染給他們嗎？」

「還不能確定，但根據首次的檢查結果，說不定他們需要居家隔離，現在最好讓他們待在家裡。還有一件事，絕對不能告訴外面的人，F醫院就是這裡。隨便亂講是會受罰的。」

字母「F」再次登場。冬華手指劇烈的顫抖，應該按通話鍵的，卻連續按到兩下結束鍵。聽到第五聲撥號音後，冬心接起電話。冬華先問藝碩在不在家。

「剛剛出去了。」

「去哪了？今天換班時間這麼早嗎？」

「不是，他跟好朋友兩個人去濟州島旅行四天三夜啊，現在可能出發去金浦機場了。妳半個月前不是答應他了嗎？叫尹采範的……妳記得吧？」

「知道了，先這樣吧。」

冬華又打給藝碩，但沒人接。他一定是在開往金浦機場的巴士上睡著了，只要不用去便利商店工作時，一放鬆下來就會這樣。冬華又打給冬心，源源本本的說明了情況。

冬心難以置信的問：「什麼？眞的嗎？確定是傳染病？ＭＥＲＳ……妳怎麼會得那種病？不可能

吧，作夢都沒這麼荒唐，這是怎麼回事啊！」

冬華也覺得這是一場惡夢。如果這是夢，眞希望馬上醒來！

六月五日凌晨，首次檢查結果出爐。陽性。

六月七日，第二次檢查結果。陽性。

冬華確診感染了ＭＥＲＳ。

記者會

六月一日一早，一花打給蘇道賢記者。她想今天開始上班，取消原本預計到三日的假期。

「喂，眞是的！妳幹麼啊？想讓公司被罵是吧？讓妳放假妳就乖乖放假。」

「前輩，我不去警察局的記者室，今天讓我跟著你跑新聞吧。我已經送走我爸了，我也想快點回歸日常。」

「一花啊！」蘇記者提高嗓門。

「是，前輩。」

「初次見面的時候，我說過什麼？」

「你說『實習期間必須服從上級指示』。」

「那妳還這樣！」

「所以我不是來找你商量嗎？」

「這是商量嗎？妳這是逞強。妳是怕被派到地方工作吧？」

眼看實習就快結束了，四個實習生裡一定要有一個人去地方工作，說不擔心是騙人的。以目前情況來看，一花覺得最有可能去的只有自己。實習期間沒展現能力爭取分數，不管理由是什麼，她都擅離職守了。

「四號上班跟今天上班，不都一樣嗎？」

「當然不一樣。公司不會同意妳銷假的，就算妳工作到三號也沒薪水。讓妳工作，等於是在壓榨勞工，我死也不會壓榨別人的。況且我還負責教育實習生，更不能做那種事。」

「那我能做什麼？」

「妳真的還好嗎？」

「好得很。」

「醫院沒打給妳？」

「什麼醫院？」

「那、那個……」蘇記者忽然吞吞吐吐起來，他原本還想說什麼，但最後還是敷衍了過去。「啊……沒事啦，我的意思是妳現在一個人了，萬一生病……要是哪裡不舒服，記得立刻打給我喔。」

「我不會打給你。我沒有不舒服，也不會生病。我很健康，我現在該做什麼？」

「什麼都可以做。我早就看出來妳個性很倔強，可沒想到辦完父親的葬禮才剛過一天，就嚷嚷著要來上班，也太不正常了吧。我勸妳這三天就去放鬆一下，蒙上被子痛痛快快大哭一場也好，睡到天昏地暗或去大吃一頓也好，再不然就去林蔭路或海岸線繞繞。總之，四號再來上班，到時候讓妳忙到昏天暗地。好了，從現在開始到四日去記者室上班前，不准再聯絡我，先暫時忘記妳是記者，我真心希望妳這幾天好好休息一下。」

「我真的不能去上班嗎？」

「我明白妳的心情，我也經歷過這些……不用逞強，等上班了再去吃頓好吃的。」蘇記者的聲音裡夾雜著嘆息。

一花掛上電話。六月一日這天，她整理了父親的遺物。

一花走進炳達的臥室，打開衣櫃和抽屜。自從父親罹患肺癌以來，她再也沒進過這個房間。炳達不想給女兒添麻煩，即便住院的行李也都是他自己打理。抽屜也整理得很乾淨，該扔的東西似乎早就處理掉了。一花慢慢撫摸著疊得整整齊齊的手帕。

爸！對我而言，你既是父親也是母親！過去這十年，都是你幫我打掃。你身體不好，這些事都應該放著別管的……對不起，到最後還讓你做這些。

一花呆站了十分鐘。

外套、內衣、襪子、帽子、皮帶、眼鏡、錢包、手機、行李箱、幾百本書、十幾本筆記本和五本相簿都被搬到了客廳。一花把這些東西分成三類，該扔的、可以捐贈的和要珍藏的。襪子、內衣、皮帶、眼鏡和錢包要丟掉；西裝、夾克和書可以捐出去。一花用塑膠袋打包行李箱時，突然停下動作，她後悔了。

我錯了，爸！

那個行李箱是半年前、一花收到電視臺合格通知第二天收到的禮物，是炳達得知女兒錄取的喜訊後，立刻上網訂購的。他說當記者一定會經常出差，但一花從沒用過這個行李箱。其實就算不搭飛機，也能裝些日常用品帶去記者室，但行李箱的顏色就跟秋天的銀杏葉一樣黃，所以一花沒有拿出來用。如果知道這麼快就會跟父親生離死別，管它是柳橙黃還是小雞黃，她都會拿出來用，讓父親開心一下。

一花打算暫時留下父親的手機，等過一陣子再去註銷，因爲可能會有不知道父親過世消息的朋友會傳訊息或打電話來。她想替父親延續這些友誼，這是身爲女兒應該扮演的角色。一花打開父親的手機，解鎖密碼是父母最初相識的日子。她點開「電話」的「收藏夾」，第一個號碼是一花，後面都是「遊山會」的親戚。多虧了親戚的幫助，父親的葬禮才能圓滿。

爸！從前是爸爸、媽媽和我，我們一家三口，十年前只剩下我和爸兩個人，如今就只剩下我自己了。雖然當記者很忙，但我一定會抽空代表我們家參加親戚的聚會，您就放心吧。

想到那些親戚，還有炳達去過的大山和田野，時間又流逝了十分鐘。

一花接著翻開相簿和筆記本。炳達一週總會取出相簿翻看兩次，雖然裡面也有一花的照片，但大部分都是十年前去世妻子的照片。有兩本相簿全都是妻子的獨照，其他三本也都是妻子從兒時到去世前的照片。淑子總是站在中間，炳達和一花像背景一樣站在左右兩側。從前一花曾想抽出一張跟母親的合照放在錢包裡，卻遭到炳達訓斥，他不許任何人碰相簿裡的一張照片。

一花把五本相簿從頭翻到尾，在闔上最後一本相簿時，她領悟到母親的人生裡也重疊著父親和自己的人生。淑子走後，炳達就沒有在相簿裡再放入一張照片。妻子離開的同時，相簿也宣告結束。之後的十年，炳達在電子零件公司上班，撫養著一花。在那段期間，一定有很多想要記錄下來的瞬間，特別是在一花考上大學，以及被電視臺錄取爲記者時，炳達比誰都高興。小姨丈姜銀斗和那些遊山會親戚一年至少也會出去玩四次，也拍了很多照片，雖然炳達會把照片都沖洗出來，卻沒放進相簿。一花以爲他都存在手機裡了，打開一看也沒有。

十本筆記本都是日記，雖然炳達不會每天寫日記，但偶爾想要寫點什麼時，就會拿著筆記本坐在餐桌前。筆記本的封面、厚度和尺寸都一樣，黑色封面上沒有任何圖案。翻開第一頁，出現兩個日期，是寫日記的第一天和最後一天。一花翻開的第一本偏偏是最近的日記，日記停留在四月二十五日。上面只寫了一句：

等我回來再寫。

那次炳達入院後就再也沒回來。從四月二十六日到五月二十七日早上，他住在京畿道S醫院，五月二十七日轉到首爾F醫院，五月二十八日去世。父親要是回家，會寫什麼呢？爲什麼他沒把筆記本帶去醫院呢？之前他會坐在醫院的病床上寫日記，甚至比工作時寫得更勤、更多。因爲住院時會冒出很多想法，也會想到很多想寫的文章。最後一次離開家時，爲什麼沒帶筆記本呢？難道是忘了？如果忘了，可以讓女兒送到醫院。該不會是怕一花偷看自己的日記吧？直到炳達去世，他都沒提過筆記本。

二〇〇〇年一月一日。一花翻開十五年前新年第一天的日記。字跡不一樣，滿滿的一頁不是炳達揮灑的大字，而是圓圓小小的可愛字跡，這是淑子的日記。一花趕快翻到二〇〇五年九月二日，那天是母親離開的日子。淑子的日記停在二〇〇五年八月二十七日，那天之後，她的病情急轉直下，每天只能靠嗎啡度日。藥效一過，痛苦襲來，淑子就會發出慘痛的哀號，打了嗎啡後便直接進入無意識狀態，根本無力去摸放在枕頭下的筆記本。淑子最後的日記只寫了一行字。

拜託你，把這些日記全部燒掉。

炳達沒有完成妻子的遺願。二〇〇五年九月四日，也就是辦完淑子葬禮的那天晚上，筆記本上出現了這兩個字。

開始。

「開始！」

這兩個字在一花唇邊迴盪許久，一股如同岩漿衝出地表的熱氣從她的心口經由喉嚨、包裹住舌頭。從五月二十八日到現在，她強忍悲傷，回到空蕩蕩的家，就算孤單也仰著頭不肯流下淚來。爲了不哭出來，她努力想其他的事，注視其他地方，幾天來好不容易撐到現在。但當看到母親的字與父親的字連接在一起時，眼淚終於湧了出來。炳達在淑子人生的盡頭開始寫日記，一寫就是十年。一花拿起另一本日記，又翻到二〇一五年四月二十五日，那頁之後還有十幾張的空白。就像父親接著母親的日期繼續寫下去一樣，自己也能接著父親的日記寫下去嗎？

在這空白處，自己能寫下「開始」兩個字嗎？

＊＊＊

六月二日，一花在可以俯瞰光化門廣場的咖啡廳，見到律師尹海善。超過一百八十公分的海善坐下來也比一花高出一個頭。淑子在國小教了十五年的書，海善是她的學生裡個頭最高、也最聰明的，小六時就快要一百七十公分了。國小畢業後，海善常常跟淑子聯絡，也常到家裡玩。一花把大自己十歲的海善當成姐姐，總是跟著她。淑子去世後，每次換季她都會跟一花見面，哪怕是忙著準備司法考試時也不例外。

親姐姐般照顧一花的海善卻沒來參加葬禮。在姨丈姜銀斗的幫助下接待來弔喪的客人時，一花也想到了海善。五月二十八日，雖然傳了訊息給她，卻沒得到回覆。直到五月三十日早上出殯前，海善才回了訊息。

—我在彭木港，剛剛才看到訊息。

二〇一四年四月之後，海善去了彭木。打給她都也沒接，傳訊息也是時隔多日才回覆。海善說六月二日回首爾，到時候再約。一花相信五月三十日海善不能趕來，一定有她的理由。

「很難過吧？身體還好嗎？」才見面，海善便把一花摟在懷裡安慰。

一花的體質是只要身體勞累，臉就會先腫起來。但海善看上去更像才剛辦完喪事的人，瘦弱的身軀大概吹了太多海風，皮膚變得黝黑、粗糙。

「葬禮結束後連睡了兩天，現在好多了，電視臺要我後天回去上班。妳看起來更憔悴，一定很多事情吧，別太勉強自己了。」

海善若是埋頭做一件事便會無法自拔，這既是她的優點也是缺點。五年前當上律師的她，把賺錢拋到腦後，投身幫助社會的弱勢，這讓她很快嶄露頭角。海善不僅忠於職守，必要時還會挺身而出，因此有了「電線桿」的綽號。她是一個會大喊大叫、有說有笑的電線桿。

海善的視線轉向窗外的光化門廣場，一花也跟著望過去。廣場入口處搭起許多帳篷。

「罹難者家屬爲了釐清眞相在那裡爭取……他們勉強自己挨餓、苦行、露宿街頭，跟他們相比，我做的這一切一點也不勉強。」

「他們這樣做，就能釐清眞相了嗎？」

海善的目光瞬間變得像磨刀石磨過的刀刃般銳利。

一花趕緊補充：「我的意思是，政府不是極力想掩蓋這件事嗎？我也明白罹難者家屬的冤屈，可總統、國務總理和海洋水產部長，不都在推卸責任嗎？擋在前方的那堵牆實在太堅實了。」

「所以就該放棄嗎？」

「我查過資料，我們國家發生這種大型事故時，受害者跟政府對抗，從來沒有贏過。起初會鬧得沸沸揚揚，但很快就都不了了之了。」

「所以才會發生世越號這樣的慘劇啊。」

「嗯？」

「正如妳說的，二〇一四年前也發生過很多大型事故，光是死亡人數超過一百人的海難就多達五次。就是因爲這些事故沒有釐清眞相，世越號這樣的悲劇才會重新上演。我要強調的是，如果不找出世越號的眞相，還會再發生類似事故。」

「說得也太嚴重。」

「我的意思是，到處都存在危險，無論是陸地、海洋還是天空，沒有安全的地方。事先掌握這些危險因子，然後清除它。發生突發事故要及時採取對策，徹底、透明的追查責任，然後反省。如果做不到這樣，事故只會重複上演，這只是時間問題。像現在這樣，如果國家不出來承擔責任，受害者只會陷在絕望中。這件事只是那些在光化門廣場上靜坐的人的事嗎？不，這不只是發生在他們身上的不幸，也是我們馬上會面臨的不幸，是會不斷上演的悲劇。」

「政府已經下令，要求對客輪和飛機進行嚴格的安全檢查啊。」

「命令總是下得漂亮，但還是漏洞百出。」

「漏洞是？」一花立刻咬住話題。

海善笑著說：「喔，不愧是當記者的。那我就說其中一個漏洞好了。如果發生災難，哪裡是控制中心？」

「那個……當然是國務總理室下屬的國民安全處了。」

世越號船難後，政府聲稱青瓦臺不是災難控制中心，或許這是出於維護總統的發言，並且在去年十一月乾脆新設了國民安全處，將災難控制中心制度轉移過去。

「國民安全處長總管和指揮災難？開什麼玩笑。災難應變需要政府各部門密切合作，共同採取措施。其他部門長官會老實聽從國民安全處長的命令嗎？在這種國務總理和總統站出來都解決不了的情況下？新設立國民安全處，不過是爲了得到免罪符，獲益的只有總統一個人。那些災難就這樣完全落在所有國民的身上。就算現在發生事故，政府還是會左閃右躲、舉棋不定的。我認爲設立新的國民安全處，是很卑劣的手段。」

「卑劣？」

「不想當災難控制中心，那就不要當總統嘛！身爲最高行政首長，擁有國家軍隊統帥權，卻在那裡耍小聰明，不想處理複雜的事，妳不覺得嗎？……唉，今天跟妳見面不是爲了說這些……」

「半個月前，我跟前輩到廣場去採訪過，我負責錄下罹難者家屬的訪談。我也很想幫他們釐清眞相，但那些老記者也說，在這屆政權下怕是很難有望，希望和現實是不一樣的。妳還會去珍島嗎？那邊也有負責的記者，要是有需要我幫忙的可以隨時聯絡我。」

海善嘴角揚起微笑。「我們的一花眞是朝氣蓬勃啊，不愧是流著甘淑子老師的血，她也是這麼威風堂堂。」

「我媽？」

「只要是違反了她的原則，不管是校長還是副校長，她都有話直說。妳現在是記者，以後需要律師幫忙時也記得隨時找我。這段時間我會在木浦和珍島忙，可能不會那麼快回訊息，但如果妳找我，我一定會盡快回覆的。還有……」海善把身子往前一傾。「幫我好好準備我的房間啊！」

「房間？」

「妳該不會把公寓賣了吧？」

海善從手機裡找出一則訊息給一花看。兩個月前，炳達傳訊囑咐海善，如果自己走了，希望她能搬來跟一花一起生活。

「我沒聽說啊。」

「這是妳爸的遺言，但是如果妳不願意，我就不去了。妳覺得呢？」

片刻沉默，雖然一花和海善很親，但從來沒在一起住過，倒是小時候，她總是纏著要跟海善一起睡。

一花充滿期待的回答：「我當然非常願意。」

＊＊＊

六月三日，一花很晚才起床，然後跑去沿著漢江騎腳踏車。

炳達唯一的興趣就是騎腳踏車。一花上幼稚園前就學會騎腳踏車，淑子罹癌前，全家還去過一趟從城南騎到江陵的四天三夜腳踏車之旅。淑子去世後，炳達就再也沒騎過腳踏車了，因爲他不想一個人去走跟妻子一起走過的路。一花直到大學畢業前，每個月都會一個人到漢江騎車，迎著江風用力踩踏板，會讓她覺得可以把所有煩惱都甩掉。

今天不是騎腳踏車的好天氣，天空烏雲密布，時不時還飄著毛毛雨。但一花還是決定出門，她沿著炭川自行車道騎到清潭大橋時，雨越下越大了。一花走進便利商店買水，她望著下大雨的漢江，考慮著要不要回家算了。但雨勢再度變小，於是一花決定騎到銅雀大橋。炳達要是推腳踏車出門，不管下雨還是下雪，一定會騎上七、八個小時。身體裡流著父親熱血的一花面對眼前的自行車道，也毫無放棄的念頭，但爲了以防萬一，她買了件雨衣放進背包。

獨自一人騎腳踏車，思緒會像生氣的河豚一樣膨脹起來，但漸漸的，那些思緒就會變淺、消失。最後剩下的只有踩著踏板的雙腳，握著把手的雙手，迎著風的身體和臉龐，以及快速喘息的呼吸。雖然她還不確定自己是否能延續父母的日記繼續寫下去，但她想以自己的方式去「開始」。就算「遊山會」親戚和海善姐會陪在自己身旁，但父母去世後，她等於成了孤兒。一花必須一個人面對未來的大風大浪，並且戰勝它。

過了銅雀大橋，一花又騎了一個小時才回頭。回程下起暴雨，她只好穿上雨衣。因爲這場暴雨，害她又沿著江邊騎了三小時。雖然疲累，但一花沒有放棄。每經過一座大橋，她就會在橋底下稍事休息、喘口氣，吃點巧克力或糖果補充體力，她一點也不後悔沒有在銅雀大橋直接返回。相反的，一花覺得當下全身的肌肉緊繃得很舒暢。

一花在公寓附近的商店街吃了碗熱騰騰的湯飯後才回家，她打算簡單洗個澡，早點去睡。轉院、處理父親的後事，再加上請了四天假，一花連休了八天。她心想，明天到記者室，其他實習記者一定會安慰自己，所以必須打起精神回應大家。實習期間要學習和掌握的事情那麼多，自己休息了八天，這空白期太大了。這些天，其他人有多努力在跑新聞呢？

從明天開始一定要更努力工作，二十四個小時，睡覺和吃飯的時間也要用上。記者生涯裡只有這麼一次實習機會，一花不想留下任何遺憾。

一花洗完澡走到客廳，連咳了幾聲，覺得有些頭暈，走回房間前先在餐桌前坐了一下。手機鈴聲響起，晚上九點，是小姨丈姜銀斗打來的。

「明天去上班吧？準備的都差不多了？妳阿姨一直沒完沒了的囉唆，要我打給妳，我怕妨礙妳休息。妳有多堅強，我最清楚了，要是有啥事……」

咳嗽聲從話筒那邊傳了過來。

「姨丈感冒了？你們不用擔心我，先顧好自己的身體吧。吃藥了嗎？」

「吃啥藥！五、六月連小狗都不感冒，我吃了碗熱湯飯，很快就沒事了。妳怎麼樣，沒有不舒服吧？」

「我沒事，今天去漢江騎腳踏車了。」一花強忍咳嗽，不想讓姨丈爲自己擔心。

「那裡沒下雨？昨天看天氣預報說，首爾今天會下一整天大雨，沒下嗎？」

「斷斷續續的下了一點。」

「四十九齋的時候，『遊山會』也會去，到時候見啊。」

「不用麻煩大家了，還要特地趕來。」

親戚都不住首爾，分散在嶺南、湖南和忠清道各地。

「這是我跟你爸的約定。」

「什麼約定？」

「那是四月的時候了，你爸從醫院打來，要我像照顧女兒那樣照顧妳。我說，這不用他操心。」

炳達得知自己癌末後，把一花託付給了身邊可以信任的人。他希望包括銀斗在內的「遊山會」親戚和海善，可以成爲保護獨生女一花的圍牆。

「姨丈，謝謝你。我要去睡了。」

「好，去睡吧。」

掛上電話，一花推開父親臥室的門，打開燈。在海善回首爾前，一花不打算動這個房間。等搬家的日子決定後，再跟海善討論什麼東西該留、什麼該處理掉。一花關掉臥室的燈，正準備走回自己的房間，沙發上的十本筆記本進入了她的視線。一花把十本筆記本捧在懷裡走回房間，放在床邊的地上，隨手抽了一本，偏偏又是最後一本日記。就在一花打算換一本時，又猛咳起來。她把臉埋在被子裡、趴在床上咳了好一陣子。一花把筆記本放在地上，關上燈躺下，用手撫著胸口，調整呼吸。當下，她只想盡快入睡。

＊＊＊

六月四日，一花沒去上班，因爲她一直發高燒、咳嗽到清晨。雖然設了鬧鐘，她卻連起床關掉鬧鐘的力氣都沒有，甚至以爲被鬼壓床了，暈眩嚴重，胸悶得透不過氣，眼淚直流。她好不容易坐起身後，又突然胃酸倒流，只得把頭扭到床邊吐了，吐完後，整個人又無力的倒了下去。頭痛和胸悶得根本無法入睡，即便睜著眼睛，身體也不聽使喚。舌頭僵硬，連話都說不出來。

上午九點半，蘇記者打來。一花想起來去拿放在桌上的電話，結果又吐了。電話鈴聲斷了，訊息傳進來。

—妳在哪？今天要上班，沒忘吧？

一花本想打給蘇記者，但咳嗽一直不止，她不想用這種聲音跟任何人講電話。一花抹去眼淚，慢慢打起訊息。她討厭辯解，但還是說了謊。善意的謊言是職場生活裡一定要掌握的竅門。說這句話的人正是蘇記者。就算一花現在準備好出門，上午也無法工作了。

—今天還要跟親戚見面處理一些事，午餐前會趕到公司。

很快就收到回覆。

—早說嘛。知道了，午餐前我先幫妳頂著。我去記者室，下午一點那裡見，ＯＫ？

—謝謝。

一花把手機丟在床上，起身打開窗戶通風，又取來廚房紙巾清理嘔吐物。她走進浴室打算洗澡，才打開熱水、準備脫衣服時，再次感到呼吸困難，一股酸溜溜的感覺又湧上來。她剛把臉移到馬桶旁，就又吐了。昨晚吃的湯飯都吐出來後，胃裡就只剩下胃酸了。嘔吐和咳嗽輪番持續了十多分鐘，一花連浴缸都沒辦法進去，直接靠在牆邊癱坐下來。

就算昨天淋了一整天雨，可五、六月的感冒也不會這麼嚴重吧？難道是食物中毒，昨天吃的湯飯有問題？

一花在浴室裡癱坐到快下午一點，都沒有力氣走出去。只要一咳嗽她就抱住馬桶，咳嗽停止後，就又倒下去。蘇記者不停傳訊來。一花不想再找藉口了，她打算直接告訴蘇記者自己不舒服。一花好不容易摸到床上的手機，已是下午六點。五則訊息中，一則十分鐘前的訊息引起一花注意。

—晚上十點召開緊急記者會，地點在市廳新大樓二樓的記者招待室。實習記者全部到場支援。

如今已經到了實習的最後關頭，電視臺第一次下令所有實習記者支援現場。

一花移動食指打算按下通話鍵，必須告訴蘇記者，以自己現在的狀況無法趕去現場。她眞不想說這種話。還沒等一花按下通話鍵，先有電話打了進來。甘淑熙，來電顯示是阿姨的名字。一花本想切斷電話，但一股不祥的預感促使她按下通話鍵。性子急的阿姨著急的聲音像雨點般急促的傳來。

「怎麼回事啊？妳姨丈剛剛被救護車載走了。他高燒不退，咳了一整晚。昨天吃的東西也都吐了，還神智不清。妳也知道妳姨丈身體有多健康吧？妳姨丈要我打給妳問問，妳沒事吧？有沒有生病啊？」

一花無法回答阿姨的問題，她握在手裡的手機啪的一聲掉到地上，自己也暈了過去。

＊＊＊

下午一點，蘇記者來到警察局記者室，但沒見到一花。從那時一直到晚上七點，他打了好幾次電話，傳了幾則訊息，但都沒接聽和回覆。就算體諒她父親過世的悲傷，但身爲記者，失聯是非常嚴重的。雖然蘇記者向上面謊稱派她到現場去了，但社會二部長已經收到了報告。

六月一日早上，電視臺收到的對外保密消息讓蘇記者很不放心。據稱，五月二十七日至二十九日到過F醫院急診室的病人中，有人在三十日確診爲MERS，而且那裡是五月二十日出現「1號」的醫院。加上從五月二十七日到二十八日，一花和她父親也在急診室。

蘇記者和一花通了電話，還好她堅持隔天要來上班，可見沒事。蘇記者本想告訴一花F醫院和MERS的事，但想到她剛經歷喪父之痛，就不想再給她增添負擔了。蘇記者心想，既然沒出現感染症狀，就等過段時間再告訴她。

晚上九點半，蘇記者來到記者招待室，電視臺和媒體記者超過數百人。蘇記者已經事先跟幾個相熟的首爾市廳公務員通過電話，但每個人的回答都跟回聲一樣，都說不知道。難道是被下了封口令？在晚上十點召開記者會也很少見，導致外界有各種推測。隸屬在野黨的首爾市長長期與政府和執政黨不合，也多次與政府步調不一，遭受青瓦臺批評。

「撈到什麼消息了嗎？」

一隻手忽然搭在蘇記者肩上，他看向旁邊。

「鮮于前輩也來了？」

鮮于秉浩是社會一部的醫療記者。首爾市在召開記者會前先聯絡了幾名醫療記者。坐在後面的三個實習記者起身向鮮于秉浩問好。

鮮于記者朝他們舉手示意，回答：「我本來打算去喝杯生啤的，結果被叫來了。」

「那這麼說，這次的記者會是跟醫學有關了……」蘇記者壓低嗓音。「你覺得是什麼事？」

「你看像什麼事？」

兩人撇下實習記者來到走廊，蘇記者確認四下無人後，再次問道：「是那件事？」

「八九不離十！」

「但那是首爾市長該出頭的事嗎？不是還有國民安全處……」

鮮于打斷蘇記者。「國民安全處對傳染病能做什麼？下面只有中央消防本部和海洋警備安全本部，國民安全處連個傳染病專家都沒有。」

蘇記者翻開採訪手冊，問：「那保健福祉部和疾病管理本部呢？五月二十日出現首例ＭＥＲＳ個案，傳染病危機警報從『關心』升級到『注意』，就在那天，疾病管理本部設立了『中央防疫對策本部』。五月二十八日，在最初設定的兩公尺內、一小時以上的標準範圍外又出現確診個案，於是擴大成『中央ＭＥＲＳ防疫對策本部』。起初保健福祉部次長擔任本部長，直到六月二日才改由部長擔任。」

「他們搞這些有什麼用，防禦網都破了。」

「破了？」

「最初根本就不是『注意』能解決的問題。被感染的病人從京畿道移動到其他地區，甚至抵達首爾開始傳染的話，那等級必須從『警戒』升級至『嚴重』。這是保健福祉部承擔得起的嗎？這樣就能解決問題了嗎？」

「從『警戒』升級至『嚴重』，那就表示所有政府部門必須集中解決ＭＥＲＳ的局面？」

「那當然了。ＭＥＲＳ已在有一千多萬人口的首都首爾擴散開來，中央政府卻毫無防範措施。要想抓住溜走的魚，就必須撒下更大的網。從一開始，青瓦臺就畫清界線說自己絕對不是災難控制中心，國民安全處長就算想負責也束手無策。沒辦法，現在只有首爾市長出頭了。」

「世越號船難的初期應變一塌糊塗，受到這麼多批評，政府還是這副德性！」

十點半，首爾市長走進記者招待室。與此同時，記者們的信箱陸續收到了新聞稿。

蘇記者點開附件檔案，嘴巴念出開頭第一個詞：「ＭＥＲＳ！」

正如鮮于記者推測，果真是ＭＥＲＳ。

市長板著臉，直視前方。他的目光堅定，語氣有力。「首爾市民大家好！我是擔負市民安全責任的市長。雖然我知道在這分秒必爭的關頭召開記者會為時已晚，還是決定公開此事。就結論而言，MERS並沒有斬草除根。五月三十日，首爾F醫院又出現新的確診個案，我已經要求政府當局，不僅要公開發現新確診個案的F醫院實名，還有首例MERS病人住過的醫院，以及他就診過的所有醫院實名，這次F醫院確診病人的動線及去過的醫院也必須公開。同時，必須公開與該病患有過接觸的隔離對象，及預定隔離的準確人數。

「我要再次強調，最新確診個案在五月二十七日至二十九日曾到過F醫院急診室，這三天出入過急診室的病人、醫生和護士都必須隔離，進行全面檢查。不知道自己曾與MERS病人同處在一家醫院的人，走在首爾市區是極其危險的。我不允許首爾陷入無防備狀態。如果政府不接受我的要求，那麼身為擔負首爾市責任的市長，只能自主掌握MERS狀況，採取對策。我會向首爾市民透明的公開所有訊息。」

市長話音剛落，記者的提問聲立刻轟然響起。問題大致分為兩點：首先是事前是否與政府交換過意見？其次是，確診的MERS病人現在住在哪家醫院？

市長表示，召開記者會前跟保健福祉部長通過電話，接著把矛頭轉向政府應該公開包括F醫院在內的所有醫院實名。

蘇記者提問：「那市長認為現在因為MERS，首爾不安全嗎？這樣的消息如果傳到國際上，來首爾觀光的遊客會大幅減少。對此市長有什麼看法？」

市長毫不遲疑的回答：「首爾市民的安全比觀光客更重要。」

最後，鮮于記者舉起手。「公開F醫院實名，與其相關的股價會立即大跌，對此市長有何看法？」

市長回答：「如果我回答這個問題，就等於是親口公開F醫院所在地，對此我無可奉告。不過我可以這樣講，在我看來，首爾市民的安全要比該醫院，以及與該醫院有關的公司損失更重要。正如身爲市長的我把市民安全放在首位，希望政府也應該把國民安全放在第一位，現在絕對不是計較經濟損失的時候。謝謝大家，記者會就到此結束。」

市長離開後，記者飛速敲打著筆電鍵盤，大家必須盡快、準確地傳出新聞稿。市長離開新大樓前，蘇記者走到走廊打電話到國民電視臺的行政支援部。

「我是報導局社會二部的蘇道賢記者，請幫我查一下實習記者李一花的住址，很緊急！」

拿到住址的蘇記者打了一一九，說明自己的身分和來歷後，報上一花的住址。他說無法與二十七、二十八日到過F醫院的一花取得聯繫，請求立刻出動救援。接著，蘇記者打給社會二部部長。

部長一接起電話就喊道：「喂！你跑去哪了，現在才出現？馬上就要播新聞特輯了，趕快整理好內容待命。快聯繫一下負責拍攝的殷記者。」

蘇記者顧不上指示，逕自報告了另一件事：「李一花，好像感染了MERS。」

「什麼？」

「五月二十八日晚上，我們不是一起去弔喪了嗎？」

「我知道，不過那裡不是殯儀館嗎……啊……難道？」

「嗯，這次新確診的個案從五月二十七日到二十九日，一直待在F醫院急診室，其他確診病人也是在急診室被傳染的……其實，今天李記者早上沒來上班。」

「你不是說派她去現場了嗎？」

「對不起，我說謊了。」

「那實情是？」

「她傳訊息給我，說家裡還有事要處理，下午來上班。但到了下午也聯絡不到人，電話不接，訊息也沒回。」

「所以呢？」

「我覺得她應該是被感染了，剛剛打給一一九了。」

「她該不會是在家隔離吧？」

「不會的，如果是那樣她早就告訴我了，她也沒有在隔離名單裡。我們六月一日通電話時，她的聲音怎麼說呢……還很精力充沛。」

一陣沉默之後，部長突然提高嗓門，語速加快：「那你還在那幹麼？」

蘇記者沒搞清楚這個問題的脈絡，遲疑了一下。

部長又問：「記者會的摘要和問答重點都選出來了嗎？」

「嗯。」

「還有誰在記者會現場？」

「採訪影片你看過了吧，鮮于前輩是另外接到首爾市的電話趕來的，實習記者也在，目前待命中。」

「那裡就交給鮮于，你趕快去。」

「嗯？」

「去一花那邊！李記者從五月二十七日到二十九日待在F醫院的急診室，卻不在隔離名單裡。過了潛伏期，說不定也感染了MERS。她剛送走父親，現在遇到這種事，一個人會很驚慌、害怕的。你快去把她安全送到醫院，跟主治醫師見一面。萬一有其他電視臺和報社要採訪，你也能在那裡擋一下。」

比起採訪，救人要緊啊！」

蘇記者邊跑邊回答：「明白，我這就趕過去。」

＊＊＊

六月四日晚上十一點五十分，載著一花的救護車抵達F醫院。救護車來到一花公寓的時間是六月四日晚上十一點，光撬開大門就浪費了二十分鐘。身著D級防護裝備的救護人員在臥室發現一花，雖然她還有意識，可以報上自己的姓名和年齡，但高燒和頭疼引發的呼吸困難，已經讓她處在虛脫狀態。

一花艱難的對發現自己的救護人員說了一句話。

「丈也……」姨丈的「姨」字，沒能吐出口。

救護人員愣了一下，「丈也」是什麼意思？人名嗎？可是屋裡只有她一個人，把她送去醫院才是當務之急。救護車開往F醫院的二十分鐘裡，一花不斷發出細微的呻吟，沒有一個字能聽得清楚。蘇記者猛踩油門，緊跟在救護車後。

一花抵達醫院、剛採集好唾液和痰後就徹底暈了過去。醫院利用採集的唾液進行了PCR檢查。

六月五日子夜，第一次檢查結果出爐，陽性。

六月七日清晨，第二次檢查結果，陽性。

一花確診感染了MERS。

第二部 鬥病

在我說出你的名字前

六月七日上午十一點，政府公開了ＭＥＲＳ相關醫院的名單。相關醫院共計二十四家，包括Ｆ醫院在內、出現確診病人的醫院共有六家，其餘十八家爲ＭＥＲＳ病人曾去過的醫院。並肩走進世宗政府大樓記者會現場的保健福祉部長和經濟副總理表示，六月三日總統在民政合作緊急會議上就已指示，要求完全公開出現ＭＥＲＳ個案的醫療機構，針對通報急增提早建立通報系統，以及增加隔離病床等，以上是在事前準備工作就緒後的今天才對外公開。他們更說，政府在六月四日晚間，首爾市長要求公開醫院名單前就已經準備要公開了。如果那天首爾市長沒開記者會，政府會這麼快公開醫院名單嗎？大家都對此存疑。畢竟在五月二十日出現首例確診個案時，還有五月三十日Ｆ醫院再次出現確診病例後，政府都無視、拒絕了在野黨和公民團體公開醫院實名的要求。

保健福祉部公開醫院名單造成相當大的副作用，一般人不敢到醫院就診，醫院也拒絕接收疑似ＭＥＲＳ患者，醫院附近的區域陷入混亂，導致地區經濟停滯。他們認爲，公開名單的失大於得，但同時也宣稱政府及時向醫界共享了出現個案的醫療機構和確診名單，並自認確實掌握了密切接觸者。

雖然不知道政府是否與醫療界共享了ＭＥＲＳ的訊息，但一般國民對ＭＥＲＳ的傳染途徑，以及哪個區域存在多少名病人都一無所知。政府聲稱要嚴懲散布謠言者，但之所以會流竄各種消息和看法，都是因爲政府的初期應變不夠完善。脫離「兩公尺內，一小時以上」的範圍、再次出現確診個案後，

「密切」的標準便遭到大衆質疑，雖然政府辯解是少數人沒被追蹤到，才出現漏網之魚，但政府設定的「密切」標準和範圍，以及不及時公開醫院名單的態度，仍招來民衆的批判聲浪。政府卻將這些視為謠言，繼續無視與逃避。

從五月二十日到六月七日，MERS潛伏到發病期間，在政府沒有公開醫院名單的十九天裡，MERS病人曾去過的醫院就有二十四家。六月七日參加記者會的政府高級官員，沒有一個人能確定疑似感染人數。直到六月六日，確診人數已達六十四名，其中六月六日當天，確診就有二十二人。這都是因為政府隱瞞醫院實名，讓人們自由出入這二十四家醫院，導致病例暴增。

六月七日政府公開消息後，造成的餘波遠遠超出想像。

多人參與的活動直接受到影響，每年定期舉辦的慶典和演出都取消了。電影院空無一人，去棒球場、足球場的人急速下降，海外觀光客人數銳減。各地教育廳雖然設立了MERS控制室，但京畿道和首爾的大部分學校都決定停課。有人甚至大量搶購備用糧食，酒精消毒液的銷量也急速上升。到大型購物中心和傳統市場購物的人少了一半以上，搭公車和地鐵的人都戴上口罩。戴口罩的人甚至得承受路人懷疑的目光，有的餐廳還拒絕接待輕微咳嗽的客人。全國上下不僅不信任十九天後才公開醫院名單的政府，還得靠自己去追查政府用字母掩藏起來的醫院實名和傳染路徑。在對政府、醫院和社會共同體信任破滅的當下，民間流行起一句話——各自圖生。

來濟州島有什麼事嗎？

五月二十七日，在F醫院急診室走廊擦肩而過的牙醫金石柱、出版綜合物流公司部長吉冬華和實習記者李一花，六月五日都在同一家醫院，檢驗為MERS一期陽性，兩天後的六月七日確診，也就是在全國知道F醫院實名的當天。

六月七日，三人住進為MERS病人準備的隔離病房。原本應該準備內部氣壓低於外部、防止病毒外流的負壓病房，但這間大型綜合F醫院沒有負壓病房，醫院只好空出整個樓層，讓病人住進來。

確診病人住進隔離病房，疑似感染者在指定場所接受檢查時，還有一個更大的風暴在成形，正是居家隔離的人。「兩公尺內，一小時以上」的標準瓦解後，政府、疾病管理本部和醫院卻沒有掌握到正在居家隔離的準確人數。五月二十七日，僅在急診室停留一天的吉冬華；二十七日到二十八日清晨，照護父親的李一花；二十七日到二十九日早上，坐在內科等待區的金石柱，都不是居家隔離的對象。儘管如此，他們都感染了MERS。

我們這個國家的人只要住院，都希望家屬陪同，人們覺得要是沒有家屬照顧，就無法住院了。如果是六人病房，六名病人加上六名家屬就等於十二個人在一起生活。六月七日，吉冬華、李一花和金石柱確診為MERS後，並沒有家屬陪在他們身邊。雖然映亞堅持要留下來照顧丈夫，但沒堅持太久。不要說來回跑醫院照顧丈夫了，她本身也成為疑似感染者，必須居家隔離。不僅病人家屬，就連跟MERS確診病人一起工作的同事，坐在咖啡廳聊過天的朋友，都成為疑似感染者。

居家隔離的期限一般定在最後與MERS病人接觸後的十四天。若以首例MERS病人抵達急診室的五月二十七日爲標準，居家隔離的對象最早解除隔離日期，應該在六月十日。但因爲吉冬華、李一花和金石柱感染了MERS，所以他們的家人和朋友解除隔離的日期就要往後延。

負責通知居家隔離的保健所，多半無法詳細掌握隔離對象是在何時、何地與MERS病人接觸的，他們僅憑醫院傳來的診療紀錄和確診病人的記憶，就制定了隔離對象和時間。就算紀錄和記憶存在誤差，也沒有更正的辦法。

因缺乏訊息和管理不善導致的漏洞，由此引發的風險都落在全體國民身上。就在保健福祉部、疾病管理本部、醫院和保健所亂成一團時，很多人面臨對居家隔離的生疏和不便。保健當局沒有向大家說明或下達指示，即便打去問也沒人能給出明確答案。國民面對行政官僚，只能無奈的自己判斷是否居家隔離，自行解除隔離。在這過程中，人們不斷自問，這樣不會有法律問題嗎？就算法律和道德上不存在問題，可現在自行解除隔離就沒事了嗎？問題就像投入黑洞，杳無回音。大家緊張兮兮的過著每一天，沒有地方能得到明確答覆。

＊＊＊

先來看一下吉冬華的情況。妹妹冬心待在家裡，她從初春開始就因慢性貧血和腹痛很少出門，如今連公寓附近的商店街也不能去了。除了上廁所，冬心只待在臥室裡。只有一次，超商老闆騎摩托車來把米、泡麵和零食送到家門口。冬心獨自在家待到六月十九日。

因爲居家隔離，獨生子藝碩在外地吃盡苦頭。六月四日，藝碩和好友尹采範搭乘最早的班機去了濟州島。藝碩又瘦又高，皮膚特別白皙，脖子很長。他的手指細瘦纖長，可以單手抓起一顆籃球，小時候大家都叫他「蜘蛛手」。藝碩喜歡畫畫，不管是鉛筆、蠟筆還是毛筆，只要拿在手裡就能畫，用手機或電腦也能畫出有模有樣的草稿。就這樣，藝碩考上了美術大學設計系；采範熱愛體育，雖然個頭小無法當足球員，但他爲了繼續發揮興趣、報考了社會體育系。采範的夢想是成爲生活體育指導教練。這兩個外貌、興趣完全不同的人，高三時卻成了形影不離的知己。考上大學後一個月也至少會見上一、兩次，這是他們第一次去濟州島旅行。

六月七日，藝碩得知冬華確診的消息後，先送采範去機場。他買了口罩，拖著行李箱，四處尋找保健所。距離藝碩住的民宿不到五分鐘的地方有一個保健所，紅磚砌的單層建築，屋頂天臺的黃色水塔旁有一間屋塔房。藝碩隔著雙線道馬路，站在保健所對面打了電話。

年輕的公務員接起電話：「您好。」

藝碩單刀直入的說：「我需要……MERS居家隔離。」

「MERS？……請稍等。」公務員顯得不知所措，長嘆了一口氣，接著問：「那你收到居家隔離通知書了嗎？」

「通知書？那是什麼？」

早上藝碩在民宿前的餐廳吃飯時，分別接到冬華和冬心打來的電話。冬華告訴兒子，自己搬到了十三樓的隔離病房，在MERS徹底痊癒前必須住院治療，一起生活的家人也都需要居家隔離。冬華的電話才掛斷，冬心又打來，哭著哀嘆從今天開始只能待在臥室，哪也不能去。藝碩說想馬上回家，結果被冬華訓斥了一頓。冬華告訴他，絕對不可以去機場，也不要坐公車和計程車，趕快去找保健所幫忙。冷靜轉達狀況的冬華也沒提居家隔離通知書的事。

「你住在濟州島嗎？」

「我來這裡玩四天三夜，我家在江南區那邊。」

「那江南區的保健所會寄居家隔離通知書給你的。」

「那你是要我回首爾去領通知書嗎？拿到通知書前，我可以去機場坐飛機囉？眞的可以這樣嗎？」藝碩的語氣變得銳利。

對方支支吾吾道：「不是……我不是那個意思。有通知書，行政處理也會比較方便……」

這時，接電話的人換成一個女生。

「你爲什麼覺得自己應該居家隔離呢？你與MERS病人接觸過嗎？」

「請問，提出這個問題的是哪位？」

「我是保健所的醫生。」

聽到是醫生，藝碩稍稍安心。「我媽早上確診感染了MERS，阿姨也關在家裡不能出門，她告訴我，不能去人多的機場……」

「這是正確的判斷。請問你現在人在哪？」

「保健所門口，馬路對面。」

「就在門口？」

身著白袍的女生推開保健所大門走了出來。藝碩舉起手，女生也遲疑的抬起手。兩人舉著手，繼續通話。

「你住哪？」

「我住在距離這裡五分鐘的民宿。行李都帶過來了，我原本應該去機場搭飛機的。」

「民宿叫什麼名字？」

「山丘民宿。」

「啊，那裡。」女生舉起右手指向保健所建築的一角。「看見安全梯了嗎？」

「嗯。」

「從那裡上去，繞過水塔可以看到屋塔房。那裡是夜間值班室，你在那裡隔離吧。過來吧，直接去二樓就行了。」

「嗯？」

「姜寶拉。」

「知道了。」

「我的名字。負責這裡的公共保健醫生在漢拏山摔倒，腿受傷還摔斷了三條肋骨，聽說要住院兩週，才派我來支援。你叫什麼名字？知道隔離者的名字，我也好向濟州市的保健所和道廳負責人通報。」

「我叫趙藝碩。」

「知道了。趙藝碩先生，請過來吧。」

藝碩過馬路時，寶拉從白袍口袋裡取出口罩戴上。他按照寶拉說的朝樓梯走去。藝碩提著行李箱，吃力的走上狹窄的鐵樓梯。寶拉雖然很想幫忙，但還是忍住了，沒有穿防護衣是不能接觸隔離對象的物品的。樓梯上到一半，藝碩探出頭來往下看，目光與寶拉相對。

「雖然我很想幫你……」

「我理解。如果我被我媽感染，這個行李箱是不是也有被病毒汙染的可能呢？」

「汙染」二字講得尤爲用力。

寶拉笑著回答：「是的。所以要避免接觸，這也是爲什麼要隔離的原因……你害怕嗎？」

「這點小事……」

藝碩繼續往上走。他平時在便利商店打工，一天可是要搬十幾次比行李箱還要重兩倍的箱子。繞過水塔，藝碩看到屋塔房，裡面有浴室兼廁所，除此之外，狹窄破舊的房間裡只有陳舊的衣櫃和一臺電視。

從六月五日到十八日，藝碩在保健所的屋塔房度過了隔離生活。雖然寶拉和保健所的人看到了關於MERS的新聞，但也只覺得那是發生在首爾和京畿道部分地區的傳染病，根本沒想到濟州島也會受影響。他們盡可能的幫助突然在保健所屋塔房居家隔離的大學生，但藝碩在隔離期間吃盡苦頭，不但腹痛和腹瀉，身上還起了水泡。獨自留在濟州島，不能陪在感染MERS的媽媽和每天靠吃藥度日的阿姨身邊，給藝碩帶來極大的精神壓力。

好不容易找到的便利商店工作也丟了。藝碩打給店長，一五一十的說明事情經過，起初店長還不相信，經過藝碩再三說明，店長卻表示，就算一切都是事實，他也無法等藝碩解除隔離、從濟州島回首爾了。因為如果有人不上班，店長就必須連續工作八小時。掛斷電話後，藝碩抱頭大叫。寶拉聽到叫喊聲，跑上來對著門關心藝碩。

「關在這裡能沒事嗎？我剛剛被便利商店開除了。妳知道我多會賣東西嗎？我顧店時的銷售額可比店長高出兩倍呢，他居然立刻就開除我。」

「銷售好的祕訣是什麼啊？」寶拉平靜地問。

「現在問我這些有什麼用。」藝碩的語氣很不耐煩。

但寶拉仍冷靜的問：「反正你也不會再去那家店工作了，既然那麼會賣東西，很快就能找到工作的。有什麼特別的祕訣嗎？」

藝碩回答了重複兩次的問題。「也沒什麼，就是記住客人買過什麼。」

「又不只一、兩個客人……那麼多人，你都能記住？」

「說多不多、說少不少。除了那些不常來的，老顧客大概也就五十到一百人吧。客人付錢時簡單打聲招呼，像是『你常買A，今天怎麼買了B？』光是打聲招呼就能提升銷售額，這大概算不是祕訣的祕訣吧。」

「這個祕訣，賣給我吧。」

「賣給妳？」

「像你對客人那樣，我也打算試著跟來保健所的居民打招呼，這樣他們一定會覺得保健所很親切吧。」

「隨便妳。祕訣又沒版權，我賣給妳？開什麼玩笑。」

「我可不想免費使用你的祕訣。那這樣好了，下次如果你需要幫助，儘管找我，算是對使用你的祕訣的報答吧。」

「那就這麼說定了。」

藝碩笑了，寶拉也安心了。

「我能問妳一個問題嗎？」

「好啊。」

「妳不忙嗎？」

「雖然忙，但跟首爾比不算什麼。如果你是想問這裡是不是要一直看診，那我只能回答不用。雖然會有人來看病，但不會一直有人來。像今天這樣，一、兩個小時都也沒有一個人來。」

「那妳知道『瘟疫公司』嗎？」

「不知道，那是什麼？」

「去年我很沉迷的一個遊戲，是手機遊戲。如果知道今天會發生這種事，我就不會玩那個遊戲了。哎！」

「我沒玩過遊戲……是消除瘟疫傳染病的遊戲嗎？」

「剛好相反。」

「什麼意思？」

「是把傳染病傳播到全世界才算贏的遊戲。玩遊戲的人選擇一種傳染病，然後自己策畫戰略去傳播它，等地球上的人全部死掉，遊戲才結束。」

「還有這種遊戲？真神奇。那你問我『瘟疫公司』做什麼？」

「我看了新聞，傳染病危機警報還處在『注意』等級。政府說『注意』，那就相當於『警戒』或『嚴重』等級了。」

「我也看了報導……」

「『瘟疫公司』裡有分容易傳播病毒的國家和不容易傳播病毒的國家。防禦體系穩固的國家，不管怎麼傳播都無法突破防禦。例如從日本開始玩的話就很難贏。『警戒』等級的『注意』，或『嚴重』等級的『注意』，像這種表裡不一的對策，只會加速傳染病的散播速度。爲什麼我們的國家會這樣呢？維持『注意』的理由是什麼啊？」

「政府不想升級到『警戒』或『嚴重』吧？」

「『警戒』就是『警戒』，『嚴重』就是『嚴重』！這種時候玩什麼文字遊戲，針對情況採取措施，才能控制傳染病啊，不是嗎？」

寶拉回保健所了。

她用心開的處方對藝碩一點效果也沒有，身上的水泡更嚴重了。藝碩睡覺時無意識的抓破了水泡，臉頰、下巴和脖子感到一陣刺痛。因爲連續數日的消化不良和腹瀉，藝碩的食量也明顯減少，幾乎每天只吃一頓飯。藝碩心想，要是能喝一碗阿姨煮的、清爽的蘿蔔湯，肚子一定會比較舒服，但保健所附近的餐廳都做不出他想念的味道。

六月十八日，藝碩解除居家隔離。他找來體重計量了一下體重，六十六公斤，比來時瘦了四公斤。

寶拉說要開車送藝碩去機場。

遠遠看到機場時，寶拉開口：「眞是萬幸，你沒有感染ＭＥＲＳ。」

「多虧你們的照顧。」

「我也沒做什麼。」

每當藝碩呼天搶地時，寶拉能做的也只是站在門外安慰他。寶拉倒是很想穿上防護衣進去陪他，但道廳的負責人一再囑咐，除非病人出現生命危險，否則不得入內。他們隔著門聊了很多。藝碩的夢想是成爲網站設計師，他剛上大學，喜歡聽舞曲。寶拉比藝碩大八歲，老家在京畿道的城南，一直在濟州島的保健所當醫生，她幾乎不聽音樂，興趣是攝影。藝碩難過沮喪時，寶拉傳了二十幾張濟州島山丘的照片給他看。藝碩則用收到的照片設計成明信片再回傳給她。

「看來我錯失機會了。」

「什麼機會？」寶拉一臉詫異。

藝碩回答：「要是我感染了，不就成了濟州島首例接受治療的病人……開玩笑啦。」

「此行一定給你留下了不好的回憶吧？」

「大家都很照顧我。我媽住在隔離病房，身體不好的阿姨一個人待在家裡，我在這裡也沒有換洗衣物，房間裡沒有冰箱和洗衣機，又因爲隔離丟了便利商店的工作，皮膚還過敏……這些又不是保健所的錯，大家按時幫我送吃的，還幫我送生活用品，我眞的很感激。」

「等MERS平息下來，等你媽媽身體恢復，到時再來一趟保健所吧。」

「我是很想帶媽媽和阿姨來玩。」

「回首爾後要直接去醫院嗎？」

「嗯，我想快點去看我媽。不知道是不是在隔離病房的關係，我們一直沒辦法通電話，最後一次通話是我告訴她在屋塔房開始隔離的時候了。阿姨說，媽媽用的折疊式手機太舊了，電池壞了，動不動就故障。現在她在隔離病房也沒辦法換新手機。我得去給她買一支新手機。這段時間眞的很感謝妳。我走了，再見！」

不只是吉冬華的妹妹冬心和兒子藝碩，包括林羅雄組長在內的倉庫員工都需要居家隔離。流行病學調查員身著防護裝備抵達物流倉庫，展開調查，讓「冊塔」不得不關門到六月十六日。崔社長一一打去使用物流倉庫的出版社和書店道歉，尋求諒解，但損失還是十分慘重。

這一家，支離破碎

李一花的情況呢？五月二十七日到急診室探望炳達的八個親戚都必須居家隔離。吉冬華的家人和「冊塔」同事雖然需要隔離，但大家都沒有被感染。只是眼前面對龐大的經濟損失，大家都沒察覺其實那是一種幸運。他們的幸運並沒有垂憐到一花珍愛的「遊山會」親戚。八人當中有一半感染了MERS。

六月四日，李一花因高燒、呼吸困難而昏迷不醒時，遠在慶尙南道巨濟市的姨丈姜銀斗也出現同樣症狀。很快，住在光州市的姑媽和住在全羅南道羅州市的二舅媽，還有忠清南道論山市的堂叔侄都確診感染MERS。大家爲了握一握病危的炳達的手，匆忙趕來首爾，卻感染了MERS。包括一花在內的五人住院後，其他親戚都上了居家隔離名單。

六月十八日之後，沒有感染MERS的親戚相繼解除隔離。除了一花，最後與其他四名確診親戚接觸過的人，也依照標準定下隔離日期。

六月十五日，人在木浦的尹海善律師解除居家隔離。一花在第一次檢驗爲陽性後曾短暫清醒。她憑著回憶，說出從五月三十日到六月四日之間去過的地方和接觸過的人，其中接觸時間最長的就是海善。

六月五日，海善接到F醫院打來的電話。她在收到居家隔離通知書前，先聯絡了木浦市保健所，然後把自己關在租屋裡。雖然與世越號有關的工作已經堆積如山，但她還是嚴守隔離期限和規定，就連得知消息要趕來送生活用品的罹難者家屬和義工的好意也都拒絕了。海善認爲最該遠離這種兇惡傳染病的，就是那些罹難者家屬。她打電話尋求諒解，也用電話處理所有工作。雖然很麻煩、效率又低，但爲期兩週的隔離期總不能乾坐在家、什麼事也不管。也有人勸她不如當作放長假，好好休息一下。海善卻對這些人大吼，那氣勢簡直能把對方的耳膜給震破。

每天海善都傳十幾則訊息給一花，但都未讀未回。好不容易跟負責隔離病房的護士取得聯繫，才知道雖然一花的手機在身旁，但人還沒有清醒。從六月四日被救護車送到醫院，一花就在與MERS搏鬥。海善束手無策，覺得很對不起把女兒託付給自己的炳達，她想等解除隔離後就去看一花，因此要盡量把工作處理好。回到首爾照顧一花、掌握局勢，至少也要花個三、四天。海善決定就算熬夜也要趕緊處理好工作。

居家隔離通知書

金石柱的父親金鴻澤、妻子南映亞和兒子金雨嵐都成為隔離對象。六月七日上午石柱確診後，兩名穿著VRE隔離衣[15]的男護士，推著推床把他送到十三樓的隔離病房，跟到電梯門前的映亞打給鴻澤。

「雨嵐呢？」

「哭鬧了一會，剛睡著。要叫醒他嗎？」

「不用了。」

一陣簡短的沉默，映亞知道鴻澤在等什麼。她深吸一口氣，抑制住情緒。

「沒錯，是MERS。」

再一次的沉默。映亞像在下指示般，用快速的語調打破尷尬的氣氛。

「雖然明白您這樣會很辛苦，但請您帶著雨嵐待在家裡，就連公寓前面的遊樂場也不要去。等雨嵐他爸住進隔離病房後我就會回去，出發前我會再打給您。」

映亞覺得自己的語氣很冰冷，但此時沒有發洩情緒的時間。掛斷電話後，映亞走回病房。

「我們會先封閉病房，然後消毒，這間病房暫時不會使用了。」孔珍站在背後說道。

兩人距離足有三公尺左右。因為MERS檢查的問題，從住院第一天開始，兩人就發生過爭吵。

映亞轉身問：「那我呢？」

孔珍放下拿著紙杯的手，戴上口罩反問：「妳要回家嗎？」孔珍看向地面，視線充滿恐懼。

「不然要留在醫院？」

「嗯……要留下來或回家都可以，隨便妳。」

映亞壓抑的憤怒終於爆發，她沙啞的吼道：「隨便？那妳的意思是我怎樣都可以囉？五月二十九日早上我也在急診室，當時ＭＥＲＳ病人也在急診室吧？我丈夫金石柱如果是在急診室被感染，那我也有感染風險吧？從六月一日到剛才，也就是四日上午十點，我一直陪在我丈夫身邊，這段期間他出現高燒、咳嗽、呼吸困難和嘔吐。我在網路上看到，ＭＥＲＳ透過飛沫傳播的可能性極高，那我是不是也應該隔離，接受ＭＥＲＳ檢查呢？你們都沒有任何指示嗎？」

孔珍無力的回答：「我沒有收到任何指示。」

「最糟糕的情況就是我也有可能被傳染，如果我不是密切接觸者，那還會有誰是？」

孔珍微微抬頭，語氣毫無感情。「那妳的體溫在三十七點五度以上嗎？」

「沒有。」

「有咳嗽或覺得呼吸困難嗎？」

「沒有。」

「覺得噁心想吐嗎？」

「完全沒有。」

「那妳現在沒有不舒服的地方囉？」

「是的。」

15：Vancomycin-Resistant Enterococci infection gown，裝備有外科口罩、手套、隔離衣或圍裙。

「我昨天確認過，居家隔離通知不是醫院負責，是保健所處理的，妳如果有需要，可以去聯絡保健所。」

「那我在收到保健所通知前，可以隨便到處跑囉？」映亞一語道破漏洞。

孔珍反問：「妳這個問題的標準是出自良心，還是出自法律？」

「如果是法律呢？」

「雖然我不是法官，但若照法律來判斷，在收到通知書以前的話，很難受到處罰吧。」

「潛伏期是多久都還不知道，因為尚未出現症狀，所以留在醫院也沒關係？地鐵、公車或搭乘任何交通工具也都可以，我可以這樣理解吧？」

「要怎麼理解是妳的自由，不要來跟我確認。現在這種情況，妳要我這個血液腫瘤科的住院醫師怎麼回答？醫院又沒有下達任何指示給我們。我們能給的答案也都很保守，要是超出那個範圍，還不如都別說最保險。」

「這裡不是有媲美史懷哲博士的醫師嗎？」

「這裡不是非洲加彭的蘭巴雷內，請不要拿史懷哲博士跟細分專業的綜合醫院醫師比較。我們也會看各種疾病，但沒有理由一定要做道德判斷。我們也對人類充滿愛，只是方式不同罷了。」

「那我要怎麼找到負責隔離病房的主治醫師和護士？」

「妳去問感染科吧，MERS歸他們管。」

映亞直勾勾的瞪著孔珍。

用那雙小而銳利的眼睛盯著別人，原本是孔珍的專長。軟弱點的病人看到她兇狠的眼神，所有想問的問題都會都吞回肚子裡。

「妳應該道歉吧？」

「道什麼歉？」

孔珍堅持不為阻止、拖延石柱要求做MERS檢查而道歉，道歉就等於認錯，她對這個問題極度敏感。但這件事很明顯是孔珍的失職，如果不是映亞堅持要檢查，恐怕到現在也不知道石柱感染MERS。映亞原本要像馬蜂螫人那樣用準備好的臺詞攻擊她，就在這時電話響起，是朴京美打來的。

「石柱還是送過來了。」

映亞打探的問：「妳去負責隔離病房了？」

「誰教我這麼能幹呢。感染科的護士人手不夠，就派我過來了。妳在哪？回家照顧雨嵐了？」

「公公幫我顧著雨嵐。」

「那妳還在醫院？想不想見妳老公啊？」這次換京美說出映亞的想法。

誰教這兩人從剛上大學起就成了推心置腹的好友。

「我可以見他？」

「當然。」

「真的？病人轉到隔離病房後，不是應該徹底隔絕與外部人員接觸嗎？就算能在走廊透過窗戶看他一眼也好……病房不擠嗎？」

「他一個人住雙人房，怎麼可能擠。只在走廊透過窗戶看一眼，能滿足我們南映亞嗎？」

京美的語氣聽起來……難道……？

「我能進隔離病房，能跟他見面？」

「嗯。我也剛過來，聽說家屬都可以進去。不過要穿防護裝備，挺麻煩的……」

「那我現在就過去！妳在哪？」

京美說隔離病房在十三樓，醫院表示如果病人增加，上面幾層也可以使用。映亞出了電梯，從玻璃門後看到護士站。京美上前抱住映亞，去年石柱罹患淋巴癌時，京美也曾這樣緊緊抱住她。

京美鬆開雙臂，看著映亞。「不要太自責。」

映亞點點頭。不愧是好友，她藏在心底的懊悔一眼就被看穿。

如果去的是其他醫院，就不會感染MERS了。但F醫院是治療石柱淋巴癌的地方，是映亞工作了三年的職場，也是離家最近的綜合醫院。況且還有京美這樣可以幫忙的朋友在這裡當護士。在這種條件下，誰都會選擇來F醫院。

「謝謝。」

「現在就集中精神、好好治療MERS吧。」

「嗯。」

「先去看看石柱。」

京美帶映亞走到窗邊的桌前，N95口罩、手套和各種圍裙擺在桌子上。

映亞問：「連準備室也沒有？」

「可能現在還顧不上那些吧，慢慢就會有的。防護衣數量有限，今天就先穿這個。」

京美從紙盒裡抽出一件隔離衣。

「這不是AP Gown嗎？」

AP Gown是拋棄式衛生塑膠隔離衣，護士們都叫它「圍裙」。雖然這種隔離衣能圍住胸部和腹部，脖子和後背卻都露在外面。

「這麼大的綜合醫院連防護衣不夠？怎麼可能。MERS不是傳染病嗎？怎麼能給家屬穿這種塑膠隔離衣呢？這一件有三百元嗎？」

「差不多。」

「而且就算是這種隔離衣，也有分有袖子和沒袖子的啊，這件沒袖子啊，只圍住胸口和肚子有什麼用……這樣眞的可以嗎？」

「想今天見妳老公，就先穿上吧……」

「妳也沒穿防護衣，這不是VRE隔離衣嗎？」

VRE隔離衣雖比AP隔離衣暴露的部位少，但並不能徹底隔絕病毒。

京美眨了眨眼。「很過分吧？不要說出去喔。醫院應該跟快就會準備好防護衣，要讓MERS病人住進來，總不能一直這樣。」

映亞接過京美遞上的AP隔離衣穿上，在背後打好結，戴好手套和頭套，最後戴上N95口罩遮住口鼻。這時，手機響了。

映亞急著想見石柱，所以沒有接電話。只要沿著走廊走幾步就能看到病房了，映亞迫不及待想看看石柱，她想望著丈夫的雙眼，聆聽他的呼吸，替他分擔那份擔憂與恐慌。雖然他們做好了淋巴癌復發的心理準備，但怎麼也沒想到MERS這個詞。

身著VRE隔離衣、戴著手套和N95口罩的京美在前引路，映亞小步緊跟在後，期間她停下了三次，因爲看到有人跟自己穿著一樣的隔離衣從病房走出來。這些人也都是MERS確診病人的家屬，每個人出來後都趕快低下了頭，因爲不想與任何人的視線相對。

「這裡。」走到第六間病房前，京美停下腳步。「病房置物櫃上有體溫紀錄表，妳出來時自己量一下體溫寫在上面。出來時按一下呼叫鈴。啊，對了，還有一件事，記得把手套、隔離衣和口罩丟在這個垃圾桶裡。進去多跟石柱聊聊吧。」

京美輕輕拍了下映亞的肩膀，原路返回護士站。映亞握住門把往右一拉，門開了。首先看見的是病床旁的生理監視器[16]和石柱的雙腳，靠窗邊的床上放著書和毛巾。雖然門打開了，但石柱毫無動靜。

難道睡著了？

映亞又往前邁了兩步，看到躺在床上的石柱手臂、身體和臉。二人四目相對，石柱立刻吼道。

「站住！」

石柱用命令的語氣讓映亞站住後，趕快從病床旁的櫃子找出口罩戴上。

「你還好嗎？」

映亞正要往前走，石柱更大聲的說：「我叫妳站住！爲什麼不接電話？妳怎麼進來的？」

剛才沒接的電話就是石柱打來的。

「醫院說家屬可以探病，所以我就正式申請進來了。」

石柱還是沒有放鬆警惕。「妳穿的那是什麼？根本不是防護衣啊。」

「是醫院提供的，可能防護衣不夠吧。我可以過去嗎？」

「不可以，妳再往後退兩步。」

「我站在這都超過兩公尺了。」

「我叫妳往後退！」

映亞拿他沒辦法，只好後退兩步。

「我都看不到你的臉了，我再往前走一步，我想看著你的臉說話，好不好？」

石柱沒有回答她的要求，自顧自的說：「這裡不是負壓病房，這家醫院連間負壓病房都沒有，簡直太不像話了，管理怎麼這麼鬆散！」

「鬆散？」

「竟然允許家屬到ＭＥＲＳ隔離病房來……以我的常識完全無法接受。推翻『兩公尺、一小時』標準的地方是哪裡？就是醫院啊！聽說把病毒傳染給我的病人，在京畿道醫院住院時，跟首例病人還住在不同病房，他們住在不一樣的病房耶！」石住猛地用手拍了一下牆壁。「病毒擴散到隔壁的病房，或隔壁的隔壁的病房，根本就不是兩公尺，而是二十公尺；不是一小時，而是十分鐘，甚至一分鐘都有可能！病毒的傳染力這麼強，醫護人員和家屬怎麼可以隨便出入，還若無其事的待在走廊上！走廊根本也不安全啊。」

「這家醫院感染科的醫師都是享譽國際的專家，他們絕對會做出正確判斷，一定是認為不會有問題，才允許家屬進來的。」

「享譽國際？別開玩笑了。他們可能擅長學術研究，對隔離簡直一竅不通。我們絕不能大意，既然醫院這麼不負責任，病人及家屬必須指出問題。是妳屢次要求他們幫我做ＭＥＲＳ檢查，他們才做的，什麼享譽國際，那根本保護不了我們，光想就覺得毛骨悚然。現在也一樣，看看給妳穿的這什麼圍裙。」

映亞的視線移到身上的隔離衣。

「憑那件圍裙就想阻止病毒感染？脖子和後背都露出來了，感染科主任，不、我看連這家醫院的院長也瘋了吧！怎麼可以只給你們穿這種圍裙，還允許你們到病房來！」

16：Patient Monitor，主要用途為量測各項生理參數，提供醫師或護理人員診斷、照護之參考。

映亞也不得不認同這一點。

「那剛才你打電話是……」

「我是想告訴妳這裡不安全，叫妳不要來。我剛才被送來時，就在走廊遇到幾個穿圍裙的家屬。」

「我剛才也……」映亞想到剛才在走廊迴避自己視線的三個穿隔離衣的家屬。

「我向醫護人員抗議，問他們這算什麼隔離，也不知道他們能改善多少。就像妳要求幫我做MERS檢查一樣，我也要要求他們，必須要他們盡快把醫護人員的裝備換成D級防護衣，還得禁止家屬進出。既然沒有負壓病房，只要有人出入病房時，就必須清空走廊。」

「這眞不像你。」

映亞熟悉的石柱雖然遵紀守法，卻從來不會表露不滿，像這樣站出來抗議，實屬罕見。

「這是性命攸關的大事，必須阻止有人像我這樣被感染。光是想到有人會被我感染，就覺得可怕。」

「不會的，你不要杞人憂天了。」

「急診室的那個病人是故意傳染MERS給我的嗎？就是因爲沒有及時檢查，防護裝備不到位嘛！這樣隨便放家屬進來，就算我們不想傳染給你們，病毒也會擴散出去的。必須做好雙層、多層的防護才行啊。好了，妳趕快回去吧。」

「那你有沒有什麼需要的？」

石柱抬高嗓門。「妳先出去！我們打電話，傳訊息都行。」

映亞最終沒能見到丈夫的臉，就這麼離開了病房。

＊＊＊

映亞開車回家。去醫院時，映亞開車，石柱坐在副駕駛座，回來時就只有她一個人了。就算是淋巴癌復發住院，也不會馬上進行化療，會給病人幾天時間來接受癌症復發這件事，然後做好再次抗癌的準備。沒想到MERS像怪物突然撲來，映亞只能無奈的把丈夫一個人留在隔離病房，隻身返家。

要從醫院出發時，她打給鴻澤。「我見到石柱了。」

「去病房了？」

「嗯。」

「不是隔離病房嗎？」鴻澤有些不放心。有點常識的人都會對此提出疑問的。

「醫院允許家屬見病人。」

「不是妳堅持非要見的吧？」

「不光是我，其他家屬也可以探病，沒有違法，也沒有找人幫忙，您放心。」

鴻澤的聲音這才安穩下來。「石柱還好吧？」

「爸，他沒事。」

「到家再說吧，小心開車。」

映亞不停自問，就這麼回家是對的嗎？其他家屬每天去病房照顧病人，自己卻連石柱的手都沒握到就回來了。她不是不懂丈夫為自己著想的心，但這種不幸放石柱獨自承受，未免太過沉重。石柱等於是被淋巴癌復發和感染MERS的雷同時擊中，她真希望能多陪在石柱身邊。

自己是密切接觸者和隔離對象，映亞比誰都清楚，但還沒收到隔離通知。那些穿著隔離衣探病的家屬也都是隔離對象，卻可以進出病房，為什麼自己不行？要不是石柱高聲叫映亞出去，她也會跟其他家屬一樣留在十三樓。病毒擴散到走廊也許會感染家屬，那都不是映亞該操心的事。醫院的醫護人員判斷可以探病，還給家屬穿上隔離衣，那家屬還有什麼好懷疑的？映亞覺得固執己見的石柱太無情了。

映亞推開家門，雨嵐沒從自己的房間出來。

鴻澤追隨映亞的視線看向緊關的房門，問道：「在這種不知道誰會被感染的情況下，雨嵐、妳和我還是不要接觸比較好吧？」

「接觸」兩字聽起來那麼冰冷生疏。住在這個家裡，映亞從沒想過會使用這種字眼。

「爸，居家隔離的說明說，多名隔離對象住在同一個空間，最好盡量各自分開。」

但雨嵐才四歲，怎麼可能讓他跟媽媽分開。

鴻澤問：「步驟是什麼？」

「嗯？」

「我是說居家隔離的步驟。」

「保健所很快會寄通知來的。」

「妳接到電話了？」

「還沒有。」

「石柱要住院到什麼時候？」

「等ＭＥＲＳ痊癒後就能出院了。出院休息一段時間，再安排化療。雨嵐他爸的體力透支嚴重，不能直接化療。」

「明白了。那妳把門鎖好，有什麼事打給我。」

「您就住在這吧。」

石柱家只有兩個房間，雨嵐只肯在自己房間的床上睡覺。

鴻澤找了個荒唐的藉口。「我眼花，得看大字的《華嚴經》。」

鴻澤是虔誠的佛教徒，每週都會去曹溪寺。

「可是……」

「沒事的，不用擔心我。妳連著四天照顧石柱，辛苦了，好好休息。要是連妳也病倒，那就麻煩了。話說回來，我們要隔離到什麼時候啊？」

「通知書上會標明日期的，按照上面寫的做就可以了。」

「知道了。」

鴻澤打開門走了。

雨嵐從房間裡跑出來，衝進映亞懷裡。剛才他怕爺爺生氣，所以一直躲在房裡。

「雨、雨嵐啊，乖，先放開媽媽。」

雨嵐的雙臂抱得更緊了，他顫抖著肩膀，哭了起來。怎麼能跟孩子分房隔離呢？不管映亞怎麼想都覺得這是不可能的事。映亞也把雨嵐緊摟在懷裡，輕撫他的背。

「乖，不哭，別怕，媽媽會在你身邊。」

雨嵐用手背擦眼淚，哽咽的問：「爸爸沒跟妳一起回來嗎？」

去年治療淋巴癌期間，雨嵐親眼目睹石柱掉髮、消瘦、因爲化療副作用不斷嘔吐、整日臥床不起的模樣。那時孩子總說害怕，躲得遠遠的，但等石柱痊癒後，他就跟年糕一樣整日黏著石柱。因爲跟媽媽一起做過的事，也想跟爸爸一起做，跟爸爸一起吃飯、睡覺、看書、玩遊戲。石柱也因爲生病期間只顧著養身體而倍感愧疚，出院後大部分時間也都用來陪雨嵐。

還沒等映亞開口，雨嵐就自顧自的傷感起來。去醫院的爸爸沒有回家，這代表著什麼，孩子大概也猜到了。

「你想爸爸嗎？」

雨嵐點點頭。

映亞打了視訊電話給石柱。畫面上才出現石柱的臉，孩子立刻高興起來。

石柱笑著說：「雨嵐，醫生說爸爸還要做一些治療，今天不能陪你玩球了，等我回家就陪你去玩棒球、籃球、排球，什麼球都玩，我的寶貝兒子能乖乖在家等爸爸嗎？」

雨嵐笑著回答：「嗯！我會乖乖等爸爸。」

「想爸爸的話就打給我，我一定會接你的電話，打勾勾！」

「嗯！」

雨嵐說要在素描簿上用蠟筆畫爸爸的臉，噠噠噠的跑回自己房間。雨嵐不會直接說「我要畫畫」，會刻意用「素描簿」和「蠟筆」這樣的詞。石柱說話也喜歡用更幹練、專業和流行的詞彙，眞是有其父必有其子。累壞了的映亞先去換衣服，然後分別打給公司主管詹姆斯和幼稚園班導師，說明情況。

六月八日一早，映亞起床後立刻找來體溫計，幫雨嵐和自己測量體溫，都沒有發燒。昨天睡前，映亞把客廳的玩具都拿到雨嵐的房間哄他睡覺，但到了半夜，孩子還是跑到自己的臥室。雨嵐哭著說作了惡夢，直接鑽進映亞懷裡。

映亞抱著雨嵐，喃喃自語。「沒事的，一切都會過去的。」

雨嵐還在臥室的床上睡著，映亞沒辦法起身去客廳，因爲孩子一直抓著她的手不放。映亞稍想抽出手臂，雨嵐都會睜開惺忪的眼睛，然後更用力的抓住她。映亞只好放棄拿出左手，直接打視訊電話給石柱，給石柱看一眼睡著的雨嵐，然後問了昨晚和早上的狀況。石柱說，因MERS引起的高燒已經退了，醫生也開了緩解咳嗽的處方。

映亞打電話到血液腫瘤科盧忠泰教授的研究室，沒人接。她又打給住院醫師文孔珍。

「我打給盧教授，但沒人接。」

孔珍簡短的回答：「教授暫時不能來醫院了，理由妳大概也猜到了吧？」

盧教授也在居家隔離名單上。映亞說想跟盧教授通話，希望得到教授私人的電話號碼。

「我不能隨便給病人主治醫師的電話，這違反內部規定。」

「教授要是每天巡診，我也不會提出這種要求。那妳能說明金石柱病人治療淋巴癌的計畫嗎？MERS和淋巴癌，兩者存在怎樣的相互關係？」

孔珍只得妥協。「先著手治療急性傳染病MERS是對的，但兩者的相互關係我無法詳細說明，妳去找專家車文基教授討論吧。治療的最終計畫……」

「當然要由主治醫師盧教授制定。」

「妳還有什麼問題可以跟我說，我會轉達給車教授和盧教授。」

「我沒有時間在這裡等妳傳話，請妳站在淋巴癌復發和感染MERS病人的立場想想吧。當初妳說感染MERS的機率低，不讓我們做檢查，現在又阻止我跟主治醫師通話？我不管什麼內部規定，我要直接聽教授的意見。」映亞說完，隨即掛斷電話。

過了一會，孔珍又打來。「盧教授說現在可以通話，號碼我傳給妳。」

映亞確認訊息後，撥通電話。盧教授很快就接起電話。

「文醫師說妳想知道治療的計畫……」

映亞把與孔珍爭吵時累積的不滿轉換成連珠砲的問題，一股腦全發洩出來。

「您確定病人是淋巴癌復發嗎？不用再做一次骨髓檢查嗎？溶血性貧血跟ＭＥＲＳ沒有關聯嗎？黃疸、尿血、貧血、暈眩、嘔吐和呼吸困難，都是淋巴癌引起的，還是ＭＥＲＳ引起的？如果真是淋巴癌復發，那這家醫院，不、這個國家豈不是第一次治療感染ＭＥＲＳ的淋巴癌病人？您有能治好這兩種病的具體計畫嗎？」

盧教授從容的回答：「淋巴癌復發本來就很辛苦，加上檢查出ＭＥＲＳ陽性，你們一定大受打擊，也會很絕望。我從醫二十五年，還是第一次遇到居家隔離這種事。越是這樣，我們越要沉著冷靜，一步一步走下去。首先，我們必須集中精力治療ＭＥＲＳ，重新做骨髓檢查的可能性不大。治療ＭＥＲＳ的同時，我們會持續觀察淋巴癌的變化。現在可以肯定的是，不能先治療淋巴癌，再考慮ＭＥＲＳ。兩者同時治療也不可能，我想再次強調，必須先治療傳染病ＭＥＲＳ，等病人進入恢復期，再集中治療淋巴癌。」

「我很擔心錯過淋巴癌的治療時機。」

「我確認過很多數值，情況還沒有緊急到需要立刻進行化療。」

「那溶血性貧血怎麼辦？」

「貧血不像是ＭＥＲＳ引起的，我會研究出治療ＭＥＲＳ的同時、治療貧血的方法。想必妳也看到新聞了，ＭＥＲＳ過了一定時期病人就會恢復，現在只能先努力戰勝傳染病。感染科裡那些厲害的醫師會二十四小時注意金石柱患者的，我也會在家遠端確認紀錄，與他們討論治療方法。如果妳有什麼疑問，可以隨時傳訊給我，我都會回覆。」

「明白了。那您什麼時候開始上班？」

「我也想趕快回到醫院治療我的病人，但也要遵守疾病管理本部的規定。金石柱患者的狀態如何？

我看六月一日，CRP[17]有點高。」

「現在恢復正常值了。」

「他還年輕，再撐一下就會過去的。我會一直注意他的狀況。醫院的原則是不能給家屬我的私人電話，加上我負責的病人很多，不能全都打給我。妳就傳訊息給我吧，我會看狀況盡快、準確的回覆。」

「知道了，謝謝您。」映亞剛掛斷電話，立刻吃驚的大叫：「站住！」

只見雨嵐已經揹著書包，走到了玄關。映亞連忙跑過去抓住孩子的手。

「我要去幼稚園！」

雨嵐開始哭鬧。從孩子的立場來看這是理所當然的，六月六日和七日是週末所以休息，但今天是六月八日星期一，是去幼稚園見朋友的日子。映亞跪在地上，希望孩子看著自己的眼睛。

「雨嵐暫時不能去幼稚園，媽媽可以在家陪你玩。」

「不要，我不要！」

雨嵐揹著書包一邊哭鬧、一邊在屋裡跑來跑去。映亞兩次跑到玄關，阻止想要出門的孩子，她把掙扎的孩子抱到臥室的床上。沒辦法，映亞只好打視訊電話給石柱。石柱看到雨嵐揹著書包，立刻知道發生了什麼事。

「雨嵐啊，記不記得三月的時候，你得了流感，一週都沒去幼稚園？那時候爲什麼沒去呢？是因爲怕傳染給大家啊，現在也一樣。」

「可是我沒有得流感，我沒有咳嗽、也沒有發燒。」

17：C反應蛋白質數值（C-reactive protein），因感染、發炎、惡性腫瘤等引發身體的急症反應。

「我知道，雨嵐是一個健康又有活力的小朋友！但比流感還要可怕一百倍的疾病進入了我們國家。得了那種病的人到過爸爸接受治療的醫院，所以在這裡的病人和家屬，暫時都要待在家裡。就算雨嵐沒有咳嗽和發燒，但那個病的病毒，嗯……也就是說能讓人得那種病的、非常小的東西，有可能進入了雨嵐的身體。」

「像螞蟻那麼小嗎？」

自從雨嵐在幼稚園開始學習昆蟲，便對極小的生命體產生興趣。

「不，還要更小。」

「眼睛看得見嗎？」

「應該看不見吧。」

「那……顯微鏡能看見嗎？」「顯微鏡」三個字的發音尤為清晰。

「嗯，用顯微鏡就能看見。所以媽媽不能去上班，雨嵐也不能去幼稚園，爺爺也只能待在家裡。」

石柱詳細的解釋後，雨嵐皺著眉頭問：「那什麼時候才能去幼稚園？」

石柱看了看雨嵐身邊的映亞。映亞輕輕搖搖頭，通知書還沒有寄來。

石柱回答：「爸爸覺得要到下週一，所以六月十五日前都要待在家裡，星期二開始就能去了。準確日期爸爸會跟媽媽再確認一下，可以嗎？」

「好！」雨嵐這才晃動肩膀，把書包放下。

映亞吃過午餐、洗完碗後，才接到保健所的電話。女職員先確認了映亞的名字和出生日期，然後報上F綜合醫院的實際名字。

「五月二十七日到二十九日，您去過急診室嗎？」

「去過。」

「那段時間在急診室的病人中出現MERS確診個案。所以南映亞小姐，您成了居家隔離對象。」

「是……」映亞欲言又止。居家隔離的理由跟她預想得不一樣，讓她有點無言。

對方像是接受了她的沉默，繼續說：「我們了解您很慌亂，但必須請您待在家裡進行隔離。您有工作嗎？」

「有，我在製藥公司上班。」

「今天居家隔離通知書會送到，把通知書交給公司就可以了。」

「那是什麼時候出現確診病人的？」

「五月三十日。」

「那通知居家隔離是在出現確診病人九天後？爲什麼這麼晚？」

面對映亞突如其來的反問，職員略顯慌張，結結巴巴的說：「那，那是……要整理幾項標準，所以才晚了。」

難道是擴大了「兩公尺內，一小時以上」的標準範圍後，他們要掌握五月二十七日到二十九日出入急診室的所有人的資料，所以才晚了？

女職員問：「金石柱先生是您的家人嗎？」

終於出現了丈夫的名字。

「是。」

「你們住在同一個住址嗎？」

「是的，他是我丈夫。」

「五月二十七日，金石柱先生也在急診室嗎？」

「是的。」

「那他也是居家隔離的對象。」

在那一瞬間，映亞知道的與職員不知道的內容分界，清楚的浮現出來。

「你們確定？」

「是的，我們確定。」

這次職員的聲音充滿自信。映亞覺得更加荒謬了。

「居家隔離要到什麼時候？」

「六月十日。」

「那就是兩天後囉？」

「是的，請再忍耐兩天。到時如果沒有特別的症狀，您和金石柱先生就可以解除隔離了。如果有什麼疑問，請隨時打電話給保健所。那就……」

映亞喊住準備掛電話的職員。「請等一下，這樣就結束了？」

「嗯？」

「這樣就沒了？」

「我是都講完了……」職員的話尾顯得含糊不清。

「我想問一下，如果是MERS確診病人，是不是就不會在居家隔離名單？」

「當然。如果確診，就要立即住進隔離病房接受治療，怎麼可以在家隔離呢。MERS是致死率很高的傳染病，必須在肺與內臟受損傷前盡快治療。」

「如果ＰＣＲ檢查連續兩次都是陽性，是不是就會被判定爲ＭＥＲＳ？」
「您很清楚嘛。」
「我再問最後一個問題。做完ＰＣＲ檢查，判定爲ＭＥＲＳ病人的姓名和住址，傳送到保健所需要多久時間？」
「立刻就會收到。」
「立刻？」
「當然，又不是寄信，負責ＰＣＲ檢查的疾病管理本部會立即通知所屬醫院和保健所。」
「您所謂的立刻，是一天的意思嗎？」
「哪可能還需要一天呢！」
「那大概十二小時？」
「太久了吧。」
「那到底是多久？」
「雖然沒有明確標準，但至少一、兩個小時內就會傳名單來。」
「原來如此，一、兩個小時，我知道了。」
映亞掛斷電話。保健所職員根本不知道石柱在六月七日被確診ＭＥＲＳ，也不知道他被送進隔離病房。而且，既然石柱是ＭＥＲＳ病人，那他的兒子雨嵐也該在隔離名單上，居家隔離開始的時間點也應以石柱住進醫院的六月一日起算。而以映亞來說，她和石柱一起待在六人病房，所以隔離日期應該從石柱被送往隔離病房的六月七日開始算。確診ＭＥＲＳ的石柱根本不該出現在居家隔離名單裡，雖然保健所職員自信滿滿地說一小時內就會收到最新的確診病人姓名和住址，現實卻完全不是如此。

掛斷電話的兩小時後，映亞收到居家隔離通知書。

正如保健所職員說的，隔離對象只有金石柱和南映亞，隔離日期到二〇一五年六月十日，隔離地點是住家地址。下面還寫著：

依照《傳染病預防及管理條例》第四十一條第三項第二號，特此通知收信人為居家隔離對象。

再往下看，還有警告文字：

若不遵守本通知書，根據《傳染病預防及管理條例》第八十條第二號，將處三百萬以下罰金。

映亞盯著通知日期「二〇一五年六月八日」下方區廳長的紅印，思考著如果不遵守居家隔離規定的人會被處三百萬以下罰金，那延誤發放居家隔離通知書的人，又該處以怎樣的刑罰呢？還有，漏掉隔離對象和定下錯誤隔離時間，又該由誰負責？

金石柱是密切接觸者，在六月七日確診，但他的居家隔離通知書再也不見蹤影。他們只掌握到南映亞在五月二十七到二十九日去過急診室。

＊＊＊

六月十七日，映亞決定送雨嵐去幼稚園。以孩子最後一次見到爸爸爲標準，已經過了十六天，兩週後就可以自動解除隔離，所以雨嵐從六月十六日開始就可以去幼稚園。問題在於映亞，她最後一次見到石柱是六月七日，若以那天爲標準，她的隔離日期應該到六月二十一日。但她收到的通知書上寫的日期卻只到六月十日，所以從十一日開始解除隔離也不存在法律問題。映亞每天都幫雨嵐和自己量體溫，確認是否咳嗽、流鼻涕和有痰。幸運的是，她和孩子都很健康。

六月十六日吃過晚飯後，映亞傳訊息給幼稚園老師，告訴老師明天會送雨嵐過去。兩小時後，園長打電話來，簡短問候後便進入主題。

「雨嵐媽媽，我們幼稚園暫時不能幫忙照顧雨嵐了。」

「這什麼意思？我已經繳了這個月的費用啊。」

家長每個月都要給幼稚園三十三萬元，政府會支援其中的二十二萬元保育費，剩餘的十一萬元則由個人負擔。

「我們會退還給您。」

「理由是什麼？我已經跟老師說明原因了，因爲要在家隔離，才沒辦法送雨嵐過去。」

「雨嵐媽媽，我老實跟您說吧。幼稚園孩子的家長都很擔心，不管怎麼說，雨嵐的父親都住進隔離病房了。」

「那又如何？我和雨嵐都沒有感染啊。隔離期間我和孩子都待在家裡，完全沒有生病。我明天要去醫院，也要上班。爲什麼幼稚園不肯幫忙照顧雨嵐呢？」

「您說得沒錯，我也知道雨嵐沒有感染，但其他孩子的父母再三向我們表達擔憂。幾個家長還說，如果我們讓雨嵐來，他們就要送孩子去別的幼稚園。」

「那幾位家長是誰？」

「恕我難以奉告。總之，如果我們繼續接收雨嵐，對幼稚園的營運也會造成影響。您看能不能再等幾天，等雨嵐的父親痊癒出院以後呢？請您也體諒一下我們的苦衷。」

「雨嵐會很失望的。他好幾天前就盼著跟朋友見面，連覺都睡不好。如果我告訴他再也不能去幼稚園了，他會很失望的。爸爸突然住院，已經讓孩子很難過了，眞沒想到幼稚園會這樣傷害孩子。你們這樣對嗎？」

「對不起，但我們也沒辦法。」

「我會正式向保健福祉部的負責人反映，雨嵐根本沒有不能去幼稚園的理由。」

「我也是爲了雨嵐好。」

「您這什麼意思？」

「就算您把雨嵐送來幼稚園，他也不能像從前那樣跟大家一起玩了。」

「這是在霸凌嗎？」

「不是霸凌……那些父母總會對自己的孩子說些什麼吧。」

「他們眞的會這樣？」

「對不起。我就當雨嵐明天不會來，希望雨嵐的父親早日康復。」

園長急急的掛斷電話。無論映亞怎麼打電話或傳訊息，園長都沒有回應。

六月十七日清早發生了一場騷動。映亞一大早跟鴻澤通電話，要麻煩老人家暫時到家裡照顧雨嵐。聽到映亞說要打聽其他幼稚園，鴻澤阻止了她。鴻澤說，只要說出孩子父親正在治療MERS的事實，首爾是不會有幼稚園願意接收雨嵐的。

「爲什麼不能去？爲什麼不讓我見朋友？」

雨嵐跺著腳哭了起來。但映亞無法老實告訴孩子，因爲爸爸感染MERS，所以幼稚園小朋友的爸爸、媽媽都不喜歡你。這樣只會對雨嵐造成更大的傷害。

「你不是很喜歡跟爺爺在一起嗎？聽媽媽的話，爺爺馬上就到了。」

「媽媽，我會很乖，會聽老師的話，不跟朋友打架。妳就讓我去幼稚園吧，我想我的同學，也想老師。媽媽，我錯了，從現在起我會乖乖的，就讓我去幼稚園吧。」雨嵐雙手合十，央求映亞。

映亞跪下來，緊緊把雨嵐摟進懷裡。「雨嵐沒有錯，雨嵐是乖寶寶。以後，以後媽媽一定會解釋給你聽。今天就當媽媽求你，聽媽媽這一次好不好？」

直到鴻澤抵達，雨嵐都沒有停止哭泣。

映亞把雨嵐交給鴻澤，便去醫院找京美。她們約好在一樓咖啡廳吃早午餐。石柱說，防護裝備和病房管理還是老樣子，不讓映亞上來。映亞也不想違逆石柱去病房探望他。石柱很照顧家人、朋友和鄰居，對所有人都是笑容以對，他同樣也是一個恪守原則的人。

映亞打算詳細向京美打探石柱的情況，也打算質問石柱擔心的防護裝備問題。如果有必要寫意見書，映亞也打算詳細的寫好提出。要是需要家屬連署，她也打算去找其他家屬簽名。雖然映亞心裡清楚，要醫院購買新的防護裝備沒有那麼容易，但她還是希望及早得到完善的防護裝備，去病房探望石柱。

尋找家屬

李一花隱約記得自己上了救護車，但抵達醫院後的事就想不起來了。她被送到十三樓的隔離病房，身著防護衣的醫護人員爲了掌握病況，忙得不可開交。高燒到快四十度，出現嚴重脫水，已經發展成病毒性肺炎。爲了治療肺炎，醫院給她用了雷巴威林（Ribavirin）和長效型干擾素（Pegylated interferon）。

第一次PCR檢驗爲陽性後，一花短暫清醒，斷斷續續的講到父親的葬禮，又說在光化門附近的咖啡廳見了尹海善，隨即暈了過去。接下來的一週，一花完全處在昏迷狀態。要進行後續治療和檢查，醫院必須取得家屬同意。負責的護士是朴京美。

一週後，一花好不容易才睜開眼睛。

京美問：「妳需要家屬陪著，給我一個聯絡方式吧？」

一花沒有回答，而是問了自己想知道的事。

「我爸什麼時候來？」

關於炳達去世的記憶，也變得模糊不清。

「一花小姐，妳的父親李炳達在五月二十八日去世了。妳不是已經辦完葬禮了嗎？不記得了？」

一花呆呆望著京美，喃喃重複：「妳亂說……我爸什麼時候來？」

「除了妳父親還有其他人，最近的親戚……」

抱頭痛苦呻吟的一花突然念起一串數字。「010—4743—358……」還沒說完，一花又暈了過去。

京美趕快記下號碼，然後依序替換最後一個數字，打起電話。電話若接通，她會問對方認不認識李一花。有兩個人回答那裡不是花店，三個人斥責京美不要打惡作劇電話。當第六個號碼打通時，接起電話的女人已經哽咽了。她剛聽到李一花的名字便開始抽泣。京美報上醫院名，向她說明爲了治療，需要家屬前來。

「……我去不了。」女人像餓了十多天似的，聲音又細又低沉。

「但家屬必須來陪同啊。不好意思，請問妳是病人的……？」

「……我是她小阿姨。」

「那妳一定要來，現在妳侄女得了傳染病……」

「ＭＥＲＳ！」對方突然提高嗓門。

京美感到髮絲都豎立起來，自己只提到「傳染病」，對方卻清楚說出「ＭＥＲＳ」。

「我丈夫也得了，正在昏迷。我現在被關在家裡，妳說我還能去哪啊？我去不了！去不了……」

如果是小阿姨的丈夫，那就表示一花的小姨丈也感染了ＭＥＲＳ。但京美必須找到家屬。

「那能給我一下其他親戚的聯絡方式嗎？」

「０１０－３５４９－２８……」

這次還沒說到最後兩個數字，對方就泣不成聲了。京美再打去就沒接了。沒辦法，京美只好從數字00一直替換撥打到99，當打到第七十一組號碼時，終於出現了認識一花的人。

「我是她二舅舅。」

京美難以揣摩對方聲音中的情緒，她告知對方，一花感染了ＭＥＲＳ，住進隔離病房，要治療需要家屬到醫院來。雖然男人極力保持鎮定，聲音卻像輕薄的窗紙那樣顫抖起來。

「我也想去……但我出不了門。」

「有幾項檢查需要家屬簽字同意……」

男人打斷京美。「我老婆也在做檢查。MERS！就是在你們醫院感染的。她替我去醫院，沒想到得了這病！都是我的錯啊！我得留在我老婆身邊。家屬同意？一花和我老婆是在哪感染那種病的？不就是你們醫院嗎？你們要是把傳染病控制好，我老婆和侄女也不會得那種病了！還要什麼家屬同意？眞是厚顏無恥！不管有沒有家屬你們都得把一花救活，沒有家屬就不幫孩子治病了嗎？這是披著人皮的醫生該講的話嗎？你們都是罪人！少在哪邊講這些沒用的，趕快把一花救活，知道了嗎？」

京美一時之間不知該作何反應，這些問題對身爲護士的她而言，太過龐大且難以解釋了。姑且先不論她能否一一回答這些質問，京美首先感到很羞愧。對方提出的每一個問題都像在拆穿所有弱點，京美恨不得馬上掛斷電話，但爲了搶救一花，確實需要家屬。

京美深吸一口氣，在自己可以承擔的能力範圍內，眞心誠意的回答：「對於李一花和她的舅媽感染MERS，我深表遺憾。但現在比起追究是誰的責任，更重要的是盡快救人。我要強調的是，現在一花需要家屬在場。」

對方停止質問。一陣沉默之後，又一組號碼從話筒另一端傳來。

「那妳打這個電話吧。010—4324……」

電話斷了。京美準備再打去時，一則簡訊傳來了號碼。京美喝了杯水，差不多做了十次深呼吸後，撥打了那個號碼。

「喂！」是充滿稚嫩嗓音的小男孩，聽聲音差不多六、七歲。

「媽媽在家嗎？」

「媽媽去年生病、去天堂了。」

京美立刻道歉。「對不起，阿姨不知道。那爸爸在嗎？」

孩子瞬間哭了出來，京美摸不著頭緒，只能聽著孩子哭。

忽然，換成一個老人接過電話。「誰啊？」

「您認識李一花嗎？」

「誰？」

看來老人有些重聽，京美一個字一個字的大聲重複了一遍。

「您認識李一花嗎？」

「認識，她是我哥的大孫女。」

「她現在需要家屬。」

老人無視京美的話，忽然發起火來。「我兒子說要見炳達最後一面，他們堂兄弟比親兄弟感情還好。可不管關係再怎麼好，老天爺也不能一起把人帶走啊！」

京美掛斷電話，邊喝水邊整理思緒。今天打了這些電話，聽到各地方言，僅僅是目前確認到感染MERS的人，就有李一花的小姨丈、二舅媽還有堂叔。MERS已經不再是首都圈內的傳染病，它已經擴散到慶尚南北道，全羅南北道和忠清道，擴散到了全國各地。

京美的手機收到一則訊息。不認識的號碼。

——一花危險ㄇ？

句子打得不完整。

—您是哪位？

—我是姜銀ㄉ，小姨丈，我現在不能說話

京美最初跟一花的小阿姨甘淑熙通話時，她說自己的丈夫也感染了MERS。京美想像著銀斗此時的處境，也許呼吸道正插著管子，所以沒辦法說話。如果是這樣，那他比一花的情況更嚴重。

—她現在還好。

—我是花的家屬，我同意。

—聽說您也感染了MERS，請先認真接受治療吧。

—孩很可憐，若我不行，我老婆會做。

京美正猶豫著不知該怎麼回覆時，銀斗又傳來：

—一定要救她

京美等了一會，再也沒有訊息傳來。

—請您加油。

京美好不容易寫下這四個字。或許銀斗想說的是「求求你要一定救活孩子」。

半小時後，京美接到淑熙的電話。淑熙的聲音依舊摻雜著哽咽，但她並沒有哭喊出聲。

淑熙抑制住難過，說：「我這就過去，我老公說這是他的心願，我有什麼辦法。什麼時候要到醫院？居家隔離解除後我就出發。剛退伍的兒子會在醫院照顧他爸，連他也要我去照顧一花。這是什麼晴天霹靂！一家子人和睦相處也是罪嗎？」

京美將一花的阿姨甘淑熙會趕來的消息轉達給醫務科，然後走進隔離病房，確認過生理監視器上顯示的脈搏和血液含氧濃度，記錄下來。原本打算走出病房的京美彎下腰，身著防護衣的她看起來至少比一花大出了兩倍。戴著頭罩的護士與病人的臉相隔不到五公分。除了治療，醫護人員都要避免與病人接觸。因爲高燒，連日未能進食的一花雙頰凹陷，看起來體重至少掉了五公斤，臉色蒼白，連額頭上的微血管都能看得一清二楚，乍看會誤以爲她被冷凍在冰塊裡、停止了呼吸。

京美注視著一花薄而憔悴的嘴唇。「一花小姐，請再撐一下，妳會好起來的，妳的小姨丈和那些親戚也都會好起來的。你們會證明你們一家人和睦相處不是罪過，我一定會救妳。」

誰割走了我的肉？

李一花的父母已經不在了，也沒有兄弟姐妹，所以小阿姨甘淑熙成爲她的監護人。雖然吉冬華有兒子和妹妹，但住在一起的家人都無法前來當她的監護人。妹妹冬心在家裡不能出門，兒子藝碩正在濟州島的保健所隔離中。

冬華用的是折疊式手機，沒辦法和他們視訊通話。一花剛送到醫院就昏迷不醒，但冬華檢驗爲陽性、住進隔離病房後，雖然咳得很厲害，還是能跟家人通話。冬心在電話裡一直哭個不停，說都是因爲自己，才害冬華感染ＭＥＲＳ。藝碩也爲自己不能趕回首爾感到鬱悶。冬華打給比自己小一歲的妹妹冬玉，結婚後生了一對雙胞胎的冬玉接到電話，立刻趕到醫院。

六月七日剛過中午，冬玉抵達醫院沒多久，冬華的體溫突然飆升，雖然採取了緊急措施，但高燒持續不退。冬華把吃的東西都吐出來後就昏迷不醒，昏迷了整整半個月。醫護人員努力幫病人降溫，恢復呼吸正常，但體溫持續不降，血氧飽和度也降到八十四，遠低於正常值九十五，期間出現過三次危險期，體重也以每天一到兩公斤的速度下降。醫護人員爲冬華做了氣切，確保呼吸道通暢，插入胸管抽出肺部積水，最後因腎臟無法正常運作，只能插入導尿管。

最嚴重的是急速惡化的病毒性肺炎，照這樣發展下去，病人會有生命危險。醫生建議安裝葉克膜[18]，那是在人體外去除血液中的二氧化碳並注入氧氣的人工肺，可以幫助肺部受損、無法正常呼吸的病人。冬玉問醫生，使用這種輔助器就能救活冬華嗎？醫生回答，葉克膜對治療病人有幫助，但無法確保病人的生命安全。醫生補充，他們也只能借助葉克膜幫助病人戰勝MERS。冬玉又問醫生，這樣是否能痊癒。醫生則保守的評估，使用葉克膜就算能撿回一條命，肺功能還是會嚴重受損，目前為治療肺炎注射的藥物成效也不大。

冬玉無法判斷是否應該使用這種陌生的儀器，她打給冬心討論了很久。冬心向遠在濟州島的藝碩隱瞞了冬華病情惡化的消息，她不想讓侄子擔心，就算在濟州島保健所隔離的藝碩知道了也無能為力。日後藝碩知道的話或許會怪冬心，但那也是以後的事了。

冬心在家禁食、整日禱告，不管選擇哪一邊都可能後悔，但沒時間再拖了，冬心在家禱告兩小時後，與在醫院休息室的冬玉展開最後一次討論。兩人一致同意不使用葉克膜。

也許是懇切的禱告奏效，又或是冬華的身體後知後覺的找到了對抗病毒的方法，決定不使用葉克膜後，當晚肺炎加劇的速度就明顯減緩。高燒退了，血氧飽和度也明顯上升，都達到安全值。度過危險期後，冬玉和冬心同意讓冬華採用注入MERS痊癒病人血清的新療法。輸血後，冬華的病情明顯好轉，算是闖過了鬼門關。

眞正的難關是從冬華醒來那天開始。她睜開眼，覺得自己彷彿置身在大霧繚繞的公園，四周一片模糊。她眨了差不多一百多次眼睛，才意識到所在之地是醫院。「很遺憾，結果是MERS陽性」、「您不能回家」、「您需要接受治療」……大大小小、毫無脈絡的句子像空氣中的小分子，漂浮在四周。冬華像平時那樣呼吸，但鼻子吸不到充分的空氣，送出的氣也不順暢。由於呼吸困難，她連打起精神的力氣都沒有。

18：ECMO，體外膜肺氧合器。

冬華只能把精力集中在呼吸上，稍有分心就會喘不過氣，脖子、胸口和側腰也會疼痛。雖然打了止痛劑，避免了最惡劣的情況，但不舒服的痛楚還是折磨著全身上下。冬華盡量放緩速度、小口呼吸，一邊思考。

我死了嗎？

死了也能感受到痛楚？沒有人確認過死後的事，所以誰也不知道死人會不會痛。要是死後也這麼痛苦，可眞夠絕望的。死掉的話，痛苦不是也會立刻消失嗎？

我還活著？

如果我還活著，怎麼連一句話也不能說？爲何無法正常呼吸？如果活著這麼痛苦，活著還有什麼意義？我該不會變成植物人了吧？MERS這病竟然那麼可怕！如果我還活著，就算呼吸困難，至少雙手也能動吧？如果連動都不能動，那還不如死掉算了。

冬華盡量壓低下巴，視線看向下方，她嘗試舉起右手，但力氣不足，手經過肚子只碰到胸口。很奇怪，身上沒有肉，肌肉都消失了，冬華摸到的只有凹凹凸凸的骨頭。雖然在書中曾讀過「皮骨相連」的句子，但親眼所見還是第一次。

冬華平常會舉啞鈴，三百六十五天從不間斷，要在物流倉庫工作就必須鍛煉肌肉。雖然可以用堆高機搬運書籍，但很多時候還得靠雙手雙腳。尙哲常讚美冬華結實的肌肉，時不時還慫恿她去參加健美大賽。但那結實、漂亮的手臂，現在比柳枝還要細。

冬華慢慢施力在膝蓋上，她立起腳跟，以非常非常緩慢的速度抬起腿。膝蓋稍稍抬了起來，它尖銳得像露出海平面的冰山一角。三角錐模樣的膝蓋越來越大，接著大腿和小腿也進入視線，彷若鴕鳥蛋的小腿肚和馬腿般健壯的大腿也都不見了。不管再怎麼眨眼，看到的只有附在骨頭上的那層皮。

「妳醒了？」身著防護衣的護士崔金淑透過頭罩看著冬華。

由兩名護士一組，三班輪流照顧病人，金淑旁站著另一個護士鄭美萊。

妳們是不是把我的肌肉割走了？

冬華很想質問她們，卻說不出話。金淑開始進行簡單說明。

「妳昏迷了半個月。現在很難過吧？昏迷期間遇到了三、四次危險期，但都順利度過了。因爲呼吸困難，給妳做了氣切；由於肺部出現積水，所以插了胸管。現在妳插著導尿管。高燒退了，接下來就只等恢復了。我去通知醫生和家屬，比妳小一歲的妹妹在外面等著。妳記得她吧？」

冬華腦海浮現冬玉圓圓的臉蛋，她眨了眨眼，動了動下巴，表示記得。

護士出去後，冬華又摸了摸自己的胸和肚子，還有額頭、眼睛、鼻子、嘴巴、耳朵和下巴，沒有比自己更像骷髏的了。冬華流下淚來，發不出的嘆息像蛆一般從身體各處洞口鑽出來。雖然神智清醒了，但這已不是一個活人的身體。哭泣使冬華難以呼吸，喉嚨裡有痰，但她無力咳出來。她望著天花板，哭累後睡著了。

冬華作了一場惡夢，惡夢從剛剛來過的護士的聲音開始。

「姐！還有很多肉可以割下來耶。」

「哪有那麼多？等等醫生會看著辦的，依我看，手臂和大腿的肉都能割下來。」

「今天只割腿？」

「嗯，小腿和大腿。」

伴隨著開門聲，傳來兩名個醫生的說話聲。

「趕快做完好去吃牛骨湯，我都預約好了。打麻醉吧。」

「知道了。不過，我能吃大份的嗎？」

「隨便你。」

冬華晃動手腳，身體掙扎著想要逃走。她恨不得一拳打在醫生臉上。但無論自己如何掙扎，兩條腿仍一動不動。醫生和護士根本不理會掙扎的冬華，熟練的做著自己的工作。這對他們來講就像喝涼水一樣簡單，還有說有笑。麻醉似乎開始作用，冬華的意識漸漸模糊。就在她徹底昏迷前，耳邊傳來醫生的聲音。

「右手臂好了，接下來換左手臂吧！我說這女人的肌肉怎麼這麼大、這麼結實啊？」

冬華從惡夢中驚醒，看見身著防護衣的醫生站在眼前。

醫生從頭到腳細細檢查了一遍，模樣就像在尋找可以割的肉。冬華感到不寒而慄，緊閉雙眼。醫生的聲音再次傳進耳朵。

「請相信我們，一切都會好起來的，請再忍耐一下。我可以很自豪的告訴妳，這裡聚集了世界頂級的感染科醫師。知道嗎？」

門開了，接著傳來關門聲。

冬華沒睜開眼睛，第二個惡夢緊接著展開。

若說第一個惡夢是過去式，第二個惡夢則是未來式，換句話說，更像預知夢。這次，金淑和美萊拿著巨大塑膠袋站在面前，那塑膠袋足足可以裝下一個成年人。

「什麼都不能遺漏，全裝進袋子裡。」

「就這樣送去火葬嗎？這人說不定還有呼吸啊。」

「有呼吸又怎樣，還不就是這兩天了。能割的肉都割了，趕快處理掉一了百了，懂嗎？」

「我能爲她禱告嗎？」

「妳有上教會？」

「不，我不信宗教，但現在我想爲她禱告。這個病人很可能是虔誠的基督徒，臨終前的禱告對她來講會很重要……」

「妳不要同情她。她不是人類，她是病毒，妳同情病毒幹麼？冷靜的站在人類的立場判斷才是人道主義，只有我們人類才能處理病毒。居然要爲病毒禱告，管她是死是活，妳這樣連病毒都會笑妳的。趕快動手，今天要燒掉的病毒還有四具呢。」

「聽說還有人會來幫忙處理病毒？有幾個人啊？」

「兩個，兩個醫院力氣最大的男人。啊，他們來了。」

門開了，兩個像橄欖球員般的男人身著防護衣走進來。他們同時抓住冬華的手臂和腿，護士用毯子和被子把冬華的身體層層包住，兩個男人直接把冬華放進大塑膠袋。

「怎麼這麼輕？」

「跟蝴蝶一樣。」

「大概是靈魂出竅了。」

「再確認最後一次，沒漏掉什麼東西吧？」

「沒有。」

「那送走吧。」

「消毒組呢？」

「很快就會來，他們會把這該死的病毒徹底清除。」

裝在大塑膠袋裡的冬華想要大聲呼喊。

我沒死！

我不是病毒！

我是人！

我是人！

但冬華一句也喊不出來。難道他們是爲了堵住她的嘴才故意做氣切？雖然冬華的手腳在掙扎，但整個身體都被毯子和被子包住，手腕和腳踝一動都不能動。扎滿全身的針孔和插在胸腔的管子依舊留在身上。自己連一句遺言都沒留下，連牧師最後的禱告都沒聽到，連一首讚頌歌都沒唱，就這樣把我放進塑膠袋裡火葬？是醫生和護士預謀把我推向死亡的深淵嗎？

地獄，這樣的結局不就是地獄嗎？既然降世爲人，至少讓我死得有些尊嚴吧。生爲人，卻要像豬、蝙蝠、蚱蜢或病毒那樣死去，這種地方就是地獄啊。讓我和這個世界的人們道個別吧，連句遺言都沒說就得了傳染病死掉，唯一留下回憶的地方就是地獄。

地獄，這種結局本身就是地獄。

冬華從第二場惡夢中醒來，她整整昏睡了一天。

護士遞給冬華一本筆記本，但冬華沒有握鉛筆的力氣，惡魔消耗了她所剩無幾的體力，她連一個字也寫不了。雖然不能寫，但她可以按。冬華抬起食指，往空中按下去，手機鍵盤上子音、母音的位置已牢記在腦海。沒留下遺言就死去的恐懼徹底包圍冬華骨瘦如柴的身軀。醒來的這段時間，冬華不停用食指在空中按著，整理出想說的句子。一天後，冬華傳給冬心三則訊息：

—健健康康的活著。

—我再也不能跟常人一樣。

——不如死了算了。

冬華在鬼門關徘徊，身心好不容易恢復到可以傳訊息時，藝碩從濟州島回來了。從冬心那裡得知母親忽然失聯的眞正理由後，藝碩大哭了一場。藝碩和冬心一起來到醫院，加上冬玉三人，輪流打給冬華。冬華只能聽他們說話，仍舊沒有力氣回答。

「姐姐，妳死了，要我怎麼活啊？都是因爲我，害妳得了這麼可怕的病！都是我不好，都是我的錯。就算爲了我，妳也要活下來。」

「媽！妳挺過來了。對不起，我一個人在濟州島舒服的待了那麼多天。妳要給我盡孝的機會啊。我知道妳很辛苦，再撐一下下。媽，我愛妳！」

「姐，妳不會死的。妳爲什麼要死？該死的另有其人，把妳變成這樣的那些人才該死！」

三個人跟事先約好似的，捧著手機唱起讚頌歌，開始禱告。冬華當然沒有死，她只是半個月掉了二十公斤，變成了骷髏，就算稍微動一下都會呼吸困難，這讓冬華失去了活下去的信心。藝碩大概是從冬玉那裡得知媽媽瘦了二十公斤的消息，忽然這樣禱告。

「她與MERS搏鬥，過度消瘦，求主賜予她恢復的恩惠，再讓她增加二十公斤吧。求主賜予她健康的身體、平靜的心，讓她回到家人身邊吧。奉主耶穌基督的名。阿們！」

冬華在心裡也跟著念了三次「阿們」。當時她並不知道，雖然體重可以再增加，已經損壞的肺卻難以恢復了。她能康復到這地步，已經算是奇蹟。

元氣恢復後，手腳剛有了力氣，冬華就想要摘掉身上的針頭和管子。醫生和護士勸她再等幾天，都沒有用。每次醫護人員走進病房，冬華都會怒目瞪視，然後在本子上寫下：

殺人魔！

我不要你們治療。

兔崽子！

讓我出院。

我不要死。

醫護人員不斷向冬華解釋，MERS的治療還沒結束，就算痊癒，包括肺在內的很多器官都要持續追蹤治療。但冬華不斷重複相同的話。

我不會上當的，你們是不是想殺了我？割走我的肉還不夠，連我的骨頭都想要啊！

即便在睡著後，冬華也沒有停止拳打腳踢。她與惡夢中登場的醫生、護士繼續搏鬥著。醫護人員只好和家屬商量，爲冬華使用約束帶。但就算把冬華綁起來，她也沒有停止掙扎，會一直燥動到精疲力盡才入睡。因爲被綁在床上，大小便時更是讓她感受到難以忍受的羞辱。冬華希望可以一個人上廁所，但醫護人員不同意，怨憤就這樣日積月累了下來。

毫不停歇的燥動使冬華的血壓上升，常氣喘吁吁，病人總是虛脫，對治療也沒有好處。雖然當務之急是搶救病人的身體，但治療因感染MERS而受傷的心也同樣迫切。醫生認爲應該讓冬華了解自己再也不是飛奔在草原上的豹，而是已經到了病入膏肓的境地，必須冷靜教會她，無論是站著生活還是坐輪椅，或是躺在床上，都應該堅強的活下去。

精神科醫師找來冬玉，詢問病人在什麼情況下覺得最舒服。冬玉打給藝碩轉達這個問題，藝碩說，在物流倉庫工作了一輩子的母親，唯一的愛好就是讀書，福音中最常讀的是《路加福音》。聽到這回答，精神科醫師提議不如讓家人爲冬華朗誦福音。如果能讓冬華重新找回內心的安寧，別說福音了，就算是朗讀整本《新約聖經》和《舊約聖經》也沒問題。

從那天開始，冬玉和藝碩會打給冬華，字正腔圓的朗讀《路加福音》。最初兩天，冬華還在床上翻滾著，完全不理睬妹妹和兒子的聲音。但從第三天開始，她的耳朵開始傾聽聖經。當藝碩的聲音讀到第十七章第五節時，冬華彷彿變成了溫順的羔羊，安靜了下來。

使徒對主說：求主加增我們的信心。主說：你們若有信心像一粒芥菜種，就是對這棵桑樹說：你要拔起根來，栽在海裡，他也必聽從你們。

——《路加福音》第十七章第五到六節

終點的起點

最初為MERS病人準備的十三樓隔離病房滿員後，又像常春藤似的蔓延到十八樓。以入口旁的護士站為準，吉冬華的病房在距離入口最近的第四間，隔壁是李一花，再隔壁就是金石柱。

根據疾病管理本部說明，MERS的主要症狀是高燒、咳嗽、呼吸困難、頭痛、發寒、肌肉痛、嘔吐、腹痛和腹瀉。感染的病人中，大部分會出現重症急性呼吸道疾病，又稱肺炎。也有人的病況較輕微，還有極少部分人即便感染MERS，也不會有任何症狀。併發症會導致喪失呼吸功能、敗血性休克，由此引發各器官衰竭。如果感染前就患有糖尿病、慢性肺病、癌症或腎功能衰竭，或因各種理由而免疫力低下的人，會更加痛苦。

一開始，罹患過淋巴癌又復發的石柱比身體健康的冬華和一花還嚴重，但六月七日以後，出入十三樓第四間和第五間病房的護士和醫生變得更加忙錄。相對的，第六間病房則顯得很清閒。但這並不表示那間病房的石柱沒有任何症狀，頭痛和咳嗽讓他無法入睡，醒著時還要對抗高燒與肌肉痛。

石柱與冬華、一花唯一不同之處在於，他即是病人也是醫生。石柱從小的夢想就是成為醫生，但讀國中時和朋友們玩在一起，就順其自然去了工大。畢業後按照所學專業，找到一份工程師的工作，那間公司是可以待一輩子的大企業。雖然畢業後順利找到工作，石柱心裡卻很空虛。如果沒有跟當護士的映亞戀愛、結婚，恐怕石柱早就放棄夢想，一輩子老實待在大企業了。

結婚是兩個人的結合，也是將兩個人讀過的書放在同一個書櫃的過程。石柱翻閱映亞的專業書籍，親眼見識到她的護士生活，也再次讓自己想起爲什麼想成爲醫生——他希望爲人類除去痛苦。石杜小心翼翼的把夢想告訴妻子，映亞很積極的勸他去實現夢想，說自己有信心能照顧家庭。就這樣，石杜辭去工作，在牙醫學研究所展開學業，與比自己小七、八歲的同學一起整整學習、實習了四年。

石杜很熟悉醫院，這種熟悉有別於長期住院的病人，是來自他對醫院系統的了解遠高於其他病人。石杜不僅了解教授、研究醫師和住院醫師的日常、護士的工作，也對醫院一系列的檢查種類和正常値、處方藥效果、藥物說明的專業用語瞭如指掌。就算遇到自己不知道的，石杜也不會慌亂，他會去查相關論著，或向那方面的專家前輩請教。

對醫院的熟悉，做過護士、現在在製藥公司上班的映亞也不輸石杜。她不會像其他家屬那樣哭天喊地的給醫護人員行大禮，求他們一定要救活自己的家人，更不會在醫院昏倒。即便處在居家隔離狀態，映亞也會每天打給住院醫師和護士，確認MERS兼淋巴癌的石杜每天的檢查結果，並詳細記錄。醫院給石杜用了什麼藥，用藥後出現什麼反應，也都會毫無遺漏的一一記下。

MERS引發的痛苦，讓石杜用醫生的視角客觀的觀察自己。對於能夠感受到痛症的自己，用什麼藥、劑量多少最有效，全都在靠自己尋找答案。當然醫學也是按照專業詳細分類的，因此身爲牙醫的他當然不可能完全了解血液腫瘤科的處方，但至少不會像冬華那樣起疑心，以爲醫護人員割走了自己的肉。

石杜和映亞會視訊交換和分析各自收集的訊息，這讓他們彼此感到安心。兩人的結論是，目前醫護人員只把心思放在MERS上，並沒有治療淋巴癌。也許幾天或幾星期，淋巴癌的惡化都可能導致生命危險，但幸運的是目前沒有惡化徵兆。包括盧忠泰教授在內的所有醫護人員都認爲，六月先將MERS治好、不留後遺症，七月開始治療淋巴癌。石杜和映亞也只能聽從他們的意見。

石柱常在病房裡聽音樂。石柱是在大學時名爲「嘉蘭特」的音樂社團結識了大自己一學年的映亞。石柱待人和善，參與社團活動積極，很受前輩喜歡。最初兩人聽的音樂不同，並沒有走得很近。映亞喜歡抒情歌，從高中開始學彈吉他的石柱則更愛搖滾樂；映亞細心、浪漫，石柱彬彬有禮、具挑戰精神。

石柱希望把搖滾樂的音量開到最大，讓天花板和牆壁都感到振動，但MERS的隔離病房是不會允許這種巨響的。頭不痛時，石柱整天都會戴著耳機聽音樂，聽到演奏過的曲子，還會擺出彈吉他的架勢。護士不忍打斷他的演奏，因爲他的動作和表情看起來是那麼幸福。

頭痛欲裂時，石柱會拿出手機自拍。住院後，他幾乎每天都和雨嵐視訊通話。雖說石柱沒有像冬華消瘦得那麼快，但持續高燒和呼吸困難，一週下來體重也少了四公斤。眼窩徹底凹陷，黑眼圈也很深。石柱不想讓兒子看到自己的病容，就找藉口說換了手機，不能再打視訊電話了。跟兒子通話時，石柱會刻意用力的說話，還會故意笑出來。

或許是去年雨嵐看過石柱痛苦的樣子，所以一面開心跟爸爸講電話，還是時不時會問：「爸爸，你很難過嗎？爸爸，你什麼時候回家？」

石柱拍了更多自拍照，這都是爲了雨嵐。他會把鬍子剃乾淨、洗好臉，請護士幫忙化點淡妝。然後拉開窗簾，站在光線最亮的窗邊，連拍差不多五十到一百張，再嚴格挑選出看起來健康的照片，然後用幾個軟體把照片組合成世上獨一無二的電子相簿。雨嵐喜歡的暴龍四種表情，在遊樂場玩時會出現的五種表情，還有模仿汽車的六種表情。雨嵐最喜歡站在世界三大瀑布下洗澡的三組照片，和站在以春夏秋冬爲背景的森林裡打哈欠的四組照片。石柱每次傳去新照片，雨嵐每天會反覆看二十多遍。

石柱也不忘每天關注MERS的最新消息，他會把重要的新聞另外存入收藏夾。映亞喜歡一筆一畫的寫在本子上，石柱則喜歡用各種免費筆記APP，如果遇到好用的還會換成付費升級版。他把

「1號」的動線附上照片整理好；五月二十七日，在這家醫院急診室感染自己的「0號」路徑也另外整理出來。

六月五日，石柱第一次判定爲MERS陽性當天，首例MERS確診病人痊癒回家了。根據中央MERS管理對策本部發布的消息，四天前的六月一日，首次出現死亡個案。同天，出現第三批感染者。第三批感染者是指被首例病人感染的第二批感染者感染的病人。這一天，政府相關人士及少數專家認爲，發生第三批感染者的機率極低的主張被推翻。

六月十二日，保健當局發布了出現第四批感染者的消息。雖然保健福祉部和疾病管理本部極力阻止MERS擴散，但除了首爾和京畿道，病情已經擴散到包括忠清道在內的全國各地。別說想在六月結束這局面了，恐怕到七月都難以獲得控制。有人提出警告，倘若出現第五批、第六批感染者，這將意味感染不只在醫院，而是出現區域性擴散。院內感染可以透過追查掌握，若出現區域感染，人們將在毫不知情的情況下被傳染MERS。

民眾開始要求全面封鎖包括石柱在內、出現大批MERS患者的綜合醫院，媒體也沸沸揚揚的報導應將傳染病危機警報等級從「注意」提升到「警戒」或「嚴重」。但中央MERS管理對策本部沒有對綜合醫院下達特別處置，傳染病危機等級也沒有調升，他們只是一味跳針，要大家相信政府。

石柱另外整理出痊癒病人的病程，因爲資料不多，很難得出科學性結論。另外，病人存在極大個人差異也是事實。MERS病人住院後，最終面對的不是痊癒就是死亡。石柱並沒有做最壞的打算，他關心的是痊癒的病人感染前的情況，以及戰勝病魔的時間。恢復快的病人在確診一週後便出院了，也有很多人不超過兩週。

石柱沒有肺炎和併發症，他想盡快在兩週內痊癒。他是六月七日確診，所以希望在六月二十一日左右離開隔離病房。要是出現小狀況，六月三十日也是他自己定的最後期限了。石柱不想把MERS這個怪物一直留在身體裡到七月。

MERS痊癒後，要盡快恢復體力，然後治療淋巴癌。還要再做八次化療嗎？這次做五次或六次就能痊癒嗎？要是運氣好、找到捐贈者，接受造血幹細胞移植，就能回家過聖誕節了吧？首先要讓父親鴻澤做一下HLA[19]，如果不一致就要再想別的辦法。石柱原本計畫今年聖誕節，要帶映亞和雨嵐去龍平滑雪渡假村，要是沒辦法，新年前也要治好淋巴癌！萬物復甦的春天，他想穿上胸前掛有「金石柱」名牌的白袍，爲病人看診。

六月十六日晚上，京美拿著兩本書來到病房。她穿著VRE隔離衣，戴N95口罩。

石柱先問起檢查結果：「PCR結果如何？」

「陽性。」

必須連續兩次爲陰性，才能判定MERS痊癒。

京美安慰石柱：「別失望，你很快就會好的。今天感覺怎樣？」

「還可以。確診已經九天了，也該顯示陰性了吧？」

「除了增加免疫的干擾素，昨天還加了雷巴威林和快利佳（Kaletra），很快就會好轉的。來，這是給你的禮物。」京美遞給石柱一本書。「我記得大概六年多前吧。有一天，映亞說你想當牙醫。你知道當時我問她什麼嗎？我說『爲什麼？怎麼不是吉他手？』我不懂樂器，連樂譜都看不懂。有陣子因爲頭痛才想到要看看這種書。映亞教我幫忙買了這本書，也不知道能不能幫上忙。」

石柱接過《喬治．哈里遜[20]名曲集》快速翻了幾頁，書中收錄二十四首歌的歌詞和樂譜。〈While My Guitar Gendy Weeps〉是他最常演奏的歌曲。石柱晃動肩膀，左手擺出按琴弦的架勢。

京美又遞給石柱一本書。「這是我選的禮物！聽說你喜歡喬治・哈里遜，無聊時看看這本，看字太累的話就翻翻照片。」

是喬治・哈里遜的評傳，石柱動了動嘴唇，無聲的念出副標「從利物浦到恆河」。石柱暗下決心，要帶家人一起去利物浦和恆河旅行。

「你很想見映亞吧？」

石柱拿起手機晃了晃。

京美接著說：「我的意思不是打視訊電話，她那麼想來看你，爲什麼就是不允許啊？現在還覺得AP和VER有問題？也覺得病房不適合？我知道醫院做得還不夠完善，但負責醫師判斷這種程度已經充分能避免傳染了，你就別再堅持了。我讓映亞明天過來？」

京美沒有告訴石柱，明天上午約了映亞吃早午餐。映亞叮囑絕對不可以告訴石柱。

「在家屬的防護裝備沒有完備前，我不會見任何人。」

「我會跟上面再溝通一下，你再等等吧。等見了面吵架也好，和解也好，你們自己看著辦吧。南映亞現在這樣，已經很尊重、忍讓你了。」

「妳有把我的狀況告訴她吧？」

「我要是不告訴她那些數值，她早就跑來醫院了。」

「京美，謝謝妳。」

19：組織抗原配合試驗，主要用於移植前的組織配對。

20：披頭四樂團的主音吉他手、作曲人。

「你先休息吧。」

京美準備離開病房時，忽然停下腳步，轉過頭。只見石柱翻開喬治．哈里遜的另一首名曲〈Here Comes The Sun〉的樂譜，在空中彈起吉他。他停下雙手看向京美，京美豎起大拇指，石柱也學她握緊拳頭，豎起拇指。

他們是並肩與名爲MERS的敵軍戰鬥的戰友。

問題列表

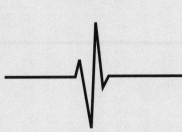

南映亞手記

2015年6月16日（星期二）

簡直要瘋了！

怎麼會是陽性？

1. 再做一次骨髓檢查？何時？ＭＥＲＳ痊癒後？會太晚嗎？
2. PET-CT，HOT UPTAKE[21]：是否存在不是腫瘤的可能？
3. 溶血性貧血。
4. 重新評估病況的方法？
5. 如果要用Chemo[22]，不會擔心延誤治療時機嗎？
6. 教授認為的嚴重度和預後：治療方向？
7. Chest AP[23]目前關於肺炎的分析和評估？
8. Lab數值[24]：最終確認時，是否重新做了肺部ＣＴ？

把馬來西亞旅行的相簿帶去！

21：惡性腫瘤會吸收十倍以上的葡萄糖。HOT UPTAKE是指PET—CT結果中顯示葡萄糖過於集中部分的意思。在X光中用紅色標記，以便與正常組織區分。

22：Chemotherapy的簡稱，化學療法。

23：胸部X光檢查之一。

24：血液檢查數值。

另一場擴散

六月十七日上午九點，映亞和京美約在醫院一樓大廳見面。昨晚映亞整理出一連串問題，還是打給了京美，因爲還有幾點想請她幫忙確認。

京美開玩笑的嘟囔：「別人家的老公害我一夜沒睡，我才累得剛要躺下呢。」

「對不起。」

「不用道歉，妳別忘了就好！」

「石柱出院前，吃飯都由我來請。」

「妳把我當成惡毒的護士啊。明天的早午餐妳請，下次的我出。」

映亞八點五十分抵達醫院，等了十分鐘，又過了十分鐘也不見京美。京美從沒遲到超過十分鐘，一次都沒有，她們都是會提早十分鐘到的性格，會提早上班查看病人紀錄，觀察病人狀態和查看各種醫療設備是否就位。做事誠懇，能使治療過程順利，因此醫生和病人的滿意度也很高。

如果是約其他人，映亞會再多等五分鐘，她直接打給京美。難道京美熬夜整理資料睡過頭了？電話沒有接聽，映亞看了看手機。還是打給石柱？現在不行。那打給血液腫瘤科的盧教授？這時，京美打來了。

「妳在哪？怎麼還不過來？」

京美沒有回答，咳嗽聲傳了過來。一股不祥的預感。

「抱歉，今天沒辦法見面了。」

「哪裡不舒服？」

「從淩晨開始渾身發冷、咳嗽。怕有問題，先做了ＰＣＲ檢查，結果出來前先被隔離了。」

隔離！看來京美也可能被感染了。

「妳覺得是在哪裡感染的？」

「我也不確定。我已經盡量減少跟病人接觸了，但前天淩晨接觸病人的次數，超過目前爲止接觸的所有病人的次數。淩晨五點做了ＣＰＲ[25]……」

「ＣＰＲ？」映亞打斷京美。

「石柱隔壁、七十多歲的病人，血氧飽和度突然掉到八十五，心臟停止跳動。」

「天啊！」

「幸好搶救回來了。」

「妳呢？」

「雖說做好了防護工作……但說絕對不可能感染是騙人的。病人心臟停止跳動時，我穿的是ＶＲＥ。」

「ＶＲＥ？」

手術用的ＶＲＥ隔離衣並不能徹底保護脖子和肩膀。

「嗯，說不定病毒侵入了。正如石柱所說，雖說隔離，卻不是負壓病房。很難說從病房到走廊，哪裡徹底安全。總之，現在只能等了。要給妳的資料本來已經印出來了，結果突然把我隔離了，沒辦法拿

25：心肺復甦術（cardiopulmonary resuscitation）。

出來，等檢驗為陰性再拍照給妳。昨晚我大致看了一遍，沒有嚴重到需要立刻討論的。石柱也是醫生，醫院生活適應得快，抗壓能力強，也從未違背醫生指示，簡直是模範生，用什麼藥他自己也很清楚，眞是醫護人員最好的病人。護士都很稱讚他，大家都說映亞前輩嫁對人了，這話妳也很常聽吧？」

「京美啊！」映亞的聲音顫抖。

「嗯，怎麼了？」

「先照顧好妳自己，這段時間太辛苦妳了。」

「這家醫院哪有不辛苦的醫生和護士啊？MERS爆發以來，所有人都處在緊繃狀態，擔負著繁重的工作，但沒有人抱怨。雖然睡眠不足、工作時間不一定，身體很辛苦，但我從小的夢想就是拯救病人，為了做這個我才選護士系的啊。」

「我記得一年級時看了與黑死病有關的書，也經常感到很激動。」

「中世紀無法掌握傳染病的途徑，只能趕盡殺絕，那是當時的醫護人員沒有為傳染病患者做的。雖然現在也沒有MERS的特效藥，但有各式各樣的治療方法，一定能避免病人出現生命危險。」

「妳不要一個人搶在前頭衝鋒陷陣。」

「妳放心吧，昨天負責隔離病房的住院醫師和護士聚在一起下定決心，我們不會只讓一個人單獨衝在前頭，我們會並肩前進。反正我們無論如何、每天都得近距離接觸病人，要是我們害怕、猶豫不決，病人會更傷心、更陷入絕望。再說我這麼大的體積，躲在後面很快就會被發現的。總之，對不起啊，放了妳鴿子。」

「妳說這什麼話，打給妳阿姨了嗎？」

京美未婚，自己住在離醫院很近的公寓。親戚只有一個在西歸浦聖堂當修女的阿姨。

「還沒，我打算等報告出來再跟她說，不想讓老人家擔心。」

「不會有事的，加油！」

「謝啦，別跟石柱說，怕他亂想。」

「亂想？難道說……是石柱傳染給妳的？」映亞追問京美。

「喂！我可是平等對待病人的人，雖然稍稍特別照顧了一下妳老公。掛了吧。」京美開了句玩笑，掛斷電話。

六月十七日晚上，京美第一次檢查爲陽性，十九日確診。雖然六月十二日已經出現第四批感染者，但醫護人員被感染是另一個層次的嚴重問題。該醫院沒有負壓病房的事實再次受到指責，最初D級防護裝備不足的問題也浮上檯面。專家指出，負責MERS隔離病房的醫護人員所承受的壓力和工作強度比一般病房高出十倍。各界意見紛紛，必須在感染者再次增加前，將病人轉到有負壓病房的醫院。

我的心願便利貼

六月十七日黃昏時分，映亞重新回到綜合醫院。鴻澤帶雨嵐去看動畫電影時，映亞正違反時速規定，飛速行駛著。

—現在來。

石柱的訊息只有這三個字，意思是現在映亞可以來看他了。石柱改變心意的原因，等到了醫院就會知道。

映亞搭電梯到十三樓，玻璃門前擺放著桌椅，護士坐在那裡。玻璃門內側的護士站移到了玻璃門外。

「喔，映亞姐！」

正翻看申請探望名單的崔金淑站起身。她和映亞曾在小兒科一起共事近半年多，當時金淑剛踏入社會，映亞已經是有三年經驗的老護士。映亞詳細教導金淑所有醫院生活和護士守則，有幾次，映亞還把金淑叫到一旁嚴厲的訓斥她。金淑後來認爲自己之所以能很快適應醫院生活，都多虧了映亞的嚴厲教導，反倒對她充滿感激。

「京美呢？」映亞不由分說的先找起不在的京美。

金淑的臉色立刻暗下來，低聲說：「剛才第一次檢查結果出來了，是陽性。」

結果正中映亞不祥的預感。

「病房呢？」

「在十六樓……除了家屬，其他人不能進去。」

「京美沒結婚，父母早就過世了，阿姨不常來往又遠在西歸浦聖堂，哪有能去探望的家屬啊？」

「但妳也知道……」金淑吞吞吐吐的回答。

要是外界知道有護士也感染了ＭＥＲＳ，記者就會像聞到獵物的獵犬般蜂擁而至。站在醫院的立場，讓京美住進隔離病房、砌上防火牆已是下下策。

金淑見映亞低頭看手機，搶先一步說：「暫時大概不能通話了，還是先等她打給妳吧。我們也要考慮一下京美姐的立場。」

「好吧，我懂妳的意思。」

金淑在家屬名單上寫下南映亞三個字後，站起身，把事情託付給坐在身後的美萊。

「妳幫我顧一下這裡。」

金淑在前領路，她沒有直接去開玻璃門，而是走進隔壁的房間。在這段期間，醫院設了準備室。

京美掃了一眼放在桌上的保護裝備，問道：「不用ＡＰ了？」

「從今天開始，不穿Ｄ級防護衣就不允許探病了。」

映亞終於明白石柱同意她來探病的理由。用防護衣取代圍裙般的塑膠隔離衣，花了整整十天時間，倘若京美沒有被感染，要獲得完善的保護裝備也許還得拖更久。

「來，穿上吧，先從手開始消毒。」

在金淑的幫助下，映亞穿上防護衣。第一次穿防護衣，比想像中更難受。金淑翻來覆去的檢查了兩、三次，不只袖口，連脖子和後背也不能有縫隙。

玻璃門應聲打開，映亞沿著走廊一直走到石柱住的第六間病房，她的臉和背已經出汗，喉嚨也乾得不得了。整整十天後，映亞才與丈夫重逢，她輕輕推開房門，站在窗邊、望著窗外的石柱轉過身來，抬起右手笑了笑。見到那笑容的瞬間，映亞的眼眶一熱，眼淚嘩啦啦的流了下來。她恨不得立刻跑過去抱住石柱，但石柱站在原地一動也不動。當他們的距離只差兩步之隔時，石柱忽然開口。

「很難受吧？」

石柱想問的是，雖然難受，但應該有穿好防護裝備吧？避免與病人有身體上的接觸，映亞想到探病手冊的內容，停住了腳，頭罩下的眼淚還是止不住的流。

「我沒事。」

「雨嵐呢？」

「跟爸去看電影了，今天解除隔離了。」

今天是雨嵐和鴻澤第一天出門。

「雨嵐回幼稚園了？」

「沒有。」

「爲什麼？」

「其他孩子的家長說。不能跟MERS病人的孩子上同一所幼稚園。」

石柱緊握拳頭的右手在顫抖。

映亞接著解釋：「我向院長抗議，但他說就算把雨嵐送去，也不能像從前那樣跟其他孩子相處。」

石柱彷彿化身守護家人的公獅，憤憤不平：「竟然隨便給那麼小的孩子貼標籤，那種地方不去也罷。」

「沒錯，我也不會再送孩子去那種地方了。」

「……京美呢？」

「剛剛第一次檢查結果出來了，是陽性。」

石杜雙手摀臉，發出嘆息。他搖晃著走到床邊坐下，拳頭用力捶打床舖，遺憾和憤怒寫滿整張臉。

「一定非要等到出事了才明白，我都跟他們反映了多少次，這樣馬馬虎虎的防護，醫護人員和家屬遲早會感染……明明可以防範的！雖然很麻煩，但若在病房前再設一道隔離門，穿戴好防護衣，如果這些都做到……」

「京美盡力了，她也反映過很多次。」

「我知道，就是因爲這樣我才不甘心，他們居然讓最努力的好人陷入險境。妳聯絡上她了嗎？」

「暫時聯絡不上，醫院擔心這件事會傳出去。」

「擔心會傳出去？早點做好防護不就沒事了。他們應該先保護好這些勇敢、不顧危險工作的人，這才是像樣的醫院、像樣的政府啊。」

也許是因爲自己獨處了十天，石杜像萬瀑洞的觀音瀑布，將不滿一股腦的傾瀉而出。老實說，映亞沒有全部理解石杜的話，因爲他不停在極小的話題和非常普遍的問題之間跳躍。映亞靜靜看著丈夫的臉，先問了這十天來最想知道的事。

「身體還很難受嗎？還會一直咳嗽嗎？」

「很恐怖！」

比起問題，回答實在太簡短了。短暫的沉默過後，石杜接著說。

「但現在好多了。雖然檢查結果一直是陽性，但沒那麼難受，高燒退了，也不咳嗽，痰沒有了，呼吸也變得正常了。十天瘦了三公斤，身體反而輕鬆許多。聽京美說，我是住進來的病人裡症狀最輕微的，已經出現了死亡個案，有人陷入昏迷狀態，還有人的肺功能嚴重損傷，我卻什麼併發症都沒有。妳別擔心，等MERS過去，就來治療淋巴癌。」

映亞又開始流淚，她戴著頭罩，不能擦眼淚，而且必須避免用戴著雙層手套的手碰觸脖子和臉。

「妳別哭。」石柱的雙眼也泛起淚光。

「嗯。」映亞嘴上答應，眼淚還是止不住的流。

自己關在家裡十天，而石柱獨自在這空蕩的病房忍受MERS的侵襲。「很恐怖！」這句簡短的回答裡，暗示了他孤軍奮戰的每一天。映亞為沒能守在丈夫身邊而感到抱歉，同時也很感激他能挺過來。

「六月之前，一定能變成陰性吧？」為了轉換氣氛，石柱問了一個飽含希望的問題。

映亞流著淚，笑了出來，點點頭。「當然，一定可以的。」

＊＊＊

從那天開始，映亞有了新的習慣，在黃色便利貼上寫下心願、貼起來。早上睜開眼睛，映亞會先在便利貼上寫下殷切的期望，「消滅MERS，痊癒淋巴癌」、「PCR陰性」，還有「再次完全緩解」。如果覺得句子或單詞不滿意，她會把便利貼揉成團丟掉，重新再寫。最初映亞在便利貼上寫下了十個、二十個願望，把它貼在筆電邊框、病房置物櫃、病床欄杆上。每天去探望石柱時，映亞都會先貼便利貼。石柱從未干預過，相反的，石柱一個人時還會細細讀著便利貼上的句子，在無聊的病房裡，他也有了新的興趣。

三、四天來，在十張便利貼上寫下心願的映亞漸漸摸索出了自己的方式。不管是映亞或石柱，他們都明白像貼護身符那樣的貼便利貼，是多麼不科學的事。假若他們只執著於許願，恐怕早就停止這麼做了。映亞在意的有兩件事。

第一個是檢查的數值。從五月二十七日到急診室開始，映亞每天都會用Excel記錄白血球、紅血球、嗜中性白血球、血紅素、血小板、乳酸脫氫酶、總膽紅素、C反應蛋白和尿酸數值。六月一日到七日，映亞每天早上會跟主治醫師或護士確認後，再記下來。六月八日到十七日，按照京美電話裡告知的記錄。從六月十八日早上開始，每天探病時，包括金淑在內的護士和專家都會告訴映亞檢查數值。僅從Excel整理出的數字，便可一目了然掌握石柱的身體狀況。

其次就是這便利貼了。最初映亞只寫下一些虛無飄渺的願望，但漸漸的，她開始明確寫出期望的數值，但石柱的狀態極少出現好轉。整個六月寫下的都是「MERS陰性！」，卻一直都是陽性。就算偶爾會出現相近的數值，映亞也不認為那是便利貼顯靈。

映亞的便利貼使用方法如下：購買黃色便利貼，因為覺得黃色很適合許願；一天只在三張便利貼上寫下願望。她一次購買了一百張便利貼，限制自己未來只能寫一百張的心願。當然，映亞可以買更多便利貼，但她想在限定的數量內，傾注眞心的寫下心願；最後，給石柱看完每天三張的便利貼後，再貼在病房裡。

映亞每天在便利貼寫下心願，是因為無法承受巨大的不安。根據疾病管理本部每天早上九點公布的「MERS每日消息」，六月十七日接受治療的病人有一百二十四人；六月二十日的病人數為一百零六人；六月二十三日為九十四人；六月二十六日縮減到六十九人。確診的一百八十一人中，出院人數八十一人，死亡人數三十一人。

就算不去看疾病管理本部的官網，映亞也能切實感受到MERS人數在漸漸減少。病房開始空出來，在家屬休息室打照面的人也越來越少。雖然石柱因MERS引起的呼吸道症狀消失了，結果卻一直是陽性。每當此時，映亞都會更加虔誠迫切地寫便利貼。

六月二十九日上午九點，映亞在筆記本記下金淑念出的數值。就在她準備去家屬休息室寫便利貼時，金淑叫住了她。

「映亞姐！」

映亞轉過頭來。

「今天要換病房。」

「換病房？爲什麼？」

「妳也看到了，這段時間有很多病人痊癒出院，很多病房空了出來，這樣下去我們也很難管理。」

金淑沒提死亡的病人，她繼續說：「所以醫院決定把病人集中在同一個樓層。」

原本占了滿滿四、五層樓的病人，如今只要一層樓就夠了。令人遺憾的是，石柱仍在住院名單裡。

「要換到哪？」

「十八樓。上午就能換完，移動MERS病人要速戰速決。」

「嗯，那醫護人員數量也會調整嗎？」

「應該是吧！我會跟去十八樓，鄭美萊護士不去。」

「妳也別去了吧，實在太累了。」

「妳希望我不去嗎？放心吧，我會一直堅持到十八樓的病人都痊癒出院的。妳寫張便利貼給我吧。」

「嗯？」

「便利貼！就寫希望我們順利換好病房。」

映亞低頭看一眼包包，裡面放著黃色便利貼。

「知道了。」映亞往前走了兩步，又回頭問：「妳相信便利貼嗎？」

金淑瞪大眼睛反問：「那妳呢？」

「如果可以治好ＭＥＲＳ，我想相信。」

「我也是，只要能治好ＭＥＲＳ！」

不只十三樓的金石柱、李一花和吉冬華，十六樓的朴京美也移到了十八樓。換好病房後，京美還是一直不接電話。

反覆和差異

正如五月二十七日，李一花、吉冬華和金石杜在F醫院的急診室相遇。七月三日，一花的律師朋友尹海善，冬華的大學生獨生子趙藝碩，和石杜的妻子、製藥公司職員南映亞，也一起並肩坐在感染科前走廊。雖然三人的共同點都是MERS病人家屬，但從今天開始，要做的事卻各不相同。

映亞先向藝碩搭話：「病人怎麼樣了？」

政府按照確診順序賦予病人號碼，但映亞不想問那個號碼。如果自己用號碼稱呼別人，那對方也會用號碼稱呼石杜，況且她更加不想告訴對方石杜的姓名。不只是姓名、年齡和職業，就連石杜感染MERS住院的事實，她也想徹底抹去。所以才泛泛的用了「病人」這個稱呼。

「我媽差不多好了。雖然PCR檢查是陽性，但醫生說那就像沉澱物一樣。咳嗽停止，高燒退了，也能正常呼吸了，但偶爾也會出現陽性。妳呢？」

藝碩乾脆省略了「病人」二字。映亞本想像藝碩稱呼「媽媽」那樣，直接說出與病人的關係，但最後還是省略了「丈夫」二字。

「跟你們差不多。聽說一般人只要兩週，時間長的話三週就能好。可我們六月七日確診，到現在都四週了。」

藝碩瞪大眼睛。「我們也是六月七日確診的。」

映亞和藝碩看向一直沒開口的高個子海善。

海善不確定的說：「我們好像也是七日……還是八日……」

映亞和藝碩像是已經準備好要安慰她了，等著海善繼續說下去。但海善接下來的話完全與他們的預料相反。

「我朋友今天出院！連續兩次結果都是陰性，所以今天就能出院了。」

這是映亞和藝碩日盼夜盼，但至今也沒有得到的消息。

藝碩問：「那妳爲什麼坐在這裡？」藝碩是在問，爲什麼坐在感染科的走廊等待。

「啊，我本來說要直接走的，但我朋友非要跟主治醫師道謝……」

海善欲言又止，站了起來。只見兩個女人下了電梯，沿著走廊朝椅子這邊走來。面戴口罩、慢慢移動腳步的是一花，攙扶她的是隔離病房的護士崔金淑。映亞和藝碩也跟著起身。

藝碩開口：「聽說妳痊癒了，恭喜妳。」

映亞也跟著說：「恭喜妳。」

一花看向海善，她的眼神在問，這兩個初次見面的人怎麼知道自己是MERS病人？海善向她介紹映亞和藝碩。

「這兩位都是家屬，病人還在接受治療中。」

一花這才理解的點頭，「希望他們也早日康復。」

金淑開口：「尹律師也苦盡甘來了，來回跑醫院眞是辛苦妳了。」

藝碩和映亞幾乎同時看向海善，海善像是爲了掩飾害羞似的，一把握住映亞和藝碩的手。

「加油，他們一定會康復的。」

映亞忽然問道：「我在家屬休息室見過幾次李一花小姐的阿姨，慶尙道口音很重的那位……她怎麼沒來？」

海善簡短的回答：「家裡有事，先回去了。」

這時，藝碩問了海善一個出乎意料的問題。「律師，妳有聯絡方式嗎？」

「當然。」海善從手提包裡取出名片，一張遞給藝碩，另一張遞給映亞。她面露微笑。「有需要的話，請隨時聯絡我。」

牆上的螢幕跳出候診名字，李一花。海善扶一花走進診間。留在原地的映亞和藝碩看了彼此一眼，尷尬的笑了。

映亞低頭看向手中的名片。「你要她的聯絡方式做什麼？」

「你們的肺沒事嗎？」

「嗯？」

「我媽的ＭＥＲＳ雖然好得差不多了，但肺損傷很嚴重。我想日後等她出院了，說不定會有事要諮詢律師。」

映亞說：「我丈夫的肺沒事。你們該不會是用葉克膜了吧？」

藝碩稍稍遲疑了一下，他不確定應該將母親吉冬華的病情公開到什麼地步。

映亞望著藝碩的眼睛解釋：「我是不是問太多了？對不起，我是護士系畢業的，又很愛凡事追根究底，才這樣問。」

「妳是護士？」

「我在這家醫院做了三年，現在在製藥公司上班。」

「原來如此。」藝碩遞出手機。「如果可以，能跟妳要一下電話嗎？」

「爲什麼？」

「醫生和護士雖然會向我解釋一些事，但當下聽懂了，沒過多久就忘了。拿到各種處方藥，我也搞不清楚藥的種類。不是醫學專業的人，就算上面寫的是韓文也都跟外文沒兩樣。如果遇到疑問——當然我也會盡量先上網找看看，但若還是有不明白的，想打電話跟妳請教。不知道可不可以呢？」

映亞看著藝碩遞到面前的手機。也許是擔心遭到拒絕，藝碩的手機在顫抖。

「你叫什麼名字？」

「嗯？」

「不知道你叫什麼，我怎麼存在手機裡呢？我叫南映亞。」

映亞在藝碩的手機上按下號碼，然後按下通話鍵。

藝碩說：「我叫趙藝碩，今年開始讀大學。」他接過自己的手機，點頭道謝。

「有不懂的隨時打給我。偶爾可能無法接電話，最好先傳訊息給我。你不用先在網路找，直接打給我就好。網路上那些醫學資訊和癒後經驗談也不用全信，上面多半都是些不正確、沒有根據的內容。知道了嗎？」

「嗯。」藝碩笑得眼睛彎成一道月牙。

等候名單上同時出現金石柱和吉冬華的名字，映亞和藝碩同時起身。診間門開了，跟剛才進去時一樣，海善扶著一花走出來。

緊跟在她們身後的護士說：「請金石柱的家屬和吉冬華的家屬一起進來。」

映亞和藝碩跟一花點頭道別，錯身而過。

他們都很好奇感染科的崔旭培教授找自己來的原因，這是崔教授二十五天來首次找家屬談話。直到映亞和藝碩入座，崔教授都一直摸著金框眼鏡、看著病歷。

「家屬來了。」

聽到護士的話，教授這才抬起頭。

「原則上規定確診的MERS病人必須移送到國家指定的醫院進行隔離，由於病人比預想得多，考量到病房不足的情況，才住進我們的醫院。這幾天有很多病人痊癒出院了，大學醫院也空出病房，所以住在我們醫院的幾位病人可以移送到國家指定、設有負壓病房的醫院。金石柱和吉冬華患者都在移送名單中，所以我才請二位過來。」

藝碩忽然開口問：「送去別的醫院？什麼時候？」

「今天。」

映亞追問：「今天？至少應該提前一、兩天告訴我們，才好準備吧。為什麼這麼急著送我們過去？」

崔教授回答：「我不是已經說了嗎？原則上MERS病人必須在國家指定的醫院接受隔離治療，現在有空病房了，所以可以送他們過去。在負壓病房接受治療，對病人和醫護人員都有好處。我們也是今天才收到疾病管理本部的通知。你們不需要做任何準備，只要人過去就可以了。」

「什麼時候出發？」

「上午十一點，救護車會送你們過去。一位病人一輛救護車。出發半小時前，會給病人做好一切防護工作。」

「那我們呢？」

「家屬不能上救護車，你們可以直接到指定的醫院去。金石柱和吉冬華患者分別會移送到不同的醫院。」

「爲什麼？」藝碩瞪大眼睛。

「是按照病房空出的順序分配的，兩家醫院都設有負壓病房，所以你們不用擔心。還有其他問題嗎？沒有的話……」崔教授拿起病歷，準備起身。

映亞著急的問：「一定要轉院嗎？」

「這是規定。」崔教授的語氣絲毫不留餘地。

映亞原本還想追問，但看了看一旁的藝碩，她不想在藝碩面前談及石杜的病情。

崔教授沒有放過這短暫的沉默，接著說：「有關金石杜患者的事，妳再找血腫科的盧教授商量一下吧。這是我們愼重考慮後的決定。我要去開會了，先告辭。」

崔教授匆匆步出診間，跟出來的映亞和藝碩望著崔教授的背影消失後，仍一直站在走廊。

藝碩問映亞：「負壓病房對治療ＭＥＲＳ是有幫助的吧？但感染科的醫生都說我媽的病快好了，怎麼還要轉院……」藝碩道出在教授面前不敢表露的不滿和疑問。

映亞打斷他。「對不起，我忽然有點急事。下次見。」

跟藝碩分開後，映亞直接去了血液腫瘤科。值班護士說，診間門口已經排滿了預約病人，如果沒有預約就無法見盧忠泰教授。但映亞沒有時間了。

「我是金石杜病人的家屬。上午病人就要送去其他醫院了，我必須跟盧教授見一面，妳應該知道這是爲什麼吧？」

護士走進診間，出來後沒有把映亞的名字輸入等候名單，而是直接對她說：「請進去吧。」

「妳不來，我也正打算看完這個病人後打電話給妳呢。妳去過感染科了？」身著白袍的盧教授起身迎接映亞。

「見過崔旭培教授了。」映亞壓抑不安的情緒，問道：「您不是說，會對我丈夫負責到底嗎？」

「這個想法我至今也沒有改變，金石柱患者同時患有MERS和淋巴癌，需要感染科和血液腫瘤科共同會診。金石柱患者的高燒、頭痛和貧血等症狀雖然與MERS有關，但從淋巴癌的觀點去觀察也很重要。MERS很快就會得到控制，到時必須集中精力治療淋巴癌。」

「我很不安。要是轉院，又得跟新的醫護人員重新磨合，不能讓我們一直在這裡接受治療嗎？」

「最初討論時，我也考慮了這個可能性。但這個問題不是我一個人，或我和感染科崔教授兩個人可以決定的，我們也要聽從院長和這家醫院經營高層的意見。最重要的是，這是最近疾病管理本部的指令。上個月不是還在強調必須盡快把MERS病人送進負壓病房隔離，所以醫院才判斷應該把病人送到國家指定的醫院。站在醫院的角度，我們也只能遵守國家的原則，實在難以堅持讓病人留在我們醫院繼續治療。我充分理解金石柱患者和家屬不安的原因，但我可以向你們保證兩點：首先，等MERS痊癒後，病人可以繼續在我們醫院接受治療。我眞的願意對病人負責到底。其次，我向醫院建議，把金石柱患者移送到感染科和血液腫瘤科有熟人的醫院。我讀大學時結識的朋友都在那家醫院的感染科和血液腫瘤科，妳過去後就能見到感染科的朴江南教授和血液腫瘤科的柳大煥教授了。我會把金石柱病人去年的病歷傳給柳教授，也會跟他討論治療方案。妳就當是轉去了更好的病房吧。」

「完全沒有轉圜餘地了嗎？」

「這件事已經決定了，妳就想成是去接受更好的治療吧。」

從盧教授的神色很明顯可以看出，他希望對話到此結束。

但映亞又問了一個問題：「今天這個轉院的決定……您眞的有信心日後不會後悔？」

盧教授與映亞四目相對，沉默了片刻。映亞心知肚明，這名為醫院的世界冷酷無情。正如盧教授說的，他會把石柱的就醫以來的紀錄轉給大學同窗，也會跟他通話、見面說明、討論情況。但儘管如此，盧教授也不會一直對石柱負責。如今石柱身患的MERS和淋巴癌要到新醫院重新接受治療，今天過後，盧教授的病人名單將不再有金石柱。就算等MERS痊癒後再回來治療，那也是以後再說了。

「我不會後悔。如果病人沒有感染MERS，早就開始治療淋巴癌了。值得慶幸的是，金石柱患者在住院期間很配合治療。雖然現在MERS還沒痊癒，但病情已經大有好轉，隨時可以接受淋巴癌治療。獨自待在隔離病房能讓身心維持在這種狀態，實屬不易。」

映亞固執的說：「正如教授所說，MERS已經得到控制，那不是應該立刻治療淋巴癌嗎？站在我的立場，很怕錯過治療的最佳時機啊。」

「我可以肯定的告訴妳，淋巴癌發展得還很緩慢，如果情況危急，那當然得兼併化療。一步一步來，一定會好的。妳可以隨時打給我，我會盡我所能的提供幫助。」

如今要去陌生的醫院，跟陌生的醫生見面，再重複一遍剛剛談的內容。雖然盧教授聲稱只是換間病房，其他沒有任何改變，但站在映亞的立場，一切都變了。她在這間綜合醫院工作了三年，京美和過去的同事也都在這家醫院，因此才有依靠。石柱以前也是在這家醫院接受化療，成功接受造血幹細胞移植。但接下來要轉去國家指定醫院，那裡完全沒有他們的痕跡，感覺就像被丟棄在陌生無人的荒野。

映亞走出盧教授的診間，背對窗戶站在走廊上，她的膝蓋在顫抖，覺得氣力彷彿一下子從頭到腳的溜走，就像洩了氣的氣球。這時，訊息提示音響起。映亞看向手機，傳訊息的人是京美。

——聽說你們今天轉院，轉去負壓病房對石柱也好。我明天出院！連續兩次都是陰性。雖然有很多話想跟妳說，但還是下次吧。好好照顧自己。抱歉！

第三部 二十

重新開始

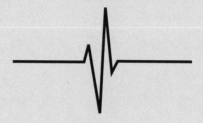

南映亞手記

2014年7月3日（星期五）

心臟快要爆炸了。
石柱該有多鬱悶呢？

結果還是換了一家醫院。
他們明明說會負責到底的。

撐住，撐住，再撐一下。
明天一定會好起來的。

＊＊＊

今天早上錯過了「MERS每日消息」，稍晚看到兩段內容：

七月三日，光州世界大學生運動會開幕。六月二十九日，疾病管理本部派「現場緊急應變小組」抵達光州，集中防範出現MERS病人或群聚感染事故。發現疑似病人時，緊急應變小組會採取緊急措施，選手村和運動場等地將二十四小時進行體溫監測；確保國家儲備醫療資源；二十四小時特別移送體系；確保光州地區的隔離病床；支援流行病學調查疑似傳染病患及接觸者。

＊＊＊

—治療人數四十二人（二二．八％），出院人數一百零九人（五九．二％），死亡人數三十三人（一八．〇％），總確診人數一百八十四人。

—與前日相比，治療人數減少六人，出院人數增加七人，死亡人數無變動，確診人數增加一人。

—接受治療四十二人，處於安全狀態三十人（七一．四％），情況不穩定十二人（二八．六％）。

—確診類型，醫院病人八十二人，家人／探病六十四人，從事醫療工作者三十八人。

—總隔離人數二千零六十七人，居家隔離人數一千六百一十人，醫院隔離人數四百五十七人。

〈死亡現況〉

—沒有出現新的死亡個案，類型分類與昨日相同。

—三十三名死亡者當中男性二十二人（六六．七％），女性十一人（三三．三％）。年齡：八〇代[26]七人（二一．二％），七〇代十人（三〇．三％），六〇代十人（三〇．三％），五〇代五人（一五．二％），四〇代一人（三％）。

—三十三名死亡個案中，慢性疾患（癌症，心臟、肺、腎臟疾患，糖尿，免疫力低下等病人）或高齡層等高危險群體三十人（九〇．九％）。

＊＊＊

這些數字教人難以置信。MERS死亡個案中沒有三十代。也就是從年齡層來看，石柱的死亡可能性是零。但死亡個案中，患有疾病和高齡者卻占了九十．九％！那石柱很可能有生命危險。真不知道他們統計這不到一百人的數據做什麼？意思是告訴那些高危險群，自己小心點？還是想告訴大家，政府盡力了，但如果醫治無效，責任都在基礎疾患或高齡患者身上？不管是哪一種，都讓人很不爽。對我而言，石柱永遠都是百分之百，他不能用數字區分，那些做統計的人也應該知道這一點。

大海的時間

整個七月，李一花都待在巨濟島。

電視臺給了她一個月病假，與她同期競爭的三個實習記者如今已正式成為公司職員，開始在首爾總公司上班了。在同期同事的群組裡，大家都為一花的康復送上祝福。她回覆感謝，仍難以擺脫難過的心情。等同期們在首爾工作滿一個月後，也就代表她會被派去地方城市工作。

七月三日出院回家後，一花先打給蘇記者，表示一個月病假太長了，她只要休息兩週就可以上班，又被蘇記者訓了一頓。一花心想，自己大概很快就會收到派去地方工作的通知，看來跟蘇記者爭吵不休的日子也到頭了。

一花又打給姨丈姜銀斗，撥號音響完了，沒有人接。再打給阿姨甘淑熙，也沒有接聽。一花打開房門走到客廳，海善站在瓦斯爐前，正忙著煎泡菜餅。

「姨丈和阿姨都不接電話，我得問候他們一下……阿姨是十天前回巨濟島的吧？」

海善默默關掉瓦斯，慢慢走到一花面前，握住她的手。

「怎麼了？」

「妳做好心理準備，姨丈他在六月二十六日走了。」

26：「代」為韓語中年齡層區段的統稱，例如十代為十到十九歲。

「什麼?!」

一花猛的癱坐在地上。如果海善沒有扶住她，就這麼倒下去的一花恐怕會傷到肩膀或頭。阿姨說要回巨濟島時，一花問起姨丈的病情，她只說姨丈恢復得很好。儘管看出阿姨在強顏歡笑，但一花也沒有再追問，她心想，等大家都出院後就能見到了。在那之後海善返回首爾，塡補了阿姨的空缺。

住院期間，海善沒有把手機交給一花，她覺得身爲記者的一花看到新聞會太激動，也會胡思亂想，這只會影響治療。就在這期間，最疼愛她的姨丈離開了這個世界。

海善陪一花一起來到巨濟的玉浦港，淑熙早在港口等著她們。一花和淑熙抱在一起哭了許久，海鷗在她們頭上來回盤旋著。

一花好不容易鎭定下來後，開口：「阿姨，都是我的錯！如果我不送爸爸去綜合醫院的急診室……」

在這一個多月裡，整個世界都顚倒了。叫救護車送父親李炳達去醫院是李一花最後的堅持，但因爲這件事，家裡的四位老人都感染了MERS，沒想到其中一位更因此離世。如果一花不堅持、不去那家醫院，不在急診室等待，即使父親離開了，其他親戚也不會遭遇這飛來橫禍。

淑熙撫著姪女的背。「妳說的這是什麼話！爲了救妳爸，妳已經盡力了，去那家醫院看病有什麼不對？感染MERS是很冤枉，但那不是妳的錯。妳沒有錯！妳的心阿姨都懂，錯都錯在那些沒控制住MERS的人，他們要是早點公開疫情也不會這樣。他們都用我們按時繳的稅金做了什麼啊！」

「但是阿姨，我……」

淑熙打斷一花。「別再說那些沒用的，跟我去見見妳姨丈，跟我來！」

從玉浦港坐船出海一小時後，就會抵達撒下銀斗骨灰的地方。銀斗陷入昏迷前做了氣切，無法說話。他吃力的在淑熙的手心上，歪歪扭扭的寫下——

大海。

只有兩個字。淑熙成全了銀斗不想入土、希望把骨灰撒入大海的心願。坐船出發後，一花說想打電話給其他長輩，被淑熙阻止了。

「再過段時間吧，不管是活著的或走了的，現在都一樣。『遊山會』現在聚在一起只會互相埋怨。但這絕不是妳和妳爸的錯，誰能想到那個MERS病人那天偏偏出現在那裡啊。但人的腦子和心就是沒辦法分開想事情，大家想要像從前那樣聚在一起有說有笑，恐怕還需要一些時間……不，說不定大家再也找不回從前和樂融融的感覺了。妳爸走了，我那帥氣的老公也走了，就算把大家聚在一起，也會覺得少了兩個人。我已經傳訊息告訴大家妳出院了，大家都讓我叮囑妳，好好照顧自己。慢慢來吧，今天先去見妳姨丈，留在我這好好休息幾天。從今往後，妳就是我女兒，我就是妳媽，知道嗎？」

大海平靜無浪。船開了一個小時後，港口吵雜的海鷗便沒有再跟來。一花獨自站在船首，望著細碎的海浪，這裡是曾跟爸爸、姨丈出海釣魚的地方。一花這才眞切感受到銀斗的死。姨丈在父親葬禮上忙前忙後的樣子仍歷歷在目，要不是姨丈，她根本無心力處理父親的後事。一花再次痛哭失聲。淑熙和海善想讓她哭個痛快，都沒有上前安慰。

返回玉浦港時，海善說：「妳阿姨說得對，這不是妳的錯。該負責任的另有其人。如果受害者都責怪自己，便難以分清是非黑白。不只妳，妳爸爸和姨丈，還有那天到急診室的親戚，誰都沒有錯。莫名其妙感染了MERS，到鬼門關走了一趟，妳不覺得委屈嗎？就這麼失去了姨丈，妳不覺得憤怒嗎？不要用自責抹去委屈和憤怒！自責只會讓妳一輩子放不下這個包袱。誰該爲這件事負責，什麼制度出了錯，妳應該去採訪，把它揭發出來。一花，妳是記者啊，不是嗎？」

六道門

救護車停了下來。

兩名身著防護衣的男護士上前，將金石柱抬到推床上，接著在他身上蓋上透明塑膠布做的方形蓋子，這是爲了防止病毒外洩而準備的特殊病床。他們搭乘禁止外部人員使用的電梯來到三樓，穿過長長的走廊。石柱左右轉動頭部，想看看四周的環境。上方的日光燈格外刺眼，左側是白色的牆，右邊是窗戶，但他無暇顧及窗外的景色。最後，石柱看到「隔離區」三字，但寫在隔離區前的數字模糊不清。那數字是四十五也好，五十四也罷，又怎樣呢？自己已經被送到有負壓病房的醫院了。話說回來，映亞到了嗎？出發前，醫院還說可以允許一名家屬搭救護車同行，但很快又收到通知，一般人不能搭救護車。映亞說會開車跟在後面，還傳訊息跟石柱開玩笑說，託老公的福，自己可以追救護車了。石柱回覆，不能在市區內展開追擊戰，特地囑咐她慢慢跟來。

快速在走廊移動的病床停了下來，他們抵達隔離區入口。病床向左轉九十度後，進入了第一道門。抵達第二道門只用了不到七秒鐘，然後病床在第三道門前停下來，前面兩道門關上後，第三道門才開啓。其他的門也都是這樣，等第五道門關上，第六道門打開，才終於抵達病房。

護士打開塑膠蓋，小心攙扶石柱移到病床上。石柱還來不及道謝，一行人等便迅速推著推床離開。沒過多久，身著C級防護裝備的男人走進病房，他繞著病床走了半圈。直覺告訴石柱，之後在隔離病房會經常見到這人。

男人爽朗的自我介紹：「我叫權亨哲，是負責你的感染科住院醫師。我是第三年住院醫師，雖然通常是第二年住院醫師負責這項工作，但在負壓病房負責MERS病人，必須由經驗滿三年的人自願，所以我自告奮勇的加入。你是六月七日確診，差不多已經一個月了，加上淋巴癌復發……我很想讓你在七月前出院，因爲我在隔離區只做到七月。」

男人用戴手套的手輕輕握了握石柱的手，他這樣說，應該是看了石柱轉院前的病歷。這位有著三年經驗、自願負責負壓病房的醫師，令石柱很滿意。

「轉院一定很辛苦，你先休息吧。」

亨哲正準備收回手時，石柱卻握得更緊，問道：「我的家屬到了嗎？」

「我去確認一下。請問家屬的姓名，跟你的關係是？」

「我太太，名叫南映亞。」

「她如果到了會先跟我會面，然後立刻聯絡你。啊，有一點要說明。你完全不必擔心自己是一個人，頭部上方有呼叫鈕，廁所門旁也有對講機可以打電話。護士站會二十四小時透過螢幕觀察病房。雖然你一個人在隔離病房，但其實都有醫護人員陪伴，你就安心待著吧。」

亨哲走出病房。石柱先打給映亞，雖然撥號音響起，但斷斷續續的，傳手機簡訊也沒有回應，本想傳KakaoTalk訊息，但沒有網路訊號。這是六月在綜合醫院病房時從未出現過的情況。看來是通過那六道門到了最裡面，所以Wi-Fi訊號很弱，手機也收不到訊號。石柱又打了幾通電話，最後只得放棄。他轉頭看向窗戶，方形的玻璃映入眼簾，大小還沒有之前病房的四分之一大，跟打開的筆記本差不多。牆上掛著一臺電視，石柱找來遙控器按下開關。健壯的三個男諧星和一個女諧星圍坐在桌前啃著豬腳，石柱像是要吞掉他們手裡的豬腳似的死盯著畫面。他眞的好想吃豬腳。

＊＊＊

映亞也非常焦急。距離醫院約五十公尺時，她看到載著石柱的救護車。但等她從停車場停好車出來，石柱早已被送往隔離區了。映亞原本打算跟上石柱移動的路線，但入口處的大門深鎖，上面掛著禁止出入的牌子。映亞找不到人問路，只好沿著上坡來到醫院主樓。映亞來到詢問處詢問MERS病人的負壓病房。職員親切的告訴映亞，搭電梯到三樓後，穿過連接隔離區的走廊就可以了。之前爲了洽談公司業務，映亞來過這家醫院的主樓，但去隔離區還是第一次。

映亞搭電梯順利來到三樓，卻找不到通往隔離區的走廊。映亞按照職員的說明轉了方向，牆上出現通往其他病房區的標示。映亞沿著樓梯上上下下、不停改變方向，就是找不到通往隔離區的標示。冷汗從後頸滑下，沿著背一直流到臀部。映亞眼眶泛淚，膝蓋無力的顫抖著，她吃力的把手肘架在窗框上，打給石柱，撥號音斷斷續續，傳簡訊和KakaoTalk也沒有任何回應。

他們到底把石柱藏到哪去了？

一股悲傷湧上心頭。映亞甚至懷疑他們故意把隔離區安置在難找的地方，她嘆口氣，蹲坐在地上。今天上午盧忠泰教授還說只是換間病房，其他沒有任何改變。但眞的到了這間大學醫院，除了病人還是金石柱，所有的一切都變了，連通往病房區的走廊也像代達洛斯[27]修建的迷宮般複雜、陌生。

「妳哪裡不舒服嗎？」

映亞抬起頭，只見正用拖把清潔走廊的阿姨正一臉擔憂的俯視自己。她看起來約六十多歲，削瘦的臉上布滿皺紋。

映亞擦去眼淚，問道：「請問，隔離區在哪兒？」

「妳跟我來。」清潔阿姨笑咪咪的，說話像是沒有了四顆門牙那樣，有點漏風。

「您不用繼續工作嗎？」

「那妳就這麼蹲著等我拖完地啊？跟我來吧，我帶妳過去，再回來做也不遲。」

映亞跟著清潔阿姨來到隔離區。原來問題出在對面的電梯，只要往左轉一次就可以了，都怪自己搭錯電梯，還一直朝右邊的走廊走。清潔阿姨指指牆上病房區的號碼，然後通過一道門。剛才為了讓石柱的病床通過，那道門一直敞開著，所以石柱計算的門裡沒有包括這道門。映亞終於抵達石柱通過的第一道門。

「妳打那個電話。」清潔阿姨指了指門旁的電話，轉身離開。

只剩下自己一人的映亞用舌頭舔了舔嘴唇，拿起話筒。長長的撥號音差不多響了十秒後，停了下來。

映亞急忙開口：「請問，金石柱患者到了嗎？」

「……請稍等。」女子慢半拍的回答，她的聲音毫無情感，就像飛行員在夜間穿越撒哈拉沙漠那樣漆黑又乾燥。

映亞放下話筒，做了兩個深呼吸。門開了，像是在醫院身經百戰的護士玉娜貞出現在眼前，她下巴尖尖的，倒三角形的臉顴骨突起，給人冰冷的印象。

「金石柱患者……」

「剛剛睡著了。妳是家屬嗎？」

27：希臘神話中的著名工匠，為克里特島的國王米諾斯建造了一座迷宮，用來關半人半牛怪米諾陶。

「是的，我是他太太，南映亞。」

映亞偷看了一眼玉護士身後，只見走廊左右兩邊都是病房，中間走道的盡頭還有一道門。

「我聯繫不上他，訊號總是斷掉，簡訊和 KakaoTalk 也傳不了。請問病房在哪？我能進去嗎？」

玉護士語氣依舊冷淡，「請跟我來。」她經過映亞，走到清潔阿姨剛打開的那道門。

映亞跟了過去，看向她用眼神示意的地方。簡易的流理臺旁放著長椅，擠一擠大概能坐四個人。

「這裡是家屬休息室。妳在這裡等，有事的話就像剛才那樣聯絡我們，值班護士會接聽電話。我再說一次，家屬只能走到對講機前。從今天起，金石柱患者會在負壓病房接受治療，我無法告訴妳怎麼進入負壓病房。」

「不能探病嗎？之前的醫院每天都可以探病。」

「請在這裡等候。」

「之前醫院的教授說只是換間病房，其他的一切都和之前一樣……」

玉護士沒有立即回答，她看著映亞，目光犀利。

「如果每天都能探病，那還叫徹底隔離嗎？」

映亞發覺自己正面對著一道深藍且巨大的冰牆。石柱住的負壓病房，遙遠的像在地球另一端。

煩惱娃娃

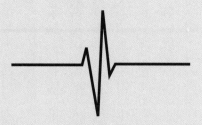

南映亞手記

2015年7月4日（星期六）

雨嵐給了我一個煩惱娃娃，説是跟爺爺一起做的，他要我把煩惱的事説給娃娃聽。哄睡雨嵐後，我先跟娃娃傾訴了四件擔心的事。

—不知道能不能跟血液腫瘤科的教授順利溝通？

—不知道感染科和血液腫瘤科的ＭＥＲＳ會診進行得順不順利？

—不知道能不能見到石柱？

—不知道能不能送外面的食物進去？

後遺症更可怕

吉冬華轉院後，很快進行了PCR檢查，連續兩次的結果都是陰性。她是七月轉送MERS病房的病人中最早、僅用四天便換到一般病房的人。幾名已經痊癒的MERS病人都住在那間病房治療後遺症，看到病房裡有其他人，冬華感到很陌生。因爲確診MERS以來，自己一直都是一個人在病房裡。

冬華爲了打發住在單人病房的寂寞，會輪流打給家中的冬心、兒子藝碩和留守醫院的冬玉，她也會整天開著電視。但跟家人通話讓她很疲憊，光是裝開心、裝沒事就很累了，也煩惱著自己住院，家裡的冬心只能獨自面對各種痛症。雖然藝碩會陪在冬心身邊，但照顧冬心仍是冬華的責任。電視上播放的節目令人心煩意亂，對於半個月掉了二十公斤的冬華而言，華麗的表演和歡樂的歌曲，反而更讓她感到滿腹委屈。自己骨肉如柴，變成這副模樣，但這該死的世界還是照常運作著。

一般病房是四人房。一進來，護士就送上掌聲，藝碩和冬玉跟進來後，掌聲變得更熱烈了。冬心原本也要來的，但因爲頭痛欲裂，最終還是留在家裡。病床貼有「吉冬華」的名牌。躺在靠窗、左邊床上的女人看起來大概七十多歲了，斜坐在靠窗右邊病床的男人也四十歲中半了，男人旁邊的女患者看起來跟冬華年齡差不多。護士長端著蛋糕走進來，蛋糕正中央插著一根蠟燭。

「吉冬華小姐，恭喜妳戰勝了MERS！接下來只要在這裡接受後遺症的治療，就可以重新返回社會了。爲了能讓妳儘早出院，我們會盡最大努力的。來，吹蠟燭吧！」

冬華用力吹了一口氣，但燭光只晃動了一下，沒有熄滅。去年的生日蛋糕上插了四根粗蠟燭和九根細蠟燭，當時四十九歲的冬華一口氣吹滅了十三根蠟燭。此時的蠟燭比去年小很多，冬華再次鼓起雙頰，用力送出一口氣，但燭光還是只搖晃了一下。

護士長誇張的笑說：「在單人病房住太久，沒有人可以說話才會這樣。跟大家一起住在這，很快就能恢復的。這位是兒子吧？來幫媽媽一起吹！」

藝碩走上前，站在冬華身邊，母子緊握雙手、用力一吹，蠟燭才終於熄滅。

冬玉和藝碩說要到樓下的商店爲冬華買些住院需要的日用品，護士們也都離開、各忙各的去了，病房裡只剩下四名病人。

隔壁四十多歲的男人主動開口：「你好，我叫禹福正。」

「我叫吉冬華。」

「隔壁的男性病房住滿了，我只好住過來，當萬紅叢中一點綠。我實在不想再住在單人房了。看妳年齡應該比我大，可以稱呼妳一聲大姐嗎？」

「請便，怎麼稱呼都行。」

冬華的視線跨過一張床，看向跟自己年齡相仿的病人。

只見病人的額頭擠出皺紋，像斷奏似的一個音節、一個音節說道：「我、叫、董、寶、蘭。」她嗓音低沉，字與字之間說得氣喘吁吁。

直覺告訴冬華，寶蘭的肺已經嚴重受損。MERS最常見的後遺症就是間質性肺病。雖然冬華也喘不過氣，但至少還講得出句子。

「我叫吉冬華……在物流倉庫工作……」

見冬華介紹自己的職業，寶蘭也跟著說：「我、在、補、習、班、教、數、學……」

咳嗽打斷了寶蘭的話。直覺再次告訴冬華，寶蘭再也不可能回補習班教數學了，因爲那是需要不停說話的職業，要有健康的肺和聲帶才行。現在寶蘭的聲音低沉，呼吸吃力，連句完整的話都講不好，她這樣是不可能輕鬆說出腦袋裡解決的問題，自己也會很辛苦。

冬華的視線自然的看向最後一名病人。她背對著冬華，剛剛冬華吹蠟燭時，她才好不容易翻了個身、仰臥著。冬華小心翼翼的正準備開口，門開了，護士推著輪椅走進來。面向窗戶的病人很習慣的自動起身，坐到輪椅上。護士推著輪椅走出病房，冬華看了一眼貼在病床上的名牌，尹致鈺。

「洗、腎……腎、衰、竭……」寶蘭用五個斷音說明情況。

冬華重複著五個斷音，問道：「她去洗腎，是出現腎功能衰竭的併發症嗎？」

寶蘭點點頭。腎功能衰竭也是MERS病人最可能罹患的後遺症。病人在與MERS搏鬥時會發生這種狀況，原本就罹患腎衰竭但沒有洗腎的患者，病情也會因此惡化。尹致鈺屬於後者。她在用飲食和運動療法治療腎衰竭時感染了MERS，爲了治療高燒和肺病連用了兩週的藥。雖然撿回一命，腎功能衰竭卻急劇惡化，導致一週至少要洗腎三次。從那之後，致鈺每天都躺在床上，望著窗外。她在東大門擁有五家服飾店，是個低調的有錢人，但這後遺症不是靠錢就能解決的。

冬華調整了一下床的高度，躺在枕頭上。枕頭和被子跟之前醫院的廠牌一樣，但這裡似乎更軟綿綿的。冬華傳了則訊息給冬心。

—貧血還好嗎？頭痛好些了嗎？振作點，我很快就能回家了。

冬華希望在這裡住一週就出院。感染MERS是最糟糕的不幸，但冬華相信好事還在未來等著自己，從今往後，只會有好事發生。

兩個月後，冬華才明白自己的想法有多麼輕率。

輸血、輸血、輸血

二〇一五年的七月特別熱。

李一花住在巨濟玉浦港的甘淑熙家裡休養；吉冬華轉到一般病房，努力治療衰竭惡化的肺功能；只有金石柱還留在隔離病房，在死亡線上掙扎。整個六月，當一花和冬華徘徊在死亡邊緣時，雖然石柱也出現高燒、咳嗽和呼吸困難，但很快就有了起色，像是不費吹灰之力就擺脫了傳染病。可是當她們兩人在PCR檢查中連續兩次顯示爲陰性，順利出院後，石柱卻還是一直爲陽性。

住院醫師權亨哲在跟血液腫瘤科的柳大煥教授、感染科的朴江南教授討論過後，如此下了結論。

「爲治療溶血性貧血而長期服用的類固醇，必須先停下來，很可能是類固醇導致PCR檢查一直無法顯示陰性。」

「停用類固醇，貧血不會惡化嗎？」

「我們會密切觀察，看情況進行輸血。現在必須盡快得到陰性反應才能化療。如果在陰性反應出現前淋巴癌惡化，還是得用抗癌藥。」

「什麼時候才能得到陰性反應？」

「這很難說，但我想可能會在一週內。如果MERS不痊癒，很難做治療淋巴癌的檢查。我們知道這樣很辛苦，但這是目前最好的辦法了。」

「權醫師覺得怎麼做比較好？」石柱問。

亨哲的左手覆蓋在右手上。「現在只能控制住情況，要先治療哪一邊都很難。我覺得可以嘗試看看這個方式。」

石柱也做了決定。「我明白了，那就這樣吧。」

「我們還會嘗試進行血清治療。」

這是直接注入痊癒患者血清的方法。六月有幾名患者採用這種方法，獲得了成效，冬華就是其中一名。關於抗血清（Antiserum）治療，上個月石柱也聽說了，但當時血清不足，所以沒有輪到他。

「好，我也接受血清治療。」

「這是家屬送來的。」亨哲拿起剛剛放在床下的紙箱，他念出產品名，是Wi-Fi分享器。「病房在最角落，的確收不到Wi-Fi，安裝一個分享器也好。你有什麼想吃的嗎？我剛好有事要出去，正好把剛才跟你說的轉告家屬，順便告訴她你想吃什麼。」

石柱想起《好吃的傢伙們》裡，幾個嘉賓大口咀嚼的食物。但湯類食物不方便帶，其他幾樣恐怕醫院附近也很難找到。

「請轉告她幫我送炸雞來，不放任何醬料、古早味的炸雞。」

亨哲離開病房後，石柱打開紙箱，取出分享器。因爲家裡也有，石柱連說明書都不用看就熟練的安裝好，打開電源，接著將筆電和手機連上分享器，原本只能微弱的搜尋到一格訊號，現在第二和第三格也都亮了。石柱在病房內漫步，開始拍照，他先拍負壓病房，又自拍了各種表情。一開始，石柱很常自拍，最近卻很少拍了。就像映亞會每天記錄數値，這對石柱也是很重要的紀錄。只要看一眼一週內拍的照片，不只能看出自己身體的狀態和體重的變化，還能看到皮膚上長出的囊腫和黑斑。把這些客觀資訊保存下來，對治療也會有幫助，日後還會成爲判斷是否妥善治療MERS和淋巴癌的資料。這是一般的病人不會考慮到的。

關於亨哲說明的治療方案，說實話石柱是半信半疑，如果停用類固醇，對治療MERS或許會有效果，但溶血性貧血一定會惡化。到底還要多久才能擺脫MERS這副腳鐐呢？但既然自己已經同意接受治療，接下來就只能堅持著、做好治療前後的比較紀錄。爲了記錄當下的狀態，石柱逐一拍下臉、脖子、胸口、手臂和大腿。這時電話響了，是KakaoTalk的免費電話。

「啊，現在能聽見了。」映亞的聲音很清楚，而且沒有間斷。

「派上用場了。」

「你還在發燒嗎？」

「不燒了，頭也不痛，也不像前幾天那麼難受了。是開始治療的好日子。」石柱參雜著鼻音，故意用輕鬆的語調說。

「炸雞收到了嗎？」

「什麼時候送進來的？」

「十分鐘前。這附近有人氣餐廳，想吃什麼儘管說。他們怎麼還沒送去給你啊？炸雞得趁熱才好吃啊！」

「換點滴時才能送來，爲了送炸雞護士還要穿防護衣，也很麻煩。」

「眞是天使般的病人啊。我特地跑回來，就是爲了想讓你趁熱吃。」映亞聽起來有些感傷。

石柱安撫她：「謝謝妳，不過我覺得冷掉的炸雞更好吃。權醫生有詳細跟妳說明嗎？」

「嗯，盧忠泰教授說什麼就算換病房也不會改變治療方案，這不是全都改了嘛！病房變了，醫護人員變了，治療方案也變了。連探病都不允許，眞傷心。」

「權醫生很親切又非常有幹勁，聽說他是自願過來的。」

「是嗎？有兩年經驗了？」

「不，三年了。聽說因爲是MERS隔離區，所以特別要從滿三年的人裡選志願者。」

「原來如此。他說會每天把你的情況告訴我。」

「每天？要是有需要，日後可以把病歷印出來看啊。」

「我不要等日後，我要隨時知道你的情況。就算說我固執也不在乎，像這樣被重重的門阻擋著，我也沒有其他辦法了。」

「眞不愧是南映亞。謝謝妳。」

「有必要接受血清治療嗎？停用類固醇，身體還要重新適應。如果接受血清治療，這樣按照計畫進行，接下來就是化療，你受得了嗎？」

「能嘗試的方法都要試一試，別擔心。」

「眞的可以嗎？」

「當然。都爲MERS吃了一個月的苦，現在是時候跟它道別了。我拍了幾張照片，等等傳給妳。」

「嗯。」

「我找到了訊號好的位置，之後再打視訊電話給妳。」

「嗯，離床近嗎？」

「在窗戶下面，距離病床要走四步。家屬休息室怎麼樣？」

「就那樣。有冰箱，也有微波爐。」

「妳也回家休息吧。多陪陪雨嵐，照常去上班，反正妳來醫院也見不到我。」

「你不是說醫院的飯很難吃嗎？」

「就算妳從醫院附近有名的餐廳買來，我吃起來也覺得很普通。」

「就算是這樣，外面的也比醫院的好吃，我會買來送進去給你。我上午去公司處理工作，下午再來醫院，公司很體諒我。不是說只要一週就能判定陰性嗎？就讓我這樣一週吧。」

「好吧。我剛把照片傳過去了，妳也拍幾張照片給我看看。」

「我今天沒洗頭，很醜欸。」

「沒事啦，還能比我醜嗎？」

「好吧，我傳給你。」

「炸雞好像來了，我聽到開門聲。與其說是開門聲，不如說是振動，這房裡太安靜，就算微弱的振動我也能感受到。我會好好吃的。」

＊＊＊

轉院後的頭兩天，石柱少量使用類固醇後，從七月五日開始徹底停藥。他首先出現了高燒、頭疼和暈眩，動彈不得，只能躺在床上看手機裡映亞和雨嵐的照片。

在這裡最痛苦的時候是黃昏時分，透過小窗戶照射進來的光亮消失後，整個隔離病房會立刻被黑暗籠罩，誰都無法甩脫那種淒涼感。就算把病房裡的燈全部點亮，電視音量調到最大，還是會察覺到房間裡只有自己一人。過分的明亮和吵鬧的聲響，也會消耗石柱的能量，他現在已經沒有那樣的意志和體力了。

七月三日轉院當天，石柱的絕對嗜中性白血球[28]計數是八百六十九，到七月九日爲止持續下降到五百一十四。七月九日，爲了增加嗜中性白血球，醫生給石柱注射了白血球生長激素，並輸了兩包紅血球，這是第一次輸血。

之後每當絕對嗜中性白血球數下降，醫生都會給石柱注射白血球生長激素，然後分別輸紅血球和分離術血小板（APH）。輸血次數從三天一次變成兩天一次，七月二十三日後，幾乎每天都要輸血。每六個小時輸一包血，這樣輸完四包血後，一天也就過了。七月二十七日，每四個小時輸一包血，總共輸了六包血。

看著血液不停注入身體，石柱漸漸感到不安。雖然之前聽亨哲提到停用類固醇，會增加溶血性貧血惡化的可能，因此會根據情況隨時輸血。但石柱怎麼也沒想到會這麼頻繁，他覺得自己每天輸四到六包血，都快代替吃飯了。儘管如此，七月十五日還是進行了血清治療。

雖然石柱甘願接受輸血，卻沒有輕易獲得期盼中的陰性結果。七月十四日和十六日，石柱持續接受PCR檢查，雖然都是陽性，但數值明顯降低了。

化療再也無法拖延，七月十七日到二十四日，血液腫瘤科的柳大煥教授決定給石柱使用名爲服瘤停（Pralatrexate）的藥物，正式展開化療。七月十七日化療開始，石柱因高燒和頭痛不停嘔吐，完全無法聯絡映亞。石柱不停嘔吐，嘔吐，還是嘔吐，就算再也吐不出東西，還是有沉甸甸的東西從小腹經由胸口爬上喉頭。吐累了就昏睡，這樣整整折騰了一整天，石柱連下床的力氣都沒有。爲了上廁所，他好不容易下了床，但膝蓋怎麼也施不上力，整個人幾乎要在地上爬行。

化療期間，石柱整個身體都出現問題，疼痛最嚴重的部位是腹部。七月二十日晚上，石柱整夜沒睡，脾臟附近像被刀刺般劇痛。隔天，咽喉開始疼痛，牙齦和舌頭發炎，微血管破裂，喉嚨腫得連吞口水都痛。石柱根本無法進食，喝水也很痛苦。

展開化療後，石柱只傳訊息給映亞，但多次拒絕了傳照片的要求。雖然石柱還是每天自拍，但也只是把照片存在手機裡，他不想讓映亞看到自己憔悴的樣子，徒增擔心。一週的化療結束的隔天一早，七月二十五日，石柱照了照拿在手裡的鏡子後，撥了視訊電話。

「你的臉是怎麼回事？」電話剛撥通，就聽到映亞提高了嗓門。

才不到一週，石柱不僅皮膚變黑，臉上到處都是血痂，嘴唇也很腫，就像剛結束第五場比賽的拳擊選手一樣，雙頰和額頭都是瘀青。

「其他部位也這樣嗎？」

脖子、胸口、背和側腰都長出了膿瘡，最嚴重的是雙腿。皮膚不僅變得暗紅，還流出了膿液，彷彿腐爛的枯樹。

「應該是化療的副作用……」雖然石柱想笑，咽喉和口腔都像被錐子扎般疼痛，他不自覺的緊閉雙眼，雙眉緊鎖。

「去年也做了八次化療啊……那時也很痛苦，但皮膚沒有出現狀況，咽喉和口腔也沒有這樣啊。」

「今天早上……我覺得自己搞不好會死掉……好痛，眞的好痛。身體不像自己的，連去上廁所的力氣都沒有，我好不容易才爬去廁所的。」這是第一次，石柱的語氣不再充滿自信。

「雨嵐爸！」映亞喊了石柱一聲，卻無法繼續講下去。

28：嗜中性白血球為顆粒性白血球的一種，負責與外侵之細菌和病毒對抗，是免疫功能的第一道防線。絕對嗜中性白血球（ANC）低於1500/mm3，就是嗜中性白血球缺乏症（Neutropenia），若低於500/mm3則是重度。

從去年開始治療淋巴癌，一直到今年六月一日再次住院，「死」這個字一直都是他們夫妻間的禁忌。即使迫不得已要用到這個字眼，他們也會盡量找別的詞、比喻或象徵代替。但剛才石柱直接說出了「死」，可以想見他在這一週裡所經歷的痛苦和絕望。

「我這就去要求他們給你做檢查。腹痛、咽喉痛，連腿也……」映亞的怨憤湧上心頭，連話也說不下去了。

石柱反倒冷靜的解釋：「按照權醫生說的……可能是血小板產生了抗體。他們很快就會給我做血小板抗體檢查……」

「那其他檢查呢？」

「我是ＭＥＲＳ病人，去檢查室太麻煩了。他們只能會把移動式超音波帶來病房……」

「到底什麼時候才能得到陰性反應啊！」

這不是該向石柱提出的問題，但映亞實在太氣憤，若不向誰發洩出來，恐怕難以再忍下去。

「應該很快吧，等得到陰性反應，才能抗癌……」石柱也回答得含糊其辭。

得到陰性反應！從六月七日到今天，這個假設就像沉重的掛鐘一樣，掛在他們的胸口。

七月二十五日到三十一日，還是一直在輸血。嗜中性白血球缺乏症漸漸惡化，七月九日第一次使用白血球生長激素時，只過了一天，絕對嗜中性白血球就從五百一十四上升到三千四百零一。但數值起伏不定，七月二十七日又從一千七百七十九，隔天掉到兩百九。連續四天使用白血球生長激素，但七月二十九日是兩百，七月三十日則掉到五十，七月三十一日甚至是零！這已經是再也無法遞減的數值了。

極度的無力感包圍了石柱。由於出現副作用，連化療也終止了。石柱體力匱乏，連一絲希望也無法再有，絕望充斥著他。

MERS終結？

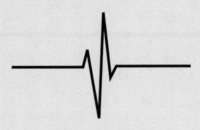

南映亞手記

2015年7月28日（星期二）

只剩他一個人！

一直擔心會有這一天，結果還是來了。

根據「MERS每日消息」，七月四日之後，已經二十三天沒有再出現確診病人。確診人數維持在一百六十八人，接受治療的十二名患者中，有十一名在PCR檢查中連續兩次出現陰性。

十二名中十一名是陰性，這表示在大韓民國，MERS病人只剩下金石柱一個人。

就像在等待這一天到來一樣，國務總理宣告MERS結束。宣告結束的根據來自連續二十三天沒有出現確診病人，十五家集中管理的醫院也解除警報。

我的丈夫為了MERS忍受著地獄般的痛苦，生不如死，政府卻急著抹去MERS這個詞。那我們一家的不幸與痛苦誰來負責？為什麼不調查清楚這可怕的MERS？為什麼急著宣告結束？我丈夫都還沒放出來，就這樣結束了？

獨自哭泣的夜晚

石柱在凌晨三點醒來。沒有醫護人員走進病房，映亞也沒有傳訊息，眼睛卻自動睜開了。他用手機上網到凌晨一點半才睡著，但最多也只睡了一個半小時。石柱乾咳幾下，下床打開冰箱，本來他只想喝口水的，但白天玉娜貞護士買給他的藍莓優格奶昔進入視線。玉護士說，那是跟陳雅凜護士一起到一樓咖啡廳買回來的。飲料裝在塑膠杯裡，杯蓋上插著吸管。由於牙齦和舌頭都發炎，只要吃一點東西，整張臉都會火辣辣的痛。爲了不接觸口腔裡的傷口，吸管成了必備品。

石柱取出飲料，關上冰箱後轉身把吸管送到嘴邊。但他沒有用吸管，而是抽出吸管、打開杯蓋。石柱把杯子放到嘴邊，一口氣喝下奶昔。感受到冰涼的同時，整張臉又火燒般刺痛，讓他的眼淚瞬間奪眶而出，淚水掉進杯子裡。但他沒有拿開杯子，仍一口氣喝光摻入眼淚的奶昔。

跟映亞一樣，石柱每天早上也會查看疾病管理本部官網的「MERS每日消息」。今天早上公布十二名病人的PCR檢查結果，有十一名陰性，這意味著十二名中只剩下一名MERS病人，而那就是金石柱自己。當F醫院的病人遞減到最後都集中到十八樓時，當轉院到大學醫院負壓病房時，當隔壁的病人痊癒出院時，石柱都感到不安。這樣下去，該不會只剩下自己吧。如果在韓國只剩下自己一個MERS病人……石柱默默想著，然後苦笑著把擔憂丟在一旁。他眞的不想成爲最後一個沒康復的病人。但那令人極度恐懼的瞬間就這樣忽然降臨。

石柱瞄了一眼連結護士站的監視器，轉身躺在床上。眼淚再也止不住，恐懼、難過和憤怒一下子湧上心頭。玉護士遞上奶昔時，石柱因爲收到意外的禮物而開心不已，但當他看到玉護士眼裡流露的憐憫，很快便覺得不是滋味。醫護人員也知道，如今只剩下金石柱一個人了，因此向來一絲不苟、從不違反規章的玉護士才特地買了奶昔。石柱接過奶昔，眼淚差點奪眶而出。

石柱從沒爲自己哭過，哪怕遭遇困難，就連去年接受化療期間也沒哭過。每當妻子哭泣時，他都會講笑話安慰妻子。當時的石柱以爲以後也不會爲自己哭，他怎麼也沒想到，現在的自己會哭上一整夜。他不想哭，但眼淚流個不停。

都說這個傳染病無論是死亡或痊癒，只要兩週就會看到結果，但自己從六月七日確診，已經過了五十天，都這麼久了，爲什麼不能像其他病人一樣診斷好轉或惡化，總要有個結果吧！這可怕的旅途終點到底何時才會結束？一定要我死，這個遊戲才會結束嗎？眞是這樣嗎？

石柱不想用自己的死去交換MERS的終結，他感到孤單、害怕，自己還在與MERS搏鬥，但除了自己以外的所有人，已經把MERS拋到腦後、回歸日常生活。或許那些人很想無視這個唯一還在與傳染病搏鬥的病人的存在。病情不見起色，能怪病人嗎？很快就會出現謠言，懷疑問題出在病人身上，這都是時間的問題。謠言一定會說是病人身患淋巴癌，才無法痊癒。

無論石柱如何睜大眼睛，也找不到任何關於病人感染MERS而無法治療淋巴癌的新聞，他感到自己變得越來越渺小。究竟爲什麼自己還是MERS患者？當局和醫院沒有任何答案，這將石柱推向了懸崖。

「MERS每日消息」上，正在接受治療的病人顯示爲「1」。這個數字不會再增加了，但當這個數字變成「0」的瞬間，「MERS每日消息」也會隨之消失，石柱的人生也會在痊癒或慘敗中獲得結論。在此之前，「只有一個人」還在堅持。

石柱拖著滿身病痛的身體迎接黎明，感覺自己彷彿成爲地球上唯一的外星人。他一直哭到凌晨天亮，枕頭都被淚水浸濕，蒙在臉上的被子也潮濕發軟。石柱背對著門躺在床上，直到玉護士送早餐來，注意到石柱微微顫抖的肩膀。

石柱抬起頭，兩人的視線相對。石柱哭了整夜的眼睛紅腫，玉護士低下視線裝作沒看見。這時，映亞的視訊電話響起。石柱沒接，也沒有看傳來的訊息。石柱不想讓妻子知道自己哭了一整夜。

他哽咽的叫住準備走出病房的玉護士，拜託她：「這是祕密，請不要告訴我妻子。」

「……知道了。還好嗎？還是閉上眼睛睡一下吧。」

「不了，我想聽幾首歌，然後打給妻子。我現在心裡只想著一件事，我要活下去。不管我怎麼想，都覺得就這麼死掉，太不值得了。」

太久了

南映亞手記

2015年7月31日（星期五）

從昨天晚上開始，石柱就沒看過訊息。

他應該是累了。

唉……我太久沒見到他了。

我們在同一片天空下，都身處大韓民國，還是同一個首爾。

我就坐在醫院附近的咖啡廳，但就算去醫院，也見不到他的一根頭髮。

唉，眼淚直流。

我應該能哭上二十四小時，忍住不哭的話喉嚨會很痛。

活了這麼久，從沒羨慕過別人，

但我最近誰都羨慕。

羨慕所有健康的人。

住院醫師打來跟我道歉，說原本計畫七月讓石柱出院。我知道權亨哲已經盡力了。我叫他不要道歉，真心的感謝他。

要向我們一家人和那些受害者道歉的，另有其人。

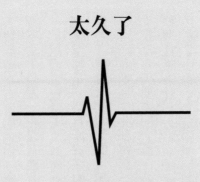

既是受害者也是加害者

八月三日，李一花來到首爾總公司上班。雖然她已經做好去地方城市工作的心理準備，但一週前意外收到留在首爾的通知。電視臺或許是想避免被外界指責他們把感染MERS、九死一生的新人趕到鄉下去。雖說一花沒有被分配到想去的社會二部，而是文化部，但她已經感激不盡了。

返回首爾當天，阿姨淑熙在巨濟古縣客運站說：「簡直熱死了，首爾會更熱吧？妳隨時都可以回來，這哪是一個月能養好的傷啊？阿姨知道妳心裡有多難過，妳就咬緊牙關再等一年，『遊山會』這些親戚一定會再次相聚的。知道嗎？一路順風啊。」

一花擔任文化部電影、出版和宗教的助理，據說有十五年資歷的羅惠蘭次長反對她來文化部，因爲文化部每天要審閱大量作品、看新聞稿，還要負責採訪，需要至少三年資歷的記者。一花剛辦完父親的葬禮就感染MERS，連實習都沒做滿，還在家休息了一個月，所以羅次長反對這樣的新人直接來接手助理工作。況且，一花對電影、出版和宗教也沒有特別的興趣和專長。

上班第一天，羅次長便叮囑她。「妳不要只相信新聞稿，新聞不是只靠腦袋寫，而是靠兩條腿、兩隻耳朵、兩隻眼睛去跑現場，去見受訪者。」

尹海善一直在珍島和木浦待到九月，十月正式搬來跟一花住。文化部一週有兩次電影首映會邀請，送上門的書已經堆積如山。羅次長經常公出參加首映，一花則要在書堆裡選出可以寫成新聞的書。對她而言，二十四小時根本都不夠用。出版界也有各種聚會、記者會和頒獎典禮，羅次長會替她選出幾個必須參加的場合。

一花選擇的首位受訪者是紀錄片導演諸葛勝。採訪一直由羅次長負責，雖然她說會在適當時機把工作交給一花，但剛開始的三、四個月，她還是把一花當實習記者看待。諸葛導演在世越號船難後，不斷流連於珍島彭木港、安山市和光化門廣場，以受害者為主軸展開拍攝。最初他以記錄為目的拍攝，現在則著手把那些拍攝內容擴充、剪輯成長篇紀錄片。一花正準備去位於貞洞附近的諸葛導演工作室時，蘇道賢記者打來。兩個人至今還沒找到機會一起喝杯販賣機的咖啡。

「今天晚上有空嗎？」

「……我有本小說要研究，還有部電影要看。」

「接到我的電話，覺得高興就說嘛。」蘇記者輕鬆的一語帶過。

做了六個月實習記者的一花，不管過程好與壞，多少都與直屬長官累積了感情。

「當然高興囉！」

「我請妳吃飯，也請喝酒。」

「還以為你忘了呢。這屆的實習記者裡，你是最後才請我的吧？」

「妳是誰培養出來的？還學會見縫插針了。不過這次不只我們，還有其他人，妳要是有壓力我就取消，下次再請妳。」

「還有誰啊？到底是哪些前輩要請我吃飯、喝酒？」一花開玩笑的反問。

蘇記者把選擇權交給她，就表示這飯局不像實習期間喝酒、說閒話的輕鬆場合。

「今天的飯局主要還是為了歡迎妳回來，文化部那邊呢？」

「還沒聚過。」

「那一定就在這兩天了。總之，今天各部門同事聚在一起，都是關心妳的。我們很擔心勾起妳難過的回憶，給妳留下二次心理陰影，但大家都想聽妳說說今年夏天的經歷。我覺得現在向妳提出這種要求有點太早，所以先問問妳的意願。妳應該會覺得為難吧？」

「不，前輩，我沒事！」一花爽快地答應了。

蘇記者驚訝的問：「真的？」

「不過，前輩要請我喝非常好喝的酒才行。」

「沒問題。妳知道公司對面二樓的『冰屋』吧？十點半，那裡見。」

那家店雖然有自己的名字，但記者們都叫它「冰屋」，因為那裡的啤酒特別清爽，才有這個綽號。晚間新聞結束後，大家才能聚在一起，所以時間訂在十點後。

「知道了。」

「那晚上見……對了，還有件事想拜託妳……」

「請說。」

「這次的『直擊現場』輪到我了，想請妳幫我看看稿子。」

「直擊現場」是記者輪流寫的採訪筆記，字數、形式不限，所以每個人寫得都各具特色。過去只有報紙和雜誌記者寫採訪筆記，但隨著電視新聞也開始運用社群，需要電視臺記者寫東西的事也隨之增加。不僅要寫採訪後的感想和幕後花絮，甚至還要再寫一篇與報導不同的專欄。如今記者為了在電視圈存活，都必須拿出看家本領才行。

「哪輪得到我來看啊？」

「找妳審閱是有理由的，我先把初稿傳給妳。明天下午截稿，還有些時間。拜託啦。」

雖說一花覺得滿有壓力的，但畢竟是實習期間格外照顧自己的前輩，還是答應了。未來總有一天也會輪到自己寫「直擊現場」，就當作提前預習吧。

採訪諸葛導演的場所碰巧是一花住院前約海善見面的咖啡廳，那裡可以俯瞰在光化門廣場長期靜坐示威的世越號帳篷。爲了解暑，廣場四處安置了灑水器，但還是可看到地上散發著熱氣。約在這裡的是諸葛導演，與一花一起來的攝影師明潤川在能拍攝到世越號帳篷的角度架設攝影機。一花背對攝影機，開始採訪。

「我記錄了痛苦。失去親生骨肉是極大的痛苦，但船爲什麼會沉，爲什麼不及時救援，至今沒有釐清這些眞相的痛苦，也不容忽視。政府坐視不管，法律和制度也沒有把焦點放在這些痛苦上。說得更直接一點，現在政府正急於掩蓋和抹去受害者的痛苦，唯有這樣才能減少自己的責任。青瓦臺不是也表明立場，說自己不是船難控制中心嗎？意思就是總統對此事沒有任何責任。身爲最高行政首長的總統都在逃避責任，那底下直屬的海洋水產部長和海洋警察廳長會站出來承擔嗎？救援失敗後，他們都把責任推給現場的一二三號艦長[29]。就算那個艦長被判有罪、受到處罰，可其他海警官員卻絲毫不需負責。政府不但不釐清眞相、嚴懲相關人員，反倒大力阻止眞相公開。世越號的受害者不是我們的國民嗎？就是因爲國家不作爲，民眾才會自發性的站出來。我也是其中之一。」

諸葛導演歷時一年多，努力記錄那些痛苦。

採訪最後，一花問道：「這樣的痛苦，還會反覆上演吧？」

29：世越號翻覆沉沒時，木浦海警一二三號船艦首先到達現場，但艦長金京日並未讓乘客即時撤離船體，被認為未盡保護國民生命安全的責任，依過失殺人罪求刑四年。

諸葛導演沒有立刻回答，而是注視著一花，他的眼睛像白頭山的鹿一樣清澈，閃爍著感傷。

「當然。如果不徹底釐清眞相，處罰相關的負責人等，痛苦只會重複上演。」

「請問……你有沒有拍攝MERS受害者的計畫？」一花的語氣小心翼翼，就像在敲打土塊。

「妳說……MERS？」

「是的。感染MERS喪命的人和他們的家屬，還有那些雖然痊癒、卻有嚴重後遺症的人，你感興趣嗎？現在政府同樣公開表示，青瓦臺不是MERS控制中心，警察、檢察官和法院也沒有要調查。我認爲在釐清眞相和嚴懲負責人上，MERS是和世越號面臨一樣的困難。你見過MERS受害家屬或康復的病人嗎？」

諸葛導演坦然的說：「我一直把精力放在世越號船難上，沒有關注到MERS事件。未來我還是計畫繼續拍攝與世越號船難有關的紀錄片，光是拍攝世越號就已經很力不從心了。話說回來，MERS的受害者有多嚴重？說來慚愧，其實我並不清楚實情，才這樣問的。」

「採訪一開始，你提到了心理陰影，也提到國家應該對世越號生還者和罹難者家屬負責，爲他們治療心理陰影。國家不僅應該指定醫院爲他們治療，還應該指派有責任感的公務員和專家定期、持續追蹤、照顧他們。」

「沒錯。」

「這和好不容易從MERS康復的病人，還有因爲MERS失去親人的家屬是一樣的。感染MERS是難以想像的經歷。簡直糟糕透頂！眞的！你有被人當成細菌看待過嗎？有被關進單人病房過？有時候，連續兩個早晨一直聽到同樓層的病人死訊。就算僥倖撿回一命，肺部卻損傷到連慢跑都不行。體重下降十公斤以上，嚴重的甚至會掉二十公斤。每天都睡不著覺，就算睡著也是接連不斷的惡夢。這些身心嚴重損傷的受害者，從沒聽說過國家有指派公務員。你知道有哪位藝術家會對MERS事件感興趣嗎？」

「我沒聽說過，肯站出來發聲的藝術家都在關注世越號。不過，MERS事件不是已經結束了嗎？據我所知，沒有再出現新的確診個案，病人大部分也都痊癒了……」

「那只是大部分，並不是全部！事實上，政府在七月二十八日宣告終結MERS，但官方的終結必須是一名病人都沒有。目前還有病人沒有痊癒。」

「幾名？」

「一名。」

諸葛導演嚴肅的表情稍稍緩和。「剩下一個人了，最後一個人！」

但一花的表情反而變得更嚴肅，她就像放羊的牧童，比起回來的九十九隻羊，她更擔心的是走失了的那一隻。

「雖然不清楚實際狀況，但那一個人一定很害怕，他一定覺得只有自己一個人身患那種病，獨自在汪洋大海的小船裡漂盪。政府卻已經準備抹去MERS，就像抹去世越號一樣。」

諸葛導演抬了抬鏡框，認眞地說：「今天妳讓我學到不少。我會開始關注一下MERS事件，就算不是我，也會有其他導演想記錄MERS的。話說回來，李記者怎麼對MERS了解得這麼詳細？」

一花壓低下巴，強忍憤怒。「我也是MERS病人。」

諸葛導演先離開了，攝影師也因爲要拍攝下一個採訪，匆忙整理好攝影機走出咖啡廳。一花坐在窗邊準備處理剩下的工作，她打開筆電，戴上耳機重新聽了一遍採訪內容，然後整理出重點，記在Evernote裡。四天後的晨間新聞裡要介紹電影，羅次長會決定影片的時長和順序。

痛苦！

一花反覆思索這個詞，轉頭望向窗外。不管是感染ＭＥＲＳ前還是康復後，黃絲帶和世越號的帳篷一直都在光化門廣場上。諸葛導演最後提出的問題隱約在耳邊迴盪。

「妳真是受了不少苦，現在好點了嗎？」

從醫學角度來看，一花已經痊癒了，她的身體裡不再存在會引發ＭＥＲＳ的冠狀病毒，但內心受的創傷依舊還在。剛剛她向諸葛導演提到，康復者裡有人得了嚴重的失眠，就算好不容易睡著也會不斷作惡夢，那個人就是她自己。採訪時，一花一直緊握手帕，因為只要稍有緊張，手心就會流汗。內容相似的夢不斷重複，夢裡的自己總是被關在某處。有時是深井，有時是閣樓，有時是保險櫃，有時是行李箱，昨天夜裡甚至夢到自己被困在冰河下方，無論自己怎樣呼喊求救，都發不出任何聲音。一花覺得自己漸漸成了深井、成了閣樓、成了保險櫃、成了行李箱，甚至成了冰河。今天聽了關於沉船的事，看來今晚會夢到溢滿海水的船艙。

一花本打算關掉筆電，但還是點開信箱。現在十點，慢慢走到聚會的「冰屋」只要十五分鐘，十五分鐘可以看兩篇專欄。看到附檔標題時，一花終於明白蘇記者為什麼拜託自己審閱這篇專欄，〈ＭＥＲＳ所感〉。電視臺內沒有人比一花更關心ＭＥＲＳ，也沒有人能比她做出更正確的評價。一花深吸一口氣，點開附檔，快速閱讀起來。

＊＊＊

「冰屋」一角，用隔板擋住的包廂內擠滿了十一名記者。

跟一花聊過天的人只有召集這次聚會的蘇記者和一起實習的三個同期記者，其他六名前輩都只打過招呼。羅次長有其他約會所以沒有到場。在炸雞端上來前先乾掉一杯冰涼啤酒，已成爲記者聚會上不成文的規定。碰杯之後，大夥仰頭一飲而盡。很熟悉這情況的店員早等在包廂內，等大家喝完就直接收走啤酒杯。

蘇記者往嘴裡塞了一片海苔，沒頭沒腦的問：「妳做得來嗎？」

「嗯，羅次長很照顧我。」

「我們還不了解羅次長嗎？不管老鳥或菜鳥，她可從來不會照顧別人。」

前輩們一起點了點頭。一花坐在角落，跟幾個實習記者對看了一眼。實習第一天，報導局長親自告訴大家，四人中會有一個人派去地方工作，但從結果來看，他們是唯一一屆沒有實習生被派去地方城市。大家都自認是靠實力留在首爾，所有人也都認爲公司是特別關照一花，才讓她留在首爾。這的確是事實。但身爲新人的她，也不可能主動要求調去地方城市，唯一的辦法就是證明自己的實力。所以從上班第一天起，一花就做好每天加班的心理準備。

「妳還能再來一杯？」

看來蘇記者是要充當今天聚會的主持人，他把下酒菜和生啤酒分給大家。這不是需要特地問新人的問題，一花覺得蘇記者這樣純粹是想照顧病人，雖然感激，卻也很不自在。她覺得自己沒必要受特殊待遇。

一花毫不在意的回答：「當然囉。」

大家又喝了一杯生啤酒，啤酒的冰爽感凍得舌頭發麻，沿著喉嚨進入胃部，瞬間覺得十根手指、十根腳趾都舒展開來。蘇記者連喝了三杯生啤酒，才進入主題。

「百忙之中來了這麼多人，相信李記者也明白原因。從某種角度來看，這不是誰都能經歷的痛苦。

當然，我們也從政府和醫院那獲得一些MERS的消息，也比一般人理解的多，但我們還是想聽聽親身經歷這場劫難，現在健健康康坐在我們面前的妳，所理解和經歷的過程，相信會對我們有很大幫助。我們不強求妳全都說出來，如果有難言之隱的地方就跳過去也沒關係。」

二十隻眼睛同時看向一花。一花慢慢起身，一一注視每個人。無論如何，這都是必經的儀式，從六月五日被送進醫院到八月三日的這兩個月，一花清醒時都會看新聞，用手機在網路搜尋或不停切換電視頻道，重複的新聞看了一遍又一遍。前輩和同事當然也會好奇，畢竟這是第一次遇到實習記者感染MERS，痊癒後又請了一個月病假。

「我要先謝謝大家百忙之中，趕來參加我父親的葬禮。」

葬禮結束後，還來不及一一傳訊跟大家道謝，一花就昏倒、不醒人事了。

從五月二十七日搭救護車送父親抵達F醫院急診室一直到今天，這段期間自己所經歷的不幸，一花按照時序簡單進行了說明。住院期間、出院以後，一直有幾個畫面不時出現在腦海：突然呼吸困難，掙扎滾下床的凌晨；嘔吐五十多次，抱著馬桶哭的夜晚；身著防護衣的護士看起來像高達三公尺的巨人，為了閃躲他們彷若鐵鎚般的大手，而拚命嘶喊的白日。如果不是感染MERS，被關進隔離病房的人是不可能知道這些詳細的時刻。

不時有人提出問題，但關於具體的數字和處方，一花回答自己也不清楚。雖然她訴說了大部分記得的片段，唯獨一個鮮明的場景她一直隱瞞到最後。那就是所有親戚圍繞在急診室病床前，與父親做最後道別的時候。一花覺得她此生都不會有信心把這件事說給任何人聽，光是想到父親床邊的點滴架，眼淚就會奪眶而出、胸口發悶。

一花與病魔搏鬥的經歷伴隨在場記者的掌聲結束，前後用了半小時。接著大家就像平時聚會一樣，三五成群的聚在一起聊起最近的熱門話題。

蘇記者跟一花碰了碰杯。「辛苦了。日後需要我幫忙的，隨時找我。」

「謝謝。」

坐在一旁的鮮于秉浩忽然開口：「對於傳染病危機警報一直設定在『注意』等級，妳有什麼看法？」

社會一部主要負責福利、教育和醫學。身爲醫療記者的鮮于秉浩可比社會一部長的資格還老。

正當一花遲疑時，蘇記者搶先開口：「先喝一口潤潤喉嚨吧。生怕別人不知道你是醫學專家啊？人家才剛說完，你的問題就來了。六月初確診個案直線上升時，不是也說應該把等級提升到『警戒』或『嚴重』，但死亡人數沒有超過四十人，現在確診病人只剩下一人，維持『注意』等級，我覺得很正常啊。」

「妳跟蘇記者的想法一樣嗎？」鮮于記者的視線依舊停留在一花身上。

「我覺得不是這樣。」

「那是怎樣？」

「我覺得用死亡人數來判斷危機警報太過單純了。死亡人數並不等於MERS給國民帶來的恐懼強度。應該更多方面去看MERS是如何給我們造成傷害，以及造成怎樣的傷害，再制定危機警報等級。我認爲必須注意兩個部分，首先，比起陸路和海路，MERS最先是透過航空路線散播到全世界。只要有飛機降落的地方都有傳染的風險，也就是說，昨天在沙烏地阿拉伯附近感染MERS的人，可能搭飛機抵達首爾。其次，要考慮網路和移動通訊等數位媒介。」

蘇記者追問：「數位媒介？MERS和網路有什麼關係？」

鮮于記者代替一花回答：「因爲傳播恐懼的速度、範圍和深度會不同。」

一花點頭，接著說：「不管是只感染一個人還是很多人，數字不是重點，而是在這個國家、這座城市存在確診ＭＥＲＳ的病人。透過網路，全國都會陷入恐慌。為了遠離傳染病，會採取各種方法。與過去沒有網路的時代相比，就算死亡人數不超過四十人，但恐懼強度跟中世紀死了四百、四千甚至四萬人是一樣的。」

「政府沒有方法去推測和控制因數位媒介而大量產生的恐懼感，他們的解決層次只停留在嚴懲散布ＭＥＲＳ謠言的水準。政府應該迅速解答民眾的疑慮和不安，而不是只會抵制所有流言蜚語。哪些消息是流言蜚語，哪些消息屬實，應該一五一十的講清楚。」鮮于認同的附和。

一花補充：「沒錯，政府完全對國、內外官方或非官方的消息，都沒有任何回應。」

「對此妳怎麼看？」

「組織和會議很多，卻沒有控制中心。什麼中央ＭＥＲＳ管理本部、ＭＥＲＳ綜合對應專案小組、全國政府ＭＥＲＳ支援對策本部和ＭＥＲＳ緊急應變小組……名字多得記都記不住。國民安全處、保健福祉部、疾病管理本部及包括首爾市在內的地方政府，再加上青瓦臺，整個ＭＥＲＳ的應變一塌糊塗。那裡該做的，這裡卻不做；這裡說感染人數是十人，到那裡卻變成二十人。現實情況都搞成這樣，在這網路時代，還能準備出什麼因應傳染病的方法？」

「了不起……妳什麼時候把這些整理出來的？我看妳都快比鮮于前輩還精通ＭＥＲＳ和傳染病了。」

蘇記者半開玩笑的表揚一花。

一花簡短的回答：「利用休息的一個月看了一些資料。我也開始好奇，把我逼上絕路的ＭＥＲＳ到底是什麼，我們到底做錯了什麼？」

這時，蘇記者改變話題。「我寫的文章如何？」

一花開口前先環視了一下四周，她沒想到會在擠滿十幾名記者的「冰屋」發表對專欄的感想，原本打算單獨跟蘇記者見面時再如實說出自己的想法，如果沒時間，就寫郵件或打電話闡述意見。

蘇記者彷彿看出一花的顧慮。「沒關係，妳就說吧。我寫得如何？」

「很好。」一花意識到鮮于前輩冰冷的視線，含糊的回答。

蘇記者沒有就此罷休，追問：「很好？就這樣？」

「嗯。」

「沒有要改的地方嗎？哪有初稿就完美的。」

這時，鮮于記者插嘴道：「是海明威說，初稿都是垃圾吧。」

蘇記者不甘示弱。「記者寫得再深入，也比不過當事人啊！」

一花被捲進了他們的一搭一唱。「寫得都很好，只是有一點……」

「哪裡有問題？」蘇記者像收回釣竿似的，立刻問道。

「裡面有一句『既是受害者，也無奈成爲加害者』……」

「那句話怎麼了？」

一花看到旁邊的前輩這時都把把注意力集中在自己身上，包廂瞬間充滿沉重的氣氛。探討其他熱門話題的記者也都停止交談，豎起耳朵。

「我明白你爲什麼這樣寫。因爲相繼出現第二、第三和第四批感染，有的人是被感染的，同時也感染了別人。有段時間，傳染力強的病人還被叫作『超級傳播者』。但我覺得不管在什麼情況下，MERS病人都不是加害者。只用『感染MERS』和『把MERS傳染給別人』區分受害者和加害者，太過簡單了。難道不該先思考讓病人感染MERS，以及讓病毒擴散的醫院的僵化體制嗎？

「不管傳染給多少人，MERS病人都是受害者。把全部MERS病人看作受害者後，才能討論誰才是讓他們被傳染的加害者，才能分清法律和制度的對錯。所謂『加害者』是要追究責任的，但MERS的擴散絕對不是MERS病人的錯，不是因爲他們不道德、不誠實。不管是『超級傳播者』還是『加害者』，這種標籤都是對受害者、對病人的偏見，是在把責任推到他們身上。沒有既是受害者也是加害者的MERS病人，就算他們傳染給別人，也仍是受害的MERS病人。我想強調的是，傳染或被傳染不能成爲受害和加害的標準。希望前輩能更正一下這點。」

另一場死亡

李一花認為MERS病人只是受害者的那天晚上，吉冬華搭醫院準備的救護車回到了家。MERS確診後快三個月才終於出院。冬玉和冬心分別握著冬華的左、右手，藝碩抱著一束鮮花站在前方，那是護士為了祝賀冬華出院獻上的紅玫瑰。冬華暗下決心，餘生要向那束玫瑰般，熱情洋溢的活下去。

剛回到家，冬華便打給崔文樂社長，但沒人接聽。

冬心插嘴道：「晚間新聞都結束了，這時候打電話太失禮了。反正明天是星期六，星期天下午再打吧。妳又不是明天就去上班。」

冬華沒有反駁，接著撥了林羅雄組長的電話。撥號音響了七次後，傳來對方的聲音。林羅雄大概在啤酒屋，話筒那端傳來音樂的吵雜聲。

冬華簡短的說：「林組長，我出院了。」

「恭喜妳，應該早點跟我說一聲嘛！」

「公司如何？」

「還是老樣子……部長，對不起，我現在不太方便講電話。」

冬華提高音量。「好，你明天上班嗎？」

冬華週六偶爾會去物流倉庫，雖然週末不接出貨訂單，但她還是會去根據帳本確認入庫的新書，檢查一下是否擺放好，還會待在退貨倉庫看看關於編輯和印刷的書。高中剛畢業，她就進永永出版社負責倉庫工作，一直對出版流程很感興趣。不光是編輯和設計，連印刷和裝禎也想了解。自從結識了終結書本的碎紙機「咚咚」後，冬華對一本書的誕生更加產生興趣。電話另一頭傳來了簡短的歌聲。

「說實話，訂單量不如從前了。」林組長回答。

冬華感受到一股寒意。「是嗎？知道了。那我週一過去，社長還好吧？」

「……週一見，我會轉告社長的。」

兩天後的六點五十分，冬華出了家門，七點半抵達倉庫。冬華仰望馬路對面的「朴二內科」，喝了一杯販賣機咖啡後，輸入密碼走進倉庫。書的味道撲鼻而來，一直堆積到天花板的書擋在冬華面前。

冬華在倉庫裡走了一圈，接著轉身朝反方向走去。住在隔離病房期間，雖然很掛念冬心和藝碩，她也很想念倉庫裡的書。正如林組長說的，倉庫出現了幾處空書架。

轉了兩圈後，冬華來到退貨倉庫，走到碎紙機「咚咚」前撫摸幾下，眼淚便模糊了視線。因爲體重掉了二十公斤，肺部縮水，支氣管變形。如今連走有一點陡的上坡都要停下來休息三、四次，冬華眞恨不得乾脆一死了之，但如果能待在物流倉庫，不管怎樣她都想撐著活下去。

「你過得好嗎？對不起。謝謝。」冬華像在跟好久未見的朋友打招呼。

冬華坐在碎紙機旁的椅子上，掃了一眼擺放在個人書櫃裡的書。世界隨筆全集？怎麼都不是平時自己看的書呢？

「妳是哪位？」

出現一位眼神透露警戒的青年，冬華把戴著的口罩拉到下巴。醫生再三囑咐冬華，爲了保護肺，一年四季出門都必須戴口罩。

「我是吉冬華部長。」

「啊！原來是妳，我常聽林部長提起妳。」

還沒等青年嘴角的微笑消失，冬華便追問：「你剛才說林部長？」

負責物流倉庫的部長只有吉冬華一個人。

「嗯，林羅雄部長。」

在冬華與MERS搏鬥期間，林組長升職當了部長。

「我叫曹南植，來這裡工作還不到兩個月。」

「那是六月中旬進來的？」

「嗯，六月十七日來上班的。」

正好是冬華確診十天後。

「書櫃裡的書都換了？」冬華指著碎紙機旁的書櫃。

南植回答：「六月十七日上班第一天，我就把那些書都清理掉了。大部分是跟編輯、行銷和印刷有關的書。上班第一天，做的第一件事就是清理那些書，是林部長吩咐的。」

「他叫你把那些書都銷毀？全部？有很多書是今年春天才出版的啊……」

「我看有幾本書還上過暢銷榜，所以說想帶回家，但林部長堅持要我全都銷毀。他還說空書櫃不好看，讓我放幾本書上去，所以我把退回來的一套世界隨筆全集放上去了。」

冬華盯著「咚咚」。「你知道為什麼銷毀那些書嗎？」

「聽林部長隨口提起過。六月十七日不僅是我第一天來上班，也是林部長和社長解除居家隔離、回來上班的日子。」

事後冬華才得知，不只家人被要求居家隔離，就連「冊塔」的員工也都居家隔離了。冬華在隔離病房好不容易清醒後，傳過幾次訊息給崔社長和林組長。但崔社長沒有回覆，只有林組長回覆要冬華先專心養病。雖然冬華追問了很多公司的事，林組長都只回等出院再討論。

「林部長說，搞不好書上都是病毒。還說，必須把妳碰過的東西全都清掉……我先清理了書櫃，旁邊辦公桌抽屜裡的原子筆、三角尺和膠帶也都一起丟掉了。」

「原來如此……」冬華沒有再追問南植。上班第一天服從第一個指示，這不是員工的錯。要是不放心，可以把東西都塞進箱子裡放在倉庫角落保管啊，沒經主人允許就都扔掉，冬華覺得有點過分了。

「你多跟文代理好好學。」

「他現在是科長了。他眞的教了我很多，託文科長的福，我現在能熟練的操作碎紙機了。」

「文科長……」

文尙哲升職成科長，還負責「咚咚」，這等於是徹底搶走了冬華的位置。

九點整，冬華來到三樓社長室。坐在沙發上的崔社長和林部長站了起來，冬華彎腰行禮。

「非常抱歉，因爲我讓大家費心了。」

崔社長遲疑片刻，手掌擦了一下大腿後，和冬華握手，「妳眞是受苦了。我應該去探病的，結果一拖再拖都拖到妳出院了。也聽他們說，不用一、兩個月妳就能出院……」

冬華坐到沙發上，「還有病人沒出院，後遺症嚴重的病人還要戴氧氣罩。如大家所見，我已經徹底痊癒了。」冬華的視線轉向林部長。「恭喜你升職了。」

林部長簡短的道了聲謝。

「那我先去倉庫工作了。很抱歉這兩個月沒來上班，我會用兩倍、三倍的努力工作的。」冬華看看牆上的鐘，站起來。與以往爽朗的冬華不同，她只說完想說的話後，鞠了個躬，就離開社長室。

冬華回到物流倉庫，只見南植和兩名員工在搬運剛入庫的新書。由於堆高機停在距離書櫃十公尺前的地方，所以大家只能親自搬運。南植動作敏捷的把成捆的書扛上雙肩，冬華也學南植，先把一捆書扛在左肩，另一捆書剛放上右肩，便咳了起來。冬華上身前傾，肩膀一晃，扛在左肩的書差點掉下來。問題出在口罩，因爲悶所以呼吸加快，嘴巴和喉嚨不舒服，最終引發咳嗽。

「妳沒事吧？這裡交給我好了，妳去那邊休息一下。」走回來的南植熟練的扛起書，勸冬華。

「我只是嗆到而已。」冬華的口氣有些許不耐煩。

冬華不是在生南植的氣。醫院診斷由於肺部纖維化嚴重，只剩下一半的功能了。肺部損傷嚴重引起的不便絕不只一、兩樣，最不方便的就是使不上力。身體垮了之後，記憶力也降到從前的一半。冬心和藝碩記憶猶新的幾段旅行，冬華卻一點印象也沒有。

「請妳出來一下。」林部長從倉庫的門縫探進上半身，呼喚冬華。

「午餐時間再說吧，我還得工作。」

冬華已經做好心理準備，要用誠懇的態度彌補體力的不足。她一心只想像從前那樣，負責物流倉庫的管理。

「請出來一下，妳那身體能做什麼事啊？」

「我的身體怎麼了？」冬華勃然大怒。

「妳快點出來！等文科長到了，氣氛只會更尷尬！」林部長也毫不讓步，甚至還揮起手來。

「我也在等他，都過了上班時間，他怎麼還不來？」

「妳怎麼也不替文科長想想，這種時候，他會想見妳嗎？」

冬華幾乎是被林部長拉出去的。一走出倉庫，冬華一把甩開他的手。

林部長開口：「妳怎麼就這麼不識相呢？連我都看出來了。」

「不識相？」冬華稍稍抬起頭，望向三樓社長室。

在公司需要林部長察言觀色的對象，只有崔社長。

「妳要就在這把話講清楚，還是去對面咖啡廳找個安靜點的地方？」

三輛一噸重的貨車接連開進停車場，它們會把書運送到各大書店。

「大熱天的，就別給彼此找麻煩了，跟不跟來隨便妳。」林部長率先往外走。

冬華用手帕擦了擦額頭和脖子上的汗，然後戴上口罩跟在後面。

兩人走進咖啡廳，點了兩杯美式咖啡，才剛坐下，林部長便先發制人。

「知道妳給『冊塔』帶來多嚴重的損失嗎？」

「……我不是已經向社長道歉了。」

「這哪是道歉可以解決的事啊？妳知道從六月七日到十六日，我們的進出貨減少了多少嗎？」

冬華用拳頭敲著胸口。聽到林部長如此斥責自己，冬華瞬間全身緊繃，雙頰漲紅，眼眶濕潤。

「感染ＭＥＲＳ是我的錯嗎？住院治療是我的錯嗎？」

「我沒說那是妳的錯。但不管怎樣，妳感染了ＭＥＲＳ，害公司損失慘重。哎，真是的！結果還是逼我說出口。我這樣說也許很不恰當，但現在出版業景氣很糟，如果妳回來上班的消息傳出去，恐怕到時訂單量只會一降再降，還會有更多出版社要求換倉庫的。」

「還會有？你的意思是已經有出版社換地方了？哪家？」

「什麼哪家？」

「我去找他們，去跟他們解釋清楚，說服他們。」

「算了吧！妳還要找上門，哪有出版社會歡迎妳啊。」

冬華又問林部長：「我回來上班的消息傳出去，爲什麼訂單量會降低？」

「妳是眞不懂嗎？那可是MERS，是傳染病啊！」

「我已經好了，而且醫院也判斷不會傳染後，才讓我出院的啊。」

「我知道，所以我才能這樣跟妳面對面坐下來喝咖啡啊。但不是每個人都跟我一樣，大家都不想碰感染過MERS的人出的貨，每個人都打從心裡想遠離髒東西。出版物流公司又不是只有『冊塔』，這行業也很競爭啊。」

冬華抬起雙手。「什麼？髒東西？你看看，我這雙手哪裡髒了？這可是在物流倉庫摸了三十年書的手！」

「不是我這麼想，是少數不像話的人這麼覺得。」

「所以你就把我的那些書都扔了？」冬華的問句像擦亮的槍尖般閃耀。

林部長回答：「當時簡直亂成一團。我也在家裡隔離，後來才聽說幾個穿著太空服的人要來做流行病學調查，把倉庫翻了個底朝天。左鄰右舍還竊竊私語，說倉庫到處都是極度危險的病毒，才不得已把妳的所有東西都清理了。」

「覺得髒是吧？」冬華反覆咀嚼著這句話。

「我可沒說過那種話。但妳的肺傷得那麼嚴重，應該很難像從前那樣工作了吧？」

「所以你的意思是？」

「……妳心裡有數吧？」

「要我辭職？」

「得了那麼嚴重的病，至少也該休息個一年。再說，國家給了那麼豐厚的賠償金，妳又何苦跑來倉庫搬書吃灰呢？」

「賠償金？你在胡說什麼？」

林部長瞇起笑眼。「哎喲，國家會支付一大筆巨額賠償金給MERS死亡者的家屬和痊癒的病人，這消息早就傳開了。聽說有好幾億呢！到底給你們多少啊？偷偷跟我說吧。」

「這是謠言，到底是哪個傢伙編造出這種荒唐的謠言？」

「你們無緣無故染上那種病，吃了那麼多苦，竟然一分賠償金都不給？該不會是妳沒接到電話吧？妳打去保健福祉部和疾病管理本部問問吧，該拿的錢可要拿啊！」

根本沒有賠償金。國家只負擔痊癒前的醫療費，雖然出院後國家補助過幾次定期檢查，接下來治療後遺症的事都自行負責。連治療後遺症的責任都不肯承擔的國家，怎麼可能支付巨額賠償金。

「林部長，你也知道我們家藝碩剛上大學，冬心又一直生病，全靠我賺錢養家。我這輩子也只待在倉庫跟書打交道，我怎麼能辭職呢？」

「社長也很捨不得妳，他總是說希望能跟值得信任的吉部長走到最後。但現在如果妳來上班，公司也很難經營下去。」林部長從包包取出一個信封放在桌上，把信封推到冬華面前。「這是從六月到八月的薪水，退休金會在一個月內匯到妳的帳戶。社長說，還會再給妳一些慰問金。」

「我要去見社長。」冬華倏地起身。

林部長一把抓住她的手腕，把她拉回位置。「妳冷靜點。」

「這、這、這麼做等於是要我死啊！」冬華像生氣的河豚般鼓起雙頰，大口喘氣，她又用拳頭捶了兩下胸口。

「什麼要妳死，別說得那麼可怕。這麼做妳才能活，『冊塔』也才能活。妳的能力在業界首屈一指，等傳染病慢慢平息，一定能找到好工作。我們就不要在這裡拖拖拉拉的，這是對彼此最好的方法了。」

「這是違法解雇，我可以提告。」

「這哪是靠法律能解決的呢？社長也很惋惜，要不是那該死的MERS，我這輩子都會把妳當親姐姐看待。難道妳希望『冊塔』關門大吉嗎？妳負責總管倉庫的工作已經由我接手，文尚哲從代理升為科長，也新增了人手。妳要是堅持要留下來，那我和文科長就只能離開了。妳就接受吧，再鬧下去對誰都沒好處。」林部長近似哀求的說。

「非這樣不可？」

「沒有其他辦法，拜託妳了。」

林部長把信封塞進冬華手裡，先離開了咖啡廳。冬華本想跟出去，但膝蓋突然一陣無力，跪到地上，又不停咳起來。不知道是因為咳嗽還是被解雇，倒流的眼淚順著眉毛滑到額頭。

還不如死掉算了。

冬華覺得額頭像碰觸到潮濕的棺材底部。

所有界線都會盛開鮮花嗎？

進入八月，金石柱的PCR檢查以二十四小時為間隔嚴格執行。站在政府的立場，必須盡快讓最後一名MERS病人痊癒，才能正式宣告MERS終結。

八月，負責隔離病房的住院醫師是有三年經驗的柳奈武，他和七月的權亨哲一樣都是自願來的。與亨哲的身高、體型相反，奈武個頭矮小、圓圓胖胖，很適合「小熊」這個綽號。奈武和亨哲負責的工作相同，每天早上在家屬休息室見映亞，告訴她數值，還會進行長則半小時、短則十分鐘的對話。八月初，為了提高絕對嗜中性白血球，每天仍進行輸血。談話也都集中在這個問題上。數值獲得相當程度回升的八月十日，映亞提出其他要求。

「請讓我進去看他。」

從七月三日轉院到大學醫院的第一天，映亞便提出想進隔離病房跟石柱見面。但感染科的主治醫師以醫院沒有這樣的先例為由，拒絕了她。

「我一直有跟上面報告妳的要求。我知道很難熬，但還是先用視訊……」

映亞掏出手機，點開照片給奈武看。照片是視訊截圖。長方形畫面裡有石柱的臉，小長方形畫面裡有映亞和雨嵐的臉。映亞伸出手用食指滑著照片，像這樣一家三口在兩個長方形裡的照片有十多張。

「這就是我們的全家福，我截下這些照片就是為了能把我們三人放在同一張照片裡。一定要像這樣把我們分開在兩個長方形裡嗎？我也當過護士，穿過幾次防護衣，我有自信比任何人都還遵守探病規定。我去看他對治療也會有幫助的。轉院到這前，我在綜合醫院每天都有進去看他，那邊允許探病，爲什麼這裡不可以？」

「頻繁與病人接觸，感染的危險性也會增加，那間醫院的醫護人員不就感染了？嚴格防範是很重要的。我個人認爲，這個問題不是主治醫師可以解決的，還是要上級批准……」

「上級是誰？院長嗎？疾病管理本部長？還是保健福祉部長？還要再往上的話，難道是總統？要取得誰的同意才可以探病？我這就去找他。」

奈武垂下視線。「我不知道。我只是一個負責治療金石柱患者的住院醫師，這不是只有三年經驗的我能回答的問題。總之，探病的要求我會再跟上面報告。」

「我還有一個問題。」

映亞今天有很多疑問。之前爲了鼓舞丈夫而暫放一邊的問題，今天她要問個清楚。

「確診至今已經兩個多月，有這樣長時間治療MERS的案例嗎？轉院後，MERS症狀消失了，但目前醫院做的只有治療溶血性貧血，持續進行輸血，以及持續一週的化療吧。但淋巴癌復發也很可能引起高燒和頭痛吧？六月治療MERS時用了三種藥，七月轉院後減到兩種。八月開始，就連那兩種也都不用了。日後還有治療MERS的用藥計畫嗎？」

「沒有，但PCR檢查一直都是陽性。」

「但那不是在界線邊緣嗎？況且PCR是測量病毒活性的檢查，一直在界線上徘徊，不就應該另作其他診斷嗎？」

「妳的意思是……」

「說實話，我很存疑。就算PCR檢查是陽性，也有可能不是MERS病人了吧？不過是已經失去活動力的病毒還留在身體裡罷了。如果是健康的成人，那些病毒殘骸一定早就消失了，但我丈夫因淋巴癌復發，才比一般人需要幾十倍、甚至幾百倍的時間，不是嗎？也就是說，就算他的ＰＣＲ結果是陽性，傳染給其他人的機率也很低。如果允許，我可以不穿防護衣跟他見面。請問你的想法如何？雖然他的檢查結果一直是陽性，但你覺得他和其他ＭＥＲＳ病人一樣具傳染力嗎？」

「妳提出的懷疑很合理，傳染力的確有明顯下降的可能。但我們不能僅憑可能性就讓家屬在不穿防護衣的情況下探病，這是違法、也很魯莽的行爲。既然已經在界線上，很快就會變成陰性的。可以肯定的是，我在八月離開這裡前，一定會讓金石柱患者出院。」柳奈武的語氣相當謹愼。

映亞露出苦笑。「七月時，權醫生也說了同樣的話。眞的會有那一天嗎？」

＊＊＊

映亞沒有再等待多久。

八月十日，ＰＣＲ檢查終於得到柳奈武保證的陰性結果。身著防護衣、走進病房傳達消息的奈武顯得很興奮，石柱卻面無表情。

「之前也偶爾會出現一次陰性，那不過是在界線上來來回回罷了。」

「再得到一次陰性結果，就可以解除隔離了。」

「眞的會有那一天嗎？」石柱像錄音機般重複著映亞的話。

「那一天，怎麼可能不來呢？」

石柱轉頭看向小窗戶。「因爲我很倒霉，運氣很差。似乎只有我和我的家人受到了神的詛咒，別人平凡至極的日常，對我而言卻那麼遙不可期。我覺得那一天永遠也不會來了……」

「你知道酒精總量法則嗎？」

「那是什麼？」

「每個人一生的飲酒量幾乎是相同的。年輕時喝得酒多的人，到老了酒量就會變差，年輕時不愛喝酒的人到了老年會變成海量。所以說，一個人能享的福和他的運氣也是有限的吧。雖然現在你很倒霉、運氣差，但以後一定會更幸福，更能盡情享受生活的。」

「雖然這是信不信由人的說法，但要是眞能那樣就好了。我有太多沒能爲家人做的事了。」

「都記下來吧，然後一件一件去實現。到時候也不要忘記我。」

八月十三日，又做了PCR測試，這次也是陰性。石杜接過奈武遞上的檢查報告，半晌沒有說話。一滴淚落在標有負號（－）的報告上。

石杜用手背抹去眼淚。「就這麼簡單？」

「很快就會送你去一般病房，接下來會正式開始治療淋巴癌。我的隔離病房生活也到此結束了。你是最後一個留在隔離病房的MERS病人，我也是最後一個照顧MERS病人的住院醫師。你準備一下吧。」

石杜沒什麼好準備的，身邊只有映亞爲了讓他解悶而送來的四、五本小說，要忙的是映亞。剛到綜合醫院是六月一日初夏，轉院到大學醫院後，連續兩次得到陰性結果的八月十三日，早晚天氣都已轉涼，夏天快結束了。

奈武走出病房，石杜撥通視訊電話。坐在家屬休息室的映亞流著淚，開心的笑著。

「妳回家準備一下吧。」

「需要什麼嗎？」

「吉他。離開隔離病房前，我想彈幾首歌紀念一下。」

「好，還有別的嗎？」

「聽說雨嵐畫了很多畫？也一起帶過來吧。」

「知道了。」

「妳確定我能離開這裡嗎？我一點眞實感都沒有。」

「很快就會通知解除隔離的。你先休息幾天，再定一下日期，開始ＧＤＰ治療。」

去年石杜就接受過ＧＤＰ治療。雖然七月嘗試過化療，但效果並不顯著，所以決定換化療藥物。

「等換到一般病房後，打開比這裡大四倍的窗戶，到時候會有四十倍的抗癌效果，痛苦也會消失的。」

「解除隔離後，說不定會立刻拍ＰＥＴ－ＣＴ。看一下化療要做的檢查，先把順序定下來。」

「還眞忙啊。」

「我先回家一趟。有什麼最後想在隔離病房吃的嗎？今天沒看《好吃的傢伙們》？」

「是有想吃的，不過我想忍耐，等明天離開這裡再吃。再好吃的東西，過了六道門進來也會變得沒味道。」

映亞回家拿石杜要的東西，奈武又穿上防護衣走進病房。

「明年上午會再做一次ＰＣＲ檢查，如果按照預期的得出好結果，會立刻轉去非傳染隔離病房。」

「還要再做一次檢查？一定要做嗎？」

「這是上面的指示，應該是爲了以防萬一，不會有事的。」

「非傳染隔離病房在哪兒？」

「第一道門和第二道門之間的兩邊都是病房，那裡是爲不需要負壓病房的病人準備的。不會以空氣爲媒介傳染的病人都住在那裡，護士站也在那邊。」

「那裡有很多床嗎？轉院過來時移動得太快，我沒看清楚。到了非傳染病房，那你也不用再穿隔離衣了。」

「沒錯，等到時摘下這雙層手套，我們先好好握一下手。」

「到時也能聽清楚你的聲音了，因爲空氣淨化器，我都聽不清楚你講什麼，你一用力說話就破音。」

奈武也一樣，因爲空氣淨化器的噪音，很多次都沒聽到石柱的喃喃自語。

七月三日躺在推床上進來時，感到陌生、害怕的石柱好不容易數清了那六道門。抵達隔離病房前，還以爲門與門之間都只是走廊，沒想到那裡還有非負壓、不用穿隔離衣的病房。在負壓病房痊癒的病人，換到一般病房或出院前會先住在那裡。

「同種造血幹細胞移植的計畫，等你離開這以後，我們再來詳細規畫。」

治療淋巴癌時，要先用化療殺死癌細胞，再進行造血幹細胞移植。奈武沒有再提及ＭＥＲＳ。石柱要過的最後一道關卡只剩下淋巴癌了。

八月十四日清晨六點，石柱醒了。映亞比他提早半小時抵達家屬休息室，終於不用穿防護衣就能見到石柱了。映亞想要跑著衝進他懷裡，要親手撫摸他的臉龐、胸口、身體和手腳。

身著防護衣的奈武走進隔離病房，石柱舉起右手、面帶微笑地望著奈武。奈武卻低頭迴避他的視線，徑直走到病床前。石柱的表情開始僵硬。奈武慢慢抬起頭，眼神顫抖。

「結果出來了……是陽性。今天不能離開隔離病房了。數值在界線上，很快還會有機會的……」

「我……我想一個人靜靜……」石柱打斷奈武，這是他第一次打斷醫護人員說話。

奈武沒有繼續解釋下去，走出了病房。

很快傳來了石柱的吶喊聲。

那不是人類能發出的聲音。

那是跌入深井的野獸發出的嘶吼。

＊＊＊

整個八月，石柱都被失眠和高燒折磨著，就算吃了藥也總被惡夢驚醒，體溫沒有降回正常值，連掉髮都變得很明顯。雖然八月十九日的結果顯示爲陽性，但二十日又出現陰性。石柱的表情越來越陰沉。不管是奈武還是護士進來，石柱都只是背對著他們、躺在床上，不管問他什麼都假裝沒聽見，頂多簡短的回應一聲。映亞打了三次電話，石柱只接了一次，他沒再主動打過電話。奈武和映亞都感受到石柱深深的憂愁，映亞想讓石柱接受精神科諮詢，奈武說，如果情況再嚴重下去，會考慮爲他做精神治療。

映亞再次問道：「不會再進行ＭＥＲＳ的治療了吧？」

「七月使用服瘤停抑制住的癌細胞又開始活躍了。目前ＭＥＲＳ引發的呼吸症狀已經消失，最好開始進行化療。要是再拖下去怕會更難受，必須盡快開始ＧＤＰ化療。」

「可是他太疲憊了，身體和心理都……這樣展開化療會不會更難承受？」

「現在都已經晚了。五月底左右淋巴癌復發，現在已經延後了兩個多月。妳也知道，要達到完全緩解就必須按照週期注入定量的抗癌藥，如果年底要做造血幹細胞移植，就不能再拖了。」

映亞用視訊跟石柱討論這個問題，或許是因爲連日失眠，石柱的眼神看起來更加陰沉。

他眼神堅定，直接說出自己的結論。「我接受化療，如果連這也不做，我大概會瘋掉。不管在隔離病房還是一般病房，治療跟地點無關。我決定把自己看作淋巴癌患者，而非ＭＥＲＳ患者。我已經征服了ＭＥＲＳ，接下來是時候跟淋巴癌決一死戰了。」跌到谷底的石柱，抓住僅有的一條救命繩索。

八月二十五日，開始ＧＤＰ化療。隔天ＰＣＲ結果爲陰性，但石柱、映亞和奈武不再執著於此。這不過是界線上的數値稍稍偏向了陰性，下次檢查爲陽性也毫不意外。八月二十七日，再次爲陰性。奈武跟八月十三日那天一樣，向石柱和映亞進行說明，明天上午再看一次結果，如果還是陰性就轉去非傳染病房。石柱沒有再特別囑咐映亞帶什麼過來。映亞早已準備好他想要的吉他和雨嵐的畫，從八月十四日開始，這些東西就一直放在汽車的後車廂。子夜過後，石柱傳訊息給映亞。

—如果明天是陰性，就開車帶我去兜兜風吧。仁川或江原道都好。

—好啊，我們去兜風，去小島吧。

—去哪裡都好！

八月二十八日上午，檢查結果——陽性。

步驟是

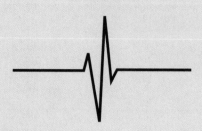

南映亞手記

2015年9月17日（星期四）

以下內容引用自疾病管理本部官方網站。

＊個人保護區著裝：C級

對高危險性病原體傳染病人進行診療時，與觀察人員兩人一組進行著裝。

一、準備物品

PAPR、PAPR頭罩、圍裙、酒精消毒液、袖套、C級防護衣、長筒防護鞋、長筒鞋套、口罩、抗化學外層手套、廣用型內層手套。

二、檢查表

穿戴時應在檢查表上詳細記錄，預防疏漏及失誤。

1. 手部衛生：遵守正確手部清潔方法（手心、手背、手指間、十指交叉、拇指、指尖）。
2. 內層手套：應配戴在防護衣內側。
3. 長筒鞋套：應穿戴長筒鞋套。
4. 防護衣：穿戴防護衣前，先確認防護衣是否破損。

將拉鍊拉至下巴，穿好防護衣。確認防護衣的輔助部分（拉鍊蓋，內側遮蓋部分等）。將拇指套在防護衣末端的剪口（有接口的防護衣可直接套用）。

5. 袖套：應配戴袖套。

6. 外層手套：將外層手套戴在防護衣上。

7. 長筒防護鞋：穿上長筒防護鞋後綁緊鞋帶（鞋帶的鬆緊程度應不影響走路，繫上容易解開的結）。

8. 口罩：脫去ＰＡＰＲ時，為預防汙染，應配戴手術用口罩。配戴時對準口罩上端鼻子的模樣，按下口罩邊緣，徹底使口罩與鼻梁貼緊。

9. ＰＡＰＲ：配戴頭罩時，臉部應貼緊頭罩內側，觀察人員協助確認。ＰＡＰＲ腰帶綁在腰部後，調整腰帶長度（用膠帶纏繞連結ＰＡＰＲ的塑膠管，以便消毒）。觀察人員連結ＰＡＰＲ腰帶插口與頭罩塑膠管，連結時確認是否有「喀嚓」聲。按下電源，確認電池是否充電及是否有空氣進入。

10. 圍裙：穿戴圍裙，繫上容易解開的結。

11. 確認穿著狀態：逐一檢查防護衣狀態。

與微笑男孩再會

映亞覺得這家醫院選住院醫師時應該都是先看品行。九月的住院醫師吳長南，與七月的權亨哲、八月的柳奈武一樣親切且充滿熱情。在家屬休息室第一次見面時，長南就強調。

「九月過去前，我一定會讓金先生出院的。」

如果要說長南與之前兩位有什麼不同，那就是每次見到映亞時都會重複一遍，這句話聽起來就像是會讓心情變好的咒語。第一道門打開，長南和映亞走到非傳染隔離病房區的護士站，在表格上簽字的長南這次又念起咒語。

「九月過去前，我一定會讓他出院的。妳就當今天的會面是踏出的第一步吧。」

「這是醫院的官方立場嗎？」

「很快就會成爲官方立場的，我們也可以打賭。」

「如果九月能離開隔離病房，賭什麼都好。」

「那我們一起去聽樂團演唱會吧？輸的人負責買票，如何？」

長南似乎已經跟愛聽樂團的石柱講好了。

「希望到時權亨哲和柳奈武也一起去。」

「好啊，雖然他們不太聽樂團，但這畢竟是慶祝金石柱先生出院的聚會，一定得參加啊。金先生和我都很喜歡『Huckleberry Finn』，我找找看他們十月在哪裡有表演，先去預約，票錢就等一決勝負後再慢慢算吧。」

「石柱的生日是十月，最好是十月能去看。」

「是嗎？那可要拜託一下『Huckleberry Finn』的成員了，如果生日那天沒有表演，也要請他們爲金先生私下表演一曲。」

「你認識他們？」

「不認識，只是看過二十幾場他們的表演。但不用擔心，就算是寫郵件或親自去找他們，我都會讓金先生度過一個難忘的生日。」

「眞是太謝謝你了。」

玉娜貞在一旁開口：「好了，開始準備吧。」

映亞點點頭。這是轉院後第一次見面。映亞和玉護士要進入病房時，留守在護士站的陳雅凜簡單說明。

「這是第一次會面，家屬也要適應C級防護裝備和乾燥的負壓病房，所以進去最好不要超過十五分鐘。但如果妳需要更多時間，可以用對講機跟我們說。」

「謝謝。」

映亞跟隨玉護士走進護士站對面的準備室，C級防護裝備依序擺在桌上。雖然映亞在綜合醫院穿過D級防護衣，但更高等級的C級防護衣還是第一次。映亞盯著那些裝備，電動空氣淨化器首先進入眼簾。玉護士用酒精消毒雙手，映亞跟著照做，手背、手心和手指滿是酒精。

玉護士先開口：「妳知道金先生在隔離病房的綽號嗎？」

「不知道……」

「微笑男孩。妳做過護士一定也知道，醫院有各種各樣的病人，性格好，凡事積極思考的人當然也很多。但我當護士這麼多年，還是第一次遇到像金先生這樣，總是面帶微笑的病人。」

映亞嘴角上揚，腦海浮現石柱的笑容。

玉護士接著說：「他很愛笑，也很能忍。」

「很能忍？」

「妳也明白，經常輸血的話，清楚的血管會越來越少。護士若不戴手套找血管，還比較不容易失誤，但像這樣戴著雙層手套、穿防護衣、罩著面罩扎針，多少會有難度。明明很痛的，就算他叫出聲，我們也會理解，可他卻一聲不吭。」

接過手套戴上的映亞感到雙手在顫抖。是的，石柱是個很能忍耐的人，所以才能在那樣的年紀考入牙醫學研究所，爲了不落在與自己年齡相差甚遠的孩子後面，他總是熬夜苦讀。每當辛苦、疲憊不堪時，也只是以一句玩笑話帶過。

玉護士像是看穿了映亞的心思，接著說：「他還會跟我們開玩笑呢。」

「他自己越是難受，越想逗別人笑。」

「沒錯。」

穿好防護衣後，把PAPR主機綁在腰上，依照昨晚背起來的防護裝備穿戴順序一一進行，映亞以爲自己都記住了，但戴上雙層手套後動作變得遲緩，綁上PAPR後，腰也變得很沉，腦袋裡的順序亂成一團。多虧玉護士幫忙，否則映亞根本無法正確穿戴裝備。玉護士拿起白色頭罩準備戴上時，道出藏在內心深處的一番話。

「妳不用擔心，就算金先生愛笑、愛開玩笑，我們也不會認爲他身心就是舒服的，大家反而會更擔心他，更想努力、細心的照顧他。」

原來護士心裡明白啊，映亞湧上一股想向她行禮的衝動。

「謝謝。」

「他的孤獨遠遠超過我們的想像，甚至哭了整晚。」

「石柱哭了一整晚？」

「金先生一直要我別告訴妳，怕妳擔心。但今天開始你們可以見面了，而且最重要的是家屬要清楚病人的狀況，所以現在才告訴妳。金先生是很堅強的人。成爲我們國家最後一名ＭＥＲＳ病人的那天晚上他哭了，但只哭了那一晚。他背對著門，抽泣得雙肩不停顫抖……但那天以後，他再也沒哭過。」

玉護士熟練的戴上頭罩，映亞也戴好後，彎腰行了一個九十度的禮。

「謝謝，謝謝妳告訴我這些，謝謝妳對他的照顧。」

玉護士也趕忙鞠躬回禮。「我們的心情都是一樣的，都希望微笑男孩金先生早日出院。大家都想站在他身後爲他鼓掌，歡送他。好了，準備就緒，我們可以進去了。」

第二道門打開。玉護士走在前面，映亞緊隨其後。兩人往前走，前面的門開了，等身後的門關上時，玉護士和映亞聊起天。先開口的人總是玉護士。映亞緊張得直冒冷汗，一搖一擺的邁著步伐。

「雨嵐還好嗎？」

「很好，跟爺爺相處得跟朋友一樣。」

「金先生給我看過手機裡的照片，雨嵐長得跟他爸爸一樣，一定是個活潑的孩子吧？」

「是啊。」

「我女兒善美四歲了，很怕生，一開始就是不肯去幼稚園。現在去是去了，不過還是最喜歡跟我兩個人在一起。」

「原來妳結婚了。」

「妳以爲我單身啊？」

「我一直以爲妳比我小。」

玉護士笑出聲。「近看的話臉上都是皺紋呢。在醫院工作，回家還要看孩子，哪有時間打扮。」

「就是說啊。」映亞跟著附和。石柱感染ＭＥＲＳ後，映亞沒有一天輕鬆的爲自己而活。

＊＊＊

玉護士打開病房門走進來，站在病床旁的石柱探頭望向她身後，很快就見到映亞冒出頭來，石柱立刻露出開心的表情。

玉護士臨走時，對他們說：「即使穿了防護衣也不可以有身體接觸喔。那我先出去了。」

玉護士離開後，映亞和石柱站在原地互望良久。自從七月三日轉院過來後，他們時隔兩個月又兩週才終於再會。雖然視訊可以撫慰彼此的思念，但這與直接面對面還是有差異的。映亞的雙眼濕潤了，她努力讓自己不哭出來，眼前的面罩還是逐漸模糊。雖然規定禁止接觸，但映亞很想走上前去，她想握住石柱的手，想撲進他懷裡，想仔細查看他的身體有多虛弱，連一根汗毛都不放過。映亞邁出兩步，恨不得立刻靠近時，石柱舉起手機。

「讓我拍一下。」

「嗯？」映亞愣在原地，苦笑出來。關進隔離病房，過了兩個月又兩週才重逢的丈夫，說的第一句話竟然那麼幼稚。

「總覺得D級防護衣不太OK，C級倒很像樣嘛。也傳給雨嵐看看，要是看到媽媽穿太空服，他一定很興奮。妳別光站在那，擺個姿勢。」

映亞雙手抱胸，石柱連拍了五張，眼眶裡打轉的眼淚也收回去了。

「你趕快躺下。」

映亞原本想像的畫面是石柱躺在病床上，自己坐在病床旁的椅子上。

「妳把我當病人啦？」石柱沒有立刻照做，反倒開起玩笑。

映亞沒有回答，直接搬來一把椅子放在床邊，坐了下來。石柱在房間裡大步走了一圈後才回到病床，調整好床的靠背後，坐了上去。

「你瘦了不少，皮膚都跟亞馬遜的鱷魚一樣粗了。」

「現在好多了。臉上的黑斑……都是傷疤。」

那些傷疤在在說明他承受過非常嚴重的痛苦。映亞感到一股熱氣又爬上喉頭。玉護士說石柱在那個得知全國只剩下自己一個MERS病人的晚上，哭了一整夜，那天應該是七月二十八日。七月末到八月初，石柱一直不肯接視訊電話，傳訊息也不回。那段時間，他的身體和心理一定經歷著無邊無際的痛苦。

「對不起……」映亞再也無法說下去，她的聲音顫抖著。

「我更對不起妳，妳一點都沒有對不起我。」石柱注視著頭罩裡妻子的雙眼，安慰她。

「謝謝。」

「我更要謝謝妳。」

「我更謝謝你。」

「我更更謝謝妳。」

兩個人你一句我一句的重覆著對方的話，最後一起笑了出來。映亞很開心聽到石柱說笑。雖然身著防護衣，但能這樣笑著互望對方的眼睛，表示石柱正日漸恢復。

「我的吉他呢？」

「在車裡，下次給你送來。」

「妳可以點五首歌，為了彈吉他，我都沒剪指甲。」石柱舉起雙手，手心朝向自己。

戀愛時，石柱經常把自己的演奏錄下來給映亞聽。

「不急啦，下次吧。退燒了嗎？最近不是常突然發高燒？」

映亞很想摸一摸石柱的額頭，但還是忍了下來。石柱抖了抖肩，他希望在映亞面前展現有活力、健康的一面，所以一舉一動都顯得誇張。

「這四天都沒有發燒。」

四天前，石柱燒到三十九度。映亞的筆記上清楚記著這些數字。石柱明知道映亞每天早上都會記錄有關自己的所有數值，卻還是想表現出不難受的樣子。

「你能恢復到這個程度，我已經很感激了。但你仍是病人，是要接受淋巴癌治療的病人，所以在我面前崩潰也沒關係的，痛苦時就躺下來，難過就哭出來，我們是夫妻啊！你有多痛苦，多孤獨，雖然我無法完全感同身受，但我會去了解、去感受，每天都會去想像的。從現在開始，我們一起一步一步努力，早日出院。」

石柱突然問：「明年十一月十一日，我們結婚十週年，要去哪裡旅行呢？後年十一週年，妳想去哪裡？十二週年去哪裡也由妳決定吧。未來三年的十一月十一日，要是都能去旅行就好了，妳、我還有雨嵐一起！下次來的時候，妳要把未來三年的旅行地點都選好喔。」

映亞想起自己寫在筆記本上的結婚十週年拍婚紗照計畫，自己才在夢想著明年的十一月十一日，石杜卻想到了兩年後。映亞不禁自問，三年後的二〇一八年十一月十一日，那時我們一家人會幸福嗎？

「知道了，我來選，可以選我想去的地方吧？」

石杜幽默的說：「嗯，南極、北極都可以，地球的哪裡都好，現在去火星可能還有點困難。」

想過個像樣的中秋節

南映亞手記

2015年9月27日（星期日）

中秋節。

這還算是中秋節嗎？

幸好石柱今天退燒了，星期五一整天都在四十度，

昨天、今天才逐漸降溫，狀態稍微好了一點。

今天去看他時只說了幾句話，

他太累，把他哄睡就出來了……

別人聚在一起歡笑的節日，為什麼只有我這樣呢？

獨自探病走出醫院，

獨自坐在餐廳裡吃飯，莫名有些悲傷。

我想好好生活，

跟雨嵐和丈夫一起幸福的生活！

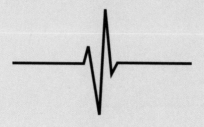

充滿愧疚的感傷？

南映亞手記

2015年9月30日（星期三）

臉書上總能看到安慰世越號船難罹難者家屬的文章。
是啊……那些學生的死真的很令人痛心……
一定要釐清船難真相。
每次想到這些，我的心……怎麼說呢……
總是有種愧疚的感傷？
世上的人會知道石柱正經歷一場漫長的孤軍奮戰嗎？
會知道被隔離起來的我們一家嗎？
會知道還有與世界徹底隔離，
就連心也被隔離起來的我們嗎？

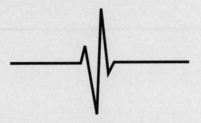

第四部 囚禁

出院前一天

石柱一夜無眠。

九月二十四日接受化療後，高燒和頭痛消失，食慾增加，四肢也變得有力。九月的住院醫師吳長南解釋，這是因爲在GDP裡加了對抗腫瘤和抗病毒效果極佳的免疫新藥吉舒達（Pembrolizumab）。用藥後，石柱不但可以安心入眠，連憂鬱的心情也隨之消失。九月三十日的PCR檢查結果爲陰性，那天是吳長南最後一天在隔離病房上班，但他申請了延長一天。

有著寬下巴、說話總是從容不迫的長南對石柱說。「我的計畫很簡單。九月三十日和十月一日得出陰性結果，十月二日移到非傳染病房，十月三日出院。」

「不要再抱持那些沒用的期待了，你還是快離開吧。陽性、陰性來來回回的又不是一兩次了，我就是個厄運纏身的人，不可能那麼容易解除隔離的。」石柱反倒說服起長南。

又過了一天，長南遞上的檢查結果清楚標示著負號（－）。

「我說得沒錯吧？明天會送你去非傳染病房。」

石柱一臉難以置信，死盯著檢查結果。

「我眞的可以離開這裡？」

「眞的，已經確定了。」

長南在「確定」二字上加重語氣，但石柱還是無法百分之百相信。

「就這麼簡單？」

「沒什麼複雜的啊。」

「我在這裡住了三個月。」

「住太久了吧。」

「眞是荒謬。」

「你還是不相信？」

「感覺像在作夢。」

「這是現實。」

「明天還要再做一次檢查嗎？又會讓我陷入絕望的深淵嗎……」

長南打斷石柱。「這次只做兩次檢查。你的人生不會再有MERS檢查了，我保證。」

「以後我也絕對不要再做MERS檢查了。」

石柱打給映亞，她說的也跟長南一樣。院方已經同意明天早上，可以讓夫妻倆在非傳染隔離病房見面。石柱徹夜未眠，經過昏暗的凌晨直到整個世界迎來曙光，他都一直瞪大雙眼。石柱擔心萬一睡著了，長南會要他再檢查一次，然後把他搖醒說：「結果是陽性！」如果可以不聽到陽性兩個字，就算要石柱熬夜十天他也願意。

十月二日上午九點整，隔離病房的門開了。

三個男人推著推床走進來，他們穿著VRE隔離衣，雖然N95口罩遮住了口鼻，但石柱很快便認出他們。在前面拉推床的是九月的吳長南，後面推的分別是七月的權亨哲和八月的柳奈武。三位住院醫師一起出現讓石柱很意外，但更意外的是他們的服裝——他們沒有穿防護衣，沒有戴雙層手套和頭罩。

別說C級了，就連D級防護裝備也沒有穿。長南甚至還把口罩稍稍拉到鼻子下方。長南說，從九月一日開始，石柱幾乎不存在MERS傳染力，身爲研究醫學和治療病人的醫生，雖然對此無法百分之百的肯定，卻有百分之九十九點九的確信。

「準備好了嗎？」

「我眞的可以離開這裡？」

亨哲回答：「你看我們穿成這樣還不相信嗎？PCR檢查連續兩次爲陰性，確定解除隔離了。今天開始你會住在非傳染的隔離病房，醫護人員和家屬會穿這種隔離衣、戴N95口罩。雖然很不方便，但你也要戴手術用口罩。」

奈武把手術用口罩遞給石柱。石柱跟三位醫生一一交換眼神，用力的握了握他們的手。石柱戴上口罩，躺到推床上。長南轉頭朝監視器揮了揮手。

「好了，我們要出去了。」

「很感謝你們爲了我特地抽空過來，我不會忘記的。」

奈武說：「當然要來了，我們是戰友啊！你能戰勝MERS，我們也很高興。眞的，眞的要謝謝你。」

推出隔離病房的推床停了下來，因爲後面的門關上後，前面的門才會打開。在這裡，急躁是禁忌。經過一段很短的通道後，病床往左轉，另一道門打開，推床又停了下來。跟剛才一樣，後面的門關上後，前面的門開了。三人熟練的推著推床走出去。到了門外又停下來，長南拿出手機看了一眼時間。

「等一下通過那道門後，就是非傳染病房了。到那邊以後會很吵，所以有幾件事我想在這裡先問問你的意見。當然，這兩天也有和家屬商量的機會，但還是想先聽聽你的想法。距離家屬抵達這邊，也還有十五分鐘。」

「好的，現在問我什麼，我都會回答的。」

亨哲接著說：「我們有很多事想問你，可你這麼一說，還真不知道從哪裡開始。」

「這是復活的一天，重新復活成人類的一天，從今天開始，我也可以憧憬未來了。」

長南從口袋裡取出本子，問起準備好的問題。

「你想住一般病房嗎？還是先出院回家休息幾天，再來看門診？」

「一般病房……出院、門診……」石杜沒有回答長南的問題，而是像黃牛一樣開始咀嚼這幾個詞。他這才真切感受到自己從隔離病房出來了。「這些詞真像是甘甜的蜂蜜啊……我想先回家休息，在醫院待太久了。」

「好，那十月六日左右會來看門診嗎？三日出院，休息到六日上午，下午再來醫院，直接去見血液腫瘤科的柳大換教授。」

「好。」

「未來也會使用吉舒達進行GDP化療，具體日期等出院後，再根據你的身體狀況決定。」

「嗯，希望盡快治好淋巴癌。」

見石杜握緊拳頭，三名住院醫師也同時握緊拳頭。

長南繼續解釋：「化療後達到完全緩解時，會進行同種造血幹細胞移植。我把目標定在年底，希望可以在聖誕節前。」

「那我要更加努力了。」

「明天出院前，院長會來病房看你，沒問題吧？最後一名MERS病人出院，院方希望幫你慶祝一下，你要是覺得不方便也……」

石杜打斷他。「沒問題。我能戰勝ＭＥＲＳ，都多虧了院長和醫護人員的付出，我也很想親自跟院長、主治醫師和在這裡照顧我的醫生、護士道謝。」

「你能這麼說，我就鬆了口氣。明天的媒體競爭一定會很激烈，想採訪你的電話已經快打爆了，你願意接受採訪嗎？我覺得不用回應所有媒體，只要選一、兩家就可以……畢竟要是完全不接受採訪，也怕會出現許多揣測。」

石杜可以很快決定接受治療的時期和方法，卻很難決定要不要接受採訪。

「不用現在就決定吧？我跟妻子討論一下再告訴你。」

長南回答：「沒問題。還有件事要說明一下。出院後，如果出現高燒、咳嗽、呼吸困難和嘔吐症狀，必須立即向地區保健所或疾病管理本部通報。但如果身體出現疼痛徵兆，請務必先跟我們聯繫，可以嗎？」

「好，我會照做的。我也可以問一個問題嗎？」

「請說。」

「如果今天再做一次ＰＣＲ檢查，你能確定還是陰性嗎？」

三位住院醫師都沒有立刻回答，他們互看了一眼，表情變得嚴肅。

過了片刻，長南回答：「難以肯定。機率一半一半。同時罹患淋巴癌和ＭＥＲＳ的病人，全世界也少見，說不定你是至今唯一的案例。檢查結果可能是陰性，也可能不是，但我們可以確定的是另外一件事。」

「什麼事？」

「你感染的MERS已經痊癒了，傳染力不到〇．〇一%。」

石柱開玩笑的重複長南的話。「因爲醫學上不存在一百和零，你才這麼說吧？」

三人同時笑了出來。

亨哲說：「你是特殊案例，就算是陽性也不具傳染力。像你這種情況，不該只用PCR一種檢查判斷，而是綜合各種情況制定標準。在定出新標準以前，能先讓你出院，對你也是萬幸。但制定新標準並不是我們這些醫師的事，而是疾病管理本部和保健福祉部的功課。」

「我是特殊案例這件事，外面的人知道嗎？」

長南回答：「完全不知道！只有我們三個人、負責的教授、院長及少數人知道。所以如果你出現高燒、咳嗽，要先聯絡我們，直接去做PCR檢查恐怕只會惹出麻煩。」

「知道了。我再也不會做PCR檢查了，厭惡至極。」

大家又笑了。

長南確認時間。「啊，已經過了十五分鐘，我們出去吧。」

第五道門打開，石柱聽到掌聲和歡呼，他慢慢坐起身，只見映亞站在玉娜貞和陳雅凜之間。穿隔離衣、戴口罩的映亞看起來跟護士沒兩樣。石柱淚水盈眶的張開雙臂，映亞像短跑選手般衝進他的懷抱。

這是沒有防護裝備，扎扎實實的一個擁抱。

清晨的採訪

李一花和羅惠蘭次長正在公司前的咖啡廳忙著準備新聞，早上報導局的編輯會議將節目流程加入了電影介紹。爲了準備內容，必須先把四部國內電影的工作人員及電影優缺點整理出來。羅次長嘴上說會自己負責，但也沒有拒絕一花的幫助。導演和演員的採訪片段需要有相應的補充說明，羅次長再三強調，比起記者的說明，要更凸顯受訪者，一花朝著這個方向努力，但還是不自覺加入許多概念說明，文字越寫越長。

老手和新人磨合期也差不多一個月了。有別於羅次長的擔心，一花很有幹勁，採訪也做得相當好。大家都誇獎她可以獨當一面了，羅次長卻仍不鬆口。

手機響起，敲打鍵盤的羅次長看了一眼來電顯示，皺起眉頭，按下通話鍵。

「什麼事啊？我現在很忙。一花？你找她幹麼？我怎麼知道，一定是在哪忙吧。你不要無緣無故去煩不懂事的新人。你沒有？多少人因爲你跑來跟我哭訴啊，要我說出名字嗎？社會一部長知道你這樣嗎？不要老針對我們文化部！嗯？社長說的？他找一花幹麼？你不是在說謊吧？知道了，我打聽一下。要是爲了無聊的事找一花，我可不會放過你，我什麼脾氣你應該知道吧。」

羅次長掛斷電話，對一花說：「鮮于秉浩找妳，你們有在討論什麼計畫嗎？」

「沒有啊。」

一花跟他只是在「冰屋」與其他記者一起喝過酒而已。

「去吧，他在會議室等妳。妳是文化部負責電影、出版和宗教的新人記者，不管鮮于前輩對妳多好，也不用去幫社會一部的忙。妳是哪條線的自己應該清楚吧？」

羅次長的意思是不要乖乖答應醫療記者的請求。

「請放心，回來後我會詳細報告的。」

一花來到報導局公用的會議室，那是鮮于記者經常用來採訪的小會議室。一花敲門後走進去，鮮于沒有闔上正在看的書，他抬起右手示意一花坐下。一花坐在對面，瞄了一眼書，上面有一張大地圖，包括了歐洲和亞洲，歐洲是深灰色，亞洲是淺灰色，海洋沒有顏色，是空白的。

「妳了解黑死病嗎？」

「嗯？」

「也叫作瘟疫。感染的話全身會出現黑斑，所以才有黑死病這個稱呼。」

「那這個地圖……」

「這是十四世紀黑死病的擴散途徑。如妳所見，一三二〇年在亞洲首次發病，一三四八年傳到倫敦，一三五一年擴散到整個歐洲，大概花了三十年。黑死病沿著這個箭頭蔓延，一三四七年同時傳到了君士坦丁堡、巴格達和亞歷山卓，沿著地中海貿易路線迅速北上。不到一年，在雅典、威尼斯和倫敦相繼發病。黑死病不是一次流行的傳染病，而是根據時間，間歇性反覆發作的傳染病。其中經常被人們議論的當屬一六六五年的倫敦大瘟疫了。妳聽說過嗎？」

「聽過，雖然不記得確切年分，但聽過倫敦曾爆發大型瘟疫……」

「生活在二十一世紀的我們，比起發生在其他時間、其他地點的瘟疫，更了解一六六五年發生在倫敦的瘟疫，妳覺得是為什麼？」

「……不知道。」

鮮于記者拿起另一本書遞給一花，書名是《大疫年日記（A Journal of the Plague Year）》，作者是丹尼爾．笛福，也是《魯濱遜漂流記》的作者。

「有一個叫塞繆爾．皮普斯的人，在一六六五年的倫敦經歷了大瘟疫。這本書就是根據他寫的日記重新創作。多虧了這本書，讓歐洲人、乃至全世界都對倫敦發生的黑死病慘況有了了解。李記者有什麼想法嗎？」

一花在「冰屋」時就察覺到，鮮于記者的問題總是領先一步。他總是不詳細說明就直接跳到下一題，經常讓後輩一頭霧水，一花也是。但此時，她知道鮮于記者提出的這個問題對自己非常重要。在電視臺裡，沒有人比鮮于記者更了解MERS。見一花答不上來，鮮于記者才稍稍袒露想法。

「最重要的是紀錄。妳覺得今年全國流行的MERS，紀錄夠充足了嗎？一筆帶過的報導倒是一堆，大部分都具有煽動性，再不就是會引發恐慌或荒誕無稽的內容。妳認爲這些報導裡，有讓經歷過MERS的妳滿意的紀錄嗎？」

「沒有。」一花如實回答。

「那我們來做吧！」

「記錄MERS？」

「妳覺得一再失職的政府會如實記錄嗎？他們頂多是交出一本自吹自擂的白皮書，上面絕不可能檢討政府的失職之處。而且就算上面記載了政府、地方政府和醫院，但感染MERS的受害者敘事是一定找不到的。」

「受害者的敘事。」一花立刻重複一遍主旨。

「不管是戰爭、災難或傳染病，越是生死攸關的事件，越要有明確的敘事。以目前來看，最後為MERS受害者留下紀錄的不是人，而是數字，都是統計資料。我們必須記錄每一個受害者的個性、擁有的夢想，經歷的痛苦和煩惱，以及他們的為人。並且，必須將受害者的敘事傳播到整個地球。」

「傳播？」

「十四世紀，亞洲出現的黑死病橫掃整個歐洲花了三十年，但妳上次提到，現在需要多久？」

看來鮮于記者對一花在「冰屋」的發言印象深刻。

「幾乎可以說是同時散布到全世界。」

「沒錯。中世紀要利用馬匹、駱駝或船做的事，現在只要飛機就可以了。妳在『冰屋』指出的問題，我想再討論得更詳細一點。假如MERS病人搭乘國內班機，等於跟其他乘客處在同一空間裡最少一小時，最長三、四小時，感染傳染病的可能性極高。飛機降落後，乘客離開機場人，病毒就會瞬間傳播出去。不只傳染病人，那些與傳染病人搭乘同航班的密切接觸者也會分散到全國各地。」

「的確如此。」

「看看嚴重急性呼吸道症候群（SARS）。二〇〇三年三月，只花了一個月，SARS就遍布越南河內、加拿大多倫多、新加坡、臺灣臺北、德國法蘭克福和英國的曼徹斯特等地，都是經由飛機傳播的。如果當時機內或機場把病人隔離起來，至少可以減少傳染，被攻破機場防禦的城市可說是經歷了一場浩劫。妳知道SARS的感染源也歸在冠狀病毒裡吧？MERS也是冠狀病毒的變種。正如SARS一樣，MERS也存在擴散到全球的危險。我們雖然做好了SARS的防治，卻沒能阻止MERS擴散。」

一花也研究了很多資訊和專業資料，以便擴充自己在「冰屋」提出的說法。

「前輩，這本書我會認眞看的，也很感謝你提出一起記錄的提議，但我是文化部的人。」

「我怎麼會不知道妳是文化部的新人，也知道妳在羅次長底下吃了不少苦。」

「也不算吃苦……但不管怎樣，採訪和記錄MERS的工作不是由前輩負責嗎？爲什麼找我……」

鮮于記者打斷一花。「明天最後一名MERS病人出院。」

「明天！」

一花沒有立刻上鉤，而是等鮮于記者繼續說下去，但她內心深處早已泛起波紋。三個月前，自己好不容易從深淵死裡逃生，至今還有人深陷其中，痛苦萬分。全世界感染MERS最久、入院接受治療的人，他每天在隔離病房會有多痛苦煎熬啊，一花至少比一般人了解一百倍、一千倍——永不止歇的高燒；胸口像被一塊、兩塊、三塊、四塊、五塊、六塊、七塊岩石壓得發悶；彷彿登陸月球的太空人般身著防護衣、戴頭罩靠近的醫護人員；不分晝夜注入身體的藥物。出院等於是告別那所有的痛苦和恐懼，光這一點就很値得爲他慶祝，但這不過是一花個人的感受罷了。報導MERS病人出院的新聞是醫療記者的工作，不是負責電影、出版和宗教的新人助理該做的事。

「可惡，也不知道他們在搞什麼，竟然所有的採訪都不回應。明天出院是一定要去採訪的，說什麼也得拿下『最後一位MERS病人』的採訪……哪怕是十分鐘，不、一分鍾也好，但我就是聯絡不上人。病人的手機關機，家屬的手機開著，但就是不接，傳訊息也不回。不只報導局長，連社長也很關心這件事。不管怎樣，今天晚上或明天凌晨一定要採訪到……妳沒有辦法嗎？」

「嗯？」一花驚訝的發出疑問聲。

病人手機關機，家屬不接電話、不回訊息，自己怎麼會有辦法？

鮮于記者眼裡透著懷疑，盯著一花。「你們私下不會聯絡嗎？生病的人之間，就算不是受害者全聚在一起，也會開個祕密群組討論些什麼吧……要是能找到聯絡最後一名病人的管道就好了。」

一花如實回答：「我也不知道。」

鮮于記者用指尖叩叩的敲著桌面，語調變得低沉、強硬：「我找妳來不是想聽妳說不知道，社長要國民電視臺拿下『最後一名MERS病人』的獨家採訪。發揮一下妳的實力吧！我先把他們的電話給妳，不可以搞砸喔！我們採訪不到的人要是別家電視臺或報紙訪到了，妳和我的臉可就丟大了。妳不想獨立嗎？」

獨立，就是用自己的名字報導新聞的機會。社會二部同期入社的其他三人都已經獨立了。鮮于記者把金石柱和南映亞的手機號碼傳給一花，天南地北的扯了一堆，結果還不是把最難做的推給新人。一花遲疑著要不要打斷前輩，給自己找一條後路。如果不是MERS而是其他議題，一花早就藉口說要跟羅次長準備電影新聞，轉身走人了。最後一名MERS病人，從七月二十八日到十月三日，這名唯一的MERS病人獨自煎熬了兩個多月。一花也很想見見他。

「獨立的事也不急。前輩爲什麼找我負責這個採訪？只因爲我也感染過MERS嗎？」

「雖然這也是其中一個理由，但關鍵還是在『冰屋』聽了妳的那番話。蘇記者那傢伙其實心腸很軟，爲了帶你們這些實習記者，才那麼嚴厲的教你們，不管是誰接到這工作，都會當個狠角色的。那天，蘇記者說妳不會來，我也覺得妳不會來。傷得重，自然會害怕站出來。妳卻毫不在意，不但來了，還把自己與病魔搏鬥的經歷講給大家聽，還跟我們聊天喝酒。妳完全不是蘇記者評估實習狀況時的那個新人。當時妳爲什麼來的理由，我現在不想聽。不過，妳的那種堅強對記者來說是很好的特質。要堅守的就好好堅守，該打碎的就徹底打碎，所以我覺得妳能勝任這項工作。」

打電話前，一花先搜尋了之前的新聞，確認金石柱是何時感染MERS，住在哪家醫院，又轉院去了哪家醫院的負壓隔離病房。一花用Evenote整理出時間表和移動路線後，大吃一驚，反覆確認上面的時間和地點，沒想到自己和金石柱有很多重疊之處。首先，五月二十七日兩個人都在F醫院急診室，在那裡感染MERS。六月四日住院，六月五日得到第一次陽性反應，六月七日確診。從六月七日到七月十三日，住在F醫院十三樓，隨後移到十八樓。兩人出現交錯是在七月三日，那天石柱被送往大學醫院的負壓隔離病房，而自己出院了。兩人在同一個地點感染，住在同一家醫院，這讓一花更想採訪他了。

一花打了電話，金石柱的手機依舊關機。在隔離病房也可以隨意使用手機，所以一花判斷他是故意躲避與外界接觸，可能直到明天出院也不會開機。南映亞也不接電話，全國的報社和電視臺記者一定都在撥打這個號碼。一花決定先去大學醫院，等到了那邊再打電話，她打算徹夜守在那裡。一花離開電視臺時，傳訊息給羅次長。

—出門採訪，回來後詳細跟您報告。

—知道了。

一花坐在計程車裡寫訊息給映亞，寫了刪，刪了又重寫。她按照實習時學的，用簡單明瞭的十行字，寫出需要採訪的理由和問題方向，但寫好後又都刪了。最後只寫了兩行：

—五月二十七日，我也在F醫院急診室感染了MERS，六月七日確診、住院，七月三日出院。我想採訪你們，我是民國電視臺的李一花記者。

＊＊＊

十月三日凌晨兩點，映亞回了訊息。她同意受訪，並在變聲和不露臉的前提下錄影。

採訪預計在清晨六點的非傳染病房進行，但隔離區前擠滿記者，要隱密的進入病房都成問題。映亞又傳訊說，清晨五點五十分會在主樓大廳等他們。一花和攝影師明潤川在約定時間走進大廳。連接隔離區的急診室門前也擠滿記者，但主樓顯得清淨許多。一名年輕醫生沿著手扶梯下來，穿過旋轉門走到外面，又回到大廳。

他經過一花和明潤川時，低聲說。「妳是李一花記者吧？」

一花和提著攝影機的攝影師跟在醫生身後。醫生進了電梯，明攝影師也立刻跟進去，只有一花遲疑了一下。

「李記者，怎麼了？」

在攝影師的催促下，一花只好邁開腳步走進電梯。

看到一花緊閉雙眼、垂著頭，醫生問：「妳還好嗎？」

一花撫著胸口。「只是覺得有點悶……」

這是感染MERS後留下的後遺症，只要搭電梯就會胸口發悶、喘不過氣，所以平常不管多高的樓層，一花都走樓梯。就算走得大汗淋漓，雙腿發軟，也比在電梯裡喘不過氣要好。但今天必須隱密的行動，只好忍著點了。幸好，電梯到了三樓就停下來，來到走廊後，一花做了一個長長的深呼吸。

醫生這時才自我介紹：「我叫柳奈武，是八月負責金石柱患者的住院醫師，我會帶你們避開那些記者。」

「謝謝。」

「請好好爲他們寫報導，金先生和家屬眞的吃了不少苦。好了，我們進去吧。」

奈武所經之處都寫著「禁止外部人員進入」，過了兩道沉重的大門，又經過三段長長的走廊後，才終於抵達非傳染病房的入口。等在那的護士遞給一花和攝影師口罩和隔離衣。

奈武對著手中的對講機說：「人帶來了。」

門開了，只見映亞站在那裡。奈武直接轉身離開，兩名記者走了進去。一花遞上名片，打了招呼。

「我是聯絡妳的記者，李一花。謝謝你們同意受訪。」

映亞接過名片，還是盯著一花的臉看了半天。「妳的臉色……好多了，眞是萬幸。」

「妳……認識我？我們見過嗎？」一花完全不記得映亞。

「出院那天，妳不是被一名女律師扶著離開嗎？七月三日，在傳染內科診間外。我看到等候名單上顯示『李一花』。收到妳的訊息，我一下就想起來了，雖然長相記不太清楚，但看到妳這張略顯蒼白、消瘦的臉，還是想起來了。」

一花忽然想起那天出院前去向感染科主治醫師道謝，在走廊跟一男一女說過幾句話，原來其中一個就是映亞。

「當時準備出院，精神恍惚，連走路都很吃力，喘口氣都要小心翼翼的，記憶力也衰退不少。六、七月住院時發生的事和見過的人，很多都想不起來了。」

「我理解，就連我都記不得妳的臉了。那時病人和家屬都處在失魂落魄的狀態，怎麼偏偏是我們感染了那可怕的傳染病呢？我不停的埋怨，也很傷心，身心俱疲……沒想到妳是電視臺記者，看妳跟律師在一起，還以爲妳也是律師呢。」

「我剛當上記者，七月請了一個月病假，八月才上班。」

一花連映亞沒問的也都說了。在開始採訪前，身爲戰勝ＭＥＲＳ的病人，一花覺得跟南映亞和金石柱有種親近感。映亞也有同樣感受。

「雖然院方勸我們受訪，但我們不想。我不想讓我丈夫被大家記憶成最後一名MERS病人，我也不想細談治療過程中那些無關緊要的瑣事。雖然拖了這麼久，但他還是痊癒了，這樣就夠了，我不想讓他無端的被人說閒話。」

「我明白。」

「如果沒看到妳的訊息，我們應該會拒絕所有採訪。因爲我們馬上就要開始抗癌生活，雖然戰勝了MERS，但還剩下淋巴癌。」

一花點點頭，想到之前看到的新聞。每篇報導都不斷強調病人因原有的疾病淋巴癌，才延誤了MERS治癒時間。

「我希望今天是最後一次講關於MERS的事，以後在我們夫妻的對話裡，會將這個詞永遠抹去。不知道這樣講合不合適，我覺得如果是妳，至少會站在MERS病人的立場跟我們交流。」

「沒錯，我會站在MERS病人這邊，站在受害者這邊。」

「我們只有不到一個小時了，那就開始吧。」

映亞轉過身，一花走進兩邊擺放著病床的非傳染病房，只見石柱躺在最裡面的病床上。攝影師舉起攝影機開始拍攝。石柱靠坐在傾斜四十五度角的病床，準備回答問題。

「我是李一花記者。」

「我是金石柱。妳跟我想像得一樣。」

他的聲音雖然小，卻沒有徹底失去力量，彷彿隨風飄盪、卻永不落下的羽毛。「想像？」

「六月剛住院妳就在鬼門關徘徊了很多次吧？奇怪的是，那時我的病情還沒有很嚴重。住在隔離病房時，我會跟護士打探其他病人的情況。當然，護士不會告訴我病人的姓名，更不會往壞的方向說，因爲不能讓得同樣病的我受到打擊。六月下旬，也就是過了二十天後，我聽說住在隔壁的年輕女生病情迅速好轉。她們描述，住院以來第一次見到她笑出了酒窩，總是睜大雙眼在看新聞，眉頭緊鎖時，鼻梁上還會稍稍出現皺紋。不光是妳，我還聽說了很多其他病人的事。憑藉那段時間聽到的消息，我想像了很多人的臉，甚至那些人根本只是我的想像。但現在見到妳，我覺得妳一定是六月時，護士提到的那個有生命危險、但後來恢復很快的女生。很高興見到妳，出院後回去做記者，一切都順利嗎？」

聽到石柱的問題，一花沒有立即回答，顯得有些遲疑。

石柱再次問道：「我知道，受訪的是我。但出院後，我也會回歸醫生的工作，所以很想問問重病後回到職場的人，請以痊癒的前輩告訴我吧，一切順利嗎？」

「痊癒的前輩……眞是一個充滿僥倖又很酷的詞啊。電視臺很照顧我，讓我請了一個月病假休養。剛回去時，我很難跟上報導局的速度，我們做記者的，每天都要集中精力追當天隨時發生的事件，身心都要快速運轉，我卻很難做到。我總是無法集中注意力，還會忽然想起隔離病房，眼前冒出打著點滴、無法呼吸、全身顫抖的自己。如果身處黑暗封閉的空間，還會喘不過氣。我不敢搭電梯，只能走樓梯，很長一段時間不敢搭地鐵。就算三餐按時吃飯，體重還是一直往下掉，總覺得無力。胸口發悶時，必須走到大樓外。雖然現在這些並沒有徹底消失，但已經開始慢慢好轉了。」

「謝謝妳講得這麼詳細，我也得了幽閉恐怖症，大概是一個人住隔離病房太久的關係吧。看來這就像軟著陸，我也要慢慢做好準備了。」

石柱直盯著一花，表示他已經準備好受訪了。

「出院後，你最想做什麼？」

「跟妻子、兒子，三個人到公寓樓下的遊樂場玩球，兒子喜歡球，足球、棒球還是籃球都喜歡。我小時候也跟他一樣。之前全家一週至少會去玩兩次。還有……」石柱喝了一口水，接著說：「我希望穿上胸前寫有我名字的醫師袍。妻子說，已經幫我掛在臥室。雖然還要治療復發的淋巴癌，不能馬上去上班，但穿上白袍會讓我想起從前爲了成爲醫生而努力的每一天。感染ＭＥＲＳ後，我一直都是病人，如今要開始練習回歸本業，做個稱職的牙醫。」

「接受治療期間，你覺得最痛苦的是什麼？」

「李記者也很清楚……」欲言又止的石柱，耳根抖了一下。

一花的心也跟著怦怦亂跳起來，二人都回想起同樣的感受，那是經歷相同的生死交關才能體會的。

「就像獨自身處在月亮的背面，只有黑暗與孤獨。雖說人是獨立的個體，但別人孤獨時至少還有家人、朋友陪伴，也可以去咖啡廳或電影院，跟不認識的人相處在同一個空間。我們只能獨自待在隔離病房，就算醫護人員全力以赴，但他們也不能一直待在病房，家屬或看護更不可能。起初，我也會看電視、聽廣播，但漸漸的，孤獨就像發酵的麵包一樣膨脹起來，彷彿覆蓋了整個地球！我被關在裡面，游走在生死邊緣，世界仍照常運作。就算少了我一個，世界還是那麼平靜！一個人關在病房裡，一個人痛苦，一個人死去！就算死了，留下的也不是我的名字，而是數字！政府編碼的數字，到底跟我有什麼關係呢？這跟關進監獄的囚犯編號有什麼差別？我沒有犯罪啊！我不是囚犯啊！他們爲什麼像對待犯人那樣對待病人？這是最讓我痛苦的。我再也不想一個人待在病房裡，不管是哪裡我都不想再一個人了，那不是人能夠承受的。」

「你開始準備治療淋巴癌了嗎？」

「我打算先休息幾天，恢復體力，再開始化療。之後還要接受造血幹細胞移植。我閉上眼睛都能清楚看到那些流程，去年全都經歷過一遍了。」

「等復發的淋巴癌也痊癒那天，我可以再邀請你做一次採訪嗎？」

就算不是採訪，一花也想再見見他。石柱或許明白她的心意，露出微笑。

「好啊，到時我們再見。」石柱頓了一下，又說：「如果妳不介意，在此之前願意跟我和妻子一起去吃義大利麵嗎？我知道一家很不錯的義大利麵餐廳。要聊如何擺脫掉這該死的ＭＥＲＳ，妳不覺得一個小時太短了嗎？」

「真的太短了，我也想跟你們慢慢聊。歡迎隨時聯絡我，我已經開始好奇那家義大利麵的味道了呢。」

採訪結束後，院長來到病房，他不僅跟石柱握了手，還輕輕的擁抱他。醫生和護士的掌聲、笑聲充斥整間病房。

院長送上祝福：「很高興收到金石柱患者痊癒的好消息，醫院能夠提供幫助，我也感到欣慰。雖然拖了這麼久，但我會繼續爲病人祈禱，希望他能盡快回歸到身爲牙醫的幸福生活。我們也會對他負責到底，直到淋巴癌痊癒的那天。有任何不適，請隨時聯絡醫院，我們會竭盡所能。謝謝。」

跟院長道別後，石柱再次躺回床上。

長南遞上口罩。「外面都是記者，門一開，他們一定會拍照的。你不能露臉，口罩最好遮到眼睛下。你只要躺著就好，很快就會過去的。準備好了嗎？」

「嗯。」

長南把白布一直拉到石柱的脖子下，響亮的喊了一聲。

「走吧！」

石柱稍稍抬頭看了一眼門，那道原以爲再也走不出去的絕望之門。那是地獄盡頭的門，也是返回人間的門。今天早上醒來時，石杜思考過要不要親自一步、一步走出那道門，但想到蜂擁而至的記者，擔心會發生意外，最後還是決定用推床。

門一開，四面八方傳來相機的快門聲和閃光燈的噪音。石杜躺在推床上，緊閉雙眼，耳邊聽到那些沒有獨家採訪的記者提問：

「請問病人此時的心情如何？」

「您對這段時間接受的治療滿意嗎？」

「您最想吃什麼？」

裡面有一花提過的問題，也有新問題。石杜緊閉雙眼，此時此刻，他彷彿從地獄回到人間，他只想盡情感受ＭＥＲＳ痊癒、解除隔離的快感。

大醬湯

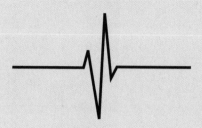

南映亞手記

2015年10月3日（星期一）

「現在還不太習慣……」

把湯匙放進大醬湯前，石柱遲疑了一下。雨嵐先喝了一口，然後是我，最後石柱笑著把湯匙放進湯鍋。

他已經完全沒有傳染力，真的戰勝了MERS，不能讓他對此心存懷疑和擔憂。醫院不也說我們可以重新回到感染前的幸福生活嗎？那就從把三支湯匙一起放進大醬湯裡開始。

雨嵐勇敢的往他爸爸的嘴唇親下去，這是睽違多久的親吻啊。

多麼珍貴的日常。

忘掉MERS吧！

現在，

一切，

都結束了。

關於骯髒

「吉冬華女士，請過來一下……」高尙煥社長一說完，就轉身走進辦公室旁的倉庫。

冬華放下手中剛印好的傳單，站起身。她剪了短髮，穿著白襯衫和蓋到小腿的藍裙子。裙子是跟冬心借的，改變髮型也是爲了讓自己看起來年輕點。在物流倉庫工作的三十年，冬華總是穿牛仔褲，因爲裙子不方便開堆高機和搬運書。

說到員工，這裡也就只有社長一個人，加上兩名正式職員和領時薪的冬華而已。社長和兩名員工是大學的前後輩，都是三十出頭的年輕人，幾乎可當冬華的兒子了。起初高社長還嫌冬華的年紀大，得知她不但精通編輯、設計和印刷，還懂倉儲管理後，便把很多事都交給她。

就這樣過了半個月，在第三週的十月五日星期一早上——

「妳爲什麼隱瞞？」冬華剛在長桌對面坐下，高社長便發難。

一開始，冬華四處拜託認識的出版綜合物流公司老闆，希望能找份工作。但他們都知道冬華感染過MERS，紛紛搬出各種藉口拒絕她。無奈之下，冬華只好捨棄對出版物流的留戀，轉而找起製作傳單和名片的小公司。冬華開始隱瞞自己感染過MERS，就算只是兼職，她也不得不隱瞞自己感染過今年夏天席捲全國的傳染病，以及死裡逃生出院後、只剩下一半肺功能的事實。但不知爲何，已經被人發現了三次，最後都只會聽到她爲什麼要隱瞞的指責。聽到這個簡短的提問，冬華知道與這家公司的緣分也盡了，但她仍不想放棄。

冬華咬了咬下唇。「我已經痊癒了，我可以向上帝發誓……」

這也不是什麼需要牽扯到上帝的事，但高社長是虔誠的基督徒。

「這我知道，痊癒了醫院才會讓妳出院。」

高社長和員工都是守誠信、有禮貌的青年，他們從沒有因爲冬華是兼職而瞧不起她。公司裡的四人不會用職稱稱呼彼此，而是直呼對方的姓名。一開始，直呼社長的名字讓冬華很尷尬，但大家都這樣，過了幾天冬華也就適應了。

其實冬華也心存期待，說不定這份工作可以做得長久一點。雖然傳單印完後要搬運成捆的紙張，但高社長和其他員工也會出來幫忙。

「原來妳不是感冒。」

冬華無論上下班都會戴口罩。出院後的後遺症不只一、兩處，嚴重失眠導致記憶力衰退，空氣稍微混濁就會咳個不停。每天早上起來第一件事就是要確認霧霾濃度，除了戴口罩別無他法。在公司，冬華會把口罩藏起來，但有一次下班後，碰巧在巷子裡遇到高社長，冬華藉口說因爲換季，得了重感冒。

「老實說，我的肺的確受損了，以前我一次可以提兩捆的。」

一捆紙五百張，兩捆就有一千張。

「我不是在指責妳的工作能力。妳很專業，知識比這裡任何一個人都淵博，是公司需要的人才。」

冬華眼眶開始泛紅。

專業！

聽到這兩個字，冬華內心一陣激動。自己一輩子與書爲伴，對於圖書的保管和進出貨，絕對有自信不輸給任何人。她甚至額外花費金錢和時間去學習專業的編輯、設計和印刷。冬華還打算等退休後寫一本這些年的回憶錄，由自己編輯、設計，監理印刷和出版。可是當她戰勝ＭＥＲＳ後，再也沒有人在乎她的專業了。

「我很感激你這樣說。」

難道高社長希望聘用冬華做正式職員？只要能有一份安穩的工作，就算是拿新人的薪水，冬華也不在乎。

「大家都認為妳是上帝賜給我們的禮物。上週五，我們三人還討論要正式聘用妳，大家也都同意了。」

「謝謝，太感謝了。」冬華的眼淚就要掉出來了。

「可是……」高社長吐出這個連接詞，欲言又止。

冬華為了不讓對方發現自己落淚，目光低垂，等高社長繼續講下去。

「週末有三家客戶打電話來，問我在這裡打工的人是不是ＭＥＲＳ病人。我們也一頭霧水，所以打去妳之前工作的地方。他們說妳夏天時感染了ＭＥＲＳ，現在已經痊癒。於是，我們如實轉達給那三家客戶，還跟他們強調說妳從事出版業多年，具備卓越的專業和能力，這次傳單的品質能提升那麼多，也都是有妳的幫助。可是……」

高社長的話又停在這個連接詞上。

冬華吸了吸鼻涕，強忍眼淚。這不是喜悅的眼淚，而是委屈的眼淚。

「我們都希望能和妳長期共事，但是最大的客戶老闆……」

「他說了什麼？」

「那個……他說怎麼能用感染過ＭＥＲＳ的人……」

「你不用拐彎抹角，請直說吧。他說了什麼？」

「他說，他們不收骯髒的手做出來的傳單。我反駁了很多次，對方卻一直跟我們抗議，質問我們，爲什麼他付錢做的傳單要經由感染過MERS的人的手，還要我們趕妳走。」

「如果我不走，生意會破局嗎？」

高社長眼眶含淚，起身面向冬華，低下頭。「對不起，我們盡力說服他們了，但每一家都很堅持。」

「明白了，我走就是了。公司要運作，我也不想給你們添麻煩。你現在就打電話給那個老闆吧，告訴他，那個骯髒的人被趕走了。」

「妳不骯髒。」

「是啊，我不骯髒。出院後，我一天洗四、五次澡，就是怕自己身上帶著晦氣，所以洗了一次又一次。可當我走出家門，認識十多年的鄰居開始閃避我，對我說三道四，說我髒。我一點也不髒啊！全世界的人都說我髒，對我指指點點，我到底該怎麼證明自己是乾淨的呢？」

「上帝明白的。」

「沒錯，上帝知道我是乾淨的。但說句不敬的話，上帝知道又有什麼用？我有一個臥病在床的妹妹和讀大學的兒子，我是要照顧他們的一家之主，必須賺錢。我早就放棄正職，現在又嫌我髒，連兼職也丟了，我該去哪找工作？這個國家還有會用我的地方嗎？」

高社長低著頭不斷道歉。冬華步出公司，漫無目的的走在路上。

以前冬華可以輕鬆的登上高山，如今在平地走久了都會氣喘吁吁。她平時都搭公車移動，有時在車站一等就是二十分鐘，還經常擠不上客滿的公車，就算勉強上去了，滿滿的乘客也會讓冬華覺得胸口發悶。行駛在路面上的公車都這樣，更別說搭地鐵了。冬華已經在路上晃了一個多小時，天空漸漸烏雲密布。一路上遇到公車、貨車排放的廢氣，冬華都要轉身咳嗽幾下。

從公司出來後，眼淚便不停的流，就這樣邊哭邊走，冬華走到了漢江。她走上聖水大橋，來往的車輛飛速行駛。來到大橋中央，冬華停下腳步。雨滴落在頭頂和肩膀，藍裙子隨風飄動。眼淚仍流個不停，冬華佇足，把手放在欄杆上，探頭俯視下方流動的江面。雨越下越大了，冬華像和身邊的朋友說話般，輕聲問。

「不如結束吧？」

風打在臉上，冬華噗哧一笑，喃喃自語起來。

「基督徒不可以自殺……可以的，自殺會下地獄，但我已經身處地獄了。任何地獄都不及我所在的地獄。既然這裡已是地獄，不管我去哪都不會是地獄。哪裡都比這裡好，在這裡，我被當成惡魔，骯髒的惡魔，沒用的惡魔。既然以惡魔而活，不如就讓人類的軀體死去。不再骯髒，乾淨的死去。基督徒不可以自殺，可以的，現在就去死吧……」

冬華想像自己掉入江裡的樣子，直達死亡的時間只要四或五秒。離開「冊塔」後，自己已經用盡全力去找工作，她不但收起在物流倉庫工作三十年的自豪，甚至願意只領新人的日薪，卻還是沒有任何地方願意給她機會，只因她感染過MERS。這不是她自己想得的傳染病啊！僅憑自己的力量，冬華再也找不到可以抹去這紅字的方法了。她不是因爲想結束而結束，而是沒有能重新開始的出路，所以只能結束。

冬華脫掉皮鞋。雖然鞋子很舊了，但昨晚冬心傾注誠意，把皮鞋擦出青紫色的光澤。冬華往旁邊移了兩步，像這樣簡單的脫掉鞋子，一切就可以結束了，她又從包包取出手機，放在鞋子旁。接下來，只剩投身跳入江裡。冬華沒有尋找上帝，沒有呼喚救世主耶穌，沒有背誦一句聖經，沒有哼唱一段聖歌。

過於依賴神，就無法擺脫這人間煉獄，身為人類的吉冬華希望靠自己的決定離開。

正如我激烈地拚搏、奮鬥到今天一樣，我也要激烈地停止這一切，這是最好的方法。

冬華雙手握緊欄杆，手臂用力撐起，雙腳騰空。就在身體懸空的瞬間，手機響了。她沒有接電話，而是彎下腰，整個身體的重心前傾，只要再往前一點點，就要墜落下去了。這時，訊息提示音響了。冬華看了一眼橋下流淌的深藍江水，又看了看放在皮鞋旁的手機。她下意識的開口：

「主啊！」

您是何用意？不要誤會您能打消我的決定，我只是想去看一眼人間最後的一則訊息。您知道我那捺不住好奇的個性，是嗎？

冬華從欄杆上下來，彎腰撿起手機。

—小阿姨暈倒了，媽，妳快

情況緊急到藝碩連「回來」二字都來不及輸入。

冬華左顧右盼，估算大橋的長度，她無法決定往哪一邊走才能更快通過大橋。冬華開始往江南的方向跑，雨越下越大，雨滴打在她臉上，全身立刻都被雨水打濕。冬華轉身望向馬路，一輛計程車迎面而來，她立刻衝到馬路上，攔下那輛計程車。

「喂，妳瘋了嗎？」計程車司機下車指著冬華破口大罵。

冬華跑上前，打開後車門跳上車，先道了歉。

「對不起，我妹妹病重，請快點出發，快點！」

計程車在路上奔馳。冬華低頭看了看雙腳，藍裙子下只有藏青色的襪子。剛才急著攔計程車，忘了穿皮鞋。

出院派對

出院派對預計在十月七日晚上七點舉行。

映亞給了石柱一個深深的早安吻後，便忙著去準備食物了。今天她跟公司請了假，石柱感染MERS後，映亞一直無心處理工作，因爲石柱只要稍有不適，她就會跑去醫院。很感激直屬上司詹姆斯和公司特別的照顧她。

「你起來了？」正在廚房切蔥的映亞轉過頭來，石柱輕輕打開房門的聲音也逃不過映亞的耳朵。

「我來幫忙啊。」

映亞搖搖頭。「你快去休息，什麼都不做就是幫我了。」

自從石柱考入牙醫學研究所後，便一頭栽進了學業。但在那之前，他也很喜歡做料理。既然妻子說今天要大顯身手，他只好回到臥室。除了中午坐在餐桌前吃麵，石柱整天都待在臥室，他打開電腦，把音樂聲調到最大。這是他出院以後最想做的事。

昨天，十月六日，出院後首次去大學醫院看門診。血液腫瘤科的柳大煥教授笑著迎接他們，氣氛與隔離病房完全不同。石柱先做了簡單的檢查，沒有發燒也不咳嗽了；胸部肺泡音消失，肺部和支氣管也沒有留下任何後遺症。柳教授建議再觀察一週，然後再決定GDP化療的日程，準備造血幹細胞移植。誰都沒有再提MERS，MERS已經成爲過去式，眼前要面對的只有化療，和不久後要成功完成造血幹細胞移植的任務。對此，柳教授和石柱之間沒有任何分歧。

跟石柱熟識的兩名研究所同學、兩名大學同學和兩名高中同學都帶著妻子赴約。石柱跟高中同學組過「瘋狂一族」，沉迷於街頭籃球；也與大學同學在社團「伽藍基地」吹過排笛。在全羅道光州開牙科診所的研究所同學朴尚道帶來四歲女兒朴銀荷，雨嵐特別開心。映亞讀護理系時的同學，感染過ＭＥＲＳ、最早痊癒出院的Ｆ醫院護士朴京美，大學好友高恩知和鄭敏娥也都出席。加上石柱一家，一共有十九人。

京美剛踏入玄關，映亞便跑上前擁抱她。兩人抱在一起都快哭出來了。

映亞拍打京美的背，有些責怪的問：「再怎麼說也不能連我的電話都不接啊！我又不是不明白妳的處境，妳我的交情就只有這樣嗎？」

京美淡淡一笑。「抱歉嘛，一開始我也不知所措，鬱悶又生氣，簡直快瘋了。我按照醫院的規定工作，怎麼會感染呢？妳老公提出防護裝備有問題時，說實話，我還覺得有點誇張呢，結果證明他是對的。那些防治傳染的措施，再誇張都應該，卻沒做到位。現在回想簡直漏洞百出。給家屬穿一套三百萬的ＡＰ防護衣，我們卻穿ＶＲＥ隔離衣進出ＭＥＲＳ病房。」

「當時眞是太過分了！」映亞附和。

「我被關進隔離病房後，覺得很對不起我照顧的病人。ＭＥＲＳ是怎麼把人逼上絕境的，等我站在生死邊緣時才眞正感受到。病人說難受時，我只會不斷重複說會盡快幫助他們，要他們再忍忍。等我被感染後，躺在隔離病房忽然喘不過氣……想到那種絕望的黑暗，我現在都有些呼吸困難。不要說一分鐘了，就連十秒都無法忍受。我竟然對那麼痛苦的病人說再忍一下，眞是太過分了……」

「石柱說妳是最棒的呢，其他護士連靜脈都找不準，每次都要挨上五、六針，但妳一次就能搞定。」

「讀書時，我找靜脈可是最準的。」

「比我還準？」

「那當然。妳只關心男生，哪有心思關心靜脈啊？」

「男生比靜脈有趣多了。」

「說得也是。」

「妳瘦了不少啊。」

「感染MERS期間掉了九公斤，已經長胖四公斤回來了，還那麼明顯嗎？」

「嗯，不行，今天妳得吃足五公斤以上才能回去。」

「映亞，謝謝妳。」

兩人又抱在一起哭了好一會。

鴻澤沒參加派對，只到家門口看了一眼就走了。剛過六點半時，他打給映亞叫她下樓一趟。映亞和石柱一起來到樓下的遊樂場。

「爸，你不上來嗎？」

鴻澤笑著搖搖頭。「我這老頭子去，只會妨礙你們。」

石柱反駁：「別這麼說，哪會妨礙我們呢。」

石柱出院當天，鴻澤負責照顧雨嵐，在家裡等待。看著兒子走進家門時，他握緊了雙拳。石柱想要磕頭行大禮，但鴻澤勸他先好好休息，就直接回家了。雖然今天的派對第一個就邀請了他，但鴻澤說有約在先拒絕了。本來石柱打算改天，但鴻澤執意說，不要爲了自己改時間。

「來，這個收下。」鴻澤把藏在身後的一束鮮花遞給映亞，是鮮紅的玫瑰。

「爸！」

「趕快收下，一束花大概無法補償這些日子妳受的苦啊！多虧有妳盡心盡力的照顧，石柱才能平安回來，謝謝妳。」

映亞接過花、捧在懷裡。

鴻澤把視線轉向石柱。「這輩子要好好疼愛你老婆。」

石柱笑說：「那是一定的。」

「什麼時候做手術？」

鴻澤問的是同種造血幹細胞移植。九月中旬，鴻澤為了捐造血幹細胞，到大學醫院做配對檢查。去年是用石柱自己的幹細胞，但這次需要捐贈者，如果家裡沒人符合配對，再去找捐贈者又是一大難關。石柱MERS痊癒後要先化療，完全緩解後才能做移植，因此八月初就申請了配對檢查，但院方始終沒有同意。因為要同時採鴻澤和石柱的檢體，檢查室一直不願接收MERS病人的檢體。經過多次溝通，直到九月才做檢查。幸運的是，鴻澤和石柱的配對一致。

「先做化療，快的話聖誕節，慢的話明年新年前。」

「知道了，那我也準備一下。」

鴻澤為了提供兒子更好的造血幹細胞，從今天開始去健身房報名。這是身為人父的一片心意。

七點，晚飯開始前，為了祝賀石柱出院，京美在買來的蛋糕中央插上一根蠟燭。大夥和石柱一家圍坐在白色蛋糕旁。

「石柱，過幾天就是你的生日了，等那天再按照年齡幫你插蠟燭。今天先插一根蠟燭，象徵你痊癒，一切重新開始。」

雖然石柱的肺纖維化不嚴重，醫院還是勸他外出一定要戴口罩，這樣做不是擔心他會把病毒帶到外面，而是目前他的免疫力很弱，怕外界病毒對他造成感染。蛋糕上插一根蠟燭也是爲石柱著想。石柱坐在蛋糕前，燈光熄滅，屋子裡只剩下一根蠟燭的光亮。

石柱喊道：「雨嵐過來這裡，妳也過來。」

雨嵐和映亞來到石柱左右兩邊，三人看了看彼此，一起吹熄蠟燭。客人們送上掌聲和歡呼。映亞已事先跟樓上、樓下的鄰居打過招呼，大家都祝賀石柱出院，還說今晚就算開搖滾派對也沒關係。雖然也不是什麼搖滾派對，但石柱的確爲了今天的客人，準備了特別的禮物。

石柱到臥室穿上醫師袍，肩上背著吉他回到客廳。爲了不被映亞發現，石柱一早就把搖滾樂開到最大聲，偷偷練習了一整天。掌聲響起，石柱簡單的致詞。

「我在病房沒辦法彈吉他，後來映亞能來看我時才帶吉他來，我全身又難過得連手指都不想動。但奇怪的是，躺著或坐在床上時，耳邊總是會響起我喜歡、練過的歌。閉上眼睛又聽得更清楚了！在隔離病房的每一天都非常非常無聊，尤其從八月開始，MERS症狀消失後，每一天就跟一年一樣久。有時，幻聽也能幫我解悶。換到非傳染病房後，幻聽消失了，我偶爾還挺懷念的。出院後我練了幾次，不知道演奏得好不好。畢竟剛解除隔離不到四天，現在手指還是沒什麼力氣，大家就湊合著聽吧。」

演奏開始。是喬治・哈里遜的〈While My Guitar Gently Weeps〉。如果跟石柱年齡相仿並對樂團感興趣，一定在高中或大學時期挑戰過這首歌。戀愛時，映亞就聽過石柱演奏這首歌五、六次，結婚後更是聽過無數次。每當演奏這首歌時，映亞和石柱都會綻放出笑容。研究所同學朴尙道和孔亨裴跟著節奏假裝彈起貝斯、打起鼓來。他們在學校還組過名爲「Pipi-fossa」的樂團，演奏過這首歌。「Pipi-fossa」是「Perygopalatine fossa」的簡稱，意思是「翼齶窩」，這名字的確很符合牙醫學研究所的樂團風格。

石柱和映亞實在太開心了，如今只要等淋巴癌治療結束，石柱就能從患者回歸醫生身分。五月只穿了半個月白袍，為病人看病的時光彷彿是久遠的過去。映亞心想，等石柱上班那天，一定要再請他彈一遍這首歌。

映亞準備了一天的食物不停端上餐桌。大家看著囊括陸海空、韓中日料理的滿桌美味，開懷大笑，還有人誇獎映亞可以馬上開餐廳了。

「大家請慢用。我準備了很多，不夠再跟我說。」

伶俐的京美看到滿桌山珍海味，俏皮的問大家。

「你們知道這些食物的共同點是什麼嗎？」

大夥搖搖頭。琳瑯滿目的食材做出各式各樣的美食，實在想不出什麼共同點。

映亞這時勸說：「大家快點趁熱吃吧。」

京美說：「大家不知道吧？在我感染MERS前也不懂，石柱幹麼總是看那個節目。等我被隔離後，痛苦得連食慾都沒有，後來身體慢慢恢復才開始想吃東西。MERS的話題以後再說，剛剛我問的答案是，這些食物都是《好吃的傢伙們》裡出現過的。電視裡出現的食物醫院附近都沒有，所以石柱在醫院都吃不到。大家都知道映亞是多細心的人，沒想到她能把石柱想吃的都記下來，今天一口氣端上桌。讓我們為做出這一桌美味佳餚的南映亞大廚鼓掌！」

這頓飯吃了三個多小時，每道菜只要淺嘗一口就足夠填飽肚子。映亞在廚房和客廳間忙進忙出。石柱彈完吉他後略顯疲憊，但也沒回臥室休息，他傾聽許久未見的朋友聊天，一起開心笑著。在這種場合總是很適合聊回憶，誰都沒提MERS和淋巴癌，話題轉向石柱在研究所讀書時，有人提到石柱幾乎住在圖書館，沒日沒夜埋首苦讀，端菜的映亞偷偷擦去眼淚。

那時的石柱比現在年輕，比現在更勇敢。石柱跟映亞說想挑戰當醫生，映亞默許了。他辭去大企業的工作，養家糊口的責任便落在映亞身上。夫妻倆彼此信任、彼此支持，做出最大努力。今天到場的朋友都見證了他們奮鬥的每一天，每個人都期盼他們接下來的生活可以一帆風順。

深夜十點多，映亞和石柱送大家到社區門口後，映亞整理好剩下的食物、洗好碗。石柱想幫忙，但映亞堅持把他推回臥室。洗好碗後已過了午夜，簡單盥洗後都快要凌晨一點了。映亞剛鑽進被窩，石柱便轉過身。

「你沒睡啊？」

石柱把映亞拉進懷裡，用額頭上的一個吻代替了回答。

「今天辛苦妳了，還不如請廚師來呢。」

「我做的菜不好吃嗎？」

這不是出自眞心的問題。

石柱回答：「好吃極了，我是怕妳太辛苦……」

「只要你能回家，做這些算什麼，以後再開一次出院派對吧，還想請誰呢？儘管說。」

「不用了。」

映亞把額頭貼在石柱的胸口。「你今天帥呆了。」

「眞的？」

「嗯，沒想到你會穿白袍彈吉他，一定給大家留下難忘的一夜。」

「有三個地方彈錯了。那麼簡單的譜，居然還是彈錯。」

「沒關係，你才剛解除隔離四天，能彈成這樣已經很棒了。」

「是嗎？」

「當然囉。」

「京美還好吧?」

石柱在為感染過MERS的護士朴京美擔心。

「沒留下什麼後遺症。她去歐洲旅遊、休息了一個月,回來後直接復職了。」

「眞是萬幸。」

「不要擔心別人了,把精神集中在我們身上吧。」

「妳有什麼願望?」

「願望?幹麼突然問這個?我的願望當然是希望你能痊癒,趕快治好淋巴癌。」

「那是當然的。等我痊癒後,妳想做什麼?」

「從明年開始連續三年,全家去旅遊。」

「那是我提議的。妳呢?」

「你想知道?」

「嗯。」

「可能需要很多錢喔。」

「我才不會心疼那點錢呢,說吧,妳的願望。」

映亞用額頭在石柱的胸口上輕輕摩擦,然後抬起頭。石柱低頭溫柔的看著映亞。映亞想起五月二十六日寫在筆記本上的內容。

二〇一六年十一月十一日,結婚十週年

補辦婚禮with雨嵐

我三十八歲，丈夫三十七歲，雨嵐五歲

「現在不告訴你，等你痊癒那天再說吧。」

「好想知道喔……給我點提示吧。」

「不行，講出來就不靈驗了。不過，你一定要幫我實現這個願望喔。」

「知道了。」

「答應我？」

「一言爲定！」

石杜伸出小指勾了一下映亞的小指。可能覺得勾手指還不夠，映亞伸長脖子把嘴唇貼在石杜的雙唇上。兩個人覺得就這樣親一整晚也都不夠。

會好的！

南映亞手記

2015年10月7日（星期三）

石柱洗澡。
石柱理髮。

忽然意識到，
解除隔離後，其實只有我一個人真正回歸社會，
石柱還在辛苦的與淋巴癌搏鬥，
我得多為他著想才行。

我們都會好的！
我們都會克服的！
未來只會有好事發生！
老公加油！
我也要加油！

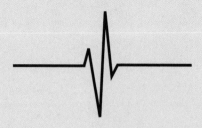

急救室

解除隔離後過了一週，又到了星期六，十月十日。

映亞上週只請一天假，其他時間都去上班，石柱和雨嵐留在家裡，不能陪在他們身邊，映亞覺得很可惜。但自從石柱辭掉大企業工作、去念牙醫學研究所後，她就成爲實際上的一家之主。肩負的責任感讓她即便還要照顧感染可怕傳染病的丈夫，也不曾有過放棄職場的念頭。

今天全家打算到外面吃晚飯，平常映亞雖然不用加班，但這段期間累積了很多工作，回家吃過晚餐後還要繼續工作。石柱很擔心映亞累垮，提議星期六也在家裡簡單吃就好，讓她好好休息。但映亞已經預約了牛骨湯餐廳，眞不愧是細膩的南映亞。

離吃晚飯還有一段時間，三人來到餐廳對面的咖啡廳。石柱和映亞點了美式咖啡，給雨嵐點了優格冰淇淋。石柱啜了口咖啡，放下杯子。

「爸開始健身了。」

「爸這輩子做什麼都準備萬全。化療有多辛苦你也知道，千萬不要心急喔。」

石柱摸了摸雨嵐的頭。「我可是每天輸四、五包血，撐了一個月呢。看來身體很適應出院前用的抗癌藥，不如就繼續用那個好了。化療副作用再嚴重，還能比ＭＥＲＳ嚴重嗎？妳也知道不能再拖了。」

映亞點點頭。兩人都覺得很可惜，六月時應該同步進行ＭＥＲＳ和淋巴癌治療的，不知道先治療ＭＥＲＳ是否錯過了治療淋巴癌的最佳時機。如果眞的錯過，再拖下去只會對病情更不利。他們眞希望新年到來前，淋巴癌能痊癒！

石柱拉起映亞的手。「別擔心，下次去門診，教授就會訂出化療計畫。」

「我陪你去。」

「不用了，我自己搭計程車就好。妳去上班吧。」

「可是……」

「我們不是一起戰勝過淋巴癌嗎？這次勝利也會屬於我們的。」

「好吧。那等你去完醫院再告訴我，我也好根據計畫調整工作。」

三人走出咖啡廳，過馬路來到牛骨湯餐廳，在靠窗的位置坐下。石柱、映亞和雨嵐用湯匙大口喝起牛骨湯，額外點的一盤牛肉也吃光後，一家三口摸著飽嘟嘟的肚子起身。

「爸爸，我們下次還要再來。」雨嵐意猶未盡的吮著十根手指頭。

「有那麼好吃？」

雨嵐點點頭。

「好，那我們下週六再來。」

雨嵐開心的一頭鑽進石柱懷裡，石柱一把抱起兒子，走出餐廳。

一家人回到公寓，進電梯後，映亞發現石柱的眼角擠出紋路，似乎有點不對勁。

「怎麼了？」

「頭暈，好像有點消化不良。」

映亞哄睡雨嵐後回到臥室，只見石柱抱著肚子不停呻吟。映亞摸了摸他的額頭，滾燙得跟火球似的。

「可能是吃了肉不消化，幫我拿點退燒藥來。」

「要不要叫救護車？」

「還不用……對了，我們是不是該幫雨嵐找一下幼稚園了。我解除隔離了，雨嵐也能去幼稚園了吧？」石柱心裡一直惦記著這件事。

「嗯，明天我就打去幾家幼稚園問問。」

「那我去文具店幫雨嵐買幾本素描本，讓他送給新朋友。」

「我明天去買。」

「不用了，我病了這麼久，也想做點爸爸該做的事。」

「嗯，好。」

「現在一切都回歸正常，妳回製藥公司，雨嵐去幼稚園，我回牙科診所！」

映亞忽然想到一句歌詞「全世界最美的風景，就是讓一切回到原位」。

吃了退燒藥後石柱還是發冷，他把棉被拉到脖子下，閉上眼睛。映亞用冷水沾濕毛巾，幫石柱擦了手腳。石柱厚實的身體和肌肉都不見了，只剩骨瘦如柴的軀殼。那雙腳也不再是健壯結實、年輕人的腳，而是在垂死掙扎的老人的腳。可能是藥效開始發作，呻吟聲漸漸變小。

兩小時後，石柱突然起身、快步走到廁所，抱著馬桶開始嘔吐。不僅晚飯吃的牛肉和牛骨湯，就連中午吃的馬鈴薯煎餅也全都吐了出來。映亞正要上前幫他拍背，石柱大力揮了揮手。

「別過來！」

映亞停下腳步。石柱才沖完馬桶，又開始嘔吐。去年化療時石柱也常嘔吐，那時他也會把映亞趕到廁所外。就算是妻子，也正因為是妻子，石柱才更不想讓映亞看到自己嘔吐的模樣。但今天晚上吐得太兇，再也沒有可以吐的東西了，石柱甚至把食指塞進嘴裡。

就這樣連吐了三、四次，一開始石柱還能到廁所，第二次起身時，他一陣暈眩、趴在地上；第三次還還來不及下床，酸溜溜的胃酸就吐到被子上了。這時，對面房間的雨嵐推開門。以前就算隔壁掉炸彈也能睡得不醒人事的雨嵐，這次聽到爸爸的嘔吐聲竟然醒了。孩子已經長大到聽到奇怪的聲響，就立刻聯想到爸爸生病的年紀。

「爸……」雨嵐推開房門，不知所措的站在原地哭了起來。

映亞趕快上前抱起雨嵐，等哄好孩子回來時，發現石柱出現休克反應！不管映亞說什麼、怎麼搖晃都沒有反應。

「你醒醒，我們去急診室……」

映亞拿起手機，在那短暫的一瞬間，她猶豫了一下要去哪家醫院。去石柱在六月一日到七月三日住過的F醫院，只要五分鐘。如果去七月三日到十月三日住的大學醫院，則要五十幾分鐘。石柱的狀態每分每秒都在惡化，映亞最後決定就近去F醫院。她打給一一九，又聯絡了鴻澤。一一九和鴻澤幾乎是同一時間抵達，映亞把雨嵐托付給公公，跟石柱一起上了救護車。

兩名救護員一名負責開車，另一名負責緊急處置。警笛響起，救護車全速趕往醫院。石柱摀著肚子不停發出呻吟，救護員坐下準備幫石柱測量體溫和血壓。

映亞抓住救護員的手臂。「你有看新聞吧？他是最後一名MERS病人！就是十月三日出院的那個人。」

救護員瞪大雙眼。

映亞爲了讓他安心，接著說：「不用擔心，他已經痊癒了，完全沒有傳染力。高燒和嘔吐是因爲淋巴癌復發，我覺得腹痛應該是胰臟膨脹導致。」

救護員打斷映亞，拿起手機撥打到綜合醫院急診室。

「MERS病人，住過你們醫院。啊，姓名？」他轉頭看向映亞。

「金石柱，三十六歲。」

「金石柱，男，三十六歲。」

掛斷電話的救護員拿出手套和N95口罩戴好，然後把口罩和手套遞給映亞。

「拿走。我說了他不是MERS，是淋巴癌。」

「就算是這樣，萬一……」

映亞打斷救護員，大吼：「不管是萬一還是億一，他不是傳染病患！十月三日出院後，我跟他在一起待了一週。治好他的大學醫院醫生也說根本不需要手套和口罩了。」

救護員也不甘示弱：「妳沒看到救護員也被感染的新聞嗎？我的同事被傳染後也經歷了危險期。他們爲什麼會感染？不就是像現在這樣，運送那些堅持說自己沒有MERS、拒絕戴口罩和手套的人，結果全都感染了。出院後的一週裡，出現過現在這樣的高燒和嘔吐嗎？」

「今天晚上才突然這樣的。」

「伴隨高燒的嘔吐和咳嗽，如果是MERS患者，病毒很可能會從身體裡排出來。所以請妳相信我，先把口罩戴上吧。」

映亞看了看口罩，又看了看石柱。

「不用。我丈夫得的是淋巴癌，淋巴癌不是傳染病。」

救護車停在急診室前。這裡是「1號」、「0號」、金石柱、吉冬華和李一花來過的急診室。看到身著D級防護衣的醫生和護士走上前，映亞又重複一遍。

「他不是MERS患者，他是因為復發的淋巴癌惡化導致休克，請先採取治療吧。」

醫生回答：「請交給我們，我們會先進行檢查，當然也會治療。」

映亞追問：「檢查？要做什麼檢查？難道是PCR？是不是PCR？不需要做那個檢查，我丈夫不是MERS患者。」

男護士走到救護車旁，熟練的用手托住石柱的腰部和臀部，把他移到推床上。就在這時，石柱睜開眼睛。

「映亞！」石柱左顧右盼，尋找著映亞。

映亞急忙喊道：「在這，我在這！」

石柱看向聲音傳來的方向，想要起身，但護士一把按住他的肩膀。看到周圍的人都戴著頭罩、N95口罩和手套，石柱終於搞清楚狀況。

他高喊：「我不是MERS，MERS已經結束了！不要，不要這樣對我。南映亞！映亞，妳在哪？」

映亞拚命想要從男護士之間探出頭來，但力氣完全敵不過。忽然，有人抓住她的手臂，一個熟悉的聲音從身後傳來。

「鎮定點！」

是京美。京美戴著口罩站在醫生身後，所以映亞剛才沒認出她。看到京美，映亞的聲音更加顫抖。

「京美！他們這是在幹什麼？妳快去阻止他們做PCR。石柱是淋巴癌，必須針對淋巴癌進行搶救。」

京美拉過映亞，抱住她。「我知道，石柱已經治好ＭＥＲＳ了，但醫院有醫院的立場啊。」

「醫院的立場？」

「這種事在急診室已經發生過三次了。第一次醫院說服堅持不檢查的疾病管理本部，才確診了『1號』感染者。如妳所知，第二次在不知情的情況下，讓ＭＥＲＳ病人在這裡住了三天，結果感染了一大堆人。大家都以爲今年的ＭＥＲＳ就這麼結束時，石柱又被送過來。當然，他不是ＭＥＲＳ，已經被診斷痊癒。但站在醫院的立場，還是要做一次檢查，ＰＣＲ如果是陰性，就會治療淋巴癌。」

「我們申請做ＰＣＲ時不做，現在放著人命不救，爲了撇清關係要先做ＰＣＲ？」

「不管妳說什麼都會進行檢查的，在結果出來前，妳無法接近石柱。先跟我來吧。」京美抓起映亞的手腕，穿過走廊來到一個小房間。

剛走進去，映亞立刻甩開京美的手。「京美！不能做ＰＣＲ，無論如何都不可以做。」

「這什麼意思？」

「石柱是不是ＭＥＲＳ，ＰＣＲ根本無法判斷，搞不好會出現陽性。但就算是出現陽性，石柱也不是ＭＥＲＳ，他完全沒有傳染力了，所以不能給他做ＰＣＲ。京美啊，妳快去阻止他們！」

「出現陽性？既然已經痊癒了，怎麼可能出現陽性呢？」

「我沒時間跟妳解釋，總之石柱不是ＭＥＲＳ，只要治療淋巴癌就可以了。」

「妳冷靜點，我去把妳說的告訴醫生，也了解一下情況。妳不要亂跑，乖乖在這等我！」

京美走出房間，映亞感到口乾舌燥，像鐘擺一樣坐立難安，來回踱步。她從手機裡翻出吳長南的電話。

「喂……」沒睡醒的聲音傳來。

「我們在急診室，石柱高燒，腹痛很嚴重……」

對方頓時提高音調，語速加快。「好的，我這就下樓，請等一下……」

映亞趕緊打斷他：「不是大學醫院……病情惡化，就近到綜合醫院了……可他們要做ＰＣＲ……」

「啊，沒必要做ＰＣＲ啊……妳先聯絡我就好了。送到這裡就不用檢查，可以直接住進一般病房的。」

映亞看過太多病人只差五分鐘就面臨生死關頭了，卻沒想到了節省那四十五分鐘車程，來到綜合醫院後居然要先做ＰＣＲ。石柱的ＰＣＲ檢查結果很不穩定，就算已經檢查四、五次陰性，也很可能再出現陽性。即便是陽性，他也不是傳播病毒的ＭＥＲＳ患者，這個事實只有石柱、映亞和大學醫院隔離病房的極少數醫護人員知道。

映亞掛斷電話，來到走廊。她無視京美的勸告，爲了尋找石柱走遍急診室各區。當看到位於急診室盡頭、搶救病危患者的急救室，映亞加快腳步。急診室和急救室間隔著一道打不開的玻璃門，

映亞敲著門，喊道：「不！你們不能把ＭＥＲＳ嫁禍給我們。他不是！我在這裡，我不會留下你一個人，我會陪著你的。」

門始終沒有開。映亞的眼淚鼻涕都流乾後，有氣無力的走回房間。四小時後，京美推開房門走進來。

「檢查結果呢？」

京美遲疑了一下。「那個……還不能下結論。」

「這什麼意思？陽性就是陽性，陰性就是陰性啊。」

「上面指示，先轉院到大學醫院。」

「眞的？」

映亞鬆了口氣。去大學醫院更好，如果是大學醫院，隔離病房的醫護人員一定會了解石柱的情況，他們都知道石柱不具備傳染力，就不會被送進隔離病房，可以住進一般病房接受淋巴癌治療。

「救護車會送石柱過去，妳只好自己過去了。」

「好。」

兩人簡單道別。

在做好安全防護的救護員把石柱送上救護車的這段時間裡，映亞搭計程車先出發了。映亞在途中打給長南說明情況，長南的聲音變得明朗。

「知道了。看來是檢體有問題，要是在那邊測出陽性，事情就很難辦。我們盡快討論一下，妳不用擔心，直接過來吧。」

映亞以爲長南要自己別擔心的意思是大學醫院會判斷，讓石柱直接住進一般病房。

下了計程車，映亞朝急診室飛奔。救護車早已抵達，門口也圍起封鎖線。映亞看到門口寫著「禁止出入」，當她準備走進去時，戴N95口罩和手套的工作人員上前攔住她。

「那個，我是剛剛救護車送來的病人家屬。」

工作人員從頭到腳打量了映亞一番。「上級指示，所有人不得進入，請留步。」

映亞打給長南，沒有接聽。時間無情的流逝著。

中午過後，兩名身著防護衣、全副武裝的護士走出急診室，隨後兩名醫生也走了出來。映亞跟護士四目相對的瞬間，心臟猛的跳了一下。這是在隔離病房見過許多次的眼神。玉娜貞和陳雅凜出現，意味著石柱沒有被送進一般病房，而是又關進了隔離病房。在沒有得到陽性結果的狀況下，院方僅憑患者出現高燒和嘔吐，就直接把十月三日出院的金石柱又關進隔離病房。

怎麼可以這樣？

映亞想衝過封鎖線，在那瞬間，脖子上的項鍊掉到地上。那是戴了九年、從未斷過的結婚禮物。鋯石項鍊在陽光下閃閃發光，映亞彎腰撿起項鍊，一股不祥的預感油然而生。

可能性趨近0

十月十二日晚上十點，政府在中央廳舍[30]召開記者會，由疾病管理本部長簡單講述經過。

「十月一日得到陰性結果，並於十月三日出院的最後一位MERS病人，於十月十一日再次住進大學醫院，在十月十二日的檢查中得到陽性。患者在十月十一日清晨五點三十分左右出現高燒和嘔吐症狀，於附近醫院接受治療，十二點十五分移送大學醫院隔離病房。他在十月六日曾到大學醫院接受門診治療，因此以出現高燒症狀前後爲時間點，與患者接觸過的家屬、醫護人員共計六十一人。目前根據患者移動路線，已經展開流行病學調查，是否還存在密切接觸者，待調查結束後再通知大家。包括家屬在內的密切接觸者已經開始居家隔離，其他日常接觸者，我們會鎖定爲主動追蹤對象。請大學醫院傳染內科朴江南教授，爲大家進一步講解患者病情。」

朴江南教授走上臺。

「我是朴江南。從患者七月三日轉院來，到十月三日出院都是由我負責治療。十月十二日，也就是在今天召開的疾病管理本部專家諮詢會議上，我已經進行說明，接下來我要講解針對PCR檢查陰性的患者再次變成陽性的原因。患者本身罹患淋巴癌，出院後準備進行化療和造血幹細胞移植。與健康的人不同之處在於，患者體內檢驗出極少量的病毒基因，但我們判斷，傳染力非常低。」

30：韓國政府許多行政部門的所在地，位於首爾鐘路區。

發言結束後，緊接著是提問時間，率先舉手的記者提出簡短而尖銳的問題。

「患者是MERS復發嗎？」

「我必須清楚整理用語。首先，他不是二次感染，因爲他是最後一名MERS病人，所以並不是被第三者感染；再者，他也不是復發，病毒並沒有活動跡象，應該是病毒的部分遺傳基因與呼吸道表皮細胞一起脫落，導致出現陽性反應。」

「您提到感染率非常低，請問有多低呢？」

朴教授回答：「非常低。」

「那就是幾乎沒有傳染力的意思？」

「是的。雖然還要針對居家隔離者進行追蹤，但我們判斷被感染機率非常小。」

「可以說是零嗎？」

「醫學上沒有零和一百，可以看作可能性趨近零。爲以防萬一，我們已經依照疾病管理本部指示，讓患者住進隔離病房。」

接著是其他問題。

「宣布終結MERS的決定會延期嗎？」

根據世界衛生組織（WHO）的標準，最後一名MERS病人在得到陰性判定四週後，可以宣布終結。如果金石柱沒有再次入院，以十月一日的陰性結果爲標準，十月二十九日才可以宣布終結。

「會延期。」

最後一個提問的記者是李一花。

「患者在十月一日前，也就是說在八月和九月的PCR檢查中，陰性和陽性反覆出現，這是事實嗎？」

朴教授注視她片刻，然後回答：「是事實。測試結果一直在界線上來回，所以有不同結果。」

「既然如此，那病人未來的ＰＣＲ檢查也會在陰性和陽性之間來回嗎？」

「這是很有可能的推論。」

「那什麼時候才能解除隔離呢？跟之前一樣以二十四小時爲間隔，連續兩次出現陰性，就可以解除隔離了嗎？即使連續兩次出現陰性，未來也有可能出現陽性嗎？」

朴教授話鋒一轉。「針對解除隔離的條件，不是我能回答的部分。對ＭＥＲＳ病人進行隔離或解除隔離，要遵從保健福祉部指示。」

這時，疾病管理本部長插話：「這部分還需要與專家進一步討論，日後再通知各位。提問時間到此結束。」

＊＊＊

南映亞再次成爲居家隔離對象，她只能和雨嵐待在家中，無法出門。接到一花的電話，映亞立刻問。

「都說了些什麼？」

一花稍微喘口氣後，特地放慢速度回答：「說要住在隔離病房治療。」

「住在那裡治療什麼？我老公又不是ＭＥＲＳ，隔離病房的醫護人員都知道他的ＰＣＲ結果總是在陰性和陽性之間來回，這次顯示陽性都是因爲沒有傳染力的病毒殘骸啊！就算陽性也沒有傳染力了啊，所以十月三日他們才讓我們出院的。如果不做ＰＣＲ，他就只是個淋巴癌患者。都是那該死的檢查，讓他又變成MERS病人。太不像話了，才不到一週就又把人關進去。」

「醫院說會給病人採取適當的治療。」

「我敢保證，他們不會治療MERS的，因為他不是MERS。既然不治療MERS，又把人關進隔離病房，這是欺騙，是令人髮指的犯罪！」

「請冷靜點，我先去追追看，再跟妳聯絡。妳和金先生取得聯繫了嗎？」

「聽護士說他還是高燒不退，給他輸了血，昨天幾乎是昏睡狀態，連動都不能動，打給他也不接。」

一花比任何人都清楚，石柱的打擊一定很大。如果是她再度被關進隔離病房，恐怕連一分鐘都撐不下去。因為找不到能安慰映亞的話，於是一花轉換話題。

「妳居家隔離到什麼時候？」

「十月二十五日，簡直要瘋了。他不是MERS，我和我公公、雨嵐都不可能感染……非要用這種方式把我們一家人都囚禁起來嗎？」

生日蛋糕

直到十月十三日早上，石柱才能起身坐在床上。

住進隔離病房的十月十一日，石柱因爲高燒一直昏迷不醒。十月十二日輸血後也一直反覆的昏睡和清醒。簽了化療同意書、用藥後，神智才稍微清醒。雖然跟映亞通過一次電話，但由於體力不支，也沒能講太久。映亞想細問的事情很多，但當時石柱才剛醒沒多久，連自己住的病房都還來不及多看兩眼。

十月十三日，石柱在玉護士的攙扶下才終於去了趟廁所。高燒還是不退，但兩條腿用點力的話還能勉強走路。回到病床的石柱打給映亞。大概是不同病房，就算沒有分享器也能連Wi-Fi了，通話聲音清楚響亮。

「很難受吧？有哪裡不舒服？」

映亞先詢問石柱不舒服的地方，她準備記下回答，立刻向護士和醫生提出治療要求。

「我沒事，他們幫我輸了血，也用了藥……」

「還是有最不舒服的地方吧？」

「吞口水時喉嚨很痛，但講講電話還是可以的，不用擔心我。雨嵐呢？」

「睡著了。雨嵐可能是夢到跟以前幼稚園的小朋友玩，早上起來哭鬧著要去幼稚園，我好不容易才哄好他。大概哭累了，剛才睡了。要叫醒他嗎？」

「不用，我再打給他。」石柱轉頭連咳了三聲。

「……快樂。」

石柱因爲自己的咳嗽聲，沒聽到映亞前面說了什麼。奇怪，自己暈倒被送進醫院，這種情況有什麼好快樂的。

「嗯？」

「我說，祝你生日快樂。要我過去嗎？」

石柱這才想起今天是自己的生日。十月三日出院時，他還跟映亞計畫要去江華島慶祝三十六歲生日。搭救護車從綜合醫院到大學醫院，經歷了高燒、嘔吐和暈厥，不知不覺間，石柱迎來了自己的生日。

「妳不是在家隔離嗎？」

「是啊。」

「參加出院派對的人呢？」

「因爲是在你發燒前見面，所以有通知他們是主動追蹤對象，每天上午和下午兩次，要跟保健所報告體溫和呼吸是否異常，生活沒什麼太大影響。」

「妳公司的同事一定嚇壞了吧？」

石柱問到了重點。映亞正爲前天和昨天與直屬上司詹姆斯惡夢般的通話而苦惱。一直以來都很照顧自己的公司，這次卻擺出另一種姿態。問題出在石柱解除隔離出院後一週，映亞參加了一個多小時與阿拉伯客戶的會議。詹姆斯非常擔心病毒經由映亞傳染給阿拉伯客戶，這已經成了超越公司、變成國家層級的嚴重問題。

雖然映亞轉述了大學醫院主治醫師的說明，解釋石柱的傳染力趨近於零，但詹姆斯仍爲不是「完全的零」而是「趨近於零」而不安。映亞補充，醫學界就算是零也不會說是零。詹姆斯又追問，既然石柱的傳染力「趨近於零」，那爲何還要隔離。映亞也給不出明確的解釋，就算老實告訴他，很多醫生都認爲石柱住一般病房也沒問題，他會相信嗎？詹姆斯希望映亞拿出自己與石柱生活了一週也沒被感染的證據，但映亞並不想主動做ＰＣＲ檢查。她覺得，接受檢查本身就是懷疑石柱有傳染力的行爲。

「坐在我前後的同事請了一週假，看來都在家隔離吧。你也知道他們一定會沒事的。」

「嗯。」

「我好想你，想牽著你的手爲你唱生日歌……對不起。」

「妳有什麼好對不起的。去睡吧，爲了我都沒什麼休息。」

「我愛你。」

「我愛妳。」

石柱掛上電話，開始看起手機裡的照片。十月三日出院後，他把家裡的每個角落都拍下來。住院的四個月裡，雨嵐的玩具翻倍。客廳裡用樂高搭建的房子大到可以住進雨嵐了，床底下的箱子堆滿足球、籃球、排球和棒球。看來雨嵐是打算在冬天之前，每天都出去玩球。

房門開了。石柱轉過頭，只見身著Ｃ級防護衣的玉娜貞和陳雅凜走進來，玉護士手裡捧著點綴著新鮮草莓的起司蛋糕，陳護士拿著番茄汁。她們把蛋糕和番茄汁放在餐桌上，石柱露出害羞的笑容。

「這是在幹什麼？」

陳護士把三根長蠟燭和六根小蠟燭插在蛋糕上時，玉護士回答。

「教授准許送外面的食物進來，今天是你的生日，怎麼能就這樣過去呢。這可是從附近最有名的店買來的喔，你喜歡吃水果，所以特地挑了草莓和番茄。」

陳護士點好蠟燭，九根蠟燭的火光映紅了石柱的雙眼。兩位護士拍手唱起生日歌，石柱聽著歌聲，目光一直定在燭火上。

「美好的金石柱先生，祝你生日……」

歌都還沒唱完，陳護士便嗚咽著衝出病房，因為戴著頭罩，根本無法擦眼淚。

玉護士獨自把生日歌唱完，哽咽著低聲說。「請快點好起來吧。雖然在這裡過生日很讓人難過，但你一定會馬上康復出院的。來，吹蠟燭許個願吧。」

「謝謝。」

石柱坐直身體、探出頭，額頭和鼻梁感受到燭火的熱氣。他深吸一口氣，吹滅蠟燭。有時熄滅的蠟燭會再燃燒起來，但這次一下子全都熄滅了。玉護士看著裊裊升起的白煙，再次用戴著手套的雙手鼓掌。石柱把吸管送到嘴裡，用力吸了一口果汁。

倖存者的悲傷

海善每天接聽、撥打的電話將近有一百多通，自從她開始爲社會弱勢辯護以來，打電話的次數又更多了。有時候一天光是接電話，連工作都只能放一邊。說到通話次數頻繁，電視臺記者李一花也是。自從海善住進一花家，雖然一起生活，但還是跟從前一樣，不停用手機跟外面的人講電話。

在接到「趙藝碩」的電話時，海善一時沒想起這個人的臉。

「李一花記者出院時，我們在感染科診間見過面。我爲了媽媽轉院的問題在那裡，妳給了我名片，想不起來了嗎？」

海善想起併排坐著的男女，兩人中更年輕、像大學生的那個青年，應該就是趙藝碩了吧？

「啊，現在想起來了。眞對不起。」

「不會，只見過一面，難免的。」藝碩的性格開朗，平易近人。

「你找我有什麼事嗎？」

「可以跟妳見個面嗎？」

海善不知道藝碩的母親是生還是死，所以直接問道：「你的母親還好嗎？」

「她出院了。」

「啊，眞是萬幸。」

這句話是出自眞心。感染MERS、失去生命實在太讓人感到冤枉了。雖然一花存活下來，她的小姨丈姜銀斗卻沒有逃過這一劫。

「萬幸是萬幸……」藝碩語氣顯得曖昧不清。「但我媽試圖自殺了兩次。」

「什麼？兩次？試圖自殺？」

「我親眼目睹了兩次，但醫生說她應該嘗試過更多次。現在我們在醫院等著辦理出院手續。我媽說，這麼委屈沒辦法活下去，這個國家、這個社會對她太殘忍，她說想依法追究，所以我想到了妳。請跟我們見一面吧。如果就這麼讓她回家，恐怕還會再想不開。拜託，求求妳！」

海善拿出筆記本。「醫院在哪？我這就過去！」

在海善趕往大學路的同時，打給一花。

「妳還記得一個叫趙藝碩的人嗎？妳出院時在走廊碰到的……」

「我記得有兩個人，女的是南映亞，又被送進隔離病房的金石柱的妻子，我在非傳染病房見過他們。另外一個男生就是趙藝碩了吧？那個年輕人怎麼了？」

「我正在去見他的路上。不幸中的萬幸是，他媽媽痊癒出院了，但剛才他打來說，出院後，他媽媽曾經兩次尋短。」

「自殺？」一花的聲音在顫抖。

「妳採訪過康復者出院後的生活嗎？」

「……我找過，但都沒有相關報導。雖然我聯絡上幾個人，他們也滿腹冤屈，但就是不想受訪。大部分MERS病人都隱姓埋名的過日子，很多人都搬家了。妳先去見他們，有需要我幫忙的再跟我說。」

「今天不跟我一起去見他們嗎？」

「他只跟妳聯絡啊。雖然我也很想去，但在不了解對方立場的情況下，我們別貿然行事。」

「我問妳，妳想這麼多，是因爲自己也是MERS病人嗎？既然沒人報導，妳可以做獨家專訪啊？這眞不像妳。」

一花冷靜的回答：「我不想太多，只是覺得有必要站在他們的立場思考再行動。記者有記者的立場，律師有律師的立場，醫生有醫生的立場，政府有政府的立場。政府、記者、律師和醫生只要自己想，隨時都可以發聲，但那些因爲MERS失去家人的人和好不容易痊癒的人就不同了。稍有閃失，就等於再次給他們貼上標籤。所以我覺得最好能站在他們的立場，反覆思考後再發言和行動。」

「站在受害者的立場？」

「看到再次被隔離的金石柱，我更加堅定了這種想法。他是這個國家最後一個MERS病人，出院後又被隔離的MERS病人。醫生說傳染力實際上趨近於零，但政府還是把人關進負壓病房。政府和醫院拿不出搶救淋巴癌病人的解決方案，只會強調PCR的標準。總之，妳先去見他們，我們晚上再討論吧。謝謝妳。」

「謝什麼謝，眞不習慣。」

「我心裡清楚，現在對趙藝碩而言，妳是唯一能夠拯救他的救命繩。」

海善踩著咯吱作響的木樓梯上樓，來到一家與其說是咖啡廳、倒不如說更保留「茶房[31]」風格的飲料店，寧靜的古典音樂輕巧滑過木製的桌椅。坐在窗邊角落的兩人站起身來，臉上還冒著青春痘、面帶

31：茶房為韓國早期的咖啡廳，約於五〇年代興盛，聚集許多文人雅士。六〇年代，因茶房多開設在大學附近，成為當時年輕人的聚會地點。現存的茶房則成為懷舊的象徵。

稚氣的青年正是藝碩，另一位戴著防塵口罩、一頭短髮的女人，就是他的母親冬華。海善在他們對面坐下，冬華慢慢摘下口罩、放進包裡，首先道了歉。

「對不起，都怪我兒子大驚小怪，害妳跑這一趟。」

「別說對不起，這是我的工作。」海善轉頭問藝碩：「剛出院嗎？」

「是的，她吃了很多安眠藥……」

冬華打斷藝碩。「他們總說我自殺，根本沒這回事！我上教會已經四十多年了，可不是什麼人都能成爲勸師的，在教會裡，沒有比自殺更糟糕的事了。」

海善問：「那妳爲什麼吃了那麼多安眠藥呢？」

「因爲我睡不著，連續四天一點都沒睡，一躺下就能看到拿著刀和注射器的白鬼。爲了趕走那些傢伙，我拚命掙扎，結果一轉眼天就亮了。」

海善接著問：「白鬼？那是誰？」

冬華側身坐過來，把牛仔褲管拉到膝蓋，露出瘦骨嶙峋的小腿。

「他們要來割走我身上的肉。在醫院就已經被他們割走很多了，妳瞧，我身上幾乎什麼都不剩了！如今手臂和大腿都沒有肉了，他們現在看上我前胸、後背所剩無幾的這點肉。」

這時，藝碩插話：「她作了惡夢。因爲在醫院兩週內掉了二十公斤，現在體重也不到四十公斤。我媽說她昏迷醒來後一看，身上的肌肉都不見了。醫生說這是抵抗ＭＥＲＳ導致的，每個人的體質不同，我媽屬於急速消瘦型。有的人內臟嚴重損傷，幸運的人只不過像得了場重感冒。剛才說的那些畫面都是快出院前作的惡夢，她都跟我說過。隨著時間過去，惡夢會慢慢消失，但最近她又開始失眠。過了一個月，她說那都不是惡夢，是現實。」

「這都是眞的。」冬華大聲強調，音量過大，店員和附近的客人都看過來。海善代她道了歉。

「那第一次是怎麼……」海善刻意迴避「自殺」二字。

藝碩回答：「她跑到家附近的公寓頂樓，站在欄杆上，多虧一一九救護員把她救下來。」

冬華辯解：「你讓那麼忙的人白跑了一趟，我才不會自殺呢。再說一次，別看我這樣，我可是教會的勸師。那天晚上太多白鬼找上門了，他們成群結隊、密密麻麻的。我要是待在家裡，一定會被他們綁住四肢，把我身上的肉都割走，所以才跑出去向天使求助，上頂樓是因爲站在高處才能聽清楚聖歌。公寓頂樓聚集了好多天使，我才覺得安心。天使說，如果白鬼再找上門，它們會帶我躲到雲朵上面去。就算救護員不來，我也不會有事的，信仰不堅定的人才會自尋短見！」

冬華去上廁所時，海善問藝碩。「你媽有接受精神治療嗎？」

「嗯，只有一次。她不肯去，是我堅持帶她去的。醫生說她這是心理創傷，必須按時吃藥。我媽卻說精神科的藥沒用，只要努力禱告就可以了。如果她不舒服或是在緊張的場合，提到白鬼的事就會更誇張。跟我們在一起時還不至於如此……」

冬華回來了，這次換藝碩離開座位。他收到剛開始打工的便利商店店長的訊息，出去回電話。冬華身子往前傾，把自己的手放在海善的手背上。

「律師，我只想問一件事。感染MERS是我的錯嗎？我自己有任何一點責任嗎？」

「沒有。」

「感染MERS後，我的人生就開始墜落，沒有盡頭的一直墜落！搞得我千瘡百孔。做了半輩子的工作丟了，別說約聘了，就連打工都不肯用我。我的肺只剩下一半功能，一年四季都要戴口罩。以前喜歡的登山，如今連想都不敢想，就連在健身房的跑步機上走路都很吃力。身爲這個家的支柱，我丟了工作，連臥病在床的妹妹醫藥費都付不起，兒子也休了學。我的人生怎麼就這樣毀了呢？是誰把我變成這樣的？所有人都說是我倒霉，說得倒簡單。沒錯，我是倒霉，但是把倒霉、不幸感染ＭＥＲＳ的人的人生搞得亂八七糟，這樣就沒了嗎？我覺得很委屈，委屈得想死——不，就是因為委屈，所以我才不能就這麼死掉。」

海善問：「妳想提告嗎？」

「不知道我這麼說，妳會不會接受——我想報仇。」

「報仇？」

「無辜的人突然就死的死，傷的傷。為什麼會發生這種事？必須要調查、追究責任啊！」

「我也反對把ＭＥＲＳ事件看作自然災害，當局錯失好幾次能夠阻止ＭＥＲＳ傳入國內的機會。醫院是否採取了適當措施，也必須詳查。但『報仇』這個詞聽起來過於尖銳，妳的意思應該是想『伸張正義』吧？」

「正義是基本的，不只如此，我希望的不是原諒，而是報仇。我不會原諒任何一個人，那些把我寶貴的人生，把我的書都放進碎紙機的傢伙，那些兔崽子們！」冬華開始喃喃自語，跟剛才大喊要報仇時截然不同，她的表情變得陰沉，聲音也更低迴。「還不如一直生病呢，我也想過，不如當時死掉算了。如果那樣，現在也不至於如此悲慘……」

海善說：「而且，國家也沒有給ＭＥＲＳ受害者任何賠償和補貼。」

藝碩講完電話回來，冬華等藝碩坐下，緊緊抓住了兒子的手。

「這個國家難道一點錯都沒有嗎？如果沒有錯，那為什麼無辜的人會又死又傷？為什麼無辜的人會失去工作，被排擠？我看新聞只會爭論防治成功或失敗，只這樣為ＭＥＲＳ事件下結論，太荒謬了！

政府和醫院只要簡單的評斷成功或失敗就可以一筆帶過，那因爲他們的失敗而遭受不幸的人呢？這根本不叫失敗，而是殺人啊！妳問我想提告嗎？是的，我想。我想跟他們好好理論一番。我吉冬華，活該遭受這種待遇嗎？我以後該怎麼活下去，我要站在法庭上問個清楚。律師，請妳一定要幫我！」

太空人！

十月十六日早上，映亞接到疾病管理本部的電話。確認姓名和地址後，職員語調平淡無起伏的說明：「今天上午，保健所的人會登門拜訪，進行抽血，我們會做血清檢查，判斷是否感染ＭＥＲＳ。請您協助。」

映亞問：「測試血清的對象有誰？」

「這無法公開，只能告訴您檢測對象是病人出院後到再入院期間，有過近距離接觸的人。」這是把在一起生活的家人歸類爲最有可能感染的密切接觸者了。

「如果不配合抽血會如何？」

「嗯？」職員不知所措，這是對方沒有預料到的問題。

「你說是協助事項，那是否配合抽血不是由我決定嗎？像這樣單方面打電話來通知抽血，我有義務一定要配合嗎？」

職員低聲說：「您也知道，再次被隔離的病人傳染率趨近於零吧？大學醫院的知名教授在媒體上也詳細說明了。雖然如此，還是有很多流言。」

「流言？」

「外界流傳，又出現了ＭＥＲＳ個案。」

「這不可能，我老公……」

「所以我們也判斷有新個案是假消息。這種謠言一旦擴散，會造成很嚴重的後果，假如您的檢驗結果是陰性，便可以徹底打破那些謠言。」

映亞明白疾病管理本部爲何急著測試血清，要是一起生活的人檢測爲陰性，便可證實醫院聲稱感染率極低的主張。對映亞而言，測試血清也不是一無益處。如果是陰性，公司也會安心，就能拿出詹姆斯想要的證據了。

「知道了，我會配合的。」

兩小時後，門鈴響了。映亞從對講機確認來訪者。如果是不了解情況的快遞員，映亞會請他把包裹寄放在警衛室。一片白光占據了整個對講機畫面，映亞一眼便認出那道光，那是身著C級防護裝備的保健所人員。

映亞打開門，只見一個肩背診療包的人站在那。映亞走上前，仔細端詳頭罩裡的眼睛和鼻子，是一個年輕的女生。還以爲醫生會與護士同行。

「請進，快點。」

如果鄰居看到她這身打扮，到時恐怕眞的會謠言滿天飛了。映亞伸手去抓她的手臂，對方嚇得瞪大雙眼，擺出要往後退的架勢，雙眼充滿恐懼。

「就妳一個人？」

「沒必要派醫生來。」

保健所只派了護士來。

「哇啊——！」從房間走出來的雨嵐嚇得大哭。在孩子眼裡，這個身著防護衣、戴手套、N95口罩和頭罩的人就像是怪物。

映亞趕快跑過去抱起雨嵐。「不哭、不哭！」

哭聲沒有停止，護士進退兩難的站在門口。

映亞向雨嵐解釋：「那是太空人！」

雨嵐止住哭聲，確認似的問：「太空人？是從外太空來的嗎？」

「是啊。爸爸的朋友裡有一個仙女座來的太空人，她聽說雨嵐喜歡太空人，所以就來拜訪我們。是不是啊？」

護士看到映亞朝她擠眉弄眼，於是吃力地抬起手，在頭頂畫了一個圓圈。

護士顫抖的說：「我是你爸爸的朋友，是仙女座太空人。」

「那我和爸爸、媽媽可以去妳住的仙女座玩嗎？」

「當然可以囉。」

「媽媽跟太空人有點事要談，雨嵐先回房間畫畫吧，畫一張太空人好不好？」

雨嵐看著護士。「我可以畫妳嗎？」

「當然。」

雨嵐擦著眼淚走回房間，取出素描本畫起太空人。看來這一天可以安然無事的度過了。

「請進。」

「不了。」

「就蹲在門口抽血嗎？去餐桌坐吧！」

映亞先朝餐桌走去，護士這才跟了進來。護士雙手顫抖的從診療包裡取出注射器、墊片、導管，和為了看清血管要綁在手臂的止血帶。

「那、那我開始了。」

映亞伸出右手臂放在墊片上，護士把止血帶綁在手肘上方的位置，但血管沒有明顯的露出來。

「我再重綁一下。」

因爲戴著手套，護士很難把止血帶綁好。她鬆開又重新綁一次，這次由於綁太緊，映亞的肩膀稍微抖了一下。

「怎、怎麼回事……」

護士用戴著手套的手輕拍了幾下映亞的手臂，才終於找到血管。不能在病人面前驚慌失措，這是一年級第一學期「看護學概論」課教的，是最基本的基本。眼前這名護士卻下意識的自言自語、手忙腳亂。找到血管後，她甚至連酒精棉都拿不穩，連續兩次掉到地上。

「慢一點，冷靜一點！」映亞反倒安撫起她。

「冷、冷靜……慢、慢點……」

護士好不容易才將針頭戳入血管。抽血一結束，她立刻收好診療包站起來。

「謝……」

映亞都還來不及道謝，護士立刻轉身快步朝玄關走去。她慌亂的想開門，結果把門給反鎖了。緊張之下，居然用戴著手套的手砰砰砰的搥門。映亞走上前，靜靜從她身後解開反鎖的門，幫她打開。護士連頭也沒回，直接衝了出去。

雨嵐聽到動靜，打開房門探出頭來。「媽，太空人走了嗎？」

映亞卸下陰暗的表情，笑說：「嗯，剛才咻的飛上天了。畫好了嗎？」

「還沒！」

「那你再去畫，等畫好了給媽媽看，然後拍照傳給爸爸看。」

「好。」

雨嵐又回到房間。映亞打開玄關門來到樓梯間的窗邊，望向社區。銀杏樹已經換上黃色的衣裳。MERS是今年整個夏天最不快樂的記憶，可如今人們也已經徹底遺忘它了，只有石柱還在面對這場不幸的浩劫。映亞看到護士正忙著脫下防護衣和頭罩，塞進隔離用的大塑膠袋，她把那個塑膠袋像丟垃圾般扔進汽車後車廂，上了駕駛座。車子飛也似的駛離社區。

映亞關上門，走回餐桌，只見墊片、止血帶和酒精棉像落葉般散落餐桌。映亞找來兩個塑膠袋，把這些東西放進塑膠袋裡。醫療廢棄物必須分開處理，更何況是MERS居家隔離者碰過的物品呢。做好事後處理是護士的工作啊。映亞用拳頭不停捶著胸口，鬱悶和委屈同時壓住了她。今天清楚的證明了一件事，那就是對全世界的人、甚至是保健當局和保健所的護士而言，金石柱和南映亞不是人，是病毒。

十月十七日，映亞再次接受血清檢測。

十六日和十七日抽血的結果在十月二十日出爐，全都是陰性。映亞將疾病管理本部的檢查結果交給主管詹姆斯。

十月二十二日，又進行了一次血清檢測，同樣是陰性。與金石柱最近距離接觸的映亞證實了自己沒有被感染。再次隔離的病人傳染率趨近於零的推測，從這一刻起成爲毋庸置疑的事實。

害怕

南映亞手記

2015年10月21日（星期三）

從今天開始石柱要進行ICE化療。

從昨天早上就一直聯繫不上，今天傳來訊息，他只說「害怕」。

我的心要碎了。

他在隔離狀態下接受淋巴癌治療已經很痛苦了，如今又因再次隔離得憂鬱症，挫敗感那麼大，又在沒有情感支持下更換化療藥。

當然，這次一定會有效果的，石柱一定會好起來。

但這個過程對他而言，太痛苦了。

啊……這口氣要去哪裡出呢？

這次一定會好的。

這次一定會好的。

這次一定會完全緩解的！

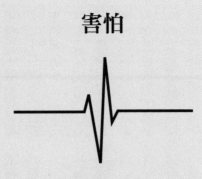

我不是MERS病人

李一花希望穿上C級防護裝備到隔離病房，石柱也同意受訪，但醫院以沒有記者進入負壓病房的先例爲由，表示很爲難。最後只好改以視訊方式採訪。

十月二十一日晚上八點半，一花撥了電話，信號響了三聲後，對方接起。首先進入視線的是乾淨整潔的病房。

「好久不見。」石柱先開口問好，他的鼻音很重。

聽映亞說，石柱鼻子發炎，很難用鼻子呼吸，只能用嘴呼氣吐氣，因此不但喉嚨啞了，還不時會咳痰。就算打了抗生素，鼻子的炎症也不見好轉。有時左邊鼻孔痛，有時右邊鼻孔痛，兩個鼻孔同時都痛的次數也很多，幾乎沒有一天鼻子是不痛的。

「很難受吧？聽說你從今天開始接受化療，如果覺得累就休息，我們可以改天再通話。」

即便只聽到「好久不見」這幾個字，一花也能感受到石柱的心有多鬱悶，身體有多痛苦。

「總是覺得反胃……這幾天都沒吃什麼東西。現在好多了，下午一直禁食，從四點半開始打了一個小時的滅必治（Etoposide）化療藥，八點好不容易喝了一罐NewCare。妳知道那味道吧？」

「當然。」

一花怎麼可能忘記病人的營養品NewCare的味道呢？甜南瓜口味的很糟糕，香蕉口味還算可以。

「說好請妳去吃我喜歡的義大利麵，眞不好意思，沒遵守約定。唉！」

聽到石柱的嘆息，一花也顯得遺憾。

「義大利麵，以後一定要一起去吃。最近常有媒體想採訪你嗎？」

「幾乎沒有。再次被隔離的前三、四天，很多記者打來。當時我身體不適，也受了不小的打擊，根本沒心情跟別人交談。」

「你一定很痛苦吧，怎麼也沒想到會再次送進隔離病房。」

「我的人生裡不會再出現MERS了，對此我可以百分之百肯定。雖然我已經受夠了醫院生活，但老實說，我做好了住進一般病房的心理準備，誰教淋巴癌復發了呢。爲了MERS錯過治療淋巴癌的最好時機，導致淋巴癌病情惡化，高燒、嘔吐和暈眩……我心想，這下又要搭救護車了，又要住院了……這次該住進六人病房了……救護車抵達大學醫院後，本以爲會直接送我去一般病房，因爲不管PCR結果是陰性還是陽性，這家醫院的醫護人員都知道我不是MERS病人。」

「他們知道你不是MERS病人……」

「是啊，妳和我妻子通過電話了吧？她的血清檢查結果是陰性……」

「我聽說了，兩次都是陰性。」

「她跟我蓋同一條被子、喝同一鍋湯，都沒有感染MERS。這不是我個人的見解，而是明明白白的事實！我被隔離後，沒有接受過任何一次MERS治療，他們把我當成MERS病人關起來，卻不進行MERS治療！這要我怎麼接受？更可笑的是，醫生和護士明知我沒有感染力，還是得大費周章的穿上防護衣、頭罩和手套，像小鴨子那樣左搖右晃的走進來。還有比這更可笑的嗎？」

「他們有持續爲你做PCR嗎？」

「那是毫無意義的檢查。不只我知道，醫護人員也都知道。保健當局不定出新的解除隔離標準，我也只能一個人在這裡乾著急。」

「什麼新標準？」

「像十月三日那樣以二十四小時為間隔、ＰＣＲ連續兩次出現陰性，就會放我出去嗎？李記者沒有打聽到什麼有關新標準的消息嗎？」

「同樣的問題，我也問過保健福祉部和疾病管理本部的負責人，但都沒有答案，他們只說會跟專家討論決定。」

石杜聲音漸漸提高。「國內最權威的專家就是這間大學醫院感染科的教授，他們確定感染率趨近於零，但還是把我關進這裡。是誰把我囚禁起來的？這裡的醫生絕對不可能自行做這種決定。」

「既然他們沒有幫你治療ＭＥＲＳ，那有集中進行化療嗎？」

「集中……這詞聽起來好虛幻。我只剩下淋巴癌的化療，但如果妳問我是否充分、集中的接受治療，我只能說治療得很不『集中』。醫護人員每天只糾結於ＭＥＲＳ的陰性反應與否，他們『集中』的不是ＭＥＲＳ治療和恢復健康，而是ＭＥＲＳ的『陰性反應』，因此化療也斷斷續續的，簡直毫無頭緒可言。就算是給我打化療，淋巴癌稍有好轉，也不會先給我做ＣＴ、ＭＲＩ和ＰＥＴ－ＣＴ等檢查來進一步確認病情。他們一直強調必須先得到陰性，再確定下一步。為了掌握化療前後的病人狀態，必須進行很多檢查。在一般病房，做這些檢查很容易，在這裡卻比登天還難。可以用移動式的檢查儀器倒還好，如果是必須本人去檢查室，問題就複雜很多。」

「可以請你再更具體說明嗎？」

「雖說隔離病房在隔離區，但各種檢查室要與門診和一般病房的病人一起使用。被當成ＭＥＲＳ病人的我想做檢查，就必須等門診和一般病房的病人使用完，而且去檢查室的走廊也不能有任何人。就算我等了一整天，如果申請檢查的人太多，我就要等到隔天，我只能一直排在其他人後面。等到好不容易檢查室可以給我做檢查了，但之後檢查室和醫療設備都要暫停使用，短則一天，長則三天，因爲要執行消除或許會存在病毒的程序，據說檢查室臨時關閉了二十到四十八小時，進行空氣調節。雖然我現在接受的是淋巴癌治療，不是MERS治療，但這跟在一般病房接受治療還是存在很大差距。把我當成MERS病人隔離，要我甘心接受這一切，我無法認同，因爲這是關乎我生死的問題。」

「哪些地方不足、不便，我都清楚了，我們再深入談談新標準。你有收到疾病管理本部何時會制定新標準的通知嗎？」

「沒有，請妳務必針對這個問題追問，他們把我像無期徒刑的囚犯關在這，好像任務就完成了。難道我要在這裡一直等到死嗎……」

「怎麼會呢？」

「他們並沒有承認錯誤，只執著於把我放在固有的框架裡。他們把我當成MERS病人關起來將近五個月，除了把我放出去的那一週，度過短短幾天美夢般的生活……誰有過這種遭遇？感染MERS時，他們有深入研究淋巴癌復發的病人嗎？我以爲，哪怕只有一個國民存在生命危險，國家都要分析他的特殊狀況，傾聽他的聲音。我不是病毒，我是人啊！他們應該制定新標準，爲身爲人的我爭取時間。如果不這樣做，這間隔離病房將是我的墳墓。」

一花愣住了，她找不到能夠安慰石柱的話。「……我會盡力的。」

「我的想法越來越偏激。幸好還能用視訊看到李記者的臉，聽到妳的聲音。我要睡了。」

「謝謝你，我會再聯絡你的。今天你肯接受採訪，義大利麵我來請。」

「那是我的地盤，由我來。」

畫面出現石柱的鼻孔特寫，電話斷了。一花看到他不僅鼻子腫脹，鼻孔裡還布滿凝固的血痂。一花心想，必須盡快寫篇督促政府制定新標準的文章，但羅次長說新上映的電影評論更急，根本不聽解釋。

「一花，妳是社會一部還是文化部？」

「文化部。但前輩……」

「我有沒有警告妳，不要做只對鮮于前輩有利的事？」

「這件事對我也很重要。」

羅次長板著臉問：「這幾天的新聞妳都看了嗎？」

「您的意思是……？」一花沒有搞清楚這問題的涵義。

「妳有看到任何一篇關於MERS的新聞嗎？」

「我忙著採訪，今天的新聞還沒看，也許……」

「不用猜了，妳自己去看看。需要我告訴妳嗎？一篇都沒有！妳去大學醫院採訪病人時，我都看了。要敦促爲最後一名MERS病人制定新標準？那有獨家報導的價值嗎？資深醫療記者怎麼不寫呢？因爲再也沒有值得報導的內容了。別再白費力氣，趕快寫電影評論吧。《贖命鈴聲》和《奪命頭條》的試映會有去吧？」

「《贖命鈴聲》有看，《奪命頭條》跟採訪撞期，所以沒有去看。」

「要寫頭條的人竟然沒去看《奪命頭條》？那妳趕快寫一下《贖命鈴聲》的概要，把握時間！」

一花原本要寫記者輪流負責的「直擊現場」專欄，卻意外遭到鮮于秉浩反對。他的意思是等訪完疾病管理本部負責人後再寫，並勸一花不要因爲自己也感染過MERS，就只把重點放在金石柱身上。

十月二十日和二十一日，石柱的PCR接連得到陰性，但醫院仍沒有解除對他的隔離，因爲二十二日又回到陽性。看來是不會根據ＰＣＲ結果，解除石杜的隔離了。

該怎麼做他才能出院？

這個國家，沒有一個人知道標準何在。

正常的非正常化

十月二十六日上午八點半，映亞抵達隔離區，拿起對講機話筒。六道門橫在映亞面前，她感覺到，要想打開這每一道門讓石柱出院，已經成了遙遠的夢。

「我是南映亞，聽說從今天開始可以探病。」

「請稍等，我確認一下。」

對方的聲音很熟悉。映亞在家屬休息室等待，腦中浮現幾張熟悉的臉。她掏出手機，習慣性的在搜尋欄輸入「MERS」，第一則新聞就是中央MERS疾病管理本部公布的消息。與最後一名MERS病人有過密切接觸或間接接觸者，將在十月二十六日十二時解除居家隔離和主動追蹤。這等於是再次確認了石柱不具傳染力。接下來的內容，映亞咬牙切齒的念出聲。

「另一方面，住在大學醫院的病人已在正常接受淋巴癌治療。」

正常？

把徹底不具傳染力的病人關進隔離病房，本身就是不正常，在那種不正常的病房怎麼可能接受正常的治療？在解除隔離換到一般病房前，根本不可能接受什麼正常治療！

「等很久了吧？請跟我來。」

接聽對講機的果然是有個四歲女兒的玉娜貞護士。一開始玉護士爲了嚴格遵守「隔離」的意義，初次見面時對映亞的態度強硬，讓映亞感到難以親近。但在看到她爲石柱付出的努力後，很快就消除了隔闋。

「謝謝妳們幫他慶生。」

玉護士轉頭看著映亞。「妳一定很難過吧？我們也是。我一直祈禱不要在這裡再見到這個微笑男孩，可世上的事總是不如人意。這次住進來，不管是ＭＥＲＳ還是淋巴癌，一定都會好起來的。在他康復出院前，我們會盡最大努力。當然，這裡比起家裡或一般病房還是很不方便，但我們會盡力讓他住得舒服些。」

「他早上吃東西了嗎？」映亞詢問起飲食。這幾天來石柱不只鼻子，連嘴巴和喉嚨都出現炎症，根本無法進食。

玉護士翻閱看護紀錄後，回答：「昨天中午吃了三百五十克、四分之一的墨西哥捲餅，喝了兩百二十五ＣＣ的可樂。晚上吃了兩百克冷麵，剛才早餐喝了三百ＣＣ的晨光飲料。」兩個人在第一道門前佇足，玉護士接著說：「可能是知道今天允許家屬探病，從他住進來後，今天看起來最有活力。」

「眞是太好了。」

「妳了解Ｃ級防護衣的穿戴方法吧？」

「嗯。」

「我在一旁協助妳。家屬可以單獨到病房去，時間是十五分鐘，妳可以在裡面多待一會。進去吧。」

映亞隨玉護士來到準備室，雖然來過幾次，但還是感到很陌生。貼在牆上的十一個步驟說明很熟悉，映亞早就把步驟全背下來了，就算閉上眼睛想像，都能熟練的穿戴這些裝備。不過，實踐時總是搞混順序，要不是玉護士在旁指導，恐怕時間都會浪費在這十一個步驟上。

「慢慢來。」

比起速度，穿戴好才是關鍵。穿戴防護裝備的目的是不讓病毒侵入，身體要不露一絲空隙。

兩人依序通過第二道到第五道門，等到背後的第五道門關起來時，映亞發出嘆息。

「拜託！」

映亞仰頭閉上雙眼，不能讓石柱看到自己流淚。從十月十一日到現在，已經過了半個月。石柱再次住進隔離病房後，便很少打視訊電話給映亞。每次通話，他都故意裝作很有精神，說自己接受很好的治療，要映亞放心。眞是如此？映亞要親眼仔細看看石柱的病情。

終於到了第六道門，最後，病房門打開。石柱坐在病床上，愣愣的望著門口。九月中秋時，他還能走到門口迎接映亞，現在卻像洩了氣的氣球，只能吃力的揮動右手。誰都能一眼看出他的消瘦和虛弱，是失望、無力感和委屈耗損了他的身心嗎？

映亞緩緩上前，彎腰給石柱一個擁抱。因爲防護衣的關係，兩人無法徹底抱緊對方。九月時，兩人爲了避免傳染、不敢擁抱，此時的石柱和映亞卻毫不猶豫的抱在一起，因爲他們確信，已經沒有MERS了。

「我還擔心不讓妳進來呢。」石柱輕拍映亞的背。

—我沒事，好好照顧妳自己和雨嵐。

石柱總是這樣先傳來替家人著想的訊息，但他也會孤單害怕。映亞走進隔離病房後，便再也無法隱藏自己的內心。

「爲什麼不讓我進來……今天居家隔離和主動追蹤的對象都解除了。懷疑你會傳染MERS的疑慮，如今也都徹底消失了。」

「那就好。謝謝妳。對不起……」

石柱總是先爲周圍的人著想。

映亞話鋒一轉。「你的臉腫好多，讓我看看鼻子和嘴。」

「我沒事，吃了藥慢慢就會好的。」

「讓我看看。」映亞彎下腰，把臉湊了過去。

石柱看到了頭罩裡那雙滿是淚水的眼睛。

「讓我看。不管是身體還是內心，都讓我好好看看！我每天都會來，不能讓你一個人待在這裡。你什麼事都要跟我討論，一五一十的告訴我你哪裡痛，有多痛，求求你！」

石柱沉默了一會，他明白再也無法向映亞隱瞞病情，於是慢慢抬起兩隻手。骨瘦如柴的手臂上只黏著一層粗黑的皮膚。石柱用食指推著鼻尖，只見鼻孔裡滿是凝固的血痂。

他如實的告訴映亞：「我就算睡著了還是很容易醒，連用嘴巴呼吸，都會被自己的聲音嚇到。」石柱用拇指和食指翻開上唇，牙齦、舌頭和上顎布滿紅斑。口腔裡不只血痂，還流著膿水和血。「吃什麼都沒味道，都覺得痛！碰到哪裡都痛，所以只能快點吞下去。吃了東西又覺得胃脹氣，腸子難受……吃東西成了苦差事。因爲溶血性貧血，他們不停爲我輸血。要承受化療，飲食是關鍵，但我總是有一餐沒一餐的。對不起……」

映亞緊握石柱的雙手，堅定的打斷他：「再也不許說對不起。那些把你害成這樣的人都還沒道歉，你爲什麼要說對不起？我也不要說，我覺得很委屈、很生氣。我每天都會來看你，我要把我們經歷的這些都記下來，牢記在心。你一定會痊癒的，但就算你出院了，我也不會原諒那些把你逼上絕路的人。在那些害我們全家變成這樣的傢伙道歉、負荊請罪之前，你和我都不許再說對不起，知道了嗎？」

WHO建議了什麼？

「妳不覺得奇怪嗎？」會議室裡，坐在一花對面的鮮于秉浩問道。

一花注視著剛入手的疾病管理本部新聞稿，反問：「哪裡奇怪？」

「有兩點讓我很在意。首先，十月二十六日，政府針對MERS與WHO進行諮詢會議，但爲什麼新聞稿在三天後的二十九日才放出來呢？既然是重要的內容，最慢也應該在二十七日或二十八日通知記者啊。妳覺得呢？」

「需要盡快決定時拖延時間，需要愼重考量時卻一意孤行，這種情況不是一、兩次了。大概是要向上面報告後才能發布，所以才花了兩天？」

鮮于記者皺了皺鼻子。「妳連這都明白，看來可以摘掉新人的標籤了。妳說說，這次新聞稿的重點是什麼？」

一花掃了一遍畫橫線的部分，回答：「在韓國，MERS已經實質性的結束，雖然無法用『終結』一詞表達，但再次隔離的病人已經不再屬於『MERS傳染的一部分（a part of the MERS outbreak）』，也從WHO那裡獲得傳播可能性『明顯很低（extremely low）』的認證。」

「沒錯，就算無法宣告終結，但可以引用『消除傳播可能性（the end of transmission）』的說法。既然消除了傳播可能性，那接下來該做什麼？」

「當然是解除MERS病人的隔離了。」

「Bingo！這是我在意的另一點。但很奇怪，妳看上面怎麼寫的？」

一花找到那部分，念了出來：「這裡強調『由於病人在政府的嚴格控管下接受治療，因此一般民眾在日常生活中，不必擔心會出現進一步感染。』」

「這是不肯解除隔離的意思，妳認為我這樣理解對嗎？」

「嗯，我也覺得是。」今天早上，一花才與映亞打了通很長的電話。她接著說：「家屬說，醫院沒有針對ＭＥＲＳ進行治療。」

「ＰＣＲ結果是陽性也不治療？」

「根據家屬的說法，病人雖然再次隔離，但絕對不是ＭＥＲＳ病人。」

「那他在隔離病房到底接受了什麼治療？」

「淋巴癌。淋巴癌復發，現在在進行化療。」

「那有集中進行化療嗎？」

「沒有。病人和家屬要求立刻解除隔離，以ＭＥＲＳ病人關進隔離病房，是無法全面著手化療的。」

「妳去打給疾病管理本部負責人，問他們打算把人關到什麼時候，順便要一下諮詢會議紀錄。」

「會議紀錄？」

「他們只會把對自己有利的內容放在新聞稿上，光憑這些，不可能知道ＷＨＯ給了哪些建議。去要會議紀錄，我們下午再討論，妳有時間吧？」

一花想到今天要看的影片。諸葛勝打電話來請一花幫忙看看紀錄片的剪輯版，雖然她從沒看過紀錄片的剪輯版，手上也有很多工作，但還是答應了。她之所以想看，是想感受在諸葛勝紀錄片中那些世越號受害者的痛苦，對比自己採訪的ＭＥＲＳ受害者的痛苦。

「當然有。」

「社會一部長會跟羅次長打聲招呼，我們也跟文化部長報備了，他也同意讓妳留在這邊到採訪完最後一名MERS病人。反正年底也準備要統整MERS新聞，文化部那邊的新聞，妳寫完這週的就可以了。」

「我還是親自跟羅次長說一聲吧。」

「我也明白，自己手下的新人被搶走，哪有人會高興。羅次長那邊還是我去說吧，這件事是報導局長在會議中的決定，妳不用太放在心上。」

鮮于記者走出會議室，一花立刻打去疾病管理本部。接電話的女職員說負責人出門辦事，目前不方便講電話。一花表示希望簡單的確認兩點，接著問。

「再次隔離的病人，疾病管理本部打算何時解除隔離？」

「我不清楚具體日期，只知道WHO的建議事項說，必須針對病人進行嚴格管理。」

「那請給我英文原文。」

「嗯？」

「我是說請給我一下參加諮詢會議的WHO相關人員建議原文。」

「那、那……我需要確認一下。」

「妳確認會議紀錄時，能順便提供全文嗎？如果是視訊會議，請提供會議的影片，我會錄起來。」

「會議紀錄……會議影片……我需要確認一下，暫時無法給您確切答覆。」

WHO的諮詢會議影片和所有會議紀錄並未公開。鮮于記者攤開相關報導，最後甚至懷疑根本不存在影片和會議紀錄。疾病管理本部始終沒有改變立場，堅稱得到WHO要求嚴格管理病人的建議。他們這是倚仗WHO的權威，要一直把金石柱關在隔離病房。

第五部 責任

雖然腹痛，但……

進入十一月，石柱的失眠更加嚴重了。

就算睡著了，也睡不到一小時就會醒來。鼻子和嘴巴發炎，食量也大大減少，三、四天才能排一次便。輸血每天持續進行，雖然針對各種炎症用藥，但痛症始終不見好轉。就算映亞要求見主治醫師，對方仍今天拖過明天，明天拖過後天的一再延後。映亞向住院醫師盧大咸詢問上個月的化療結果，沒得到具體回應，只說無法草率判斷。六月初確診淋巴癌復發，但直到十一月初，都只是有一搭沒一搭的進行化療。如果沒有感染MERS，現在早就結束五次的化療，也會看到明確的方向了。

石柱勸映亞一週只要來一、兩次就好，但映亞每天早上都會穿上C級防護裝備走進病房。她先把雨嵐送到鴻澤家再趕往醫院，每天差不多十點前後就可以見到石柱。映亞最終還是向公司申請了留職停薪，存款也都取出來當生活費。十月二十六日居家隔離解除後，映亞便一直守在石柱身邊。即使石柱一直勸映亞明天好好在家休息，但隔天早上十點，自己仍會不自覺望向門口，看到映亞開門走進來，他便會不自覺的露出笑容。

「我不是要妳在家休息嗎……」

映亞一週大概只會在家休息一天。石柱的身體狀況會因映亞的出現產生明顯差異，映亞在時他會說很多話，也會在病床旁多走一圈。

石柱再次隔離後的第一次見面，映亞帶來世界地圖，她想跟石柱一起選出康復後去旅行的國家。早上石柱打開地圖，看了一遍自己想去的國家，映亞就像能讀懂他的心思一樣，只要石柱說出地名，她便會像導遊一樣滔滔不絕的說明。

「少說也該去半個月吧？在利物浦住一週，走遍披頭四的足跡，然後到倫敦來場博物館巡禮如何？從你喜歡的自然博物館開始逛起，再去大英博物館，至少也要三、四天。既然都到了英國，就看場英超聯賽，最好能看一場有韓籍選手出場的比賽。去劍橋大學散步好嗎？聽說每個學院的風格都不同，最好在那邊也待三天。」

石柱欣然點頭。他在腦中想像著各種風景，等出院後，一定要跟家人去利物浦和倫敦走一趟。每次映亞來都會講不同國家、不同城市的趣聞，石柱聽著這些故事，覺得痛症稍稍減輕了。雖然身體狀況持續惡化，但很多時候他都不想打斷映亞，他會強忍著，一直聽下去。

大部分時間，一天就可以講完一條旅遊路線，但也有需要講上一、兩天的。從十一月二日開始的印度之旅就是其中之一。石柱之所以想去印度，是因爲喬治．哈里遜。披頭四時期，四名團員都對印度很感興趣，其中最沉迷的當屬喬治．哈里遜。石柱和映亞先從頭到尾聽了一遍喬治．哈里遜的暢銷專輯《Living In The Material World》，又一起看了電影《印度之旅》和法頂禪師《印度紀行》中搭火車旅行的部分。都還來不及一起計畫什麼，兩小時就過去了。映亞說下午再來，但石柱勸她，還是等明天早上再繼續。

＊＊＊

午夜過後，石柱的腹痛越來越嚴重。下午輸血時，上腹部就很不舒服。一直受失眠困擾的石柱往左側躺，忽然感到胃和腸子瞬間擰在一起。痛症很快就轉移到腰部和肩膀，疼得上半身不停顫抖。石柱按了呼叫鈕。

如果是一般病房，值班護士會在十秒內趕到，隔離病房卻不同。護士要在準備室穿好防護裝備，再通過那五道門，所以需要更多時間。石杜摀著肚子等待的十分鐘，感覺比一年還要漫長，他不得不靠轉移注意力來緩解痛症。石杜在心裡默念起元素週期表：氫、氦、鋰、鈹、硼、碳、氮、氧、氟、氖、鎂、鋁……

玉護士走進隔離病房。

「肚子痛……身體不能往左邊躺了，後背和腰也……呃啊——！」石杜再也說不下去，痛得像蝦米般蜷曲起身體，不停發出哀號。

玉護士鎮定的說：「先慢慢呼吸！左邊不行的話，試著往右邊躺，看能不能找到舒服點的姿勢。」

玉護士用戴著手套的手按住石杜的背。雖然隔離病房的原則是盡量避免與病人接觸，但現在必須找到痛症最嚴重的部位。哀號漸漸變成呻吟，慢慢的，呻吟聲也變小了。

「呼……痛症應該是過去了。」玉護士看著滿頭冷汗的石杜。「我去幫你拿點止痛藥？」

石杜喘了口氣，回答：「我先這樣躺一會。」

玉護士抽出手，按下取消呼叫的按鈕。「好，如果覺得難過，隨時叫我。」

「知道了。」

一小時後，也就是凌晨一點五十分，呼叫鈴再次響起。這次石杜直接開口要止痛藥，他不僅身體的側面和後背痛，就連臀部和雙腿也開始痛起來。但就算注射了住院醫師大咸開的止痛劑，痛症也沒有緩解。石杜開始發燒和咳嗽，痰也越來越多。

早上十點半，映亞帶著很多印度的旅遊故事來到隔離病房，但一個也沒講成，昨晚痛了整夜、虛脫的石杜只能把手交給映亞，無力的躺在病床上。石杜精疲力盡，卻沒有一絲睏意。映亞強忍鬱憤，根據從玉護士那裡聽來的消息問了石柱幾個問題。

「脾臟是不是很腫？」

「就像一開始罹患淋巴癌那樣痛。」

「腸子呢？」

「這裡……心口像被糾著似的痛。別擔心，吃了止痛藥肚子好多了，臀部和雙腿也好多了。」

「他們沒說要做檢查？」

「嗯。」

「潰瘍可能很嚴重了，也有穿孔的可能。」

「他們說還沒到那地步。」

「他們怎麼知道？連檢查都沒做。你想檢查嗎？」

「我是想檢查……但太麻煩了……」

石柱又在爲醫護人員著想了。

映亞堅定的說：「覺得有必要就該檢查，他們要是覺得從隔離病房到檢查室麻煩，就應該讓你住一般病房。」

「這倒是。」石柱強忍疼痛，笑了起來。

多麼善良的人啊！正因爲石柱是這麼善良的一個人，映亞才會想跟他白頭偕老，好好過日子。

「聽說你覺得肝也不舒服？」

「感覺好像有點……」

用了五個月猛烈的藥，覺得肝有問題也不奇怪。

「今天該去哪呢？」

石柱的記憶力也衰退了嗎？

「聖雄甘地的國家。」

「對喔，印度！」

「我講給你聽好嗎？」

石柱閉上雙眼，很快又睜開。「對不起……我整夜沒睡，現在頭很痛，會妨礙我幻想印度美麗的景色，不如今天就這樣靜靜待著，明天再說好嗎？」

「當然好啊，這有什麼關係，所有事都聽你的。」

映亞就這樣握著石柱的手待了兩個小時，然後離開隔離病房。映亞把防護裝備脫下來丟進回收桶，經過四道門後來到護士站。

她朝玉護士大吼：「請把醫生找來！」

映亞堅持現在就要見醫生，但一小時後，大咸才出現在隔離區。一般病房有需要緊急治療的病人，所以來晚了。七月、八月和九月有專門負責隔離區的住院醫師，但十月三日石柱出院後，因爲沒有MERS病人，MERS小組解散，再也沒有專負的住院醫師了。石柱再次被送進隔離病房，解散的小組也沒有再次組建。負責石柱的大咸不是三年資歷、自願的住院醫師，也不是專門負責最後一名MERS病人的住院醫師，一般病房也有需要他治療的病人。大咸趕快結束治療，一路小跑趕過來，但映亞沒空顧及那麼多，單刀直入的說。

「今天開始，請爲他做檢查。」

大咸慢慢翻閱病歷，他需要時間調整呼吸，也要確認石柱的狀況。如果自己跟映亞一樣感情用事，只會彼此損耗、互相造成心理傷害。因此不只爲了保持鎮定，也需要像解開釣魚線那樣拖延一下時間。

「夜裡出現腹痛，現在已經好轉，再治療幾天、觀察一下……」

映亞冰冷的打斷他：「既然已經進行ＩＣＥ化療，總要做檢查確認病人的身體狀況吧？更何況，病人現在出現高燒、咳嗽、腹痛和嚴重失眠，連口腔和鼻腔也出現炎症，就算現在用止痛藥能控制，但情況並沒有好轉啊。」

「我們會先用可以移動的設備爲病人進行檢查。」

「移動設備？那你的意思是不能做全面檢查囉？爲什麼？主治醫師都說我丈夫的傳染可能性趨近於零，在與ＷＨＯ的會議上不是也已經有消除傳播可能性的結論了嗎？金石柱患者明明可以去檢查室做檢查，他應該做ＣＴ、ＰＥＴ－ＣＴ和ＭＲＩ。總要找出身心虛弱的原因吧？」

「請妳冷靜點，醫院不是只有金石柱患者一個人要使用檢查室，已經有很多幾天前，甚至幾個月前預約的病人，再加上一般病房的病人也排隊等著檢查，所以很難確定時間。我會確認檢查室的預約情況，找出可使用的空檔，也會把妳提出的要求轉達給教授。」

「今天不行就明天，這週不行就下週……你們不要拿檢查室的條件當藉口了。病人的身體狀況一天一天在惡化啊！我從十月二十六日開始來探病，今天已經第八天了。每天到隔離病房探望他，卻一點恢復的跡象都沒有，情況只是一天比一天更糟。你們也承認吧？」映亞話中帶刺，絲毫沒有讓步。

「我們已經盡最大努力開始化療，爲了恢復因溶血性貧血降低的數値，持續爲病人輸血……」

「今天，就是現在！不能再讓他惡化下去，說不定這是最後一次可以救他的機會……眞的不能再坐以待斃了。既然你們在盡最大努力，那就給他做檢查，綜合分析病人的狀態，找一條新的出路吧！你們不看病人一週的身體狀況，只根據病人之前的檢查數據判斷，就算是用移動檢查設備得到結果，那也只是片面的推測，不是嗎？這種不完善、不正當、不安全的狀況，憑什麼要求我們無條件接受？不要再拿疾病管理本部當藉口了，能不能做檢查明明就是醫院可以決定的！連這也要經過疾病管理本部同意嗎？請今天就給他做檢查，現在！立刻！」

制定新標準！

南映亞手記

2015年11月3日（星期二）

我應該二十四小時守著石柱。

穿戴好ＰＡＰＲ沒多久就會覺得口乾舌燥，想上廁所就得脫掉防護衣，所以只能少喝水。這些我都可以忍受，跟難過的石柱相比，這點不方便算什麼。

跟一花記者通電話。疾病管理本部還沒有制定解除隔離的新標準。他們一直拿ＷＨＯ當擋箭牌，說只有ＰＣＲ連續驗出陰性，才能放石柱出來。

這是什麼國家？

實在太鬱悶了。

神啊，請幫幫他！

讓他度過沒有疼痛的夜晚吧。

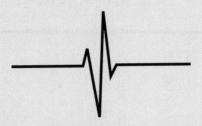

在你熟睡時

三天過去了，石柱還是沒有做檢查。身為MERS隔離病人，有太多不能使用檢查室的理由了。但對映亞而言，是否能接受檢查才是最重要的，就算講出一大堆專業用語想說服她，最重要的還是無法使用檢查室。

十一月五日晚上，玉護士傳訊給映亞。明天進隔離病房前，住院醫師希望能跟她談談。從十月二十六日之後，這還是住院醫師第一次主動提出要見家屬。十點，他們約在家屬休息室見面。

十一月六日早上九點五十分，映亞拿起隔離區的對講機。十月二十六日後，她每天早上都會在這個時間出現，所以護士不用問也知道是她。

「妳好！」

聽聲音，對方應該是跟昨晚值夜班的玉護士交班的陳護士。三十多歲的玉護士習慣等映亞先開口，二十多歲的陳護士總是略帶鼻音的先跟映亞打招呼。

「我丈夫早上吃東西了嗎？」

「他說吃不下麵包，所以九點時喝了香蕉汁和番茄汁。還說有點感冒。」

石柱還是很難受。

陳護士接著說：「他現在睡著了。妳等會要跟醫生見面吧？盧醫生很快就會過來，請先在休息室等一下。」

「好的。」映亞坐在休息室，傳訊息給石柱。

—很難受嗎？我跟醫生談完就去看你。

沒有回覆。昨天石柱一直睜著眼睛等映亞，今天喝了點果汁後睡著了。難道體力又下降了？十點五分，大咸來到休息室。今天他也很匆忙，但沒有氣喘吁吁，額頭也沒冒汗。看來他不是急著趕這五分鐘的時間，而是需要五分鐘來思考。映亞做過三年護士，在那期間也摸清醫生的很多習慣。如果是好消息，他們都會比預定時間提早到場，但如果是壞消息就相反了。大部分情況下，他們都會稍晚出現，講完事先準備好的話後就離開。這是爲了盡量減少與家屬相處的時間。映亞有一種不祥的預感。

狹小的休息室裡只有一張長椅。大咸和映亞只能並肩坐在一起。

大咸直接進入主題。「今天會重新開始ＩＣＥ化療。」

「但還不到三週，他的身體狀況很糟糕啊。」

大咸像是早已料到會提出異議，毫不遲疑的回答：「從持續升高的膽紅素和ＬＤＨ，不斷下降的血紅素來看，淋巴癌正在急速惡化，沒辦法再拖了，必須從今天開始治療。」

「這也太突然了吧？正規的檢查都還沒做……現在不管是身體還是心理，他都很不好。」

大咸只是重複著：「必須今天開始治療，不然就永遠沒有機會了。」

「永遠……沒有機會？」映亞觀察著大咸的雙眼。需要他治療的病人很多，所以大咸總是來去匆匆，但從沒有像今天這樣冷靜。

大咸翻著腿上的病歷，僵硬的解釋：「根據七月三日轉院後的病歷和目前病人的狀況，這次化療後，很可能引發嗜中性白血球低下發燒（Febrile Neutropenia）或敗血症（Sepsis），存在導致死亡的可能。」

「你說什麼？」映亞大聲問道。這是她第一次聽到會導致「死亡」的說法。

大咸的視線固定在病歷上，繼續說著準備好的臺詞：「如果化療失敗，淋巴癌惡化會導致出血和感染，這樣很可能導致死亡。」

他再一次提及「死亡」。

映亞全身開始顫抖：「你現在這樣說，像話嗎？」

大咸無視映亞的問話，繼續說出了最後一句：「CPR、ICU Care、MV Care32的效果也不會很明顯。由於病人的病情有急劇惡化的可能性，家屬最好能與病人提早……」

「不要再說了！」

整個走廊都可以聽到映亞的怒吼，像饒舌歌手般連珠砲念出專業用語的大咸這才停止。映亞的眼淚一滴滴落在椅子上。大咸取來放在微波爐旁的紙巾遞給映亞，他沉默著，等映亞擦乾眼淚。大咸也有苦難言，他之所以解釋延命治療沒有多大效果，是想委婉的勸家屬不要接受延命治療。剛剛說的根本也不是兩年住院醫師可以決定的，至少要經過血液腫瘤科和感染科會診，以及教授和醫院高層的討論。身爲住院醫師的大咸別無選擇。更教人痛心的是，他還有尚未說明的部分。

經歷過這些的前輩曾給他忠告，若是難以迴避就要一次硬著頭皮走到底。更何況這又不是自己第一次向病人家屬解釋延命治療沒有效。他已經有過十多次向臨終的病人家屬解釋這些的經驗了，但都沒有像現在這麼痛苦。之前的病人都是已經處於病危狀態，家屬多少也做好心理準備。映亞與他們不同，她從沒放棄石柱會痊癒的希望。

大咸還是把剩下的繼續說完：「放棄急救，需要病人和家屬同意。」

「你是要我們簽DNR33？」

「是的。」

映亞的左手像搧扇子般晃動著，然後突然停了下來。「我只想確認一件事。」

兩人視線相交。

「你們為什麼要這樣逼我們？最糟糕的情況，去年我也聽過，化療總是伴隨副作用和危險因素。但從沒像現在這樣，醫院單獨找我談，只講最糟糕的情況，甚至還提及DNR！到這家醫院後，這還是第一次……」映亞顫抖的視線垂下，注視自己的雙拳，又抬起頭：「請你老實告訴我。他……眞的已經悲觀到這種程度了嗎？你們是從什麼時候談論到DNR的，我做過護士，我明白的。所以請你如實告訴我，我丈夫，他的情況如何……眞的沒有痊癒的可能嗎？眞的一點希望都沒有了嗎？」

大咸回答：「情況很危險是事實，但不是沒有希望。如果從今天開始化療，也有急速好轉的可能。」

「教授說會在十二月前進行同種造血幹細胞移植的……公公和丈夫的配對也吻合，你聽說了吧？我公公還開始健身，就為了等醫院打電話來。你們到底在搞什麼？又要我簽DNR，又說要準備移植……這兩件事怎麼可能同時進行？請你老實告訴我，到底怎麼回事？」

大咸低頭再次翻起病歷，但裡面也沒有答案。

＊＊＊

彷彿足足談了一個小時，其實只用了大概十分鐘。映亞和陳護士一起穿戴好防護裝備走進隔離病房。門一打開，映亞嚇得瞪大雙眼。

32：ICU指加護病房（intensive care unit）；MV為人工呼吸器（mechanical ventilation）。

33：放棄急救同意書（Do Not Resuscitate）。

「從什麼時候這樣的？」她的語氣近乎質問。

陳護士望著遮住石柱嘴和鼻子的氧氣面罩回答：「早上他說胸口發悶……剛剛才戴上的。」

「是血氧飽和度下降了嗎？」

「九十五上下，凌晨突然掉到八十九。」

陳護士又確認了一下血氧飽和度才離開病房。通常護士只要協助映亞穿戴防護衣就好，但陳護士擔心映亞看到氧氣面罩會受驚嚇，才一起跟進來。

石柱拉了拉映亞的手臂，把面罩拉到下巴，低聲說。「我沒事，妳別擔心。」

映亞點點頭，開始查看石柱的臉。他臉色蒼白，嘴唇發紫，氣色比昨天還差。

「用了葉克膜的人都出院了。我只是氣喘、渾身發冷，大概感冒了，很快就會好的。」

「嗯。」映亞幫石柱把被子拉到脖子下。

石柱問：「跟住院醫師談過了？」

「他說從今天開始化療。」

「今天？已經三週了嗎？」

「還剩幾天……所以他才問我可不可以提早幾天。」

對於大咸描述的黑暗前路，映亞隻字不提。這些日子，光是說開心的事都教人力不從心了。

「你要是覺得難受就延後幾天，現在連呼吸都困難，今天恐怕……」

「就聽醫院的安排吧，化療和血氧飽和度也沒有直接關聯。」

「真的可以嗎？」

「誰也無法保證呼吸什麼時候會恢復正常，化療何時做都一樣難受。就照他們的意思進行吧。妳怎麼這樣看我？他還說了什麼嗎？」
「沒事，我是覺得你太帥了。」
「大概是瘦下來的關係，尖下巴都出來了。」
「沒錯。」
「這裡再長點肌肉的話，那可不得了。」
「現在就可以長！想吃什麼嗎？」
「什麼都幫我買？」
「當然。聽說你早上只喝了果汁。」
「那我想吃義大利麵。」
「眞的？那好，你等我，我這就去買。」
「不用去，我開玩笑的。」
「不，我要今天買給你。」
「那妳脫了防護衣還要再穿一次。」
「買你想吃的東西，哪怕一天穿脫十次我也願意。」
映亞走出隔離病房，脫下防護衣，穿過六道門。
她拜託陳護士：「石柱想吃義大利麵，我去外面買回來。下午也請讓我進去一下。」
「好，我會告訴盧醫生。」
映亞走到大學醫院對面的義大利餐廳外帶了一份義大利麵，也買了給護士們的麵包。兩人跟上午一樣穿戴好防護裝備，但這次陳護士沒有再跟進病房。

「哇！妳眞是太棒了！」石柱看到映亞手中提著外帶餐盒，誇張的拍起手。

映亞放下病床的餐桌，把義大利麵放在上面。石柱手握妻子遞給他的塑膠餐叉吃了起來。映亞倒了一杯蜜桃汁放在餐桌上，背靠著牆、在家屬陪伴床坐下。

「要不要一起吃？」石柱開起玩笑。因爲不能脫掉頭罩，映亞連水都不能喝，額頭上的汗也沒法擦。

「要是不夠，我再去買。」

「這個眞好吃，不過，我更喜歡吃妳做的義大利麵。」

「等你出院，我一天照三餐做義大利麵給你吃。這可是早午餐，細嚼慢嚥，不許剩喔。」

「OK！」

映亞覺得石柱咀嚼時發出的嘖嘖聲比教堂鐘聲還悅耳，她把脖子往後倒、後腦杓靠在牆上——準確的說不是後腦杓，而是頭罩的後方。緊張的聽完大咸的說明後，又急急忙忙跑到醫院對面買義大利麵，防護衣穿了脫、脫了又穿折騰了好一會，睡意襲來。石柱咀嚼食物的聲音變得越來越模糊。

石柱把最後一口麵送進嘴裡，咀嚼著問道：「雨嵐呢？今天也跟爺爺去踢球嗎？」

沒有回應。石柱正要再問一次，轉頭卻見到映亞靠著牆一動也不動。石柱慢慢轉過身來，俯下身子看向頭罩裡面。緊閉雙眼熟睡中的臉蛋，今天看起來尤其可愛。曾經一起漫步大學校園的二十歲青春依舊還留在映亞的臉上。石柱伸出手，想摸一摸映亞的臉，但又收了回來。他想撫摸妻子的臉龐，但不想驚醒她。石柱在心底默念，希望在妳熟睡的時候，我能徹底好起來。

「我一定會好起來的，我愛你。」

石柱感到胸口發悶，趕快戴上氧氣面罩。

死因

十一月十日晚上十點半，一花和鮮于秉浩在「冰屋」見面。二人落座的位子正是八月初見面的那張桌子。那時還有蘇道賢與很多記者在場，今天只有他們兩人。這次是一花提出見面邀約。

一花剛坐下就打算切入正題，但鮮于記者抬起右手阻止了她。

「前輩，我覺得這件事……」

「入境隨俗！」

兩人一口氣喝乾杯子裡的生啤酒。鮮于記者往嘴裡送了一小塊魷魚乾，等一花開口。

「我想把他救出來。」一花用一句話總結了自己想說的話。

「疾病管理本部還沒有爲金石柱制定新的解除隔離標準嗎？」

「針對金石柱這個特例，他們連管理小組都沒有，更別說開會討論新標準了。」

「那妳打算怎麼救？他的PCR結果是陽性啊。」

「自從隔離後，醫院根本沒有治療MERS，治療淋巴癌也困難重重。」

「有進行化療？」

「有，雖然已經晚了一步。」

鮮于記者又喝了一杯生啤。一花喝了半杯就放下杯子，望著坐在對面的他。一花希望聽聽他內心的想法。鮮于記者又要了一杯啤酒，粗糙的問。

「妳覺得死因會是什麼？」

「嗯？」

「雖然誰都不希望看到這樣的結果，但萬一金石柱就這樣關在隔離病房終結此生，妳覺得死因會是什麼？」

「ＭＥＲＳ？」

「妳不是說根本沒有進行ＭＥＲＳ治療嗎？既然沒有治療ＭＥＲＳ，如果死因是ＭＥＲＳ，那保健當局和醫院豈不是很難堪。」

「那是淋巴癌？淋巴癌復發，正在接受化療和準備造血幹細胞移植，這些醫院也都有向家屬和媒體公開。」

「如果我是醫生，我會寫淋巴癌，而且看這情況也是朝那方向走。但妳仔細想想，死因眞的是淋巴癌嗎？」

「請你再說明白一點。」

「李記者，妳說想救出金石柱吧？救他出來的意思是什麼？我們沒有能力把金石柱從ＭＥＲＳ或淋巴癌裡救出來，那是醫院該做的事。」

一花喝光剩下的啤酒，沉默片刻後回答：「我希望他能離開隔離病房。感染那麼惡毒的傳染病就夠冤枉了，總不能再像對待犯人一樣對待他吧？」

「妳的意思是，不想讓他死在隔離病房。」

一花點點頭。「他明明不具傳染力，卻只因他感染過ＭＥＲＳ，就毫不考慮病人處境。已經有專家提出質疑，但保健當局不肯承認他是特例，只一味堅持原有的標準。」

「爲什麼會這樣呢？」

「比起人權，比起身而爲人接受治療的權利和維護一個人死去的尊嚴，這些人更在意『ＭＥＲＳ』這個詞不要再在媒體和網路曝光。我查過，十一月後，根本沒有能引起關注的ＭＥＲＳ相關新聞。」

「也可能是沒有新聞價值了吧，從五月開始到現在，已經過了半年。就報導量來看，很多對ＭＥＲＳ一無所知的人恐怕都覺得自己已經充分了解ＭＥＲＳ了。」

一花反覆思考鮮于前輩的話，才開口：「原來把金石柱關在隔離病房的不是ＭＥＲＳ也不是淋巴癌，死因是我們的恐懼和漠不關心。而且，政府也想悄無聲息的把這件事掩蓋過去。」

「這也是最後一道希望之門。」

「希望之門？」

「喚醒大家的恐懼和漠不關心。雖然能否救出金石柱還要看接下來的發展，但至今沒有人碰觸到那個最黑暗、最讓人羞愧的點。」

「該怎樣做呢？總要找出與這半年來上千篇ＭＥＲＳ新聞不同的報導方式才行。」

鮮于記者沒有給出答案，反倒問一花：「我也很好奇。我以爲李記者知道，妳不知道嗎？」

就在那瞬間，一花的手機像答案般響了起來，看到來電顯示，她的瞳孔震動了一下。

轉變

十一月十一日下午兩點，映亞走在巷弄裡，一邊確認訊息，應該抵達一花記者傳來的地址了。早上為了帶發燒流鼻涕的雨嵐看醫生，所以沒去醫院看石柱。走在建築林立的巷弄裡，怎麼也找不到地址入口，映亞抬起頭，還是看不到寫有「野花」的招牌，她在巷子裡繞了兩圈出來，正打算朝另一條巷子走去時，聽見背後傳來某人的聲音。

「妳好。」

「你是……？」映亞一時沒認出身穿大學T、戴帽子、一臉稚氣的青年。

「我是藝碩，趙藝碩。妳是南映亞吧？我們在醫院見過，還交換了電話號碼。那個，MERS……」

映亞回想起七月三日轉院前，跟藝碩一起在傳染內科診間外等待的畫面。

「啊，我想起來了。不好意思，沒認出你。」

「沒關係。妳在找野花吧？」

「你怎麼知道？」

藝碩雙手提著黑塑膠袋。映亞跟在他身後，來到位於巷弄最深處四樓的「野花」事務所。雖然還沒有登記為事務所，但這裡已經成為專門為社會弱勢辯護的律師聚集之處。海善從辦公桌堆積如山的文件間探出頭，打了聲招呼。

「歡迎、歡迎，妳和藝碩一起來的啊。」

「我在路上遇到他。」

海善指著沙發。「請坐。」

藝碩提著塑膠袋走進廚房，映亞坐在沙發上。

「藝碩怎麼……？」

「我負責藝碩母親的訴訟。」

「訴訟？」

過去七個月，映亞也偶爾看到關於訴訟的新聞。但當時正竭盡全力要治療石柱，根本沒心思考慮尋求法律幫助。

「藝碩在這打工，幫忙做些雜務和管理網站。他手腳俐落、很有才華喔！」

藝碩端來兩杯菊花茶和四塊餅乾。映亞喝了口茶，環顧辦公室一圈。擺放五張辦公桌、兩間會議室，還有一間廚房兼雜物空間。門旁的辦公桌正是藝碩的位置，其他的辦公桌空著，大概都出門辦事了。此時，樓梯傳來腳步聲。

「李記者來了。仔細聽的話，右腳比左腳的落地聲稍微大一點，步伐也很快。」

映亞側耳傾聽，也沒聽出什麼不同。門開了，果眞是一花。

「如果不介意，我可以把今天的對話錄下來嗎？如果妳也需要，可以請藝碩複製一份給妳。」

海善坐在中間，左邊的映亞和右邊的一花面對面坐著。

「我都可以。」

藝碩取來筆記本和小型錄音機坐在一花旁邊，他按下錄音鍵，把錄音機放在桌上，三人的視線集中在映亞身上。

昨晚大概十二點，映亞打給一花，花了很多時間傾吐石柱再次被隔離後的心情。聽完淚流滿面的映亞哭訴，一花建議一起去「野花」，和尹律師見一面。

「再這樣下去，我丈夫根本無法接受應有的治療，恐怕有生命危險。病情逐日惡化，卻連一次檢查都沒做過。醫院再三聲明他的傳染力趨近於零，但沒有人知道怎麼解除隔離。PCR連續兩次陰性就能解除隔離的標準並不適用在我丈夫身上，十月二十、二十一日，還有十一月四日到六日，都連續兩次測出陰性，但他們還是不肯讓我丈夫出院。」

海善看向一花。兩人針對這個問題一直討論到凌晨，以鮮于前輩在「冰屋」講的話為前提，二人重新設定了方向。一花一一注視眾人後，小心翼翼的開口。

「我們把範圍擴大一下好了。」

「什麼範圍？怎麼擴大？」映亞問。

一花看向映亞。「與其向疾病管理本部和醫院抗議，不如訴諸全國民眾。如果妳願意親自來電視臺，國民電視臺的新聞可以採訪妳。」

「這有可能嗎？」

「嗯。」一花抵達「野花」前，已經先跟鮮于記者通電話。如果最後一名MERS病人的妻子肯來攝影棚受訪，他願意去找報導局長談。「妳願意嗎？」

映亞無法立刻回答，她調整呼吸。新聞採訪！這是難得的機會。映亞想抓住這個機會，同時又很擔心自己是否能做好，從出生到現在，她從未上過電視。

海善搶在一花開口前說：「一定會引發極大迴響的。我們也知道這對妳很難，但這樣做，一定會有很多人關注金石柱。」

映亞坦白自己的擔憂：「這種事我是第一次……不知道能不能勝任……」

海善說：「從現在開始準備就好，我們會幫妳的。我覺得不用說得太複雜，只要陳述事實，說明病人現在有多痛苦、目前最需要什麼就好。」

一花接著說：「我們會打馬賽克，也會匿名。如果妳還有什麼要求都可以提出，我們會盡力配合。」

映亞下定決心。「我願意接受採訪。」

海善立刻整理出要做的事。

「要區分出希望醫院做的和保健當局做的事，要求醫院必須盡快讓金石杜接受與一般淋巴癌病人同樣的檢查和治療。不檢查就直接進行化療，等於是在不了解病人的狀況下用藥，必須徹底檢查，根據檢查結果對症下藥，治好病人。」

藝碩在旁像呼口號那樣喊道：「徹底檢查！對症下藥！」

海善繼續說：「要求保健當局針對特例迅速制定方案，妳覺得如何？方案必須包括解除金石杜病人隔離的新標準和方法。」

「這正是我想提出的要求。早知如此，我應該早點來見律師。」

聽映亞這麼說，海善、一花和藝碩同時露出微笑。海善又接著說出自己的計畫。

「新聞播出後，最好配合時機接受其他媒體採訪。新聞播出後，一定會有其他電視臺和記者聯絡妳，到時妳把我的電話給他們，就說我是妳的律師。我會幫妳處理。網路社群最好也同時進行，妳覺得呢？」

「那是……？」

「設一個臉書專頁，好讓更多人知道這件事，有能和妳一起做這件事的朋友嗎？」

映亞想到來參加出院派對的石柱高中、研究所同學。石柱再次隔離後，雖然他們也成爲主動追蹤對象，遇到諸多不便，但大家還是打來說，遇到困難隨時聯絡他們。映亞的朋友也是如此。

「有，有十幾個朋友會幫我們。」

「好，那申請和設計臉書的工作就交給藝碩。什麼是MERS，MERS病人需要接受哪些治療、有多痛苦，藝碩一定比其他人了解一百倍。藝碩也正好深入了解一下其他MERS病人的情況，這樣對母親的訴訟也會有很大幫助。」

映亞對藝碩說：「謝謝，那就拜託你了。」

「這是我該做的。尹律師，這件事不要算在我的工作裡，我是自願幫忙。」

映亞開口阻止：「不行，這是你的工作，把這麼緊急的事交給你，不只要付錢，還要給你獎金……」

藝碩堅持道：「要是給我錢，那我就不做了。」

海善趕緊說：「我們先做，要不要給藝碩錢、以什麼名義給、給多少，我會秉公處理，你們覺得如何？」

映亞和藝碩這才異口同聲回答：「好！」

「還有什麼問題嗎？」

映亞問：「我上電視接受媒體和報紙採訪，也放上網路，要是到時候他們還是不放我丈夫出來，也不能做檢查和接受治療該怎麼辦？三天前，住院醫師跟我說，就算爲石柱做延命治療，也不會有顯著效果。」

「不會有顯著效果？說得眞是拐彎抹角，醫生的用語怎麼都跟外星語一樣啊。但問題也不是出在大量使用英文單字上，而是他們總有一種要與家屬保持距離，在病人和家屬面前築一道牆的感覺。這些醫生難道不能親切點嗎？」

藝碩歪著頭表示不解。

映亞解釋：「簡單的說，就是勸我們不要接受延命治療。我們的時間已經不多了，必須立刻解除隔離，讓他接受該有的檢查和治療。還有……我眞是死也不願想這些……但假如延誤治療……」映亞的聲音開始斷斷續續，不停顫抖。

藝碩從冰箱裡拿來了水。

一花勸映亞：「覺得難受就別說了……」

映亞潤了潤喉嚨，繼續說：「不能讓他以MERS病人的身分在隔離病房了結此生。如果一定要面對那一刻……也要讓他握一握家人、朋友的手，跟大家擁抱道別。要帶他去想去的地方，吃他想吃的東西……讓他走得像個人！這些在隔離病房都是不可能的，在那裡活得不像個人，更別說是死了！所以，必須讓他離開隔離病房……」

海善一直等到映亞急促的呼吸恢復平靜，才緩緩開口：「如果媒體和輿論沒有效，我們就採取法律途徑。正如妳所說，必須把握時間去抗議，向總統、國民安全處、保健福祉部、疾病管理本部和醫院施壓，敦促他們盡快爲金石柱制定解除隔離的新標準。這段時間我會集中精力在MERS這件事上，妳隨時都可以打給我。直到金石柱接受人道的待遇，得到該有的治療、痊癒出院爲止，我們都會陪在妳身邊。」

會議結束後，映亞匆忙沿著「野花」的樓梯走下來。不知不覺間，夕陽已經徐徐落下，她急著趕去醫院。樓梯走到一半，傳來訊息提示音。映亞不在意的又走了幾步，才從包包裡取出手機一看，瞬間癱坐在樓梯上。

—這九年，謝謝妳成為我的妻子。

映亞忘了今天是結婚紀念日。一天就這麼過去了。

採訪

採訪定在十一月十二日晚上六點。

電視臺曾考慮直播，但南映亞是第一次在攝影棚受訪，擔心會出現直播事故，最後決定還是預錄後在晚間新聞播出。

一花和醫療記者鮮于秉浩一起來到電視臺一樓大廳接映亞。能把採訪放在晚間新聞時段，都要歸功於鮮于記者。早上參加編輯會議時，報導局長和部長都認爲應該放在深夜新聞播出，但鮮于記者堅持如果不放在晚間新聞就沒有意義，南映亞也不會受訪。他的積極爭取很快就傳遍整個報導局。

「前輩，你爲什麼這麼堅持呢？」兩個人面向正門等待時，一花開口問。

鮮于記者直視前方，反問：「如果不知名的傳染病再次席捲這個國家，妳覺得到時會做好防治工作嗎？」

「經歷ＭＥＲＳ後，應該能比現在好一些了吧？」

鮮于記者側頭看向一花。「怎麼可能！到時候，只會比ＭＥＲＳ的情況更糟，疫情只會在更多人的犧牲和意外的幸運裡得到控制。保健當局的長官和朝野國會議員已經開始急著把這次控制疫情的功勞攬到自己身上。防禦網有太多超乎想像的漏洞，所以這次有必要給他們一個警告。必須讓更多人知道這錯誤的制度、無能的長官和不肯承擔責任的政客，是如何毀掉一個人的人生！晚間新聞收視率比深夜新聞高出百倍，散播力也更強。如果我們在晚間新聞採訪，其他電視臺和報社也不得不跟進。把金石柱逼到絕境的不是傳染病，而是認為自己很幸運沒有感染MERS、沒有搭乘世越號的我們，是我們的安逸和自私的自我合理化把他推往絕境。如果我們只安於這種卑怯的幸運，總有一天我們也會孤單的面對不幸。即便困難重重，現在也該對金石柱負責到底。我是醫療記者，明明預見不久的將來可能再次發生的傳染病悲劇，我怎麼能坐以待斃？」

「……我沒有想到這些。」

「現在去想也不遲，等採訪播出後，妳要負責寫一篇追蹤報導。」

「報導不都是前輩準備嗎？」

「妳來寫吧。」

「介紹淋巴癌復發病人需要的檢查，根據隔離病房特性，分析無法進行檢查的原因，這不是該由醫療記者來做嗎？」

「不，這件事就交給妳了，遇到困難我們再一起討論。我很久以前就思考過，報導局應該再有一名負責寫醫療相關新聞的記者。」

晚上五點，映亞和海善抵達電視臺。中午她們收到訪綱後，刪掉了一個私人問題、寫好答覆後回傳給電視臺。除此以外，再無其他異議。因為只拍攝背影，所以無需化妝。一花和海善陪映亞在化妝室前的休息室等待。

一花說：「等下是預錄，所以妳只要放輕鬆，把要說的事都說出來就可以了。」

「好。」

海善插嘴問：「剪輯時不會把重點都剪掉吧？」

一花回答：「不會的，我和鮮于前輩會調整和確認最終版本。」

「謝謝妳，能走到這裡多虧妳的幫忙。」

聽映亞這麼說，一花搖搖頭。「這才只是開始，我們要好好打贏這場仗。等下回答問題時如果受不了，可以喊停、休息一下。只要別忘了，把想說的都說出來就好，其他交給我們處理。」

「會不會因爲我，給妳添麻煩啊？」

「什麼麻煩不麻煩的，完全不會。這可是我人生第一次抓到獨家，是我該感謝妳把這個機會給了我。」

六點整，採訪開始，標題是「請關注這個人！」

映亞背對鏡頭、坐在主播對面。此次受訪不僅沒讓她露臉，還使用匿名和變聲，這都是事前達成的協議。雖然認識的人都知道是映亞，但她還是希望盡量保護隱私。身著西裝、繫藍色領帶的主播開始提問。

「隔離住院已經多久了？」

「從六月七日確診後到十月三日，期間住過兩家醫院。十月三日MERS痊癒出院後，又在十月十一日住進隔離病房，直到現在。我先生現在是大學醫院隔離區唯一的病人。」

「目前，他在接受MERS治療嗎？」

「我先生不是MERS病人。從八月開始他就沒有再接受MERS的藥物治療了。六月時，他淋巴癌復發，淋巴癌是血癌的一種，若不及時治療，病情會急速惡化。第二次隔離後，他一直在接受化療，化療的效果必須到檢查室做各種檢查，但目前爲止，他無法正常的做任何檢查。」

「您剛才說無法做檢查，原因是什麼？」

「因爲大學醫院的各種檢查室要與門診病人和一般住院病人共同使用，而保健當局和醫院一直把我先生看作MERS病人，若他離開隔離病房到檢查室，需要醫護人員做很多準備。所以明知道他需要檢查，但所有人都舉棋不定。我和我先生都很難反抗醫院的決定。」

「保健當局和醫院可以隨時提出回應，正在接受我們採訪的人是最後一位MERS病人的妻子，您認為當下最急需的是什麼？」

「希望盡快解除隔離。疾病管理本部和醫院的醫護人員在記者會上也說，我先生的傳染率趨近於零。十月三日他出院後，我與他一起生活了整整一週，但沒有感染，這期間與他接觸過的人也都沒有感染MERS。至今疾病管理本部都沒有定出我先生到底該滿足什麼條件，才可以解除隔離的標準。我一直打給疾病管理本部負責人，都得不到答案。政府就只會宣稱我先生是罕見特例，然後就沒有再採取任何行動了——我先生不是這個國家的國民嗎？倘若一個人因為難以接受的理由遭到囚禁，國家難道不應該傾聽他的呼喊嗎？不是該為他制定方案、免去痛苦嗎？我先生再次被隔離後，生命已經處在很危險的狀態，但醫院沒有展開任何MERS治療，治療淋巴癌也一直遇到大大小小的困難。我和我先生都很好奇，真的就沒有轉到一般病房、好好治療淋巴癌的方法嗎？請告訴我們一個方法吧！」

映亞按照事前準備好的，一字一句指出問題和訴求。昨晚她就一一把這些內容寫下來，今天抵達電視臺前，又與海善一起最後核對。

主播低頭看了一眼問題，接著問：「您有一個兒子吧？幾歲了？」

「四歲。」

「他一定很想爸爸吧？」

這是當然的，雨嵐一天至少會纏著映亞七、八次，說要打給爸爸。不願意講電話的反倒是石柱，因為過度消瘦、顴骨凸出，口腔和鼻腔發炎浮腫，所以都不視訊了。自從開始戴氧氣罩，連電話也很少打。他不想讓兒子聽見自己粗重的呼吸。

「孩子每天都在找爸爸。」

「您的夢想是什麼?」

「嗯?」

映亞沒有搞清問題的脈絡,這題沒有寫在訪綱上,難道是歸在最後「其他等等」的範圍裡嗎?

「希望我先生早日康復。」

「感染MERS前,你們一家人有什麼計畫嗎?像是想擁有一間自己的房子,一起去旅行……」

映亞腦中浮現跟石柱計畫的未來。自從石柱再次隔離,眼前的不幸讓她根本無暇去想像未來的幸福。映亞胸口一熱,淚水頓時滿溢眼眶,她趕緊仰起頭、強忍眼淚。這不是控訴冤屈的場合,她不想發洩悲傷,只想堅強的越過這道牆。

主播換了一個問題。「您可以探病嗎?」

「自從十月十一日再次隔離後,過了半個多月,醫院才允許家屬探病。十月二十六日,我穿上防護衣後才可以去探望我先生。」

「在病房看到您先生,心情如何?」

「唉……」

映亞沒有立即回答。她覺得要自己描述在隔離病房看到石柱時的心情是個很殘忍的問題。但她還是把眼淚呑進肚裡,緩緩開口。

「無論是我還是我先生,我們都正處在人生的谷底。但我們不會坐以待斃,也不會絕望。我先生會康復的。希望這次訪問,可以成爲他打開出院大門的鑰匙。謝謝。」

救救最後一個病人吧！

八點的晚間新聞播出了南映亞的訪問。多虧鮮于秉浩和李一花幫忙確認最終剪輯版，才能無一缺漏的播出去。一花也寫好追蹤報導，簡單列出採訪重點和訴求。新聞播出後，名爲「救救最後一個病人吧！」的臉書專頁也設立了，每天至少有五千人追蹤訂閱。

臉書專頁不僅搭配照片、影片和各種表情圖案，上傳許多MERS相關知識，也詳細說明金石柱住院抗病的過程。與內容一起飽受矚目的還有封面照，那是濟州島，充滿希望氣韻的月朗峰日出。

藝碩負責籌備臉書專頁後，打給在濟州島保健所的姜寶拉。他希望能把隔離期間，寶拉細心照顧自己的心意也放上臉書專頁。藝碩簡單說明了石柱的狀況和臉書專頁的性質，向寶拉求助。

「我希望瀏覽臉書專頁的人能帶著祈禱的心，祝福病人早日康復。請傳給我一張適合臉書專頁的照片吧。」

寶拉再三推辭，說自己拍的照片不夠專業，但藝碩說比起專業的照片，更重要的是心意。他甚至有些厚臉皮的說：「我都把便利商店招攬客人的祕訣告訴妳了，妳不是說會報答我嗎？」

「不要用照片，我用別的方式報答你。」

雖然寶拉想逃避，但藝碩還是不肯放棄。

「再說，妳不是還照顧了我半個月嗎？」

寶拉結束地方保健所的工作支援後，回到濟州島保健所。在保健所宿舍隔離、照顧病人，這種事或許在她的人生裡，也不會再有第二次了。

「如果照片不喜歡，不用也沒關係喔。」

藝碩沒有指定要山的照片，這張日出時的月朗峰是寶拉在大海、高山、村莊、樹林、草原和馬群等照片裡，特地挑選出來的。衆多山丘中，寶拉覺得月朗峰滿懷著希望。藝碩在保健所宿舍隔離時，她也傳了很多山丘的照片給藝碩。

寶拉的封面照和首頁置頂的音樂影片，吸引了人們的目光。跟石柱一起組「Pipi-fossa」樂團的研究所同學、現於光州當牙醫的朴尙道做了一段音樂影片，標題是「就算晚了，也要加油」。尙道帶女兒參加了石柱的出院派對，他也成為主動追蹤對象。這首曲子是他們讀書時一起創作的，尙道彈貝斯，石柱彈吉他，兩人用手機錄音時，演奏前錄下了石柱說「開始！」的聲音，結束時還有一起哈哈大笑的笑聲。

尙道將石柱從出生到現在的照片配上音樂，製成影片，從一張張照片，可以看出石柱身爲牙醫、身爲丈夫、身爲人子和人父，活得有多一絲不苟。

希望最後一名MERS病人早日康復的留言不斷湧入，受訪影片點擊率也超過一千次。從那天晚上開始，映亞的手機便不停接到記者打來的電話。

Technological Support!

南映亞手記

2015年11月13日（星期五）

說會提供一切技術支援。
說會安排我和醫護人員見面。
只上了一次電視，就這麼輕易的推倒了高牆。
早知如此，就該早點說出來！
希望不會太晚。

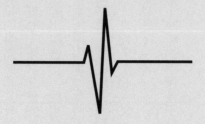

恐懼

直到天黑，映亞才走進隔離病房。晚間新聞播出後，她每天都要受訪，只得盡量把採訪約在晚上，上午和下午才能陪在石柱身邊。但今天下午有電臺直播，所以結束後趕到醫院已經天黑了。

「我來了！」

映亞握住石柱的手，他才稍稍睜開眼睛，他已經沒有力氣說話了。映亞把被子拉到石柱的脖子下，看監測儀器確認血氧飽和度和脈搏。隔離病房無法帶筆記和手機，所以只能記在腦子裡。負壓病房很乾燥，映亞在噴霧器裡接滿水，往牆上、地上和窗邊噴灑。她身穿C級防護衣，越來越感到口乾舌燥。

映亞俯身直直盯看著石柱的臉。她在電臺錄音間緊張的受訪了半個多小時。雖然每個訪問的媒體不同，但講的內容都大同小異，艱澀的醫學用語和病人狀況，不知重複了多少次。報紙和電視不斷報導，網路上也持續收到爲石柱加油打氣的留言，打到疾病管理本部抗議的人也越來越多。即便如此，保健當局仍沒有任何回應。今天映亞也打給疾病管理本部負責人，還是找不到人。石柱和映亞的朋友也不斷打到同一個號碼，都無人應答。

映亞開車趕往醫院途中，看到了陌生的風景。急診室周圍聚集了很多人，大家呼喊著口號、唱著歌。從尹律師那裡得知，昨天晚上，參加示威遊行的農民受傷後，被護送到這家醫院。

映亞從包包小心翼翼的取出便利貼，她一一爲石柱念出寫在黃色便利貼上的心願，然後貼在石柱的床頭。

痊癒！！
根治！！
康復！！

恢復骨髓功能→絕對嗜中性白血球數值上升、恢復正常→MERS陰性／黏膜炎、各種VIRUS痊癒→同種移植→淋巴癌痊癒→金石柱健康長壽♥

MERS陰性！！！！
淋巴癌痊癒！！！！
健康的老公！！！！

差不多過了一小時，映亞睜開眼，感到口乾舌燥，肩膀、後背和側腰也十分痠痛。剛才她坐在家屬陪伴床睡著了，不知不覺天已經徹底漆黑。今天就先這樣吧。映亞嚥了嚥口水。現在回家也沒空休息，還要幫雨嵐準備晚餐、洗衣服，打給尹律師討論採訪內容。隨著接觸的媒體增加，必須在忘記前把跟記者談過的內容都告訴尹律師。

映亞走到床邊看了看石柱的臉，他的呼吸頻率穩定，像是睡著了。就在映亞打算轉身離開時，石柱伸出手臂，抓住映亞的手腕。

「不要走。」

映亞轉身。「你醒了？雨嵐在家等我呢……我明天一早就過來。」

「我就只能這樣了嗎？」

映亞試著岔開話題。「你又作惡夢了？」

「沒有！」

「等你做完檢查、接受治療後就可以回家了。」

石柱無奈的冷笑了一下。

「我害怕。」他的視線凝視著牆壁與天花板交會的黑暗角落。「我不想被當成病毒死在這裡，我要出去！映亞啊，讓我出去吧！」

映亞想鼓勵他、給他勇氣，但話到嘴邊，卻什麼也講不出來。

「我想活得像個人，死得像個人。不是這樣的，不該是這樣的啊。」

「我……出去喝口水再進來，也去趟廁所……」

映亞打算去護士站喝口水、上完廁所再回來。平時就算再怎麼口渴她都能忍，今天卻像走在沙漠般難以忍受。

「不要走，留下來陪我。」

「我很快就回來。」

石柱乾瘦的手用盡所有力氣，就是不肯放手，映亞無法甩開他。沒辦法，就算尿在褲子裡也只能這樣站著了。

團結就是死路一條

除了「野花」有在聯絡MERS遺屬和痊癒的病人，冬華也採取行動，她主要在聯絡痊癒的病人。關在隔離病房時，雖然沒機會與其他人接觸，但轉院得到兩次陰性、換到一般病房後，她認識了幾個病人。當時自己身心也很疲憊，一心只急著盡快出院、回物流倉庫上班，所以跟同病房的人沒什麼交流。雖然如此，大家都感染了相同的傳染病，都到鬼門關走過一遭，難免會產生同病相憐的特殊情感。冬華一直祈禱大家都能順利回到原本的崗位。

冬華打了電話才知道，出院的人們生活比感染MERS前還糟。有的人丟了工作，有的就算保住了，也不像從前那樣能順利工作了。每當公司有組織調整，這些人總是被分類在優先裁員名單。他們的肺部和身體機能受損、無法正常運作，但更嚴重的問題是，沒有安眠藥便無法入睡，時常頭痛，因爲憂鬱症而經常不安、焦躁。有時，眼淚會不受控的突然流出來，遇到一點小事就暴跳如雷，腦子連簡單的數字都記不住了。醫院診斷，留下嚴重後遺症的病人都需要長期接受專門的治療，但冬華和這些人都沒有條件再住院治療，因爲一、兩天不上班就會丟掉工作，被淘汰一次，就要用十倍、甚至百倍的力氣去追趕，大家只能在激烈競爭中各自求生。

今天中午冬華要見的人，是住院期間隔壁床的禹福正。四十多歲的禹福正在新村開便利商店，所以沒有失去工作的困擾。他性格隨和、平易近人，在醫院初次見到冬華時，就叫她大姐了。

「哇，這是誰來了啊。」福正見到走進便利商店的冬華，張開雙臂歡迎她，但還沒握手和擁抱，福正便摀著手帕，轉身咳起來。

冬華站在原地，等福正平復。

「我天天煮桔梗水喝，也一直沒好轉……」

福正雖然沒有冬華的肺纖維化嚴重，但住院時就經常咳嗽。

「小心感冒，知道嗎？」

「當然了，我都打算移民去東南亞了。」

兩個人相對坐在便利商店門前的陽傘下，圓桌上擺著罐裝咖啡。

福正把雙手架在桌上，開口：「我正打算聯絡大姐呢。」

「為什麼？」

「大姐，妳會作惡夢嗎？」

「會啊。」

「什麼樣的惡夢？」

有人先這樣問自己，冬華反倒覺得輕鬆。先說出自己的情況，對方也會跟著敞開心房。

「我會夢到肉店，我躺在巨大的砧板上，穿著防護衣的醫生和護士走進來，用鋒利的刀割下我身上的肉，然後放在嘴裡咀嚼，像吃生牛肉那樣。還朝我笑，嘴角都是鮮紅的血。」

「妳會一直作這種夢嗎？」

「幾乎是吧，就算一開始在其他地方，但最後都會變成肉店，然後被割下肉。你也會作惡夢嗎？」

話題轉向福正，他像等待作答般，慢慢回答：「躺在肉店裡還好一點。當然囉，躺在那裡看著自己的肉被割走也很恐怖，但至少某個瞬間會覺得『啊，這或許是夢。我在肉店被屠宰，這也太怪了吧？』

起碼還能發覺不對勁，總有醒來的時候。但我經歷的現實本身，就像作夢一樣。」

「現實本身？」

「我夢到自己躺在醫院病房裡，平靜極了，但只有我一個人。不管我怎麼按呼叫鈴、怎麼大喊都沒有人來。每天都作相同的夢。出院後，沒有一天不作夢的。」

「躺在床上，平靜的躺著……」

「嗯，眞覺得生不如死，好像徹底被孤立了，完全沒有逃離醫院的方法，也沒有人來找我。然後我突然明白了——原來這就是墳墓啊，原來被活埋的感覺是這樣啊。今天晚上我也會作同樣的夢，就那樣躺著，一切就跟現實沒兩樣，完全不覺得自己在作夢。」

兩人說下次一起喝杯燒酒，就分開了。像今天這種刻意見面的場合，要是劈頭就提打官司和共同訴訟，只會增加對方的恐懼。冬華認爲至少要見上兩、三次，詳細了解對方的情況，分享彼此處境後，再慢慢進入主題比較好。冬華也想過，自己與福正算熟，直接說出目的也未嘗不可，但最後還是決定下次再說。尹律師也勸過她不能心急，打官司是持久戰，必須愼重才能找到一起打贏這場勝仗的戰友。

冬華搭上回「野花」的公車，還好車上只有五個人。冬華走到最後一排坐下來，打開一半的窗戶。她望著飛速閃過的街景，任憑涼颼颼的風迎面吹在臉上。風吹著滿地的落葉，樹葉飄落後，大樹才顯露出原有的姿態。晚秋過後很快便入冬了，想熬過寒冬，就必須更堅強。

冬華關在隔離病房時，一直都很懷念此時眼前的日常風景。聽了福正的惡夢，冬華想起石柱。福正在夢裡被關在隔離病房，石柱卻關在現實的隔離病房。在夢裡無法離開病房就已經那麼痛苦了，在現實中沒有保健福祉部、疾病管理本部和醫院指示，就沒有離開的方法，這又是何等的痛苦和絕望呢？福正笑著說的最後一句話，不停在冬華耳邊迴盪。

「就那樣躺著，總會冒出不如就這樣死掉算了的想法。我走了，這令人厭煩的情況也會結束。這世界早就把我們這些人遺忘了，少了我一個又怎樣呢。」

手機響起，來電顯示是文尚哲。

直到冬華離開「冊塔」，尚哲都沒有露面。後來冬華打給他兩次都沒接。冬華乾咳一下，做了個深呼吸，接起電話。

「好久不見啊。」冬華講出這五個字後，靜靜等著。

電話另一頭的尚哲結結巴巴的問了好。「這、這段日子妳還好嗎？」

冬華過得不好，尚哲也很清楚，他一定也聽說冬華找工作四處碰壁的事。

「不好也不壞。」

一陣沉默。

「藝碩有好好讀書吧？」

「嗯……」冬華覺得沒必要把兒子休學的事講出來。

又是一陣沉默。最後，尚哲終於說出打電話來的意圖。

「倉庫不是有臺咚咚嗎？」

「咚咚怎麼了？」

「雜音太大，差不多有以前的十倍，碎紙效果也不好。運作一段時間後就會發出咕嚕咕嚕的聲響，然後就不動了，找人修也沒用。這是林部長的寶貝，拿去賣掉又捨不得……。」

尚哲也和冬華一樣很珍惜咚咚。十年前離開永永出版社到「冊塔」上班，冬華第一次負責的就是這臺碎紙機。崔社長說，這臺碎紙機是他二十五年前從兩間小倉庫開始起家時買的。

「我幫你忙，你能為我做什麼？」

「做什麼都行，妳眞能修好它？」

「你在哪？」

「嗯？」

「在退貨倉庫？咚咚旁邊？」

「嗯。」

「站在電源那裡，右手拇指按在三個稜角交會的定點，然後往後移兩步。步伐四十五公分，不能長也不能短。」

「一、二！好了，走了兩步。」

「現在你再看機器，有看到什麼？」

「有一個十字，是妳做的標記嗎？」

冬華沒有回答他，逕自說：「用拳頭在那個十字下方三十公分，輕輕敲五下。」

「嗯？」

「那裡是咚咚經常卡住的地方，相當於人的胸口，來五記上勾拳，你再試一下機器。」

電話那頭傳來五下敲打機器的聲響，緊跟著，一陣冬華常聽到的熟悉雜音傳來，機器開始正常運作了。電話斷了。過了兩站，尙哲又打來，聽不到背景的噪音了，想必他走到了倉庫門前的停車場。

「妳要我做什麼？」尙哲問。

冬華看了一眼窗外光禿禿的樹枝。「好好照顧咚咚。」

「嗯？」

「別看它總是這樣，還是能用的。有問題隨時打給我。離開物流倉庫時，心情簡直糟透了，覺得傷心又委屈。但一想到能把倉庫和咚咚交給你，也就沒那麼擔心了。你不要有壓力，我離開那裡不是因爲你，隨時都可以打給我。」

「部長，是我對不……」尚哲哽咽得講不出話了。

「下次請你喝燒酒，到時把筆記本也給你。」

「筆記本？」

「我想讓你好好做。保重啊！」

冬華率先掛斷電話，她不想讓尚哲聽到自己哽咽。冬華打算下次見面時，把寫有編輯、行銷聯絡方式和技巧的筆記本交給尚哲。書不是賺錢的工具，它是很多人嘔心瀝血、飽含眞誠做出的產物！冬華用手拭去眼淚，又過了三站，手機再次響起。

是不認識的號碼。自從開始到處走訪痊癒者，冬華偶爾會接到陌生人打來的電話。痊癒者裡也有人聽聞消息後、主動聯絡冬華，這樣陌生的電話已經接過幾次了。冬華用眼睛記住號碼，按下通話鍵。

「妳是吉冬華嗎？」是一個低沉粗獷的男人聲音。

冬華不自覺的用左手抓了一下脖子。「我是吉冬華……」

男人忽然破口大罵。

「妳這個臭女人！妳給我聽好，妳在要什麼花招我們都一清二楚，好不容易撿回一條賤命，還不老實待在家，居然像條瘋狗一樣到處亂竄？你們這些人聚在一起能做什麼？聚在一起，也不過是MERS病毒，就是一群病毒！知道嗎？」

「你是誰啊?!」冬華氣得大吼一聲，車上的人同時回頭看她。

男人毫不在意的繼續罵：「妳這不要臉的臭女人！竟敢罵總統閣下！說什麼寧可相信街上的狗也不相信政府？」

「我沒說過那種話。」

「妳說了什麼、做了什麼，我們一清二楚！你們這些赤色分子就是喜歡惹是生非。吉冬華，妳給我聽清楚，想要跟妳那個一身病的妹妹吉冬心和獨生子趙藝碩、一家三口好好活著，就趕快給我收手！你們這些傳染病人聚在一起幹麼？想打官司？妳以為這世界會按照妳的意思運作啊？這是給妳的初次警告，要是不聽話還不罷手，到時候就神不知鬼不覺的把妳的肉都割下來！」

電話斷了。冬華感到胸口一陣鬱悶，那個男人竟然連自己晚上的惡夢都知道。冬華匆忙逃下公車，靠在路邊的牆上調整呼吸。冬華劇烈咳嗽，雙膝無力的跪在地上，她越咳越兇，以至於額頭沾到泥土。冬華覺得後腦杓一陣冰涼，她抬起頭觀察街上的行人，來來往往的人都像在監視自己，她彷彿置身在一個沒有鐵窗的大型牢房。

特例解除隔離的條件

十一月十九日，南映亞第一次接到疾病管理本部科長打來的電話。對方自我介紹叫高任燦，剛接手這份工作不到兩週。映亞說這不是能透過電話討論的問題，希望能見一面，高科長也同意。兩人約在隔天，十一月二十日見面。雖然海善提出希望一起同行，但映亞表示這次可以單獨見面。

「爲什麼你不接電話、訊息也不回呢？」映亞剛入座，便向坐在對面的高科長提出疑問。

高科長稍微扶正眼鏡，回答：「太多電話打進來，我招架不住了，電話多到根本沒辦法正常工作。所以暫時關機，把大部分打來的號碼都封鎖了……」

「你怎麼能這樣？我丈夫每天在生死邊緣掙扎，你卻因爲打進來的電話太多而關機？封鎖號碼？以後有問題發生，媒體揭露弊端，民眾發起抗議時，身爲公務員的你都要以這種方式逃避嗎？」

「我有正常工作。雖然沒有接電話，但都定期接到醫院的報告、也有確認情況。有關妳丈夫的治療都有正常進行，也有顯著的治療效果……」

映亞抑制不住憤怒，倏地起身。「正常進行？有顯著的治療效果？醫院都來問我要不要接受延命治療了！」

「延命治療……」

「你不知道嗎？他們已經來問我三次了。」

「醫院說有在盡全力治療啊。」

「你不是說定期接到醫院報告嗎？他們到底跟你報告了什麼？你根本沒有掌握情況吧！」

「不，我只是沒有聽說延命治療這回事，再說，現在不是也可以做之前沒做的檢查了嗎？」

「主治醫師同意讓我丈夫到檢查室接受檢查，但我希望的是解除他的隔離。他的病情一天天惡化，更不能待在隔離病房，應該到一般病房集中治療。」

「根據制定的解除隔離標準……」

「制定的標準是什麼？請你實話實說吧。以二十四小時為間隔，連續做ＰＣＲ檢查，兩次都顯示陰性就能解除隔離嗎？如果是這樣，我丈夫早就多次符合這個標準了啊！」

「出現陰性兩次或三次，然後又出現陽性，這是學術界從未見過的特例。兩次ＰＣＲ陰性難以滿足標準，必須滿足長期顯示陰性的條件，才能考慮解除隔離。」

「眞是荒謬，那你說的長期是指幾天？半個月、還是一個月？」

「這個問題不是我能回答的，必須請專家開會愼重決定。」

「又拿專家會議當藉口，那你們有召開過會議嗎？」

「嗯？」

「你說我丈夫是罕見特例，那你們有組成特別調查小組開會討論嗎？有開會制定新標準，討論過滿足長期的條件是幾天嗎？如果有，請給我看會議紀錄。」

「……目前還沒有，但已經在討論組特別調查小組了……」

「那你的意思就是還沒定出解除我丈夫隔離的標準囉。如果疾病管理本部不定出標準，那我丈夫就永遠都別想離開隔離病房了？」映亞音量越來越大。

「請妳冷靜一點。」高科長一臉為難。

「我怎麼冷靜？看來他要離開隔離病房就只有一個辦法，那就是死！他死了你們才肯放他出來是不是？直到他死，你們也不會定出新標準，只會在這裡浪費時間，是不是？這就是疾病管理本部的基本方針，我這樣理解對嗎？」

「妳誤會了，我們也希望病人能早日出院……」

「用這種方式希望他出院嗎？他是完全沒有傳染力的人。」

「我們沒有說完全沒有，而是明顯很低。」

「不是說零嗎？」

「感染科的主治醫師觀點是趨近於零。」

「你在開什麼玩笑？正因爲醫學很難界定零和一百，才用『趨近』一詞不是嗎？」

高科長強調：「我不是開玩笑，『明顯很低』也存在傳染的可能。十月二十六日的視訊會議上，WHO也建議我們要針對該病人進行嚴格管理。」

「WHO有建議一直把我丈夫隔離起來？」

「要嚴格進行管理，隔離治療是最佳方案。」

「那請給我看一下你們與WHO諮詢會議的影片或會議紀錄。」

李一花之前也提出過這個要求。

「嗯？」

「既然有開會，總有影片和會議紀錄吧？就在這裡，只給我看就好。你們總拿WHO當藉口，所以我要確認WHO是不是眞的有建議過，讓我丈夫隔離治療。」

「我們必須遵守內部規定，無法公開會議紀錄。」

「規定、規定……怎麼那麼多規定？既然你們那麼遵守規定，爲什麼不能盡快制定解除隔離的標準？ＷＨＯ根本沒有建議隔離我丈夫吧？我也有去了解，ＷＨＯ只會針對傳染病預防和管理傳染的人員提出整體建議，不會針對個案提供是否需要隔離的意見。」

「妳的意思是疾病管理本部在說謊？」

「你們總拿ＷＨＯ當藉口，也不肯公開會議紀錄，想隻手遮天嗎？既然不想被懷疑，那就公開啊！」

「公開會議紀錄，不是疾病管理本部區區一個科長可以決定的，我會向上級報告。雖然病人在隔離，但醫院爲他提供了最適當的病房，最優秀的醫護人員，都在盡最大努力。就請妳相信政府和醫院，再等一等吧。」

映亞冷冷的問：「你知道我丈夫現在住在什麼病房嗎？」

高科長沒有搞清問題的用意，重複道：「隔離區的隔離病房。」

「那你知道隔離病房的特點是什麼嗎？」

「那個……負壓病房，有阻止病毒外流的效果。」

「沒錯，負壓病房不僅阻止病毒外流，還是聚集所有病菌的地方。進行化療，病人免疫力會下降，我丈夫還要接受造血幹細胞移植。你知道進行移植手術前要做什麼嗎？要使用高出原有抗癌藥數倍的藥物，如果要做放療，還要提高輻射劑量。做完這些後，他的白血球數値會降到零！在免疫力爲零的情況下才能做手術。你去過移植病房嗎？那裡都是正壓病房！爲了避免接受移植手術的病人受到感染，必須把病菌和病毒排到病房外。我丈夫現在需要的是正壓病房！一直把他關在負壓病房，只會增加感染可能性，你居然說醫院爲他提供了最適合的病房？這不是在說謊嗎？對於ＭＥＲＳ痊癒，要接受淋巴癌治療的病人而言，那是最糟糕的病房！」

「如果讓他住進正壓病房，雖然對病人有好處，但他體內存在的病毒也有排到病房外的可能。」

「我丈夫身體裡檢測出來的，不過是完全沒有活動力的病毒殘骸！」

「但大家不這樣想。」

「大家是因爲誤會才產生恐懼，疾病管理本部難道沒有更正錯誤訊息的義務嗎？」

「那都是還沒有定論的內容。」

「那就請你們付出具體行動去確認，一次會都沒開要怎麼確認？我可以放棄正壓病房，只要能讓他離開隔離病房。我們可以待在隔離區，住在無傳染力病人住的非傳染病房。我丈夫現在很擔心自己會就這樣死在隔離病房裡，明天開始要放療了。只要讓他離開隔離病房、住進非傳染病房，就足以給他帶來希望。我也可以二十四小時守在他身邊照顧他，也不用穿C級防護衣，但我會像十月三日出院前那樣戴N95口罩、穿VRE隔離衣的。」

「我們會討論一下，但不解除隔離，可能很難讓他離開隔離病房。」

映亞問了最後一個問題：「那你打電話給我，到底想說什麼？」

「我是想請妳相信政府和醫護人員，再等等，雖然現在艱辛，還是希望妳能相信我們。」

「我是相信了，就因爲相信了才落得如此下場。請你們盡快爲我丈夫制定新標準，到時候我就會相信你們。在此之前，不管是保健福祉部、疾病管理本部還是醫院，我都不會相信！請救救我丈夫吧！」

結束會面，高科長回到自己座位，像洗臉似的搓了搓臉。這是場自己無法勝任的會面。他抽出標有「韓國—WHO，MERS情況研討會議結果報告」的文件，上面清楚寫著日期「二〇一五・十・二十六」。這是未對外公開的會議簡版紀錄。高科長的視線定在與金石柱患者相關的內容。

預定組成針對病人治療和研究的特別管理小組（病人家屬，醫院，疾病管理本部）。

已經快一個月了，小組還沒組成。連小組都沒召集好，遑論討論制定解除隔離新標準的會議。爲什麼之前的負責人在接到ＷＨＯ的建議後，沒有立刻召集小組呢？難道他怕找麻煩？再這麼拖下去，麻煩就會落到自己頭上。要現在開始著手進行嗎？不過，在準備會議、得出結論前，金石柱都無法離開隔離病房。高任燦感到眼睛像被刺了似的疼痛，看來是偏頭痛發作了。

躺在推床上

「我們要模擬ＴＢＩ，你準備好了嗎？」

石柱嘴裡念著三個單字「Total Body Irradiation」，然後睜開眼睛。字面翻譯就是全身放療，這是爲了造血幹細胞移植的準備。全身接受輻射照射，是爲了暫時抑制病人的免疫力，幫助他更容易接受捐贈者的器官。進行全身放療，意味著石柱朝移植手術又近了一步。他看了一眼一起走進病房的盧大咸和吳長南。

長南開口：「我們會進行三天的全身放療，快結束了。」

「這眞的是你們想出來的最好方法嗎？」

聽到石柱的問題，長南沒有立即回答。石柱的眼神漸漸浮起恐懼。

「別擔心，一切都會好起來的。」

「嗯。」石柱簡短的回答了一聲。

雖然很高興再見到長南，但他沒力氣多說些什麼。不過幾句簡單的對話就感到很疲累。長南也沒再多說。

大咸摘下貼在石柱身上的各種線，要移動病人就必須摘掉身體與機器的連結線。接下來要到放射科做全身放療，必須盡可能在出發前做好準備。隔離病房的醫療用品禁止帶出病房，原則上所有東西都要報廢處理，就連接觸過病人的一根線、一塊紗布或一根針頭都包括在內。

石柱無法憑藉自己的力氣移到推床，於是大咸爬到床上架住他的雙臂，長南抬起他的雙腿，玉娜貞和陳雅凜也上前托住石柱的腰。在隔離病房除了治療，醫生和護士都不允許與病人近距離接觸，但爲了移動石柱，大夥費了好一番工夫。身著防護衣的四人滿身大汗，才把石柱抬到推床上。

石柱忍不住開口：「對不起，謝謝大家。」

罩上透明塑膠蓋前，玉護士把身體前傾，笑著對石柱說：「今天只是模擬，祝一切順利喔。」

塑膠蓋上又蓋了一張黑色厚布。眼前瞬間一片漆黑，彷彿下葬了似的。

十一月二十日晚上九點，推床離開隔離病房後，按照指定路線前往檢查室。大咸負責推病床，長南跟在後面噴消毒藥。這是石柱再次隔離後、首次離開隔離病房。由於塑膠蓋上罩著一層黑布，這次石柱無法觀察四周。刻意製造的黑暗讓他感到不快、發悶。四個輪子發出的咯噔咯噔聲安撫著他，石柱感受著病床移動的速度。出去後直接左轉，等門打開時停了片刻，又開始移動，經過平緩的下坡，接著是緩上坡。門打開後，會不會迎來另一個世界呢？沒有MERS、沒有淋巴癌、沒有醫生也沒有病人。如果能在那個世界，跟映亞、雨嵐和鴻澤一起生活……

穿戴好防護裝備、準備就緒的放射科人員接手病人，把石柱推進檢查室。

醫護人員打開塑膠蓋。「你可以坐起來嗎？」

石柱手握欄杆抬起頭，吃力的直起腰。

「明天下午你會在這個檢查檯做大約兩小時的全身放療。你知道接受治療的原因吧？」醫師指著檢查室中央的長方形檢查檯。

「我知道。」

「好，那我們明天見。」

石柱重新躺回急診推床，又蓋上塑膠蓋、黑布，原路返回隔離病房，模擬不過用了四十分鐘。

＊＊＊

十一月二十一日下午兩點四十分，正式開始全身放療。按照昨天模擬的，大咸和長南用推床把石柱護送到檢查室。

快下午五點，石柱才回到隔離病房。提早在病房等待的映亞一掀開塑膠蓋，立刻大喊。

「石柱！你怎麼了？」

只見石柱全身顫抖，手揪著胸口。大咸立刻幫他戴上氧氣罩，血氧飽和度不到八十八。石柱嘴唇發紫，臉色蒼白到可以看清臉頰和脖子上的血絲。

大咸問石柱：「呼吸很困難嗎？」

石柱點點頭。

映亞急著追問：「你們到底把他怎麼了？」

長南冷靜的回答：「我們給他做了兩小時的全身放療，病人都撐過來了，現在他應該是太累。最重要的是恢復體力，未來還要接受兩天治療。」

「你們沒看到他全身都在發抖嗎？血氧飽和度降得也太多了吧……」

石柱拉了拉映亞的手肘，拉下氧氣面罩。「別說了！……辛苦了。」

大咸對石柱說：「等下會給你用一些配西汀[34]，如果還覺得痛，隨時找我。」

34：Demerol，麻醉止痛藥物。

兩位住院醫師走出病房，終於安靜了下來。石柱緊閉雙眼，集中精神呼吸著氧氣。映亞用戴著手套的手撫摸著石柱的手腳。

「要是太辛苦，我們就再多休息幾天。你這樣不適合做放療。手術日期可以再定，先恢復一段時間後再做手術吧。」

「明天也……要去……治療。」石柱閉著眼睛，因爲呼吸困難，說話已經字不成句了。「治好……出去。」

「雨嵐爸！」

昨天跟疾病管理本部的高任燦科長見面後，映亞更加絕望了。就算石柱治好淋巴癌，那些人搞不好還是會一直把他關在這裡。在沒有治療MERS的情況下，在根本沒有制定解除隔離新標準的情況下，石柱沒有出院的辦法。他等於被關進了沒有門的城堡。

手機響起，石柱看了一眼放在櫃子上的手機。映亞先確認了來電者，這是自己打過幾十次的號碼，高任燦！昨天見面的疾病管理本部科長的號碼。映亞把自己的手機設定成無人接聽時會自動打到石柱的手機上，公公曾打過兩次，海善和藝碩也分別打來一次。由於自己在隔離病房的時間越來越長，打來的電話也越來越多。

「誰……打來的？」石柱問。

「以後再說。你什麼都別想，先好好休息。」

看到映亞遲疑不肯接電話，石柱更急了。

「接電話……用擴音……」

映亞做了個深呼吸，滑開通話鍵後點下擴音。高科長不帶情感的嗓音立刻充斥整間病房。

「跟妳說一下會議結果。WHO建議，因爲情況沒有任何改變，所以疾病管理本部的立場是維持現狀……」

「你們這群混蛋啊——！」石柱高喊著、四肢激烈掙扎，他忽然咳出參雜鮮血的痰。血濺到映亞的面罩上。石柱彷彿吸血鬼般嘴角滴著血，血染紅了白色床單。映亞根本來不及掛斷電話，先慌忙用力按下呼叫鈴。每按一下，她都在大喊。

「快！快來人啊！快！快來人！」

手機上濺滿血痰，但電話那頭還是不斷傳來高科長著急的聲音。

「妳沒事吧？發生什麼事了？妳怎麼了？能聽見我說話嗎？請回答……」

映亞拿起手機摔在牆上，以此代替回答。啪的一聲，手機應聲碎裂，出現十幾道裂痕。

最後手段

十一月二十二日，映亞也在早上十點來到隔離病房。

石柱正在輸血，他看到映亞就說房間太熱。映亞拿毛巾幫他擦乾臉上、胸口和背上的冷汗。血氧飽和度重新降回九十五到九十。玉護士準備用鼻導管往石柱的鼻腔輸送低強度氧氣，但石柱流著鼻涕、不停搖頭。由於鼻腔發炎，到處都是傷口，稍微一碰都會痛。沒辦法，最後只好換成氧氣罩。石柱閉上眼睛呼吸氧氣，就這樣過了兩個小時，映亞悄悄走出隔離病房。

等在護士站的大咸翻閱著病歷，因爲還要趕回一般病房察看病人，所以一看到映亞，就開門見山的說：「我們打算給病人拍一下CT，預定在晚上七、八點左右。病人應該得了急性肺炎。午餐不要進食，必須空腹十二個小時！」

「肺炎？嚴重嗎？」

「等拍了肺部CT才能知道。如果眞的是肺炎，就要中斷造血幹細胞移植，剩下的兩次全身放療和化療也只能停下來。在得了肺炎的情況下做放療，只會讓病人惡化得更快。」

映亞沉默的垂下頭，問道：「我可以提一個要求嗎？我想向醫院所有可以對隔離區負責的人請求一件事。」

大咸拿起手機看了一眼時間，一般病房的病人還在等自己。

「什麼事？」

「我想二十四小時待在隔離病房。」

「嗯？」

「我丈夫現在呼吸困難，已經用上氧氣面罩，而且開始吐血痰了。他頻繁咳嗽，加上全身出現黃疸，下體也出現浮腫。醫院提過很多次延命治療，我想知道，你們眞的打算救活他嗎？」

「妳這是什麼意思？我們過去、現在和以後，都會竭盡全力治療病人。」

「我的意思是，也讓我盡點力吧。現在病人處在很不安的狀態，不時會找我，必須讓他度過這個難關啊，有我在病房裡陪他會好很多的。」

「我會跟上級報告。但二十四小時待在裡面太辛苦了，妳也知道穿C級防護衣，不到兩小時就會口乾舌燥，妳怎麼受得了？」

映亞還是不肯退讓。

「盧醫師！難道你忘了我曾經是護士嗎？護士和一般人不同，更何況我要照顧的人，是我的丈夫啊。」

「怕家屬會先病倒啊。」

映亞直視大咸。「就算病倒，我也不想以後懊悔。」

＊＊＊

跟大咸分開後，映亞直接趕到「野花」，海善、一花、藝碩和冬華在那裡迎接她。藝碩介紹了冬華。

「這是我媽，她來見尹律師，聽說妳也要來，所以一起在這裡等。」

「我是吉冬華，很高興見到妳。」

「我是南映亞。」

兩人互相對視行禮。

海善插嘴說：「吉女士在出版物流倉庫工作了三十年，現在正四處奔走、打探ＭＥＲＳ痊癒病人的情況，不只首爾，她還親自跑去地方城市。」

冬華接著說：「我身體不好，也不能經常出門，所以還沒見到太多人。」

「妳已經幫了很大的忙了。多虧有妳，那些痊癒病人才會來諮詢訴訟的事。」

「眞是辛苦妳了。」

聽到誇獎，冬華不好意思的撓了撓後腦杓。

「談不上什麼辛不辛苦的！我又不會用網路，幫不上什麼大忙，直接去見那些出院的人也是覺得當面比較好溝通。對了，尹律師，打電話威脅我、不讓我去見痊癒者的，眞的是政府的人嗎？他開口就罵髒話，眞難相信那是公務員打來的……」

海善回答：「每次發生慘案、災難，他們都會打這種惡劣電話給受害者，威脅、謾罵受害者不要聚在一起，因爲受害者聚在一起本身就讓這些人不安。早晚有一天會把他們抓出來的。接到這種電話，如果妳心裡不舒服……」

「我沒事。我可是到鬼門關走過一遭的人，區區一個電話怎能嚇倒我。他們一定是作賊心虛，才會一開口就罵髒話。」

海善勸冬華：「下次再接到這種電話，記得錄下來，我們必須蒐集證據。叫藝碩教妳怎麼錄音。」

藝碩點頭。「好的。媽，這很簡單，等晚上回家我再教妳。」

桌上放著即溶咖啡，會議開始。大家的視線都集中在映亞身上。

「大家或許都聽說了，疾病管理本部下達了最後通知，說只能保持現狀。」

一花問：「金先生的病情如何？」

「今天晚上要做過肺部CT後才能確定，醫生說應該是急性肺炎。鼻腔和口腔還是有炎症，腫得很厲害。因爲呼吸困難，現在戴了氧氣面罩。他已經不能一個人去上廁所了。」

氣氛變得凝重。

海善還是開口：「那移植手術……？」

「無法按照原計畫進行了。」映亞喝了口咖啡。「我們接下來該怎麼辦？」

海善回答：「能做的都要試一試，先準備開記者會吧。」

「記者會？我不是做過電視和報紙採訪了嗎？」

「那時候的重點放在金石杜遇到不公正的隔離對待，對外公開他沒有接受正常的治療。這次再往前邁進一步，闡明爲了解除隔離準備展開法庭對決。大家有什麼看法？當然，提告會與在座的吉女士和MERS受害者再討論，當務之急是要在國內、外記者面前，強烈要求解除金石杜的隔離。」

「疾病管理本部還沒有能解除隔離的標準。」

海善接著說：「我會針對保健福祉部和疾病管理本部的不採取對策，提出具體要求。」

「具體要求？是什麼？」

海善拿起文件，念起相關內容。

「『人身保護法』第三條裡寫道，『人民遭受任何機關非法逮捕拘留，或合法逮捕拘留後，即使在證實無罪的情況下仍遭非法拘留時，被收容者可透過法庭代理人、監護人、配偶、直系親屬、同居人、雇主或收容設施的工作人員，依照此法案向法院聲請追究。』金石杜病人屬於『合法逮捕拘留後，即使在證實無罪的情況下仍遭非法拘留』的情況。」

「還有這種法律，我都不知道。」

「也可以提行政訴訟。雖然還要進一步確認下達行政命令的機關是疾病管理本部還是地方保健所，但我們可以針對他們不制定解除隔離標準的行爲，提起不作爲違法訴訟。應該解除病人的隔離卻不作爲，這也算是違法行爲。」海善觀察映亞的表情，接著說：「針對非法強制住院的措施，我們會聲請出院，也可以提起果斷施行出院假處分訴訟。以上要採取的法律手段，要盡快召開記者會說明，以金石柱的病情來看，需要速戰速決。」

映亞回答：「我明白了，就照妳說的做。什麼時候開記者會？」

海善補充：「我和李記者先討論過了，三天後的十一月二十五日上午十一點左右最適合。現在正在打聽大學醫院附近適合的場所。金石柱的家人最好不要出席這次記者會。」

「爲什麼？我這個當事人不該到場嗎？」

海善冷靜的解釋：「妳在的話有好有壞，妳已經在媒體面前過度曝光，這次比起傳達家屬迫切的心情，最好由我出面，客觀闡明病人病情惡化的情況和未來方向。當然，記者會的準備情況，我們都會跟妳進行討論。」

映亞思考片刻後，做了決定。「那就這樣吧。」她又看向一花。「記者們會來嗎？」

一花回答：「只能盡量宣傳吧。現在大家都把精力放在被水炮車擊倒病危的農民身上[35]，去年世越號，今年MERS，再加上農民事件，接連發生超乎想像的事。尹律師不是也要幫忙那邊的事嗎？」

早上映亞也看到醫院急診室走廊和門外聚集了大批示威群衆。

海善回答：「有專門負責那案子的律師，我只是幫忙。現在必須讓金石柱盡快離開隔離病房。」

藝碩插嘴道：「記者會日期定好的話，我就在社群網站發公告。參加的人只限記者嗎？」

海善說：「中央的座位最好坐滿記者，但四周如果坐滿能對MERS受害者感同身受的民衆就更好了。」

「明白了，我也會在臉書專頁貼宣傳公告。」

會議結束。只坐在一旁聆聽的冬華對映亞說了些鼓勵的話。

「我的肺有一半不能用了，當時醫院也說我沒救了，我還不是活過來了。妳先生也能度過這個難關、好起來的。」

「謝謝，藝碩每天忙著在臉書、推特和IG上傳各種消息，眞的幫了我們不少忙。妳多保重，要好好休息啊。」

「待在家裡當老太婆，那還不如死掉算了。」

「我不是這意思……」

「我知道，妳是替我擔心。但我們必須要讓世人知道MERS是多可怕的傳染病，政府和醫院的應對又是多麼令人髮指、漏洞百出；在沒有控制中心的情況下，醫護人員又是多麼的忘我獻身。我被奉獻一生的物流倉庫趕出來，被社會埋葬，被MERS的陰影籠罩，但我必須站出來，誰都不能阻止我。這不只是爲了妳丈夫金石柱，也是爲了我自己。」

35：二〇一五年，從全羅南道到首爾參加「民衆總崛起」示威的六十八歲農民白南基，遭水柱攻擊倒地，陷入昏迷十個月後死亡。但醫院在死亡報告書中判定為「病死」，非「意外致死」，引發社會譁然。

地獄

南映亞手記

2015年11月23日（星期一）

（寫在早上七點）

石柱昨天對我說：「如果我無法呼吸了，怎麼辦？」

無論如何我都要守在他身邊，二十四小時待在醫院。

這裡難道是地獄嗎？

神啊，請救救我。

請救救我們全家。

血便和插管

子夜過後，石柱又出現腹痛。用紗布擦去鼻血，再用棉花塞住鼻孔，石柱張大嘴呼吸著，他感到胸口像被一塊大石壓著般透不過氣。他本來打算輸血時睡一會，但因爲喘不過氣，呼叫了護士兩次。他向護士索取能讓自己呼吸順暢、提升力氣的藥。陳護士說會立刻聯繫住院醫師，走出病房。

玉護士撫著石柱的背，勸說：「慢慢地，再慢慢地深呼吸。呼吸困難時越是著急、越會不安，慢慢地，非常緩慢地！」

石柱點點頭，盡量放慢速度吸氣、呼氣，彷彿慢動作畫面。石柱平躺在床上，天花板的燈光刺得眼睛發暈。忽然，他覺得肺部像是突然縮小了，再次無法呼吸。石柱嚇得猛地起身，側腰和膝蓋同時發麻、劇烈顫抖。從心口到胸口像被用錘子猛砸一樣，痛到無法嘶吼。爲了逃避這種痛苦，他掙扎著手腳，但稍稍一動呼吸都會變得急促。石柱側坐在床邊猛喘氣。

怎麼會全身同時這麼難受呢？

全身放療和化療都中斷了，現在必須先確認急性肺炎的程度，然後減少痛症、恢復體力。雖然用了不同種類的止痛劑，但效果都不明顯。也許是產生了抗體，又或者是他的身體已經糟糕到對這點程度的止痛劑沒有反應了。

門開了。

石柱心想一定是住院醫師、護士或映亞三人之一，但等他慢慢回頭，卻看到一個還不到陳護士一半高的人，身穿防護衣站在那裡。

孩子？

沒有讓孩子進隔離病房的理由啊。石柱彎下腰，想看看頭罩裡的那張臉，但他突然咳了起來，血痰濺得到處都是。

「抱、抱歉！」石柱不自覺的先道起歉。

個頭矮小的人毫不在意眼前紅色的鮮血，直直朝著石柱走來，他把戴著頭罩的額頭貼在石柱的小腹，雙臂抱住石柱的大腿。

雨嵐啊！

石柱這才察覺到眼前矮小的人或許是兒子，但才四歲的孩子怎麼可能到隔離病房來？石柱抬頭看向門口，沒有任何人。從沒聽說醫院有兒童用的防護裝備。

「你自己怎麼來的？媽媽呢？」

石柱每摸孩子一下，他就感受到孩子在漸漸長大，撫摸差不多十下後，孩子的肩膀變得比石柱寬，胸膛也比石柱厚實。問題是那身防護衣，孩子變大後，身上的防護衣撐裂了。

「你沒事吧？」

對方抬起頭。那不是雨嵐，是石柱自己，大學時迷上打籃球的自己。

「你沒事吧？」

這次發問的聲音是個女人。石柱轉頭，映亞站在那裡。原來自己坐在床邊打起了瞌睡。

「雨、雨嵐呢？」

「爸爸說他會幫忙照顧雨嵐，要我守在你身邊。」

石柱稍稍扭轉身體，用手掌拍了幾下床。映亞一搖一擺的走到石柱身邊坐下，石柱靜靜把頭靠在她肩上。

「你出了一身汗呢。」

映亞想用戴著手套的手幫他擦去額頭上的汗，但石柱按住她的手臂。

「就這樣……待一會。」

兩人就這樣一動也不動的坐了十幾分鐘。安靜的病房裡只能聽到映亞側腰上配戴的電動空氣淨化機的噪音。由於口乾，她嚥了嚥口水，肩膀隨之微微顫動了一下。石柱閉著眼睛，張開嘴，聽不到喘氣的聲音。安靜極了。他寧靜得一點也不像昨晚痛到睡不著的病人。他們彷彿到了一個遙遠國度的旅館，連行李都沒有整理就互相依偎著、坐在床邊休息一樣。映亞恨透了這身厚重、隔在彼此之間的防護衣。明知石柱幾乎不存在傳染力，不如立刻脫下這身裝備？如果這樣，值班護士看到監視畫面會立刻衝進來吧，自己恐怕永遠也無法出入隔離病房了。

石柱用右手按著小腹、慢慢彎下腰。從昨晚開始肚臍周圍就在痛了，要像這樣用手按著各部位扭腰或彎腰，疼痛才會漸漸消失。但現在小腹一直痛個不停。

「廁、廁所……」還沒說完，石柱就下了病床。

映亞連忙上前用雙手攙扶他的左臂。五天前開始，石柱就很難單獨去廁所。護士勸他使用尿布，就可以躺在床上解決上廁所問題。但石柱不肯，拒絕使用尿布，走到廁所解決大小便，是他最後的自尊心。

「就這樣！小心的轉過來！」

石柱藉助映亞的力量來到廁所的馬桶前，他趕忙脫下褲子準備坐在馬桶上。還沒等屁股碰到馬桶就拉出來了。排出來的不只糞便，還有紅色血塊，血塊掉在馬桶旁，滾落到地上。石柱用力夾住肛門想減少流血，但更多鮮血沿著他的大腿、膝蓋和腳踝流下，染紅了褲子。攙扶石柱的映亞身上也都是鮮血。

映亞趕快跑到床頭按呼叫鈴，大喊：「護士、護士！快來人啊！」

＊＊＊

映亞等石柱的血止住，幫他擦乾淨身體、換好新的病人服，再用水潤濕石柱的嘴唇後，走出了病房。她急著去廁所，也口乾舌燥，連喝了兩杯水。石柱排出這種血肉模糊的糞便還是第一次，這說明他的腸子也出現嚴重的炎症。映亞打算坐在家屬休息室休息半小時，剛剛扶石柱去廁所，爲了不讓他摔倒，使出渾身的力氣，現在手腕、手臂和肩膀同時痠痛起來。她靠在椅子上抬起頭、閉上眼睛，一股睏意襲來。

「原來妳在這。」

大咸坐到旁邊。映亞用手背揉了揉眼睛，輕聲咳了幾下，改變坐姿。

「請立刻幫他檢查，他的血便很嚴重。」

「好，我會跟教授說，進行檢查。考慮到病人的病情加重，我們同意從今天開始讓妳留在隔離病房。雖然很麻煩，但還是請妳經常到護士站來充分休息，再回病房。」

「知道了。」

「還有，請簽一下這個。」大咸遞給映亞一張紙。

「這是什麼？」

映亞沒等大咸回答，看到文件標題的瞬間，她的表情僵住了。這是「放棄急救同意書」，映亞掃過文件上的內容。

本病人病危（出現心跳停止或呼吸困難）時，申請不施予心肺復甦術（氣管內插管、人工呼吸、心臟電擊）。此外，病人及家屬應理解病人的病情特性、病情發展，及住院接受治療期間難以挽回生命，並承認醫護人員對此不承擔任何責任。

未進行以上搶救工作導致病人死亡時，家屬不追究院方任何民事及刑事上的法律責任，以茲證明。

映亞放下文件。「一定要現在簽嗎？」

大咸早已準備好答案：「急性肺炎可能導致呼吸困難，這種情況下需要做插管或氣切。但在難以進行淋巴癌治療的情況下，做這些只會造成病人痛苦，是毫無意義的延命治療。因此……」

大咸的說明又長又生硬。讓家屬簽字也是主治醫師的指示，但主治醫師又和誰討論過這件事呢？一起會診的教授？疾病管理本部科長？還是更上面的人？映亞感到心煩意亂。

「如果我不在ＤＮＲ上簽字，你們會怎麼做？」

面對意想不到的反擊，大咸頓時臉頰發燙。「病人病危時，都會通知家屬簽署ＤＮＲ。如果不這樣做，發生緊急情況時我們也沒有對策。」

「你已經充分說明了，我也知道延命治療毫無意義，但我還是沒辦法就這樣送走他，怎麼辦？就算插管或氣切，靠人工呼吸也能讓他維持一年或十年生命吧？就算這樣，你們也要一直把我丈夫關在隔離病房嗎？還是堅持要我穿防護衣進去看他嗎？這樣也可以，看到底誰能堅持到最後！」

映亞雙手摀住臉，抽泣起來。大咸想說些安慰的話，但話到嘴邊又吞了回去，這樣反覆了兩次，最終一句話也沒有說出口，只能呆呆坐在原地。映亞的眼淚一滴滴落在DNR文件上，「病人病危」和「心肺復甦術」這兩個詞被眼淚浸濕、變得模糊。

映亞擦去眼淚，說：「我就問一件事。簽DNR是爲了讓病人免去痛苦，可以人性化的面對臨終。但既然你們一直強調人性化，爲什麼不肯解除他的隔離？只有解除隔離才能讓他見到心愛的家人和朋友，大家也才能跟他作最後道別啊！像這樣把他關在隔離病房，算是人性化的送走他嗎？至少也該證明他不是MERS病人吧。我丈夫的MERS已經好了，不是嗎？」

大咸沉默片刻，慢條斯理的開口：「對於這一點，我和所有醫護人員都感到很遺憾。但解除隔離不是醫院可以決定的，只有保健福祉部和疾病管理本部制定出新標準，我們才能根據標準解除隔離，除此以外，別無他法。」

「又回到原點了。也是，住院醫師和護士又有什麼錯呢。我只是心急、我很痛苦！」

映亞在DNR上簽了字，快速且用力的筆跡蘊含著憤怒。大咸把文件折好、放進口袋裡。這時，陳護士匆匆趕來。

「病人呼吸困難，快過去看看吧。」

映亞和陳護士立刻到準備室穿戴好防護衣。大咸守在護士站的監控畫面前。映亞迅速跑向隔離病房。石柱的頭保持豎直以高坐臥式的姿勢大口喘氣。陳護士看到血氧飽和度顯示爲九十。石柱把罩在鼻子和嘴巴上的氧氣面罩拉到下巴，抓住映亞的手，急促的說。

「我去見住院醫師了，從今天開始，我可以二十四小時陪著你，醫院同意了。」

「去哪……？」

「廁所……」

石柱看向廁所。昨天出現血便後，最終還是插了導尿管和使用尿布。住進隔離病房以來，石柱從未有過厭惡的表情，但此刻他面露猙獰。住院醫師不許他再下床，四肢無力加上呼吸困難，他可能隨時會暈倒。映亞安撫他，說明了無法去廁所的難處。

「你堅持自己去廁所已經很了不起了，現在不要再那麼辛苦了，好嗎？」

「我……我喘不上氣。」

「數值多少？」映亞問陳護士。

「掉到八十八了。」

「趕快戴上，有話以後再說。」

映亞抓住面罩正要幫他戴上，石柱無力的推開她的手。

「戴上……也難受。這裡越來越悶，肺不動了，我就要憋死了。」

映亞盯著石柱的眼睛，又問陳護士：「數值多少？」

「八十六。」

陳護士回答的同時，石柱抓緊映亞的手臂苦苦哀求：「救救我。」

死亡正在降臨。

映亞趕緊問石柱：「要給你插管嗎？」

石柱像在等待這個問題一樣，點點頭。「做了會好一些……」

「別說話，我都知道。再忍忍，住院醫師在看監控畫面，我去找他來插管。」

石柱重新戴上氧氣面罩，但胸口還是發悶，四肢不停燥動。

映亞急忙對陳護士說：「我出去一下。」

陳護士點點頭。

脫下防護衣走到護士站的這段時間，映亞想起自己簽署的DNR內容。

本病人病危（出現心跳停止或呼吸困難）時，申請不施予心肺復甦術（氣管內插管、人工呼吸、心臟電擊）。

已經在不施予插管的同意書上簽字了，醫院很可能不接受自己的要求。我到底是以什麼資格去代替想活下來的人做出這種決定呢？哪怕是晚一天，不、哪怕晚半天，甚至晚一個小時簽DNR的話！映亞後悔莫及。但與其後悔，更要緊的是趕快給石柱插管，必須讓他盡快恢復呼吸。

經過五道門，映亞看到大咸的臉。大咸從監控畫面看到映亞離開病房後，便一直在門口等。

「情況如何？」

映亞沒有立刻回答，而是看向大咸白袍左側的口袋。那裡放著DNR同意書。大咸的視線也隨著映亞看向自己的口袋。

「請給他插管。我和病人都希望做，但我簽了DNR……」

大咸打斷映亞：「明白了。」

大咸對DNR隻字未提，他直接走進準備室，準備好插管所需用品。映亞深吸一口氣，望著大咸的背影，她無聲的動了動嘴唇。

謝謝。

何時開始特例管理？

插管後，石柱再也無法說話了。由於無法喝水和攝取食物，也插了輸送營養成分的鼻胃管。腫起來的右鼻孔因爲炎症加重，護士用紗布堵在裡面，防止膿水流入。鼻胃管從左鼻孔連到胃裡。爲了輪流輸血，石柱兩隻手臂的靜脈也插著針管，小便則從導尿管排出。重症監控儀器上顯示著血壓、脈搏、心電圖和血氧飽和度等數值。爲了防止病人出現褥瘡，每兩個小時需要幫病人更換姿勢。但映亞和石柱不想這樣，比起褥瘡，移動身體時的痛讓石柱更苦。

早上七點，映亞說石柱的雙腿出現嚴重浮腫，要求立即檢查。九點，她拒絕了增加病人痛苦的咳痰檢查。十一點，由於鼻腔出血，映亞與要往右鼻孔塞紗布的陳護士發生爭執。陳護士處理好紗布轉身離開後，映亞見石柱一臉不舒服，毫不猶豫的拔出鼻孔裡的紗布。早上血壓過低，用藥後直到下午兩點，血壓才回升到最高一百四、最低八十。石柱全身插著管子，光是躺在那裡輸血就痛苦難耐。每當這時，映亞就會拿出手機給石柱看雨嵐的照片，照片都是解除隔離後那週在家拍的。石柱瞇起眼睛，露出笑容。他伸出手臂用食指點了兩下手機，彎了一下手指。這是在模仿按下相機快門的手勢。

「你想拍照啊？」

石柱握了一下拳頭，然後攤開手掌。映亞拿起手機，在病床旁拍下石柱的模樣，她知道，此時此刻照片裡的金石柱處在人生最低谷。從今以後，照片裡只會留下他更好的樣子。映亞暗下決心，一定要讓他好起來。

插管後，石柱不會再因爲呼吸困難而心煩意亂，多數時候他都閉著眼，睡眠時間也拉長了。映亞推測，搞不好這種狀態會持續很久。雖然每天都要輸血，血壓不穩定也是問題，但石柱求生的欲望始終很堅定。

映亞坐在椅子上翻看手機裡的照片，出現一堆食物照。是石柱搜尋《好吃的傢伙們》裡的食物，然後把照片存了下來。映亞懷念起在醫院附近尋找美食的日子。拔掉管子前，映亞都無需到處去找石柱愛吃的東西了。

晚上六點，映亞在隔離區與血液腫瘤科的柳大煥教授會面，住院醫師盧大咸也在場。這是主治醫師首次提出要跟家屬會面，只有住院醫師才會到隔離病房，主治醫師只留在診間，即使到隔離區也只是在護士站稍作停留而已。

柳教授接過大咸手中的病歷慢慢翻看後，向面前的映亞說：「想必妳也知道，但我還是要強調一次。淋巴癌引起的溶血性貧血和血小板減少症還在，現在又出現急性肺炎、代謝性酸中毒症狀和低血壓。病人的情況十分危險。」

一個又一個病名閃過，自從石柱六月隔離以來，映亞的腦中就不斷出現這些病名。如果不及時治療淋巴癌，病人會有生命危險，在座的三人都明白，正是爲了阻止柳教授口中的這些病症發生，石柱才會住院、吃藥、打針，治療到今天。

「一定有讓他好起來的方法吧，教授？」

柳教授沒有立刻回答，也沒有迴避映亞的眼神，只是沉默了片刻。

「我們會盡全力到最後的。」

映亞不放棄的吶喊：「盡全力是不夠的，必須治好他，你們要創造奇蹟啊……他不會就這麼死掉的。六月一日他就住院了，七月三日轉院過來，五個多月來他一直住在醫院，怎麼可能治不好淋巴癌呢？教授！求求你們救救他吧，請一定要救活他！」

「妳能跟病人寫字交流嗎？」柳教授轉移了話題。

「教授，我丈夫的意識還很清楚，求生意志也很堅定。今天問了我三次血氧飽和度和血壓，他能在我手心上一筆一畫的寫出『飽和度』和『血壓』。」

「好吧，病人的求生意志堅定很重要。疾病管理本部沒有另外聯絡妳嗎？」

「沒有，昨天急著做插管，忙得不可開交。怎麼會問起這個？難道是有解除隔離的消息……」

「不，我也沒收到任何消息。那妳先回去吧。喔，對了，聽說妳在DNR上簽字了，不會改變想法吧？」

昨天在DNR簽字後，不是也進行插管了嗎？映亞察覺到柳教授是希望盡快結束這場對話。

「昨天簽字了。」

柳教授囑咐大咸：「未來三天你就不要離開這裡了，其他病人我來負責。」

「知道了。」

會面毫無成果。

＊＊＊

柳大煥穿過長長的走廊，搭乘電梯回到研究室。他沒有開燈，一屁股坐在椅子上。跟南映亞見面前，他先跟感染科的朴江南教授通過電話，兩人都認爲金石柱很快就會死亡。沒做完全身放療，還得了急性肺炎，就連最後的希望也消失了。柳教授不忍再對南映亞詳細說明什麼，依舊懷抱希望的眼神是那麼炙熱、急切。越是坦白詳細的講解病情，越是暴露了主治醫師判斷死亡時間的接近，對話只好以再次確認DNR簽署收尾。既然話都說到這個份上，想必家屬也心裡有數，南映亞也當過護士啊。

柳教授伸手擰亮檯燈，一紙公文放在辦公桌上，這是昨天疾病管理本部寄給院長的公文。院長旁邊的括號寫著「MERS專案小組」，意思是裡面包括負責金石柱患者的血液腫瘤科主治醫師、感染科教授。柳教授的視線定在標題上。

通知組建MERS特例管理小組計畫及推薦人員

這是要爲金石柱組成特例管理小組，小組成員有疾病管理本部的流行病學調查科長、公共衛生危機應變科長、大學醫院的感染科及血液腫瘤科主治醫師等人，這則公文是要求醫院推薦兩名加入該小組的醫護人員。柳教授看了一眼疾病管理本部傳送公文的日期，二〇一五年十一月二十三日，就是昨天。他又重新看了一眼推薦日期，二〇一五年十一月二十三日，也是昨天。柳教授面露不悅，十一月二十三日寄來公文，當天就推薦？要開會決定推薦人員，至少也要一週前通知。當天開會當天得出結論，是大學醫院成立以來從未發生過的，疾病管理本部的人知道大學醫院教授有多忙嗎？

「瘋狂的紙上行政……」柳教授喃喃自語，搖著頭，關掉檯燈。

鮮于記者建議一花負責寫這週的「直擊現場」，但一花推辭說還沒輪到自己，準備也不夠充足。同期裡還沒寫過「直擊現場」的也只有一花了，之前一花主動提出自己想寫「直擊現場」，希望能讓更多人看到金石柱的困境，當時鮮于記者阻止了她。但現在鮮于記者與文化部長、社會一部長都覺得一花已經充分具備資格負責這項任務，才再次提議。一花答應後，腦海裡一直充斥著一個陌生的畫面。她站在大學醫院門前的交叉路口，手捧筆記本，一口氣寫下那幅畫面。

＊＊＊

蝴蝶的房間

我去過蝴蝶的房間，不是標本室，而是爲遊客展示活蝴蝶的房間。考慮到蝴蝶的安全，入場人員一次會控制在二十名以內。要進入蝴蝶的房間，必須通過三道嚴密的鐵門。第一道門關上後，第二道門才會打開，第二道門關上後，第三道門才會打開。這是爲了防止蝴蝶飛出來，所以必須封鎖出口。第三道門關上後，就進入一個很棒的房間。

五顏六色、大大小小的蝴蝶落在樹枝上、水果上、花朵上和草叢上，它們舞動翅膀、飛來飛去，飛到遊客的頭頂、肩膀和手上。隨處可見的說明牌詳細介紹了蝴蝶的名字和特徵。

參觀完蝴蝶的房間，等待遊客的仍是那三道鐵門。

第一道門打開時，一隻黑色小蝴蝶不小心飛了出去，因此第二道門沒有打開，工作人員找來捕蝴蝶的網子在空中揮舞了幾下，試圖把黑蝴蝶趕回去。就像人們說十個警察也抓不住一個小偷那樣，蝴蝶沒有飛回房間，而是擺動翅膀閃躲著。就因爲這樣，二十名遊客被關在了狹小的空間裡。剛才排在我們後面的遊客已經進入蝴蝶的房間了，所以我們也無法再退回去。

起初看到黑蝴蝶閃躲捕網而發笑的遊客，漸漸感到不耐煩起來。雖然沒有人抱怨，但大家都流露出想快點把蝴蝶趕回房間的表情。過了一會，蝴蝶飛過第一道門回到房間，大家終於鬆了口氣。

工作人員立刻關上門，但問題又出現了，蝴蝶飛回了房間，第二道門開了後卻關不上了。第二道門關不上，第三道門就不會打開。於是遊客又被困在第二道和第三道門之間，大家只能原地不動的等維修人員趕來。雖然最多只要等十五分鐘左右，困在裡面的遊客卻覺得比一個小時還要長。

那時，站在我旁邊的白髮老奶奶自言自語的說，這是在搞什麼啊！剛才至少還有一隻蝴蝶，現在連一隻蝴蝶也沒有，但按照原則，第二道門不關上，我們就沒有走出第三道門的自由。

我之所以會再次想起蝴蝶的房間，是因爲聯想到必須通過六道門才能獲得自由的那個人。那幾道門關著的，是比蝴蝶更加珍貴的人。困在門與門之間的老奶奶說自己很害怕，我與她的感受多少相似。

那感覺或許是，就算這裡沒有蝴蝶，也難以獲得自由的恐懼。

前夜

柳教授關掉檯燈時，吉冬華正在大學醫院急診室門前等待李一花。日落後，深秋的寒風刺骨凜冽，就算戴了口罩，寒風也會沿著臉頰鑽進鼻子和嘴巴。冬華整個夏天都住在醫院，秋天又忙著找工作，轉眼間便迎來罹病後的第一個寒冬。她會在意想不到的場所突然呼吸困難，雖然手腳凍得冰冷，但到外面吹冷風反倒舒服得多。眼看嚴寒將至，夏天出院時，醫生再三囑咐她不能感冒，要是引起輕微的肺炎，對她來講也會成爲致命傷。如今冬天已經成爲要加倍小心的季節。

十五分鐘後，尹律師和一花一起走出來。她們點頭向冬華問好。

「外面這麼冷，怎麼不進去等。」

「外面更舒服。」

冬華說的不是客套話。感染MERS後，她都盡量避開人多的地方，只要空氣稍有汙濁都會咳嗽。而且她很怕別人知道自己是MERS病人，工作三十年的物流倉庫趕走她，就連找約聘和打工，人們也會因爲她感染過MERS就把她當成病毒對待。從那之後，冬華不僅不敢去人多的地方，也開始害怕人們的視線，不去那種地方才是上策。

「今天很辛苦吧？」

爲了宣傳明天上午十一點的記者會，冬華和藝碩在大學醫院前的地鐵站出口發了一天的傳單。醫院內外還貼出藝碩設計的二十多張海報。記者會地點選在醫院對面的公園廣場。藝碩晚上先去便利商打工，下班後還要趕過來確認場地的音響設備。

「病人還被關在裡面，我們有什麼辛苦的。」

海善和一花笑著表示同意。

冬華問：「有起色嗎？」

一花回答：「下午三點左右我和南映亞通過電話，她說毫無起色。」

海善看著兩人，抱歉的說：「我得先趕回去了，會開到一半跑出來的。」

冬華問一花：「李記者也要回去嗎？」

「不用，我已經訪完，稿子也整理好傳出去了，接下來的工作就都交給醫療記者了。」

冬華露出笑容。「那我們一起簡單吃個晚飯吧？」

「好啊。」一花接著說。「要不要問一下南映亞？如果她還沒吃晚飯，就買便當過去……」

「好啊。」

訊息沒有回。一花和冬華來到醫院正門，左右環顧了一下，走進牛骨湯店。飯吃到一半，映亞傳來訊息，說自己沒胃口。一花又說想討論一下明天記者會的事。這次沒過多久，映亞便回覆了，請她到隔離區的家屬休息室，冬華順便外帶了一份牛骨湯。

「看樣子，她一整天都沒吃什麼東西。越是沒胃口，越要喝點熱湯暖暖胃。」

一花走在前面，冬華提著裝有牛骨湯的袋子緊跟其後。一花熟門熟路的走到醫院主樓的電梯前停下。

她對冬華說：「在三樓，我們可以走樓梯嗎？」

「正合我意。妳經常這樣嗎？」

「嗯。」

「就算做好心理準備，咬牙上了電梯，還是會受不了。」

「可是妳走樓梯不會很辛苦嗎？」

「多休息幾次就好。搭電梯喘不過氣，只會更不舒服。」

「每遇到這種時候，我就會憎恨這個國家。總統知道我連電梯都不敢搭了嗎？」

「國務總理、保健福祉部長和疾病管理本部長知道我不敢搭地鐵了嗎？」

「如果不知道，那他們就是無能之人，知道還袖手旁觀，那他們就太惡毒了。」

「我們落得如此下場，爲什麼都沒有一個人出來道歉呢？」

「必須讓他們出來道歉，所以我們才要提告。」

「那天眞的會來嗎？」

「我們就堅持到那一天，MERS把我害得多慘，我要一一記下來。等上了法庭，我要全部說出來。有罪無罪那是之後的事，我必須把憋在心裡的冤屈全都發洩出來。電梯就在眼前，但我們害怕到不敢搭，這像話嗎？」

「太不像話了！」

「有夠誇張的！」

兩人放棄搭電梯，直接走樓梯到三樓。穿過空無一人的走廊，抵達隔離區。十月三日，一花爲了採訪，跟隨柳奈武走過這條路。她怎麼也沒想到不過兩個月，自己還會重走此路。門口貼著禁止外人出入的標示。一花看到冬華提著紙袋跟上後，傳訊給映亞。

——我們到了。

湯。

—我現在過去。

半小時後，映亞才出現在休息室。已經晚上九點了，映亞一臉疲憊，冬華連忙用微波爐加熱牛骨湯。

一花握住映亞的手。「出什麼事了嗎？」

「血壓一直不穩定。七點五十六分測是八十七、四十七，五分鐘後再測也還是九十三、四十九。一直輸血，但血壓這麼低……我剛才在等醫生趕來，才這麼晚出來。真對不起。」

冬華揮了揮手。「說什麼對不起，不用跟我和李記者講這種話，我們都理解。來，先喝點牛骨湯吧。」

冬華從微波爐裡取出牛骨湯放在托盤上，端到映亞面前，牛骨湯冒著熱騰騰的煙氣。映亞沒有動筷子，只是愣愣地盯著牛骨湯。她回想起石柱解除隔離出院，一家三口去喝牛骨湯的那個晚上。

「真的很抱歉，我吃不下。」

「但還是……」

「對不起。」

這時，映亞握在手裡的手機響了，來電顯示是鴻澤。

「喂，爸。」

「嗚哇——！」電話那頭傳來的聲音不是鴻澤，而是雨嵐。哭聲鑽進映亞的耳朵，她的心猛的一震。「雨嵐，你怎麼了？」

「媽！我痛痛！妳快回來。」雨嵐說完，又哭了起來。

「雨嵐乖，聽話，不要哭。爺爺呢？爺爺在旁邊嗎？」

「雨嵐受傷了。」鴻澤的聲音傳來。

「哪裡受傷？嚴重嗎？」

「不用擔心，在廁所不小心滑倒了，膝蓋和手臂擦破皮。我已經給他塗了急救箱裡的消毒水，可這孩子就是不肯睡覺，一直嚷著要找媽媽，哄也沒用，哭個不停。」

「爸，對不起。」

電話那頭傳來雨嵐夾著哭聲的叫喊。「不要！我要見爸爸，我要去找媽媽。嗚啊——呃！」

哭聲戛然而止，電話斷了。映亞再打去都沒有接，眼淚頓時滑落，難道不幸非要一起找上門嗎？

一花摟住她的肩安慰：「沒事的，再等一下。」

冬華也在旁附和：「小孩子難免會摔倒，誰不是跌跌撞撞的長大呢。都說只是擦破皮，不會有事的。」

十分鐘像一年一樣漫長。電話再次響起時，映亞幾乎在按下通話鍵的同時問道。

「雨嵐怎麼了？」

「哭得太兇氣喘得厲害，哭累了自己暈過去了。剛才躺在床上，我給他揉了揉手臂和腿，很快就醒來了。」

「不用送急診嗎？雨嵐從沒暈倒過……」

「看起來沒什麼大礙，但我擔心他醒來又會哭著找媽媽，枕頭都哭得濕透了。石柱如何？要是那邊沒什麼事，妳能不能回來一趟？回來看看孩子，也順便拿點換洗衣物過去……」

「如果我離開，石柱會很不安的。爸，對不起！」

「不，是我更對不起妳。謝謝妳，那就掛了吧。」

剛掛斷電話，冬華便問映亞：「孩子哭暈了？」

「嗯。」

一花問：「那現在呢？」

「幸好醒來了……但他一直找我。公公跟我道歉，但我離不開這裡……也得回去拿點東西……我又不能離開石柱……」

映亞看著她們。

「我們幫妳守著他。」冬華忽然提議。

「三、四個小時應該夠了吧？來回算兩個小時，加上哄孩子和整理東西的時間。」

一花也點頭。「妳去吧。既然他做了插管，守在這裡的日子恐怕更長。回去準備一下，三、四個小時沒問題的……」

映亞思考了一會，搖搖頭。「但隔離病房只允許家屬進出。」

冬華立刻說：「那我們變成一家人不就行了。」

映亞和一花同時看向冬華。

「就說我們是來探病的阿姨和表妹，如何？」

一花對冬華說：「那我豈不是變成妳女兒了嗎？」

「沒有別的辦法了！」

映亞沉思片刻，站起身。「我去問問護士，請妳們先在這裡等我一下。」

映亞離開休息室，過了十五分鐘，她帶著玉護士來，向她介紹冬華和一花。

「這位是石柱的阿姨，這是他表妹。」

玉護士像在安檢似的，將兩人緩緩打量了一遍。

「住院醫師特別批准，但只有四個小時，在那以前妳必須趕回來。」

「妳放心吧。」映亞回答。

冬華和一花經過第一道門，走進準備室。映亞幫她們穿好防護衣，自己也穿戴好。她心想如果石柱醒著，就跟他說一聲再走。映亞檢查冬華是否穿戴好的同時，問道。

「穿上防護衣會覺得很悶，ＰＡＰＲ防護衣和頭罩很乾燥，妳的肺傷得那麼嚴重，沒關係嗎？」

冬華深吸一口氣，故作輕鬆的說：「我會休息的。一直想來看看金先生，沒想到會是今天。」

三個人經過五道門後，走進隔離病房。石柱緊閉雙眼，正在輸血。看到石柱的病情比預想得嚴重，冬華和一花的表情頓時僵硬。幸好戴著頭罩，沒有人看到她們的表情。

映亞走到床邊，俯下身。「睡著了？」

石柱眼睛瞇成一條細縫，看到映亞身後站著兩個人，以爲是醫生和護士，所以沒有在意。但看到她們一直站在那，石柱輕輕點了兩下映亞的手背。

映亞回答：「還記得李記者嗎？十月三日來採訪你的那個人。站在她旁邊的人是吉冬華小姐，她也感染了ＭＥＲＳ，現在痊癒了。她們來是爲了準備明天的記者會，也想順便看看你。雨嵐爸，我回家看一眼雨嵐就回來。爸說那孩子三天沒睡，我很快就回來，大概只要三、四個小時，等你輸完這兩袋血，我就回來了。我回來前，她們會守在這裡，玉護士也會盯著監控畫面，有什麼事你就按呼叫鈴。」

映亞直起腰，剛打算轉身離開，石柱的左手抓住了她的右手。四目相對，映亞看到石柱慢慢搖了搖頭。他不希望映亞離開，雙眼甚至泛起淚光。

映亞再次俯身，對石柱說：「我馬上就回來，有沒有什麼想讓我帶來的？」

石柱在映亞的手心寫下幾個字。

「嗯？」

映亞沒搞清楚，石柱又寫了一遍。

「你要我把白袍帶來？」

石柱點了一下頭。

「知道了。你想穿醫師袍啊！那件白袍就掛在你蒐集的電影DVD箱子和吉他旁邊。知道嗎？它一直好好掛在那裡。我回家把胸前寫有你名字的白袍帶來。」

石柱拉了一下映亞的食指，又在手心上寫了幾個字。

雨嵐……爸……不……棄……

映亞紅了雙眼，她把石柱寫在手心上的單字整理出來。

「你要我告訴雨嵐，爸爸不會放棄？」

石柱慢慢點了一下頭。

映亞把手放在石柱的額頭上。「雨嵐早就知道了。金石柱，我老公，雨嵐的爸爸有多帥氣、勇敢的一路撐過來的……我會告訴他，我一定會告訴他。」

石柱這才抬起左手，輕輕晃了一下，示意讓映亞回家。映亞眼眶泛淚，笑了笑，轉身走出病房。

映亞離開後，冬華和一花並排站在床邊。這是他們五月二十七日，在F醫院急診室感染MERS後，第一次聚在一起。石柱愣愣看著兩人，冬華和一花也靜靜注視著石柱，他們彷彿不用說話，也能了解彼此的痛苦和期盼。

這段時間，雖然一花痛失了小姨丈，原本和睦的一家人也不相往來了，但她沒有留下嚴重後遺症，很快便回到電視臺工作。冬華因肺部嚴重受損，遭到原職場單方面解雇，至今也沒有找到工作。沒有出院的人就只有石柱了。如果沒有出現奇蹟，痊癒出院回家，那剩下的就只有以最後一名MERS病人的身分，死在這隔離病房裡了。大多數醫護人員都認爲是後者，冬華和一花卻相信是前者。

過了一會，冬華看著石柱，開了口。

「等你病好了，幫我看看我這一口牙啊。治好MERS後才發現兩顆大牙都裂了，聽說你很會看牙？我兒子叫趙藝碩，我去看過他經營的臉書專頁，上面都是誇獎你的留言，說你對病人親切，技術又好，上面還有你和朋友創作的歌呢！」

石柱抬起右手，用食指和拇指做了個圓，意思是自己也看過那個臉書專頁。

接下來輪到一花，她的聲音像被風吹的窗紙在顫抖。

「你一定要好起來，到時再接受我的採訪。多虧你，我才做了獨家新聞、受到表揚。我們能這樣認識也算緣分，以後一起去郊遊吧，去汝矣島或仙遊島！」

石柱伸出右手。冬華和一花懷著祈禱的心走上前，一起握住石柱的手。

相愛時與臨死時

映亞接到玉護士打來的電話是在凌晨一點四十分。回家後，映亞哄睡雨嵐，然後準備好石柱要的醫師袍和自己的換洗衣物。鴻澤早就回房睡了，這三天照顧雨嵐也把他累壞了。映亞原本打算直接趕回醫院，出門前還是走進浴室，她打算用十五分鐘快速洗個澡。熱水澆在頭和臉上，她抬起頭、閉上眼睛。就算是想縮起身體、躺在隔離區家屬休息室的椅子上，但椅子實在太窄太短了，而且穿防護衣進入隔離病房，也無法舒服的坐下來。肩膀、腰和膝蓋關節輪番疼痛著，但她沒有時間去看病。只要兩條腿還能動，她都會守在石柱身邊。映亞洗完澡，正用毛巾擦頭髮時，手機響了，她看了一眼時間，凌晨一點四十分，這個時間只有一個地方會打電話來。映亞立刻接起電話。

無論任何情況都很沉穩的玉護士，此時的聲音就像捕捉獵物的黃鼠狼般急促。

「立刻趕過來！快點！」

映亞的手機掉到地上。臥室裡的手機也響了，玉護士也打給了鴻澤。

鴻澤一臉睡眼惺忪，衝出房間。

「爸！石柱他，他……」

鴻澤迅速做出判斷，告訴映亞：「妳去帶孩子，我先去車上等妳們。」

映亞好不容易搖醒沉睡中的雨嵐，孩子不耐煩的拽起被子。

「我們要去見爸爸，沒時間了。」

聽到「爸爸」兩個字，雨嵐立刻瞪圓了眼睛。映亞趕快給雨嵐穿好衣服，衝出家門。鴻澤平時開車時速不會超過五十公里，但在這深夜無人的馬路上，他開到快一百公里。

他們狂奔至隔離區，拿起對講機。二點三十分。

「快開門！」

玉護士打開第一道門。映亞抱著雨嵐跑進去，衝到護士站的監控畫面，看到石杜露出胸口和腹部，身穿防護衣的大咸正在為他做ＣＰＲ。

玉護士快速解釋：「完全控制不住血壓。心跳掉到一分鐘五十七下。有持續使用多巴胺，剛才也用了腎上腺素。」

「請開門，我要進去。爸，我們進去！」

玉護士擋在門口。「孩子不能進去。」

鴻澤回應：「妳讓開，這是孩子見他爸最後的機會了，妳有什麼權力阻止他！」

玉護士依然擋在原地。「目前醫院還沒有適合孩子的防護衣，不能讓他進出隔離病房。你們兩位進去吧，我來照顧孩子。」

映亞再次哀求：「眞的不行嗎？妳也知道他沒有傳染力啊！就讓我們進去見他最後一面吧！」

「我們必須遵守規定。沒時間了，你們趕快穿好防護衣進去吧，孩子絕對不行。如果妳同意，我可以讓他看監控畫面，好嗎？」

映亞單膝跪地，握住雨嵐的小手。「護士阿姨說，只能讓大人進去。」

「爸爸呢？爸爸在哪？」

「爸爸在那道門裡面的病房，你在這用電視可以看到爸爸，乖乖跟護士阿姨在這裡，媽媽馬上回來。」

雨嵐轉頭看向監控畫面。「我不要，電視太小了，我看不見爸爸的臉，我要跟媽媽一起進去。」

映亞站起身跟玉護士四目相對，玉護士搖搖頭。

映亞再次勸說雨嵐。「爸爸現在很難受，你如果不聽話，媽媽就沒辦法去幫爸爸了。你希望這樣嗎？」

雨嵐搖搖頭，含在眼裡的淚沿著臉頰滑落。映亞把雨嵐的小手交給玉護士，轉身走開。映亞和鴻澤到準備室穿戴防護裝備。映亞熟練地戴上手套，穿上防護衣，套上頭罩。但第一次穿戴這些的鴻澤動作很慢。映亞趕忙摘下手套，先幫鴻澤穿戴好，自己重新戴上手套，突然右手食指一陣刺痛。指甲斷了，血汩汩流出。

映亞哽咽的低語。「他不是ＭＥＲＳ病人……他不會傳染……」

映亞強忍疼痛、穿戴好後，跟鴻澤一起走向第二道門。他們等待身後的門關上，只有那道門關上，第三道門才會打開。映亞覺得今天關門的速度尤爲緩慢。他們依序通過第三、第四和第五道門。現在只要第五道門關上，第六道門打開就可以進入隔離病房。映亞在心底數著數字，平時只要數到九，後面的門就會關起，前面的門就會打開。但今天數到十了，門也沒有開。映亞轉頭，身後的門已經關上。她衝上去，用拳頭敲打第六道門。

「開門！快開門啊！」

但門還是沒有開。

鴻澤上前按住她的肩膀。「等一下，後面的門還沒有關起來。」

映亞轉身，只見門才關到一半。難道剛才看到的是幻影嗎？身後的門剛關上，眼前的門就開了。映亞像短跑選手一樣衝過去。

大威依舊努力的做ＣＰＲ，陳護士在輪流確認監控儀器和石柱的臉。冬華和一花並排站在床尾。看到映亞，一花痛哭出聲。一直壓在心底的話，不自覺地衝出口。

「對不起，對不起。」

聽到徘徊在頭罩裡的哭喊，大威停了下來。

「爲什麼停下來？繼續啊！快救他啊！繼續啊，快點啊！」映亞大喊。

大威從病床下來，回答：「是她們兩位拜託我在家屬趕來前一直做ＣＰＲ的。妳已經簽署放棄急救同意書，我們也束手無策了。」

鴻澤握住石柱的右手，映亞搖晃著走到病床前，撲倒在石柱胸口。陳護士趕忙上前扶住她的手臂。

映亞抽泣著哭喊。「我還……我還沒有跟他道別……今天還沒有說我愛他……不能就這麼讓他走啊……不可以……」

映亞膝蓋一軟，癱坐在地上。要不是一花從後面托住她，恐怕映亞就這樣暈倒在地了。

大威最後確認石柱的狀態，呼吸停止，脈搏停止，用手電筒照射瞳孔也沒有任何反應，於是宣告死亡。

「金石柱，死亡。死亡時間是十一月二十五日三點零六分。」

我想讓他走得像個人

原定在上午十一點的記者會取消了，一花成爲在疾病管理本部發布正式消息前，唯一一個報導病人死訊的記者。在急診室附近徹夜準備記者會的海善接到噩耗，向記者傳達了消息。一花特別爲預計採訪的四名記者傳了更詳細的內容。一花和攝影記者在隔離區拍攝期間，冬華在家屬休息室裡傳訊息給藝碩。

—金石柱先生去了上帝的懷抱。

在便利商店値夜班的藝碩很快傳來回覆。

—ㅠㅠㅠㅠ

看到八行眼淚的瞬間，冬華忍著的眼淚流了出來。這是她第一次看到表情符號哭出來。

過了一會，藝碩打來。

「媽，妳很難過吧？我這邊結束就趕過去，妳再忍一下。」

冬華強忍眼淚，回答：「我在這裡禱告，你不用擔心我。」

護士讓鴻澤和雨嵐躺在護士站旁的床上。雨嵐三天沒睡，現在枕著鴻澤的大腿睡得直打呼嚕。鴻澤坐在那裡，不停嘆息。

大咸宣告死亡後，來到護士站打給血液腫瘤科的柳大煥教授和感染科的朴江南教授，報告情況，然後爲了給一般病房的病人看病，匆忙離開隔離區。

雖然過了換班時間，但玉護士和陳護士依舊守在隔離區。她們讓出位置給換班的護士，用監控畫面察看病房的情況，也依次看了一輪躺在床上的雨嵐，待在休息室的冬華和在隔離區外工作的一花。

映亞獨自留在隔離病房。從大咸宣告死亡的三點零六分到準備開記者會的上午十一點這段時間，她一動也不動的坐在那裡，緊握石柱的手。大咸離開病房前，告訴她幾點注意事項。

「雖然原則上禁止碰觸遺體，但妳可以像現在這樣握著他的手，其他部位請不要碰觸。遺體上的任何醫療用品，哪怕是一根針也不可以碰。請答應我，如果做不到，現在就請跟我一起離開病房。」

「……知道了。」映亞吃力地動了動嘴唇。

正如答應過的，她一動也不動的坐在原地、低頭流著淚。眼淚一滴滴掉在頭罩裡。監控畫面裡的映亞和石柱都像屍體一樣靜止著。她有太多話要對石柱講了，但話到嘴邊卻泣不成聲，連一個音節也發不出來。對她而言，這世上最愛的人走了，什麼都不剩了。

上午十一點，身穿防護裝備的大咸、長南、奈武和亨哲走進隔離病房。他們都是七月三日轉院過來後，負責治療石柱的住院醫師。長南手持兩張大型防水塑膠袋，奈武胸前抱著防水布，亨哲推著推床，上面放著棺材。映亞起身，看了他們一眼。

大咸開口：「現在是時候送他走了。」

「我丈夫的死因是什麼？是MERS嗎？」

「不，死因是淋巴癌。」

「……把他關在這裡半年，不是為了治療MERS嗎？」

大咸只重複道：「死因不是MERS，是淋巴癌。」

映亞突然動手要摘掉頭罩，奈武和亨哲趕忙上前阻止她。

「別這樣，請冷靜點。」

映亞掙脫雙手，憤怒的大吼：「上天會懲罰你們的！他不是MERS病人，你們卻一直把他關到死，上天會懲罰你們的，你們會遭天譴的！」

四人一直等到「天譴」這個詞的回音漸漸消失。

大咸開口：「現在開始處理後事，這裡結束後會移送到火葬場進行火化。妳是想留在這裡，還是出去等？」

映亞顫抖的回答：「我要留在這裡……我可以求你們一件事嗎？」

映亞看向病床，四人的視線也隨著映亞移向病床。映亞一把拽下罩在石柱身上的白布，衷心的懇求。

「可不可以拔掉插在他鼻子、手臂和下體的管子？還有兩隻手臂上的針和導管。他會有多難過啊？我希望最後這段路，能讓他走得舒服些。」

「不可以。」大咸給出簡短且明確的回覆。

映亞提高嗓音。「為什麼不可以？他已經離開這個世界了，你們連這點忙都不肯幫嗎？他住院這段時間反反覆覆插了多少次管，扎了多少次針？請你們拔掉這些管子和針頭有這麼難嗎？這不是很簡單的事嗎？如果你們不願意處理，可以讓我來啊。只要給我一分鐘，我就能處理好，很快的。」

大咸把手上的紙遞給映亞，是「傳染病人死亡後處理步驟說明書」，上面紅色標示的部分進入映亞的視線：

根據「傳染病預防及管理相關法律」第四十七項至第四十八項，保健福祉部「（中東呼吸症候群）往生者喪葬管理步驟」，往生後的喪葬步驟如下：

＊在與家屬協定的時間之內，派遣相關人員進入病房進行密封遺體、消毒和入棺準備。

＊禁止在病房內為遺體淨身、更衣，禁止清除為病人使用的醫療器材（靜脈管、支氣管內管等），並直接放入PVC遺體袋內，避免與外界接觸。
＊遺體放入防水袋後密封，表面進行消毒後，再用另一張PVC防水袋進行雙層密封。
＊密封後的遺體入棺後，運送至火葬場。

大咸解釋：「我們必須依指示行事，很抱歉不能接受妳的請求。那我們開始了。」

奈武和亨哲先鋪好防水布，把石柱的遺體抬到上面。大咸和長南將棺材放在地上。四人用防水布把石柱身上的線和管子包裹好，將遺體放入防水遺體袋中，再用更大的防水袋包在外面。四人抬起遺體，水平放進棺材後密封，最後把密封好的棺材抬到推床上。映亞站在病床旁，看著他們完成這些動作，眼淚不停的流。雖然膝蓋發軟、快要站不住了，但她沒有後退也沒有轉過身。

大咸對映亞說：「現在我們要離開病房了。妳也清楚，家屬無法搭乘靈車。請搭其他車輛到火葬場吧。這樣送走病人，我們也很心痛，我們也不想看到這樣的結局，金石柱先生真的很優秀。那我們出去吧。」

大咸推著推床走出去，其他三人並排其後。映亞走在後面距離三公尺處。門依序打開，最後一道門打開時，映亞聽到快門聲。

這是結束囚禁金石柱的瞬間。

後記

再沒有比這更遲的了

南映亞換上黑色喪服，在大學醫院殯儀館接待前來弔喪的人。保健福祉部和疾病管理本部沒有送來花圈，更沒有派人來弔喪。

十一月二十六日凌晨，玉娜貞和陳雅凜下班後趕來弔喪，映亞跟她們抱在一起哭了許久。玉護士擦著眼淚，起身時塞給映亞一封信。送走兩位護士後，映亞面朝牆打開了那封信。

謹向故人表示沉痛的哀悼。

我是過去五個月來負責照顧金石柱先生的護士，每當他感到孤獨、難受、透不過氣時，我多希望可以盡一份力去幫助他，多希望能讓他稍稍舒適一些。

就這樣送走了他，我感到非常遺憾和心痛。雖然護士是份送走病人的工作，我也盡量讓自己變得冷漠，好去照顧接下來的病人，但五個月實在太長了，大家見了面就會嘆氣，每位護士都很懷念與金石柱先生相處的時光。他從來沒對我們說過一句抱怨，就算再怎麼疼痛難忍，也一直跟我們道謝。

我們真的很感激他。

雖然我們的傷心無法跟家人相提並論，但在送走他的最後一段路上，希望可以表達這份悲傷。希望他的家人振作精神，好好照顧自己。

十一月三十日，大學醫院向疾病管理本部發出公文，主旨爲「關於組建ＭＥＲＳ特例管理小組復函」，是針對十一月二十三日疾病管理本部保健危機應變科所發的公文。大學醫院推薦了一名血液腫瘤科教授、一名感染科教授，還推薦了一名感染管理組長當組員。特例管理對象金石柱死亡後的第五天才回覆，所以並沒有組成ＭＥＲＳ特別管理小組。

十二月七日，南映亞、吉冬華和李一花又聚在「野花」，三人決定提告，追究ＭＥＲＳ事件中，國家和醫院要承擔的責任。辯護律師是尹海善和另外兩名律師。

那年，ＭＥＲＳ確診病人一百八十六人，死亡三十八人，致死率兩成。

我會堅持下去

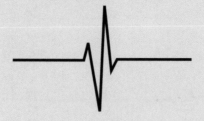

南映亞手記

2015年12月7日（星期一）

如果我停下來，你會覺得更冤枉的。
我會堅持下去，盡我所能走到最後。

作者的話

小說結束了，但人生依舊繼續。

傳染病結束了，但人生依舊繼續。

我想把MERS事件寫成小說，是在二〇一六年的晚春。距離二〇一五年五月，名為「中東呼吸症候群」的傳染病席捲韓半島已經一年。面對MERS事件一周年，很多媒體都想採訪痊癒的病人或遺屬。我從幾位記者那裡得知，很多MERS受害者都不願受訪，我好不容易聯繫上幾個人，他們委屈的哭訴著MERS是如何毀掉自己的人生，卻仍不願跟記者見面。雖然記者答應他們會遮住臉、使用匿名，事前也都可以協調訪綱，但這些受害者無法信任媒體提的條件。他們說，如果網友要肉搜，就沒有能隱瞞的事。誰都不想再次被貼上MERS病人的標籤。

我重新看了二〇一五年與MERS相關的新聞和電視節目，與政府、地方政府和醫院的醫護人員有關的內容多不勝數，報導MERS受害者的卻少之又少。就算有，內容也多半是按照確診順序編碼後、住進隔離病房發生的事。他們做為自由的個人、社會共同體的一份子，卻沒有報導這些人的過去、現在和未來。

＊＊＊

於是我開始著手寫MERS受害者的故事。

最初幾個月，我也很擔心無法提筆寫出這部長篇小說，因爲在取材過程中，腦中沒有浮現出組成小說架構的場景，想寫和能寫是兩回事。就在我決定放棄時，遇到了重新點燃火種的有緣人。我覺得這是那些離開的人向我伸出了援手，讓我一定要完成這部小說。

在說出不會遺忘、會永遠記住之前，我們需要知道應該記住什麼，必須找回「人」，而非「數字」。在很多人的幫助下，我與受害者見了面。其中也有很想見、但最終未能見到的人；也有在我放棄見面後又偶遇的人，我很感謝那些跟我見面和未能見面的人。到目前爲止，還沒有正式組成MERS受害者的團體，我很能理解他們那種複雜的心情和面對的現實。正因如此，我覺得很難以用現實的人物、事件和背景爲基礎去創作紀實文學。

人們被狹隘的畫分出正常與非正常，而被畫分在非正常裡的這些人，被一而再、再而三的貼上標籤、受到厭惡，若不改變這種制度，MERS受害者的故事就永遠只能停留在小說虛構的框架裡。雖然我將自己見過的這些人更改了設定，但仍希望源源本本的寫出他們的痛苦，那些有時是嘆息、有時是淚水、有時是悲鳴、有時是掙扎、有時是沉默的痛苦！

我長時間的凝視他們，聆聽他們，一起查閱資料、進行實地考察。這過程讓人感到悲涼，「如果這裡不是地獄，哪裡才是地獄？」、「那地獄現在也還在持續」……這些話語和嘆息，深深刺痛著我的心。

＊＊＊

巨大、冰冷的高牆暴露了出來。

國家和醫院不承認錯誤，因爲不承認，所以沒有任何補償和賠償。那些無辜感染MERS死亡的病人遺屬和死裡逃生的病人，證明了國家和醫院的錯誤，這種方式對因傳染病失去一切的人何其殘忍。

絕大多數受害者都不具專業醫學知識，很多人一輩子沒上過法庭，對法律知識也一無所知。

受害者的敘事也常在這裡失去方向。傾吐委屈的痊癒者和遺屬，記不清楚在隔離病房接受過怎樣的治療，病人的病情何時開始惡化或惡化的程度。他們只記得好好的一個人在短短十天、半個月內，不斷在死亡線上掙扎，過程卻說不清楚，這又讓他們陷入深深的絕望。

生與死不能交給運氣。只因自己沒有感染，只因自己沒有搭乘那艘船，就覺得自己很「走運」的想法，未免太過淺薄且愚蠢。況且，不向陷入水深火熱的人伸出援手，反倒排斥他們，這絕非共同體的意義。電影《搶救雷恩大兵》和《絕地救援》之所以觸動人心，正是因為社會共同體沒有放棄個人，沒有用經濟損失和成功的可能性高低，去衡量該堅守的價值。

我們沒有去守護受害者的「人權」，即使是為了防止傳染病擴散，卻沒有人去阻止對隔離者的批判，甚至試圖把受害者變成加害者，「超級傳播者」一詞就是典型的代表。受害者面對突如其來的傳染病，光是戰勝病魔就已經力不從心了，那些毫無根據的謠言，更將他們傷得千瘡百孔。

我們也沒有啓動「社會安全網」。社會沒有盡全力去幫助那些因MERS失去親人的遺屬和勉強才痊癒的病人，沒有人向他們解釋，為什麼心愛的人會感染MERS、會離開這個世界，也沒有任何政策能幫助那些被迫丟掉工作的人，更沒有積極為這些人治療心理創傷。他們期盼痊癒後能回歸正常生活，但「感染過MERS」毀了他們往後的漫漫人生，不忍卒睹。

日復一日的墜落、墜落再墜落！但無論在哪裡，都沒有能夠阻止墜落的網。

＊＊＊

二〇一八年九月八日，再次出現MERS確診病人。

雖然預想到這個傳染病還會再次出現，但沒想到它會在三年後，在我推敲這部小說時再次出現。幸好這次的初期應變和防治很成功。

九月八日的新聞播出後，我接到那些ＭＥＲＳ受害者打來的電話。他們抽泣著問我，爲什麼現在防治能成功，三年前卻失敗了呢？如果像這次立刻公開醫院的名字，就不會痛失親人了。

防治「失敗」令很多人喪生、受傷，這些受到傷害的人正在向國家和醫院提告。他們不得不離開原有的家，搬到陌生的地方，還要自費去心理治療。雖然這些人的人生樣貌都不同，卻都一樣還生活在痛苦中。我們不能把這件事只看作個人的不幸和上屆政權的過失。雖然三年前，我們沒有關注那些在黑暗深淵痛苦的人們，雖然已經過了那麼久，但至少現在應該去關懷、擁抱他們。

從二十二年前首次出版長篇小說，我一直堅信文學應該站在窮苦、弱勢和受傷害的人這邊。不僅文學，社會共同體也是如此，屬於共同體的我們，每一個人都應該這樣。

ＭＥＲＳ結束了，但人生依舊繼續。我們不該只去忘卻、遠離、唾棄ＭＥＲＳ，應該去聆聽、撫慰因ＭＥＲＳ受傷害的人們。守護那些很想大喊「我要活下去」，卻被強制沉默、充滿恐懼的人們。ＭＥＲＳ把我和我的家人的人生變成了地獄，至今我們仍被關在那個地獄裡——如果我們忽視這樣的吶喊，又怎能宣稱「ＭＥＲＳ結束了」呢？

希望這本小說，可以成爲他們找回基本人權的一股引水。

＊＊＊

受到很多人的幫助，我才能完成這本小說。

除了ＭＥＲＳ受害者的訪問、醫療紀錄和媒體報導，還參考了《二〇一五ＭＥＲＳ白皮書》（保健福祉部）；《MERS每日消息》（疾病管理本部）；《傳染病危機管理標準指南》（保健福祉部）；《首爾市MERS防治政策白皮書（二〇一五）》；首爾特別市等保健當局的基本文件。

此外，還閱讀了《不是三星，而是國家隕落》（金在仁，路外之路，二〇一五）；《病毒過境之後》（MERS事件採訪企畫組，池承鎬，時代之窗，二〇一六）；《瘟疫與人：傳染病對人類歷史的衝擊》（麥克尼爾，利山，二〇〇五）；《SARS戰爭》（梁秉中、黃英勇，連結，二〇〇三）；《克里斯托法諾與黑死病》（卡羅馬里亞．契波拉，訂製書坊，二〇一七）；《黑死病的歸來》（蘇珊．史考特、克里斯多福．鄧肯，金牛座，二〇〇五）；《凝視死亡》（葛文德，BOOKIE，二〇一五）；《痛苦的長度》（金承攝，東亞西亞，二〇一七）等書。

反覆觀看的影片有《打破新聞》〈「隔離」最後一名MERS病人的眞相〉；《KBS追擊六十分》〈MERS最後的受害者，抗病一百七十二天的祕密〉；《SBS Special》〈MERS的告白，他們沒說出口的祕密〉。

關於MERS的訴訟仍在進行中，其中「首爾中央地方法院第四民事部二〇一七編號九二二九事件判決書（二〇一八．二．九）」和「首爾中央地方法院第十八民事部二〇一五編號五五八〇五二事件判決書（二〇一八．一．二十三）」值得關注[36]。

二〇一八年十月
面對MERS重新出現的
金琸桓

36：MERS受害者及家屬針對MERS事件，向醫院和保健福祉部等政府機構提起國賠團體訴訟，一審判決國家應賠償個人損失，但並無認定國家與醫院有過失，目前上訴仍在進行中。

導讀與推薦

導讀

永不放手，永不割席

作家／盧郁佳

多數小說都在剖析個人精神性、心理性的苦，這部小說則剖析了社會性的苦，精采曲折。書中感人的家族羈絆，深情似海，不切割、不放棄，加深了受苦，但也使受苦不止於沉默忍耐，而是讓憤怒發聲串連。

用解決受害者代替解決問題，形同二次傷害

《謊言：韓國世越號沉船事件潛水員的告白》、《那些美好的人啊：永誌不忘，韓國世越號沉船事件》後，南韓小說家金琸桓以《我要活下去》凝視ＭＥＲＳ事件，從採訪受害者、醫療紀錄和《「隔離」最後一名ＭＥＲＳ病人的眞相》等報導，寫出了患者、家屬受苦的身影。並在後記提醒讀者，相關訴訟還在法院審理，呼籲關注。受害者難以言傳的傷痛，透過小說向社會訴說，這是在對每一個人發出參與社會運動的邀請，只要傷痛能廣被理解，社會能由隔絕、排斥，轉爲傾聽、支持，受害者便不再孤單。

由這點來看，「傳染病」似乎隱喻了加害者看待社會運動的視角。就像中國的ＳＡＲＳ、豬瘟、鼠疫，只要體制盡力封鎖消息、拖延警告成功，那麼社會上根本不會有人得知此事，亦無需檢討改善預

防，畢竟，握有權力的人怎會容忍別人檢討、「趁機炒作」拉他下馬呢。同樣的來看臺灣，無論是遭受ＲＣＡ或六輕汙染而罹病的居民、蘭嶼被放置核廢料的居民、苗栗大埔被拆遷的居民，當他們爲受苦起而發聲，向不知情的社會大衆呼告、創造連結，期待衆人成爲盟友時，政府和跨國企業、本地財團卻總在打破這些連結，阻斷「傳染」途徑，將抗爭者從社會隔離孤立，甚至威脅恐嚇，操縱新聞抹黑抗爭者，散播「有人拿到鉅額賠償金」的謠言來分化抗爭陣營，這都是在縮小包圍網，用解決受害者代替解決問題，就像本書主角一樣，感到自己並非被當成人，而是被當成病毒看待。可以說在所有抵抗中，人民都被政府和大企業當成了病毒，用封鎖來殲滅。人民遭受汙染、被拆遷是第一次的受苦，被社會隔離，是第二次的受苦，金琸桓目前在臺灣所出版的三部小說，都再現了第二次的受苦，訴說的本身，就是抗爭。

隨著人物的生命情節，逐步走進ＭＥＲＳ的恐怖

作者的前兩部小說以世越號沉船事件爲主題，以倖存者、家屬、潛水員等第一人稱視角，寫出他們默默承受身心雙重折磨，展現政府推託誤事的代價之鉅。《我要活下去》則如同《死亡航跡》等災難紀實小說文體，講述身處醫院同一時間、空間，互不相識的人們，同受ＭＥＲＳ病毒的襲擊，讓讀者和當事人同步，逐步走進事件的恐怖。這種漸進施壓，足以擊潰當事人，也讓讀者切身承受那樣的沉重。

無論任何事件，當死傷慘烈，群衆震驚同情時，受害人的品行常被抹黑成鄉里無賴、心機婊。被收買的公衛學者說，廠區周邊居民罹病不是因爲汙染、而是本身吸菸飲酒嚼檳榔所致；新聞說，拆遷受害人自殺，是因爲憂鬱症、與人無尤；在宣傳機器口中，抗爭者受害於自身的過失，卻賴到別人頭上，只

是想發災難財，從中分一杯羹。但金琸桓用筆鋒，還給MERS受害人應有的情感與尊嚴，看見平凡小人物的奮勇抵抗：

三十七歲的牙醫金石柱溫暖體諒，罹癌康復後回醫院追蹤，感染了MERS。他困在隔離病房，默默與孤獨和病魔對抗，即便屢遭病情打擊，依然忍痛強笑、親切待人，不願給別人添麻煩，被護士們封爲「微笑男孩」。

吉冬華獨力照顧長年生病的小妹和獨生子，她熱愛圖書倉管的工作，對書滿懷熱情。罹患MERS痊癒後，她喪失一半肺功能、體重瞬間少了二十公斤。但社會出於恐懼，歧視MERS患者，竟然讓她丟了工作，身心和家計都陷入困境。

電視臺實習記者李一花的父親癌末入院後驟逝，她和親友陪伴入院，紛紛感染MERS，整個家族有死有傷。她面臨人生劇變，也痛苦自責，似乎殺人者是李一花，她的餘生都得背負亡者的重量，蹣跚而行。

若將這部小說放回社會運動的脈絡中，它彷彿在引領我們去看：當社會運動被羅織無事生非、敲詐政府的罪名，但金石柱正好相反；當人們說受害者是自己懶或笨才被開除，吉冬華卻並非如此；當社會檢討工會或社運領袖該爲抗爭損失負責，李一花絕對不該負責。本書用力的回擊網路與報章媒體的抹黑，以及人們沿襲戒嚴習慣性的切割自保，透過每個角色的生命情節發展，精密回應了各種倫理問題。

受害者不是加害者，創造「一個都不能少」的新社會

南韓國際人權團體工作者嚴寄鎬的著作《痛苦可以分享嗎？》，談到紀錄片《共同正犯》，片名的

原意爲「共同犯罪」，描述首爾龍山區居民反拆遷抗爭，被政府當成恐攻鎮壓，引發火災，燒死五位抗爭者和一位警察。但政府未徹查原因就只起訴了抗爭者，要抗爭團體主席李中言承認自己是主謀「正犯」，交換其他人減刑，被李中言斷然拒絕，結果全體被判「共同正犯」有罪，被迫爲自己沒做的事負責。抗爭者覺得被李中言背叛，找他興師問罪，李中言卻不理會，反而繼續向外界控訴政府拆遷。難道李中言是在利用抗爭者、消費他人痛苦，從中牟利？難道是想逃避罪責、想藉機從政、想領賠償金？

政府正是想要創造出這種誤解，區分主犯和從犯，讓抗爭者施壓抗爭者，透過「囚犯的兩難」的博弈，挑撥猜忌、分化抗爭者互相敵視，最後，視政府爲救星。只要被設定議題，只要在抗爭者中區分出「主犯是加害者、從犯是被害者」，政府的責任就看不見了。在本書中，作者同樣戳破「受害者也是加害者」的思維陷阱，意義重大。

本書傳達了深沉的受苦經驗，如同《華麗的假期》、《正義辯護人》、《我只是個計程車司機》、《一九八七：黎明到來的那一天》等南韓轉型正義電影，使我感到「文化是民主化的動力」。從認命接受「註定有人要被犧牲」、歌頌醫療英雄死難的舊社會，走到堅決不放手、相信「一個都不能少」、沒有人該被犧牲的新社會，長路漫漫，需要這樣的作品啓發我們，陪伴同行。

推薦文

避免悲劇重複上演，不該再有閃躲空間

阮綜合醫院乳房醫學中心主治醫師／劉宗瑀（小劉醫師）

二〇〇三年，臺灣爆發ＳＡＲＳ，當時正在醫院實習的我，親身經歷了整個醫療體系崩塌、人心惶惶的時刻，北部的醫療院所直接封院，醫護人員也一併隔離，造成許多人難以抹滅的心理創傷。

當時臺灣面對疫情，也曾犯下許多錯誤：官方隱匿病情，未及時啓動隔離；未配備足夠防護設備，讓醫護承擔感染風險；事件爆發後用強制封院、「防疫作戰、抗命則究責」召回醫護人員等。種種荒腔走板的作爲，最後全臺灣ＳＡＲＳ確診病例爲三百四十六人，七十三人因此死亡。

然而，人們會記取教訓嗎？答案顯而易見。

這本紀實小說，詳細寫下二〇一五年韓國爆發的ＭＥＲＳ疫情，幾乎是一樣的情況重演，最後共一百八十六個確診病例，三十八人死亡，死亡率超過兩成。小說中的角色均來自眞人眞事，正值青年的男性病患，因淋巴癌初癒的病史讓治療困難重重。讓我想起當年治療ＳＡＲＳ時，看到病人整片白茫茫的胸部Ｘ光片，學長語重心長的說，這類病毒最恐怖在於越是年輕力壯、免疫力好的，反應越嚴重！書中主角才剛跟家人出國去玩、四歲的孩子多麼可愛、老婆更是無條件支持他，最後依舊敵不過疾病的兇猛摧殘。

整個ＭＥＲＳ風暴並未隨疫情控制而消散，媒體對感染者及家屬的窮追猛打、貼標籤、汙名化；

社會對病毒的恐懼，讓許多痊癒者失去原有的事業與人際關係。感染ＭＥＲＳ的這些人，無論康復與否，都完全被剝奪了身而爲人的權利，淪爲社會壓力及官僚卸責的宣洩出口！

身爲醫者，不禁感慨，面對生命與疾病，不該有說謊與閃躲的空間，否則悲劇只會一再上演。

在本書開頭寫著「給二十九年後的雨嵐」，最後一名ＭＥＲＳ患者的孩子，屆時他已經三十三歲，希望他能夠明白，當年他的父親多麼勇敢的爲了生命奮鬥，在人生最後的一刻。

推薦文

震懾人心的故事，重新思考「全人醫療」的重要性

臺灣世衛外交協會理事長／姜冠宇

統計報告上的數字，警醒的是這些人的故事。

本書以二〇一五年韓國爆發的ＭＥＲＳ事件爲主題，書中最後一個ＭＥＲＳ病人，因ＭＥＲＳ而延遲治療淋巴癌的特殊案例，震懾人心。他在不受保障的環境和粗糙的處理下承受痛苦而死，但社會看待你與你的病，比起人權、比起檢討制度在你身上發生的錯誤，更想否定你走出隔離病房的權利。

透過本書，我們應該重新思考「全人醫療」的重要性，不爲解除疾病而傷害病人，而是以保護病人、協助病人爲出發，才能找到醫病互動正確的軸線。

希望韓國的ＭＥＲＳ風暴，能作爲我們改善醫療的前鑑。

推薦文

發自內心對生命的深沉吶喊！

外傷急症外科醫師／傅志遠

「比起發燒和嘔吐，彷彿在地球上被獨自拋棄的孤獨，更加可怕。」短短幾句話，道出人類面對未知疾病的恐懼。

人類總習慣不自量力的企圖依循經驗法則，對抗未曾面對過的疾病，但當一切失控，又反智的退化到遠古時代，逃避、隔離，最終走向毀滅。

本書讓我想起多年前席捲臺灣的ＳＡＲＳ風暴，正是這種「依過往經驗的輕忽」，導致疫情一發不可收拾，造成多位病患與醫療人員傷亡。時間再往前推，儘管愛滋病早已獲得有效控制，然而感染ＨＩＶ病毒者所承受的社會壓力與異樣眼光，也始終沒少過。

「我要活下去！」不只是因傳染病造成身體病痛或死亡時的殷切盼望，更是病者面對無知與未知造成的歧視和隔離時，發自內心，深沉的吶喊。

推薦文

是遠方的故事，也是我們可能遇見的事故

導演／盧建彰

我寫過一本以伊波拉病毒爲主題的推理小說《藥命》，爲了取材，對傳染病的新聞格外留意，因此也記得那年MERS侵襲亞洲的新聞，非常駭人，不禁擔憂臺灣是不是也會淪陷爲疫區。

印象中，一開始有種說法，說是因爲駱駝的口水造成，聽來荒謬，可是，要命。

SARS時，我已在廣告公司工作，雖是臺灣最知名的公司，但面對病毒，也只不過是個平凡的小上班族，沒有太多知識，並且發現，一不小心，你也可能會喪命。

我那時還剛好做到一個感冒藥品牌的廣告，爲呈現效果，我們做了個巨大的口罩被噴嚏給吹飛，拿到大大小小幾個金獎。謝謝口罩，但老實說，那時看到口罩，每個人的心裡都是恐懼。

妻告訴我，當時她任職的廣告公司對面就是抗煞醫院，被封鎖起來了。隔條馬路，廣告公司在大樓外掛上「加油」的巨大布條給醫院內的醫護人員看。但員工們每天望著對面，都在擔心今天又有多少人喪生、害怕上下班會不會被傳染。

讀著本書，我覺得這一切並不遠，也並不是能那麼容易擺脫，只要制度有些漏洞，只要人心有些僥倖。

這是故事，但不要以爲只是遠方的故事，這是我們可能遇見的事故。

我要活下去：韓國MERS風暴裡的人們／金琸桓 著. 胡椒筒 譯. -- 初版. – 臺北市：時報文化，2020.01；面；14.8×21 公分. --（Story：030）
ISBN 978-957-13-6326-4（平裝）

862.57 108022072

ISBN 978-957-13-6326-4
Printed in Taiwan

STORY 030

我要活下去：韓國 MERS 風暴裡的人們

살아야겠다

作者 金琸桓｜**譯者** 胡椒筒｜**主編** 陳信宏｜**副主編** 尹蘊雯｜**執行企劃** 吳美瑤｜**美術設計** 海流設計｜**內頁排版** 極翔企業有限公司｜**董事長** 趙政岷｜**出版者** 時報文化出版企業股份有限公司 10803 台北市和平西路三段240 號 3 樓 發行專線—（02）2306-6842 讀者服務專線—0800-231-705・（02）2304-7103 讀者服務傳真—（02）2304-6858 郵撥—19344724 時報文化出版公司 信箱—10899 臺北華江橋郵局第99信箱 時報悅讀網—www.readingtimes.com.tw 電子郵件信箱—newlife@readingtimes.com.tw 時報出版愛讀者—www.facebook.com/readingtimes.2｜**法律顧問** 理律法律事務所 陳長文律師、李念祖律師｜**印刷** 勁達印刷有限公司｜**初版一刷** 2020年1月17日｜**定價** 新台幣 520 元｜（缺頁或破損的書，請寄回更換）

時報文化出版公司成立於1975年，1999年股票上櫃公開發行，2008年脫離中時集團非屬旺中，以「尊重智慧與創意的文化事業」為信念。